KB163012

# 내 여자의
# 모든 것

닐라 장편소설

# 1

동아

# 내 여자의
# 모든 것 1

초판 1쇄 인쇄일 | 2021년 2월 18일
초판 1쇄 발행일 | 2021년 2월 25일

지은이 | 닐라
펴낸이 | 박성면
펴낸곳 | (주)동아

출판등록 | 제406 - 3960100251002007000071호
주소 | 경기도 파주시 문발로 115, 세종대학교출판부 206호
전화 | (031)8071 - 5201
팩스 | (031)8071 - 5204
E - mail | bear6370@hanmail.net

정가 | 12,000원

ISBN 979 - 11 - 6302 - 461 - 3 (04810)
      979 - 11 - 6302 - 460 - 6 (set)

DONGA ROMANCE STORY

1

닐라 장편소설

# 내 여자의
# 모든 것

*All About My Lady*

동아

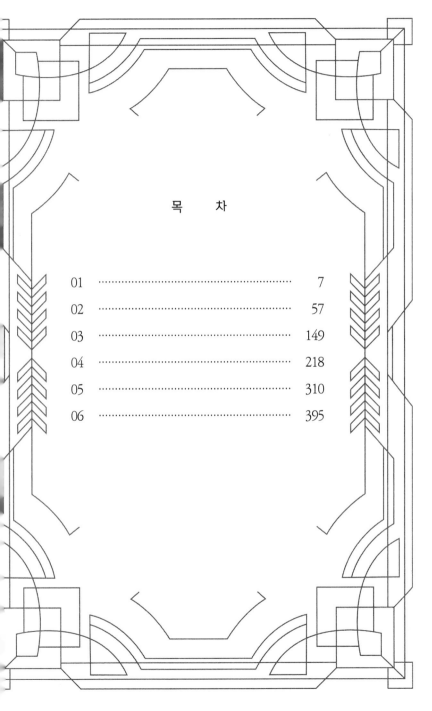

# 목  차

**01**

　동아리 가두 모집 마지막 날, 캠퍼스엔 꽃잎 대신 얼음 조각 같은 눈발이 날렸다. 꽃샘추위라는 고운 단어로 표현하기 민망할 정도의 한파에 캠퍼스 전체가 냉동고처럼 꽁꽁 얼어붙었다. 3월 중순에 함박눈이 웬 말이냐고, 영훈이 손에 쥐고 있던 핫 팩을 세차게 흔들며 투덜거리자 그래도 비보다는 눈이 낫지 않냐고 애써 긍정적인 투로 대꾸한 건 상현이었다.

　"낫긴 뭐가. 얼어 죽겠는데."

　"야, 그 정도는 아닌데 뭘 그렇게 오버를 하냐, 너는."

　쓸데없는 소리로 부스의 사기를 꺾지 말라는 듯 영훈을 향해 소리 없이 눈을 부라리는 상현을 보며 태경은 새삼 자신이 지금 여기서 왜 이러고 있는지를 깨달았다.

"많이 춥지? 얘들아, 우리 차라도 한잔 마실까?"

동아리 현직 회장 혜원의 말이 떨어지자마자 언제 영훈을 노려보고 있었냐는 듯 상현이 부랴부랴 종이컵을 꺼내 네 명분의 유자차를 만들기 시작했다. 고맙다고 다정하게 웃어 보이는 혜원을 향해 수줍은 듯 볼을 붉히는 상현의 얼굴 위로 어젯밤 제 오피스텔 문을 붙들고 진상을 부리던 얼굴이 겹쳐졌다.

"혜원 선배 오늘 울었다. 내가 진짜 마음이 아파 죽겠어."

그 말 그대로 당장이라도 가슴이 찢어질 것 같은 친구의 얼굴을 멀거니 내려다보며 태경은 역시 안 하던 짓은 하는 게 아니라는 생각을 했다. 비록 이상현과 제가 고등학교 동창에, 학과 동기이며, 같은 동아리 기수라는 점을 감안하더라도 술 취한 사람에게 제집 문을 열어 주는 게 아니었다.

"서태경, 하루만. 응? 내일 딱 하루만 도와주라. 너도 엄연히 우리 동아리 부원이잖아. 3일 내내 나오라 한 것도 아니고 딱 하루만 도와 달라는데……"

술의 힘인지 사랑의 힘인지, 상현은 태경이 문을 닫지 못하게 문틈으로 제 몸을 밀어 넣고 당장 꺼지라는 그의 말을 못 들은 척하며 막무가내로 억지를 부렸다.

"딱 하루만, 어? 너 어차피 요즘 하는 일도 없잖아."

그건 그랬다. 태경은 1학년 2학기 종강을 하자마자 계획대로 국방의 의무를 위해 휴학계를 냈다. 이제 한 달 남짓 후면 당장 훈련소로 입소할 예정인 사람이, 그 짧은 기간 동안 번듯한 무언가를 하고 있기란 쉽지 않다.

"나도 이번 학기만 마치면 군대 가잖아. 그 전에 혜원 선배한테 뭐라도 해 주고 싶다."

그게 나랑 무슨 상관이냐는 말은 들리지도 않는 것 같았다. 혜원은 태경과 상현이 소속되어 있는 한국대 영화 연구 동아리 '코엔'의 회장이자 한 기수 위 선배였다. 정확히 1년 전, 갓 입학한 새내기였던 상현은 코엔 홍보 부스에서 신입 모집을 하고 있던 혜원을 보고 첫눈에 반했다.

하지만 상대가 동아리 내에서도 손꼽히는 인기인인지라 1년 내내 제대로 된 고백 한번 못 해 보고 혼자 가슴앓이만 하는 중이었다.

"너는 양심도 없냐? 동아리원으로서 최소한의 책임감도 없어?"

그렇게 따지면 본인도 양심이나 책임감 때문도 아니면서 이상현은 비난을 했다, 사정을 했다 말 그대로 진상을 부렸다. 급기야 나도 이러기 싫다고, 누가 그렇게 잘생기라고 했냐는 얼토당토않은 소리까지 늘어놓았다.

결과적으로 태경이 오늘 이 귀찮은 자리까지 나온 건 양심 때문도, 책임감 때문도 아니었고 할 일이 없어서는 더더욱 아니었다. 이상현을 닥치게 할 의도와 비슷한 비율로 이 망해 가는 동아리를 살려 보려는 임원진들에 대한 연민이 5퍼센트쯤이라면, 나머지는 저도 모를 변덕 때문이었다.

"오늘 추운데 다들 고생 많았어."

어제까지만 해도 비협조적인 동기와 후배들에 대한 배신감과 거드는 것 없이 말만 많은 선배들의 등쌀에 울기까지 했다던 혜원은 오늘 한결 짐을 덜어 낸 듯 홀가분한 표정이었다. 그도 그럴 것이 이 악천후에도 불구하고 오늘 하루 반나절 동안, 앞선 이틀간을 합친 것보다 더 많은 입부 원서가 들어온 것이다.

"특히 태경인 휴학까지 했는데 나와 줘서 고마워."

덕분에 살았다는 혜원의 말에 태경은 동의하지 않았다. 겸손 같은 게 아닌 진심이었다. 물론 상현이 어제 그렇게까지 하면서 저를 불러낸 이유도 알고 그 결과도 인지하고 있다. 하지만 부스에 앉아 있는 사람 얼굴 하나만 보고 동아리에 들어오는 사람이 과연 몇이나 될 것이며 또 그렇게 들어온 신입 중 제대로 활동할 부원이 과연 얼마나 될까.

학점 관리와 스펙 쌓기만도 바쁜 대학 생활이다. 보다 확고한 동인(動因)이 없다면 빠져나가는 건 금방이다.

"미안한데 얘들아, 나는 다음 시간 강의가 있어서."

시계를 확인한 혜원이 태경과 상현, 영훈에게 셋만 남겨 둬서 미안하다는 표정을 지었다. 상현은 혜원의 말이 끝나기도 전에 아니라고, 괜찮다고 고개가 떨어져 나갈 기세로 붕붕 저었다. 그 꼴을 보니 생각났다. 부스에 앉은 사람 얼굴 하나만 보고 들어와서 임원까지 될 기세인 사람.

"강의 마치고 바로 올게. 조금 있다가 민아랑 유진이가 교대하러 올 거야. 그때까지 좀만 더 고생해 줘."

"고생은요, 저희가 뭐 한 게 있다고……."

쯧, 속으로 한심하다는 듯 혀를 차며 태경은 발그레 물든 얼굴로 혜원을 보며 뒤통수를 긁적이는 상현을 쳐다보았다. 어제 저한테 한 반만이라도 박력 있게 굴 순 없나. 저렇게 착하고 순한 후배로만 머물러서야 어느 세월에 진전이 있을까 싶다.

"네가 선배 강의실까지 좀 데려다주고 와. 눈 꽤 오는데."

태경이 부스 한쪽에 있던 누구 것인지도 모를 우산을 집어 상현에게 건네며 그를 혜원 쪽으로 밀었다. 고맙다는 눈빛을 온 마음을 다해 쏘아 보내는 상현과 혜원을 보내자 영훈과 둘만 남았다.

"아무래도 오늘은 이걸로 끝인가 보다."

점점 더 굵어지는 눈발을 보며 영훈이 흐리멍덩하게 중얼거렸다. 그 말대로 아직 마감 시간인 5시까진 꽤 남았는데 날씨 탓인지 부스가 설치된 학생회관 주변은 벌써부터 폐장한 야시장 같은 분위기를 풍겼다. 새벽까지 술을 마셨다며 연신 하품을 해 대던 영훈은 의자에 구깃구깃 몸을 집어넣더니 그대로 꾸벅꾸벅 졸기 시작했다.

그 모습을 잠깐 보던 태경도 자세를 느슨하게 풀었다. 긴 다리를 아무렇게나 뻗고 고개를 들자 하얗게 탈색된 채 눈을 펑펑 쏟아 내는 하늘이 보였다. 한동안 조용하던 바로 옆 통기타 동아리 부스에서 기타 소리가 흘러나왔다. 오전 연주자는 실력이 형편없었는데 지금은 누가 치는지 제법 듣기가 좋다.

태경이 잔잔한 기타 소리를 들으며 지루한 눈으로 휴대폰을 훑고 있을 때였다. 부스 앞에서 머뭇거리는 인기척이 느껴졌다. 그냥 지나가라는 무책임한 바람과 달리, 안녕하세요, 하는 인사말이 들려왔다.

"네, 어서 오, 세요."

귀찮은 속내를 감추고 틀에 박힌 인사를 기계적으로 내뱉던 태경의 입술이 멈칫했다. 뒤늦게 끝까지 말을 맺긴 했지만 태경은 순간적으로 표정을 통제할 수가 없었다.

"안녕하세요……."

"……."

"저, 저희 여기 동아리 가입하려고……."

작고 앳된 음성이 머뭇머뭇 흘러나왔다. 짧은 동요를 감추고 다시 무표정한 얼굴로 돌아온 태경이 어떻게든 저와 눈을 마주치지 않으려 애를 쓰고 있는 여학생을 뚫어지게 쳐다보았다.

거의 쇼트커트에 가까운 짧은 단발머리는 생소한 스타일이었다. 허벅지 부분이 헐렁하고 발목으로 갈수록 통이 조여드는 갈색 모직 바지와 굽이 두툼한 가죽 부츠, 가냘픈 어깨를 덮고 있는 낡은 코르덴 재킷도 마찬가지였다.

'이건 또 무슨 컨셉이야.'

태경이 빤한 눈으로 그 독특한 패션을 대놓고 훑었다. 복식사에는 문외한인 이공계인 까닭에 복고풍이라는 단어만 겨우 떠올릴 수 있었다. 어디 애니메이션이나 게임 속 캐릭터가 할 법한 차림새 같은데 그러고 보니 어디선가 본 듯도 했고.

"동아리 가입하시게요?"

"네, 네……."

"영화 좋아해요?"

다소 단도직입적인 말투에 창백하던 여학생의 볼이 붉어지며 속눈썹이 파르르 요동치는 게 보였다. 원래도 긴 속눈썹이 좀 과하게 발린 듯한 마스카라 때문에 거의 휘청거릴 지경이었다.

"아, 네, 보, 보는 건 좋아하는데……."

"신입생?"

여학생이 고개를 끄덕였다. 기다란 화구통을 메고 있던 마른 어깨가 약간 펴졌다. 힐끔 태경의 얼굴로 향했다 금세 피해 버리는 갈색 눈동자에 자랑스러운 듯한, 뿌듯한 빛이 얼핏 도는 듯도 했다.

"반갑네요."

태경이 덤덤하게 대꾸했다. 어쩐지 피식 웃음이 날 것 같았다. 저렇게 사람을 똑바로 쳐다보지도 않을 거면 뭐 하러 애써 어울리지도 않게 시치미를 뚝 뗀 표정을 짓고 있는지.

'변한 게 없네.'

그러고 보면 대충 1년 만인가. 이렇게 가까이서 보는 건 거의 3년 만이다.

'스타일만 바꾸면 뭐 해.'

머리 모양도, 옷차림새도 판이하게 달라졌고, 늘 얼굴을 반 이상 가리고 있던 마스크도 보이지 않았지만 상자 속에 머리를 처박은 오리 새끼처럼 행동하는 건 여전했다. 자기 눈에 안 보이면 다른 사람 눈에도 안 보일 거라 생각하는.

"……그러니까 부담 가질 필요 없고요. 촬영도 하는데 주로 감상 위주로 활동하니까 기술적인 부분은 몰라도 괜찮아요."

힐끔힐끔 틈만 나면 저를 훔쳐보는 눈빛을 모른 척하며 태경은 앞선 지원자들에게 했던 대로 동아리 설명을 깔끔하게 마쳤다. 사실 엉망으로 소개했다 해도 별 상관은 없었을 것 같았다. 이미 가입할 마음을 먹고 부스에 들어왔을 테니까.

"입부 원서 드릴까요?"

태경이 묻자 여학생이 기다렸다는 듯 고개를 끄덕였다. 언제 일어났는지 옆에 있던 영훈이 원서 양식을 내밀었다. 그들이 원서를 작성하는 사이, 태경은 장갑을 낀 손으로 그들에게 줄 과자와 음료수 따위를 챙겼다.

"아, 감사합니다."

황송한 듯 태경이 건네준 먹거리들을 두 손으로 받아 든 여학생이 다 쓴 원서 두 장을 겹쳐서 내밀었다. 떨리는 종이 끝을 못 본 척하며 태경이 그것을 받아 들었다. 기재된 연락처로 연락드리겠다고 하자 여학생은 깍듯이 인사를 한 뒤 얼른 몸을 돌려 도망치듯 눈이 펄펄 쏟아지는 밖으로 걸어 나갔다.

태경은 그대로 서서 그 작은 등이 안 보일 때까지 그쪽을 바라보았다. 포장마차처럼 길게 늘어선 부스 사이로 날리는 눈발을 맞으며 점점 멀어지는 뒷모습이 한번 뒤집었다 바로 놓은 스노볼 속 모형 같았다.

한 번이라도 뒤를 돌아보았다면 눈이 마주쳤을 텐데 여학생은 그러지 않았다. 대신 화구통 반대쪽 어깨에 메고 있던 가죽 가방을 주섬주섬 열어 태경이 건넨 쿠키 두 개와 알로에 병 음료를 무슨 보물이라도 되는 양 조심스럽게 집어넣는 게 보였다.

옆에 있던 영훈이 자다 눌린 옆머리를 손으로 정리하며 혼잣말처럼 감탄을 했다.

"와, 예술대생들은 역시 달라. 진짜 개성 강하네."

태경은 아무 말도 하지 않고 나란히 테이블에 놓인 두 장의 입부 원서로 시선을 돌렸다. 영훈도 눈을 가늘게 뜨고 함께 원서를 내려다 보았다.

"미술학과 XX학번 김서우, 허채윤? 뭐야, 누가 김서우고 누가 허채윤이야?"

태경의 기억에 남은 사람은 여학생 한 명뿐이었다. 하지만 분명 그 옆에 남학생 하나도 같이 있긴 했다.

"둘 다 이름이 중성적이네. 그래도 나는 알겠다."

영훈이 자신 있게 말하며 허채윤의 원서를 집어 들었다.

"얘가 여자네."

태경이 왜? 하고 물었다.

"여기, 입부 동기 쓴 것 좀 봐라."

영훈이 손끝으로 들고 있던 원서의 입부 동기란을 톡톡 두드렸다. 거기엔 동글동글 귀여운 글씨로 신입생 모집하는 선배님이 잘생겨서, 라고 짧게 쓰여 있었다.

　　　　　* 　 * 　 *

　동아리 모집이 끝나고 며칠이 지났다. 신학기라 다들 바쁜지 귀찮을 정도로 걸려 오던 전화도 뜸해졌다. 운동을 마치고 정리가 거의 끝난 오피스텔을 한번 휘돌아보던 태경이 잠시 망설이다 휴대폰을 찾아 상현의 번호를 눌렀다.

　─어, 서태경. 웬일이냐? 먼저 전화를 다 하고.

　"뭐 해."

　─뭐 하긴, 바쁘지. 안 그래도 오늘 동아리 신입 환영회 있는 날이라 그거 준비하느라 정신없다.

　"아, 오늘이야?"

　벌써 그렇게 됐냐고 되묻는 태경의 목소리가 약간 어색했지만 상현은 전혀 눈치채지 못한 것 같았다.

　─아, 맞다! 그러고 보니 너 알면 깜짝 놀랄 소식 있는데.

　상현의 음성이 갑자기 들떴지만 태경은 이미 그 깜짝 놀랄 소식이 뭔지 알고 있었다.

　─너 진짜 안 올 거야? 진짜 깜짝 놀랄 텐데.

　이미 한 번 거절한 얘기였다. 태경의 성격을 알기에 평소 상현이라면 두 번 묻지도 않았을 터였다.

　─그냥 한번 좀 오지. 신입 부원들 얼굴도 보고 말이야. 혹시 알아? 그중에 반가운 얼굴이라도 있을지.

　태경이 정말 싫었다면 바로 잘랐을 것이다. 답지 않게 머뭇대는 기색을 귀신같이 알아채고 상현이 끈질기게 졸라 댔다. '태경이야?', '태경 선배?' 수화기 너머가 시끄러워지더니 태경의 이름을 부르며 꼭 오라고 외치는 소리들이 들렸다. 그중 태경이 알아들은 건 혜원의 목소리뿐이었다.

　—야, 들었지? 너 안 오면 얘네들이 쳐들어간댄다.

　그렇게 해서 태경은 아주 자연스럽게 동아리 신입 환영회에 참석할 수 있었다. 자기소개니 어쩌니 하는 게 싫어 일부러 좀 늦게 모임 장소로 갔더니 그새 다들 불콰하게 취한 상태였다. 태경은 자신에게 알은체를 하는 동기들과 선배들에게 간단히 수인사를 하며 상현을 찾아 그 옆에 앉았다.

　"왜 이렇게 늦었어? 자식이 암튼 주인공병에 걸려 가지고."

　핀잔을 주면서 상현이 소주병을 들었다. 잔을 들어 술을 받으면서 태경은 눈에 띄지 않게 슬쩍 주위를 둘러보았다.

　복작복작한 실내 포차 내에서도 어렵지 않게 저만치 어색한 얼굴로 앉아 있는 허채윤을 찾아낼 수 있었다. 그러고도 한동안 더 그 주위를 살폈지만 다른 얼굴은 보이지 않았다.

　'어디 갔지.'

　입부 원서를 냈다고 해서 모두가 동아리에 가입하는 건 아니다. 원서만 내 놓고 안 나오는 사람도 부지기수다. 더욱이 환영회 자리부터 안 나오는 신입이라면 앞으로도 활동 의사가 없는 것으로 봐도 무방했다. 다른 사람이었다면 태경도 그렇게 생각했을 것이다.

　'왜 안 보여.'

하지만 김서우는 달랐다.

"얘가 여자네. 여기, 입부 동기 쓴 것 좀 봐라."

영훈이 자신 있게 허채윤의 입부 원서를 톡톡 두들기며 말했다. 태경이 코웃음을 치며 그 손에서 원서를 빼앗아 다른 것과 겹쳤다.

"틀렸어."

"틀렸어?"

영훈이 인상을 찌푸리며 알면 진작 말하지 그랬냐며 투덜거렸다. 원서 쓸 때 봤냐고 물었지만 태경은 대꾸하지 않았다. 그럴 필요도 없었다. 애초에 너무 잘 알고 있는 얼굴이었으니까.

'어떻게 우리 학교를 다 왔네.'

이상하게 자꾸 웃음이 나왔다. 태경은 1년 전 고등학교 졸업식 날 마지막으로 보았던 서우의 얼굴을 떠올렸다. 그 뒤로 완전히 잊고 지냈다. 어떻게 지내는지 궁금해하지도 않았다. 존재조차 깡그리 잊고 있었는데, 지금 결과만 놓고 보면 태경이 학교를 떠난 뒤로 더 잘 지냈나 보다.

"야아, 서태경 뭐 해, 나 팔 떨어지겠다."

빌 틈이 없는 잔 때문에 오래 생각에 잠길 여유도 없었다. 늦게 온 벌이라며 동기와 선배들이 굳이 그가 있는 자리까지 찾아와서 술을 부어 대는 바람에 시작부터 과속이었다. 태경은 빼지 않고 그 술을 다 받아 마셨다. 그러다 왠지 거슬리는 목소리가 들려 고개를 들어 보니 언제 왔는지 정재호가 근처에 있었다. 분명 처음엔 저 멀리 있었는데 돌고 돌다 보니 거기까지 온 모양이다.

눈이 마주치자 재호가 기다렸다는 듯 알은체를 했다.

"서태경, 오랜만이다?"

"예, 선배."

태경이 짧게 대답했다. 태경의 옆에 바짝 붙어 앉아 한참 열심히 떠들고 있던 여자 선배가 방해를 받아 짜증이 났는지 재호를 살짝 쏘아봤다.

정재호는 태경과 상현보다 몇 기수 위인 동아리 선배로, '진상은 어디에나 있고 없으면 네가 바로 진상이다'에서 찍어 낸 듯한 진상을 맡고 있었다. 그런데도 본인은 자기가 제법 입바른 소리를 하는 세상의 빛과 소금 같은 존재라고 믿고 있는 게 더 문제였다. 보나 마나 지난 가두 모집 때 혜원을 우는 데까지 몰아붙인 것도 그일 터였다.

저런 꼰대 고인물이 셋만 더 있어도 이 작은 동아리 하나 망하게 하는 건 일도 아닐 거라고 태경은 생각했다.

"너 훈련소 들어가는 게 언제랬지? 다음 달?"

"예."

"너도 이제 좋은 날 다 갔다."

그다음에 올 것은 뻔한 군대 얘기였다. 전역한 지 1년이 넘어가는데도 재호는 일생에 내세울 것이라곤 그것밖에 없는 사람처럼 틈만 나면 별것도 없는 제 군대사를 지루하게 떠들어 대곤 했다.

태경은 예의상 들어 주는 시늉도 하지 않고 무심하게 시선을 돌렸다. 잠시 머쓱해하는 것 같던 재호는 금세 주의를 돌려 새로운 희생양을 찾아냈다.

"회장, 이번에 공대 남신 데려다 일 편하게 했지?"

혜원과 그 주변에 있던 임원진들의 얼굴이 굳어졌다.

"근데 어쩌냐, 내일모레면 서태경 군대 간다는데."

신입 모집이 다가 아니라며 정재호가 이기죽거렸다. 혜원은 아슬아슬하게 인내심이 남은 얼굴로 제가 잘해야죠, 하고 짧게 대꾸하고는 자리에서 일어나 다른 곳으로 가 버렸다. 정재호가 그를 보며 못마땅하다는 듯 혀를 찼다.

"암튼 요즘 애들 비위 맞추기 힘들어서 원. 도무지 싸가지들이 없어. 이래서 남자고 여자고 다 군대를 갔다 와야 된다니까. 니들도 아까 그 핑크 머리 표정 봤지? 여자애가 머리 그렇게 하고 귀에 구멍 몇 개씩 뚫고 그러면 남자들이 싫어하는 거 사실이잖아. 내가 뭐 틀린 말 했어?"

가만히 들어 보니 또 누군가, 아마 새로 들어온 신입생 중 하나가 그의 미모사처럼 작고 예민한 심기를 건드린 것 같았다.

"생각해서 기껏 충고해 준 것도 모르고. 내가 진짜 지한테 관심이라도 있어서 그러는 줄 아나? 고딩 때야 그런 것도 철없다고 봐주지만 대학까지 와서 그러면 안 되지."

태경은 금세 이 자리가 지겨워졌다. 급속도로 식어 가는 의욕과 인내심을 느끼며 그냥 나갈까 하고 출입구 쪽으로 시선을 주는데 기다렸다는 듯 포차의 문이 휙 열렸다. 불투명한 유리문이 흔들리고 그 사이로 서늘하게 들이닥치는 바깥바람에 근처에 앉아 있던 학생들이 몸을 움츠리는 게 보였다.

태경은 고개를 돌린 그대로 잠깐 멈췄다. 가쁘게 숨을 몰아쉬며 안으로 뛰어 들어온 김서우가 얼굴에 달라붙는 머리칼을 대충 손바닥으로 걷어 내며 포차 안을 빠르게 훑었다. 다급하게 굴러가던 갈색 눈동자가 태경과 부딪치자 얼어붙은 듯 멈췄다.

"너 어디 갔었어? 빨리 오라니까……."

허채윤이 그 옆으로 다가가 말하는 게 보였다. 뒷말은 입 모양이 보이지 않아 읽을 수가 없었다. 김서우의 표정도 그에 가려 더 보이지 않았다.

"그래서 말인데…… 어머, 태경아. 너 갑자기 얼굴이 왜 이렇게 빨개졌어?"

태경을 붙잡고 무어라 열심히 얘기를 하고 있던 선배가 눈을 동그랗게 떴다.

"생전 술 마셔도 티도 안 나더니, 너무 급하게 마신 거 아냐?"

안주라도 좀 먹으라며 선배가 다 식어 빠진 알탕을 당겨 왔다. 그를 피하듯 태경이 약간 뒤로 몸을 물렸다. 괜찮다고 살짝 고개를 젓긴 했지만 확실히 방금 전까지 없던 술기운이 도는 것도 같았다. 눈가가 화끈거리고 심장 박동이 미세하게 빨라진 걸 보면.

'조절해야겠다.'

그날 태경은 드물게 끝까지 자리를 지켰다. 분명 처음엔 잠깐만 앉았다 가려 했는데 이상하게 시간이 술술 잘 흘러갔다. 초반만 빼고는 별로 술도 많이 마시지 않았는데도 그랬다.

"야, 나 좀 밖에."

태경과는 다르게 여기저기서 쉴 새 없이 잔을 주고받느라 눈동자가 개개풀리기 시작한 상현이 태경의 팔을 부여잡고 신음을 토했다. 잠깐 쉬자는 뜻임을 알아들은 태경이 그를 데리고 밖으로 나갔다.

"너 그러다 죽어. 작작 마셔."

주머니에서 담뱃갑을 꺼내며 태경이 말했다. 티도 안 나는 흑기사를 자청해 상현이 혜원 몫의 술까지 다 받아먹고 있는 걸 두고 하는 소리였다.

"야, 나도 한 대만."

흐느적거리며 겨우 술집 외벽에 등을 기대고 선 상현이 알코올 내가 섞인 날숨을 내쉬며 태경을 향해 손을 뻗었다. 상현은 원래 비흡연자였지만 술에 취할 때면 습관처럼 한두 개비씩 담배를 피우곤 했다.

"아, 오늘은 진짜 힘드네. 요 며칠 계속 달렸더니……."

"기다려. 마실 것 좀 사 올게."

태경이 상현에게 돗대만 남아 있는 담뱃갑을 통째로 넘겨주고 길 반대편에 있는 편의점으로 갔다. 상현뿐만 아니라 대부분의 부원들이 한계까지 마셨다. 곧 지하철이 끊길 시간이지만 한창 흥이 오른 대학생들이 고작 막차 시간 따위에 굴할 리 없으니 자연스럽게 노래방으로 이어질 수순이었다.

학교 근처 오피스텔에 살고 있는 태경은 차 시간에 연연할 필요는 없었다. 그보다 노래방이 싫어서 보통 이쯤에서 자리를 뜨지만 오늘 아니면 언제 또 이렇게 동아리 사람들과 어울릴 기회가 있을까 싶었다.

'상현이 녀석도 챙겨야 될 것 같고.'

혜원 선배는 상현이 아니어도 챙길 사람이 많지만 상현은 저 아니면 챙길 사람이 없다. 태경이 담배와 이온 음료를 사고 계산을 한 뒤 다시 상현에게로 돌아가려 할 때였다.

'어.'

태경의 기름한 눈이 슬쩍 좁아졌다. 저만치 편의점과 술집 사이 가로등 아래에 작은 그림자 하나가 보였다. 누군가를 기다리듯 서성거리다가 태경이 나오는 것을 보고 흠칫하며 가로등 뒤로 숨는 동그란 머리통은 오늘 밤 내내 포차 안에서 태경을 훔쳐보던 것과 같았다. 다른 곳을 보는 척 짐짓 딴청을 부리는 모습이 오랜만임에도 불구하고 퍽 눈에 익었다.

잠깐 멈칫하던 태경이 천천히 뒷걸음질을 쳤다. 길가로 물러서서 손가락 사이에 음료수병을 매단 채로 새로 산 담배를 뜯어 불을 붙였다.

치익 하고 심지에 불이 옮겨붙는 소리가 이상하리만치 조용한 골목의 공기를 긁었다. 천천히 연기를 뱉으며 담배 한 개비를 다 태우는 동안, 태경은 허공에 시선을 고정한 채 고개 한번 돌리지 않았다. 가로등 아래 그림자 역시 오지도 가지도 않고 그대로 있었다.

그 이상한 대치 상태는 태경이 다 피운 담배를 둥그렇게 짓이겨 옆에 있던 쓰레기통에 버리면서 끝났다.

미련 없이 몸을 돌린 태경이 성큼성큼 걸음을 옮겼다. 거리가 빠르게 좁혀지자 가로등 아래에 있던 그림자가 황급히 고개를 아래로 처박고 들고 있던 휴대폰을 만지작거리는 척했다. 그 모양을 본 체도 않고 지나치던 태경의 긴 눈썹 머리가 약간 구겨졌다.

결국 얼마 못 가 돌아서서 입을 연 쪽은 태경이었다.

"김서우."

태경의 입에서 제 이름이 흘러나오자 서우가 흠칫 놀라며 고개를 들었다. 주황색 가로등 빛이 그 얼굴 위로 곧장 쏟아져 내리자 조그만 귓불과 앙증맞은 귓바퀴에 박혀 있던 커다란 스틸 피어스가 뾰족한 빛을 내며 태경의 눈을 찔렀다.

완벽하게 핑크색으로 물들인 짧은 단발머리는 불빛 때문에 짙은 오렌지빛을 띠고 있었다. 그 머리 색 때문인지 눈만 커다란 서우의 조그마한 얼굴이 비현실적으로 느껴졌다. 기습 공격을 당한 게임 속 CG 캐릭터처럼 제 눈과 귀를 믿을 수 없다는 표정이 너무도 역력해서, 태경은 저도 모르게 웃음이 날 뻔했다.

익숙한 얼굴이 낯선 꼴을 하고 있었지만 그 표정만은 너무도 김서우다웠다.

그래서 어쩐지 조금, 반가운 것도 같았다.

"여기서 뭐 해?"

"……."

"추운데."

태경이 몇 걸음 더 다가서며 물었다. 저번 같은 복고풍은 아니었지만 서우는 이번에도 딱히 보온을 고려한 차림새를 하고 있진 않았다. 검은 스키니 진에 목 부근이 너덜너덜한 흰 티셔츠를 입고 있었는데 그 위에 걸친 건 징 박힌 가죽점퍼 한 장뿐이었다.

태경은 약간 아연한 눈으로 점퍼의 팔뚝 부근에 박힌 해골 문양을 쳐다보았다. 얘가 이런 옷을 좋아했나? 못 본 사이 스타일이 꽤 과격해졌다. 무방비하게 드러난 창백한 목선을 보자 태경은 괜히 제 등골이 서늘해지는 것 같았다.

"왜 대답이 없어?"

"······."

"나 몰라?"

그 질문에 고개가 슬쩍 가로저어지듯 파르르 떨렸지만 여전히 대답은 없었고 태경을 똑바로 보지도 않았다.

"내가 말 잘못 걸었나 보네."

태경이 한 걸음 물러났다.

"미안."

"아, 아니요!"

태경이 깔끔하게 사과하고 돌아서는 순간, 서우가 목멘 소리를 내며 벌떡 고개를 들었다. 그 기세에 짤막한 단발머리가 잘게 빛을 뿌리며 턱 근처에서 찰랑찰랑 흔들렸다.

"그게 아니고······."

서우의 목울대가 꿀꺽 위아래로 오르내리는 게 보였다.

"아니고?"

"저, 제 이름을 부르셔서······."

"부르셔서?"

태경이 짐짓 난처한 척 눈썹을 찌푸렸다.

"네 이름을 부르신 게 왜."

태경이 다정한 말투로 심술궂게 물었다.

"부르면 안 되나?"

"아니, 그게 아니고, 저는, 저를, 제 이름을 기억하실 줄 몰라서……."

어처구니가 없었다. 아무리 스스로의 존재감에 자신이 없다지만 그래도 저들이 오다가다 만난 것만 몇 번인데 그걸 까먹었을 거라고 생각하다니.

"아아."

잠시 틈을 두고 태경이 웃었다.

"왜 몰라."

서우가 홀린 듯 멍하니 태경의 얼굴을 바라보았다.

"동아리 원서 접수할 때 봤는데."

뭔지 모를 기대로 한껏 부풀었던 커다란 밤색 눈망울이 얼핏 꺼지는 것을 보고 태경이 한 번 더 심술궂게 웃었다.

\* \* \*

고 3 때였다.

첫 모의고사를 앞두고 태경은 새벽 일찍 등교를 했다. 텅 빈 교문을 통과해 하얗게 이슬이 깔린 운동장을 성큼성큼 가로지르자 맞바람에 드러난 코와 귀가 아렸다. 아직 봄보다는 겨울의 입김이 더 남아 있는 3월의 초입이었다. 더군다나 새벽이라 맞부딪쳐 오는 공기가 꽤 싸늘했다.

현관을 지나 곧바로 3층 복도까지 가는 동안 아무도 마주치지 않았다. 간간이 마룻바닥이 눌리고 책상과 의자가 삐걱거리는 듯한 소음이 들리기도 했지만 보이는 범위 내에서 움직이는 건 태경뿐이었다.

일상의 공간이 낯설게 느껴지는 순간은 바로 이런 때였다. 늘 시끄럽고 북적이던 공간에 푸르스름한 새벽빛만이 투명하게 들어차 있는 이런 때는, 평행 우주가 진짜로 존재하고 잠깐이나마 그 안쪽을 들여다보는 기분이 들었다. 그렇게 다른 차원의 자신과 눈이 마주쳐도 놀라지 않을 것 같았다. 진짜로 교내에 저 혼자만 있는 건 아니겠지만 태경은 이 새벽의 공백과 정적이 묘하게 만족스러웠다.

태경이 막 2층에서 3층으로 이어지는, 사물함이 곧장 보이는 계단참을 돌 때였다.

처음엔 낙서를 하는 중인 줄 알았다. 하지만 곧장 그 반대라는 것을 깨달았다. 끽끽 철제 캐비닛이 마찰되는 소리가 제일 먼저 귀를 긁었다. 붉은 매직으로 커다랗게 그려진 하트를 비롯해 온갖 낙서로 뒤덮인 사물함은 분명 제 것이었다.

그 하트의 아랫부분을 박박 문질러 지워 나가는 손에 하얀 스티로폼 같은 것이 쥐어져 있었다. 어찌나 힘을 주었는지 가느다란 손가락의 마디가 하얗게 질린 게 보였다. 등의 절반쯤을 덮고 길게 늘어진 갈색 머리가 손을 움직일 때마다 출렁출렁 물결쳤다.

"……"

태경은 걸음을 멈추고 가만히 그 모양을 지켜보았다. 어제였던가. 담임에게 사물함 관리 똑바로 하라는 주의를 들은 게.

하루 이틀 일도 아니라 태경은 듣고도 흘려 버렸다. 사물함 문짝을 도배한 낙서와 스티커와 포스트잇은 아무리 지우고 떼어 내도 며칠만 지나면 언제 그랬냐는 듯 도로 복구되곤 했으니까. 그나마 3학년이 되자 열쇠를 통째로 뜯어 가는 일은 없었지만 태경의 사물함은 3년 내내 그런 식으로 그래피티 아트라도 한 것처럼 울긋불긋했다.

그러던 것이 언제부턴가 누군가 몰래 우렁 각시처럼 낙서를 지우고 스티커와 각종 쓰레기들을 말끔하게 수거해 가기 시작했다. 시시포스의 바위처럼 태경의 사물함은 며칠 간격으로 깨끗해졌다 지저분해졌다를 반복했다. 낙서를 하는 이만큼이나 지우는 이에게도 관심이 없었는데, 우연히 태경은 한쪽의 정체를 알게 된 셈이다.

"후."

엷게 퍼진 새벽 햇살 속에 먼지들이 빛 가루처럼 부유했다. 짧은 한숨이 그 사이에 낮은 파문을 일으켰다. 잠깐 손을 멈춘 그가 주머니를 뒤져 동그란 머리 끈을 꺼냈다. 능숙한 동작으로 긴 머리를 한데 휘어잡아 묶고는 다시 낙서를 지우기 시작했다.

방향을 바꾸자 잔머리가 살짝 들러붙은 하얗고 둥근 이마가 태경의 눈에 들어왔다. 잔뜩 집중해 반짝이는 갈색 눈동자 위 속눈썹이 길었다. 얼굴 아랫부분을 덮고 있는 마스크가 가쁜 숨에 부풀어 올랐다 움츠러들기를 반복했다.

마스크.

김서우는 고등학교에 입학하고 한 달쯤 뒤부터 내내 마스크를 쓰고 다녔다. 수업 시간에나 턱 아래로 조금 내릴 뿐, 사계절 내내 등하교 때는 물론 복도를 나설 때도 어두운색 마스크를 꼭 썼다. 태경이 학교에 남아 있던 3학년 말까지도 서우는 자신이 없는 사람처럼 여겨지길 바라는 듯, 눈에 띄고 싶지 않다는 듯 습관처럼, 의무처럼 마스크를 쓰고 다녔다.

덕분에 그 애는 멀리서도 구별이 쉬웠다. 제 의도와 다른 효과를 내고 있다는 걸 본인만 모르고 있는 것 같았다.

그 마스크 때문에 태경은 김서우가 소각장 앞에서 누군가 내던진 쓰레기통에 걸려 넘어졌을 때도, 급식실에서 깔깔거리는 아이들 틈에 둘러싸여 있을 때도, 체육 시간에 혼자 다 정리한 배구공이 다시 머리 위로 와르르 쏟아지는 걸 봤을 때도 그게 김서우라는 걸 쉽게 알아봤다.

"술 많이 마셨어?"

태경이 고등학교 졸업 이후 처음 보는 얼굴을 골똘히 내려다보며 물었다. 스타일은 좀 과격해졌고 마스크도 사라졌지만 순하고 무구한 눈빛은 여전했다.

"아, 네. 조금……."

신입 환영회에 참석한 신입치고는 멀쩡해 보이긴 했다. 태경은 상현에게 주려고 샀던 이온 음료를 내밀었다. 충동적인 행동이었지만 예상대로 김서우는 놀라면서도 사양하지는 않았다.

"……감사합니다."

희고 가는 손가락이 페트병 끝을 쥐면 부서질 듯 조심스럽게 잡는 것을 태경은 멀뚱히 내려다보았다.

"마셔. 들고 있지만 말고."

"선, 선……."

태경은 서우가 무슨 말을 하려는지 금방 알아챘다. 안면을 튼 지 햇수로 4년째, 드디어 김서우가 저에게 뭔가 호칭을 붙여 줄 모양이었다.

"선배님은……."

"괜찮으니까 마셔."

태경이 서우의 용기에 화답하듯 부드럽게 미소를 지었다. 그 얼굴을 홀린 듯 보다 번쩍 정신을 차린 서우가 뻣뻣한 동작으로 예의를 차리는 듯 반쯤 몸을 돌리고 음료수를 몇 모금 마셨다. 꿀꺽꿀꺽 위아래로 움직이는 목울대를 태경이 빤히 쳐다보았다. 하얗다 못해 투명해서 그 안쪽에 흐르는 음료가 보이지 않는 게 이상하게 느껴질 정도였다.

입술을 대지 않고 흘려 넣느라 입가로 살짝 음료가 흘렀다. 손등으로 물기를 문질러 닦은 서우가 주춤거리며 확신 없는 태도로 반 이상 남은 페트병을 다시 태경에게 내밀었다. 태경은 됐다고 거절했다. 갈증에 시달리며 자신을 기다리고 있을 상현은 그 순간 안중에도 없었다.

"이따가 노래방 간다는데."

"네, 들었어요."

"힘들면 적당히 거절해. 우리 동아리에 억지로 끌고 다니는 사람 없으니까."

순간 서우가 눈을 몇 번 깜빡이는 게 보였다. 그 모습을 보자마자 정재호가 떠올랐다. 태경의 눈이 서우의 핑크색 머리와 귀에 박힌 피어스를 차례로 훑었다.

"예쁘네, 머리 색."

서우의 눈이 커졌다. 그 말이 그렇게까지 충격이었는지 얼굴이 확 달아오르는 게 보였다. 반사적으로 무슨 말이든 하려는 듯 입술을 몇 번 달싹였지만 서우는 끝내 아무 말도 못 하고 호소하듯 태경을 간절히 바라보기만 했다.

그 양 뺨과 함께 눈가도, 이마도, 귀와 목까지도 온통 인주를 칠해 놓은 듯 붉게 물들어 갔다. 스스로도 제어가 되지 않는 듯했다. 주술에라도 걸린 듯 서우는 태경에게서 눈을 떼지 못했다. 말보다도 더 적나라한 고백에 태경까지도 괜히 열이 오르는 것 같았다.

"야, 서태경."

그때 저만치서 상현이 비척비척 다가왔다. 태경을 기다리다 찾으러 나온 모양이었다.

"넌 음료수 사러 간다던 놈이 여기서 뭐 해? 목말라 죽을……."

상현의 시선이 태경의 옆에 서 있던 서우와 그 손에 들린 페트병에 닿았다.

"어? 둘이 벌써 만났어?"

상현이 손을 들어 태경과 서우를 번갈아 가리키다가 어딘가 나사가 빠진 듯한 웃음을 지었다.

"거봐, 내가 깜짝 놀랄 거라고 했지?"

상현이 잘난 척 턱을 쳐들며 태경을 향해 의기양양한 표정을 지었다.

"너도 기억하지? 김서우. 우리 고등학교 한 해 후배. 옛날에 같이 고기 구워 먹은 적도 있는데."

반가운 티를 내며 서우의 어깨를 툭툭 두드리는 상현을 태경이 눈을 가늘게 뜨고 보았다. 아무리 후배라도 저렇게 스스럼없이 남의 몸을 터치하는 놈이 아닌데 취하긴 많이 취한 모양이었다.

"이렇게 다시 보니 참 장하다. 지금 와서 말이지만 나 그때 너 좀 신경 쓰였어."

그만 들어가자고 태경이 제 몸을 뒤로 미는 것도 아랑곳 않고 상현이 반쯤 풀린 혀로 말했다.

"왜, 너 그때 채지훈한테……."

태경이 반사적으로 손을 들어 상현의 입을 막았다.

"쓸데없는 주정하지 말고 들어가."

"아 왜, 오랜만에 만난 후배 반가워서 그러는데."

상현이 뭐가 그렇게 재미있는지 태경을 툭툭 치며 낄낄 웃었다. 일그러진 눈으로 제 손바닥을 노려보던 태경이 한심하다는 표정으로 그를 보다 가만히 옆에서 저를 보고 있던 서우와 눈이 마주쳤다.

"왜."

"네?"

"왜 웃냐고."

그 말에 서우의 얼굴에서 그나마 희미하게 맺혀 있던 웃음기가 싹 가셨다. 웃지 말라는 뜻은 아니었는데.

"아니 그냥, 여전하신 것 같아서요."

서우가 시선을 피하며 조그맣게 중얼거렸다. 태경이 미간을 찌푸렸다.

"뭐가 여전한데?"

말하고 싶어 하지 않는 사람을 억지로 닦달하는 취미는 없었지만 무슨 변덕이 발동했는지 태경이 끝까지 대답을 종용하자 서우가 마지못해 다 기어들어 가는 음성으로 중얼거렸다.

"여, 여전히 친절하신 것 같아서……."

"허."

태경이 한심하다는 눈으로 서우를 바라보았다. 듣기 불편한 과거의 언급을 막아 줬다는 이유로 저렇게까지 감동받은 얼굴을 하는 걸 보면 김서우는 여전히 김서우였다. 머리를 무슨 색으로 바꾸건, 귀가 너덜너덜해질 때까지 구멍을 뚫건 김서우는 김서우다.

"친절하긴 얘가 뭐가 친절해."

태경이 눈썹을 치켜세우며 뭐라 입을 열려는 찰나였다. 제 마음속 소리가 그대로 들려 고개를 돌리니 옆에 있던 상현이 끼어들고 있었다.

"서태경이 친절하다고 생각하는 사람 너밖에 없을걸."

"……."

"암튼 예전부터 그랬지만 너도 참 사람 보는 눈 없다. 네가 얠 띄엄띄엄 봐서 그래. 좀 친해져 봐라. 뭐 이런 싸가지가 다 있나 할걸."

상현이 웃으며 말했다. 누가 들어도 농담을 하는 분위기라 태경마저도 코웃음을 쳤지만 서우는 웃지 않았다. 기도하듯 페트병을 양손에 꽉 쥔 서우가 조심조심 태경을 보았다. 이번엔 시선이 마주쳐도 피하지 않았다. 입 속으로 중얼거리듯 작게 말하는 목소리에 어쩐지 귀가 간지러워지는 느낌이었다.

"저, 저도 그러고 싶어서……."

"뭐?"

"저도 선배님하고, 친해지고 싶어서……."

서우가 신중하게 단어 하나하나를 끊어 말했다. 그 말 한마디를 하는 데 갖은 용기를 다 끌어모았다는 걸 알 수 있었다. 태경이 서우를 가만히 마주 보다 빙그레 웃었다. 오리 새끼가 드디어 물에 깃털을 적시는 것을 본 기분이었다.

"그래. 앞으로 볼 시간 많으니까."

그날 태경은 노래방까지 갔다. 두 시간 넘게 고문에 가까운 괴로운 소음을 참고 나온 뒤에도 첫차를 기다리는 사람들 틈에 끼어 끝까지 자리를 지켰다. 그리고 며칠 뒤, 태경은 살던 오피스텔을 정리하고 경기도에 있는 본가로 내려갔다. 김서우가 거기까지 찾아온 것은 그로부터 한 달쯤 뒤, 태경이 훈련소 입소를 일주일도 채 남겨 두지 않은 시점이었다.

\* \* \*

"너 그거 먹튀 아니야?"

불쑥 날아든 직구에 태경이 더럭 눈살을 찌푸렸다.

"죄여리 단어 선택 수준 하곤."

"맞잖아. 그러고 곧바로 군대로 튀었다면서. 그게 먹튀가 아니면 뭐야?"

여리도 지지 않고 마주 인상을 찌푸렸다.

"앞으로 볼 생각도 없으면서 여지 주고, 사람 마음 뻔히 알고 있으면서 모른 척하고."

"그게 먹튀 소리 들을 정도라면 할 말이 없다. ……그리고 결과적으로 튄 건 내가 아니었다고."

말끝이 점점 낮아져 여리가 뭐라고? 하며 되물었다. 태경은 별것 아니라는 듯 심드렁하게 머리를 한 번 흔들었다. 남아 있던 커피를 마저 마셔 잔을 비우고는 고개를 돌려 잠시 바깥을 바라보았다. 투명할 정도로 깨끗이 닦아 거의 존재감이 느껴지지 않는 커피숍의 유리창 너머로 꽃잎이 만개해 커다랗게 부푼 솜사탕 같은 벚나무가 보였다.

"그만 일어날까?"

"뭘 그렇게 서둘러? 오랜만에 만나 놓고."

태경의 말에 섭섭해지려고 한다며 여리가 곱게 눈을 흘겼다.

"우리 이거 얼마 만에 마시는 커피인 줄 알아? 취직하고 바쁘다고 매번 핑계 대고 튕기더니."

"그랬나."

"그랬잖아."

"근데 오늘은 진짜 일이 있어서."

직장 선배와 회사 일로 잠깐 볼일이 있다고 하자 여리가 못 믿겠다는 듯 입술을 살짝 비틀었다.

"직장 선배? 일요일인데? 여자 아니고?"

"우리 팀 선배야. 내 바로 위 사수."

"아아, 여자 사수?"

"아니라고."

바빠서 다른 데 정신 팔 시간도 없다며 태경이 무심하게 대꾸했다. 여리가 수긍하듯 고개를 끄덕이며 손톱 끝으로 컵 받침대의 가장자리를 톡톡 두드렸다.

"하긴, 너네 회사가 좀 빡세긴 하지."

"알아주니 고맙다."

"공대 남신 서태경이 반년 넘게 연애도 못 하면 말 다 한 거 아니냐고, 애들 사이에 너네 회사 근무 환경 얘기까지 나오던데."

깔깔대며 웃는 여리를 보고 태경이 인상을 찌푸렸다. 공대 남신은 무슨, 하물며 이젠 대학생도 아닌데.

석 달 전, 해가 바뀌며 스물여섯 살이 된 태경은 4학년 2학기 때 조기 취업을 해서 막 인턴 꼬리표를 뗀 참이었다. 입사 당시에는 만나던 여자 친구가 있었는데 회사 일이 너무 바빠 한 달 만에 헤어졌다. 그 뒤로 지금까지 쭉 솔로 상태였는데, 그게 뭐 그렇게 대단한 일이라고 옆에 있는 사람들이 더 유난이다.

"대기업에 취업도 했겠다, 한창 잘 팔릴 나이에 공백기가 기니까 말이 나올 수밖에."

"고작 반년이 무슨 공백기라고."

대수롭지 않게 흘리듯 말하는 태경을 여리가 얄밉다는 듯 쏘아

보았다. 저런 여유는 있는 자만 부릴 수 있는 거다. 언제 어느 때든 자기가 원하는 시점에 원하는 사람을 만날 수 있다는 자신감. 재수 없지만 사실이라 뭐라 할 수도 없다.

게다가 고작 반년이란 말에 진정성이 없는 것도 아닌 게 의외로 태경은 연애 빈도수가 낮았다. 여리가 그를 안 세월만도 햇수로 4년 인데 그동안 사귄 여자 친구라곤 두 명이 전부였다. 그렇다고 연애 기간이 길지도 않아 전부 두세 달에서 끝이 났다.

누리는 인기에 비해 턱없이 처참한 기록표라 하지 않을 수 없었지 만 동정 따윈 필요 없었다. 어차피 더럽게 높은 눈 탓에 못 하는 게 아니라 안 하는 것일 뿐이라는 걸 알기에.

"반년이 고작이라니 암튼 여유 넘쳐서 좋겠다, 넌."

슬쩍 쏘아붙인 여리가 표정을 가다듬고 태연하게 물었다.

"그래서, 방금 말한 그 핑크 머리 미대생 후배는?"

"뭐가?"

"다시 안 만나고 싶어?"

"내가 걔를 왜 다시 만나."

태경의 심드렁한 대꾸에 여리가 의아하게 되물었다.

"그럼 걔 얘긴 왜 꺼낸 건데?"

"네가 물어봤잖아."

"야, 내가 뭐라고 물어봤는데?"

여리가 기가 막힌 듯 언성을 높이며 눈을 부라렸다. 그 말엔 대꾸 없이 태경이 손목에 찬 시계를 한 번 들여다본 뒤, 의자를 뒤로 밀었다.

"그만 일어나자. 나 진짜 가 봐야 돼."

차 갖고 왔냐고, 역까지 태워 줄까 묻는 태경에게 여리가 고개를 저었다.

"아냐, 나도 차 갖고 왔어."

여리와 헤어지고 제 차가 있던 주차장으로 걷던 태경이 담배를 찾아 주머니를 뒤지다 말고 문득 하늘을 올려다보았다. 4월이다. 벚꽃이 한창이라 화창한 거리에 옅은 분홍색 꽃잎들이 눈발처럼 날리고 있었다.

"너 그거 먹튀 아니야?"

그 너머로 잔상처럼 분홍색 단발머리가 떠올랐다. 교복 차림의 앳된 얼굴이, 늦은 밤 인적 없는 시골길에 겁도 없이 혼자 서서 하염없이 저를 올려다보던 연갈색 눈동자가 생각났다. 태경이 떨떠름하게 입술을 비틀며 혼자 중얼거렸다.

"……아니라고도 할 수 없지."

놀랍게도 여리는 전후 사정을 다 모르는 와중에도 핵심을 찔렀다. 의도는 아닐지라도 결과는 그랬다. 관점에 따라 누가 튀었느냐엔 이견이 있을 수도 있겠지만 어느 쪽이든 딱히 중요한 것은 아니었다. 솔직히 그때는 그렇게 흐지부지된 게 오히려 다행이라고 생각했다.

"아무튼 최여리, 괜히 쓸데없는 말을 꺼내서는."

여리는 태경이 군대를 전역하고 근처 여대와의 미팅 자리에 끌려 갔다가 만난 동갑내기 친구였다. 비록 그 자리의 목적엔 부합하지 못했지만 어쩌다 보니 친구 비슷한 사이가 됐고, 지금까지도 제법 원만한 사이로 잘 지내고 있었다.

여리는 성격이 시원시원하고 가치관이나 취향에서 태경과 비슷한 부분이 많았다. 단 하나, 연애사만 제외하고.

소수 단기인 태경에 비해 여리는 철이 든 순간부터 지금까지 남자친구가 없던 적이 없었다. 그렇다고 태도가 진지하지 못하거나 불성실한 것도 아니었다. 오히려 그 반대였다. 여리는 언제나 연애를 매듭 공예처럼 했다. 부지런히 고운 실을 찾아 공들여 예쁜 모양을 만들었다.

그런 여리가 한참이나 연애를 안 하기에 무슨 심경의 변화라도 있나 했더니 뜻밖에 이제 남자가 지겹다는 대답이 돌아왔다. 말 그대로 참담하게 끝난 직전의 연애가 미친 여파인 것 같았다.

"연애도 지겹고, 새로운 사람 만나는 것도 귀찮고, 얘나 쟤나 결국엔 다 똑같을 거 같고."

대꾸는 하지 않았지만 태경도 그 마음이 전혀 이해가 안 가는 바는 아니었다. 그때 여리가 뭔가 생각난 듯 불쑥 말했다.

"그냥 재활용이나 해 볼까."

"재활용?"

"응, 예전에 만났던 사람 중에 괜찮았던 사람으로."

말뜻을 이해한 태경이 질색한 표정을 지었다.

"진심이야?"

"왜, 꺼진 불도 다시 보자, 몰라?"

"깨진 그릇 다시 붙여 봤자지."

"편하잖아. 한 번 검증 끝났으니까."

구구절절 내가 어떤 사람인지 설명하고 이해시키고 서로 맞는지 아닌지 탐색하고 알아보는 귀찮은 과정을 거칠 필요가 없다는 거다.

"그 귀찮은 게 연애 아냐?"

"맞는데, 내가 지금 그럴 에너지가 없다."

그러면서 여리는 태경에게 너는 그런 사람이 없냐고 물었다.

"무슨 사람?"

"다시 만나 보고 싶은 사람 말이야."

태경은 일순의 망설임도 없이 고개를 가로저었다.

"없는데."

"정말? 잘 생각해 봐. 다시 생각해도 조금이라도, 진짜 눈곱만큼이라도 아쉬운 사람이 한 명도 없어?"

"없어."

"첫사랑이었거나 뭐 서로 좋아했지만 타이밍이 안 맞아서 아쉽게 엇갈렸다거나 지금이라면 좀 다르게 될 수도 있었을 것 같은 사람이라거나."

그 말을 듣는 순간, 태경의 머릿속에 맥락도 없이 떠오른 사람이 김서우였다.

"있네, 있어. 표정 보니까 딱 있는데?"

여리가 신이 난 듯 연이어 추궁했다.

"누군데? 말해 봐. 나도 아는 사람이야?"

"아니."

"그럼?"

"……스물한 살 때, 군대 가기 바로 전이었는데."

그렇게 해서 태경은 정말 오랜만에 서우를 떠올렸다. 왜 그 시점에서 김서우 얘기를 했는지는 태경도 모르겠다. 첫사랑도 아니고, 서로 좋아했지만 타이밍이 안 맞아서 아쉽게 엇갈린 것도 아니고, 그때나 지금이나 어떻게 해 보고 싶은 마음도 없다. 여리가 제시한 조건에 맞는 게 하나도 없는데.

'오히려 그 반대지.'

미련이 있다면 김서우 쪽일 것이다. 금방 쉽게 반하고, 조금만 잘해 주는 시늉만 해도 그대로 넘어가 버리는 만만한 김서우. 안타깝게도 저 외엔 그마저도 잘해 준 사람이 없었는지 고등학교 내내 뒤에서 저를 훔쳐만 보다가 대학까지 쫓아와서도 결국 제대로 시작 한번 못 해 보고 끝나 버린 서우의 가엾은 짝사랑.

'아니, 그렇지도 않은가.'

어쩌면 이것도 제 착각일지 모른다. 제 입으로 그렇게 잘 반하고 잘 잊는다고 했는데, 저라고 예외일 리가 없었다. 결국 둘 사이가 어떻게 끝났는지를 떠올리면 더 그랬다.

태경에겐, 물론 그 역시 그렇게까지 기를 쓰고 연락을 시도하지 않은 것도 사실이지만, 그래도 특수한 상황이란 게 있었다. 하지만 김서우는 그런 것도 아니면서 얼마든지 할 수 있음에도 자의로 태경과 연락을 끊었다.

"너 여기 왜 왔어?"

태경은 마지막으로 서우를 본 날을 떠올렸다. 마침 그날은 입대 전 마지막으로 친구들이 서울에서 본가까지 내려와 송별회를 열어 준 날이었다.

거의 취하는 일이 없는 태경도 그날만큼은 예외였다. 미리 집 근처에 모텔을 잡아 놓고 초저녁부터 근방 술집의 술이란 술은 죄다 동낼 기세로 퍼마셨으니 만취한 건 당연했다. 어찌어찌 겨우 네발로 기어 다니는 친구들을 양 떼처럼 몰아 모텔에 집어넣고 본능에 의지해 저 혼자 집으로 가던 시각이 거의 새벽 3시였다.

"너."

집으로 들어가는 골목 어귀에 누군가 서 있었다. 태경은 한참이나 멍하니 그 자그마한 인영을 쳐다보기만 했다. 달빛을 받아 반짝이는 분홍색 머리가 누구인지 못 알아봐서가 아니라 대체 여기 나타날 이유가 없는 사람이기 때문이었다.

번뜩 술이 깨는 것 같기도 하고 뇌가 아주 곤죽이 되어 환상을 보는 것 같기도 했다. 태경이 철저한 유물론자가 아니었다면 분명 귀신이 아닌가 의심했을 것이다. 순진하고 예쁜 얼굴로 지나가는 사람을 유혹해 쥐도 새도 모르게 넋을 빼 간다는 요물.

"김서우?"

"……."

"너, 네가 왜 여기 있어……?"

비척비척 걸어 서우 가까이로 갔다. 이런 시간, 이런 장소에서 오다가다 마주칠 리가 없다. 그런 우연이 있을 리 없다. 대체 왜 여기 있느냐고 태경으로선 지극히 타당한 질문을 던졌지만 서우는 저를 추궁한다고 느꼈는지 부쩍 몸을 움츠리며 사과의 말을 늘어놓았다.

태경은 고개를 휘휘 저으며 그런 말을 듣고자 한 게 아니라는 뜻을 표하려 애썼다. 술에 취해 표정이나 말투 관리가 잘 되지 않았다. 혀가 꼬이지 않은 게 다행이라고 생각했지만 사실 그랬다 해도 본인은 몰랐을 것이다.

"군대 가신다고."

"뭐."

"선배님 곧 군대 가신다고 들어서……."

태경이 작게 웅얼거리는 서우의 말을 듣느라 굽히고 있던 상체를 바로 세우고 서우를 내려다봤다.

"그래서, 지금 작별 인사 하러 온 거야?"

"……네."

"이 시간에?"

피식 웃음이 나면서 동시에 약간 화도 났다. 전부터 그랬지만 김서우는 용감해야 할 때와 아닐 때를 구분을 못 한다. 이 시간에 여기가 어디라고 겁도 없이 혼자.

"그럼 해."

그 말에 정신이 든 듯 서우가 두서없이 건강, 몸조심, 무사히 같은 말들을 늘어놓기 시작했다. 태경은 중간부터 거의 듣지도 않았다. 겉보기엔 티가 안 나 김서우는 잘 모르는 것 같은데 사실 지금 태경은 제대로 서 있기도 힘든 상태였다.

"다 했어?"

한 박자 늦게 서우가 조용해진 것을 알아채고 태경이 느릿하게 물었다. 서우가 고개를 저었다.

"또 뭔데?"

"저……."

"말해."

"편지 써도 될까요?"

태경이 또다시 픽 웃으며 그러든지, 하고 대답했다. 그게 뭐라고, 서우의 얼굴이 처음으로 환해졌다.

"이제 됐어?"

"네."

"그래, 그럼 잘 가."

"네. 밤늦게 정말 죄송했습니다, 선배님. 안녕히 주무세요."

서우가 상황에 맞지 않는 상식적인 인사를 하고 허리를 숙였다. 그러고는 정말로 그대로 미련 없이 태경을 지나쳐 걸어갔다. 태경이 어이없는 눈으로 도망치듯 멀어지는 뒷모습을 바라보았다. 조그만 몸이 금방이라도 밤안개에 파묻힐 것 같았다.

생각보다 먼저 몸이 나갔다. 깨달은 순간엔 이미 제 손이 서우의 팔을 잡아채고 있었다.

"어떻게 가려고? 지금 버스도 없는데."

첫차가 다니려면 아직 한참 멀었다. 태경이 대학에 입학한 뒤 아버지와의 길고 긴 법정 공방을 끝낸 어머니가 서울을 떠나 전원생활을 하고 싶다며 새로 꾸린 본가는 시가지에서 꽤 벗어난 외곽에 위치해 있었다. 그 흔한 PC방이나 24시 커피숍도 없었고 편의점도 새벽 1시면 문을 닫아 달리 시간 때울 만한 곳이라곤 하나도 없었다.

"괜찮아요. 택시 타고 가면 돼요."

딴엔 씩씩하게 말했지만 여자 혼자 이 야심한 시각에, 이렇게 외딴곳에서 택시를 잡는 게 얼마나 위험한지는 술에 전 머리로도 충분히 알 수 있었다.

"택시비는 있어?"

"네."

서우가 아무 문제 없다는 듯 고개를 끄덕였다. 그럼에도 태경은 서우의 팔을 잡은 손을 놓지 않았다. 말없이 한참을 뚫어져라 쳐다보기만 하자 서우는 점점 당황해했다. 가장자리가 뚜렷한 갈색 눈동자가 갈피를 잃고 이리저리 흔들리는 것을 보다 태경이 천천히 낮게 물었다.

"너 진짜 여기 왜 왔어?"

뜬금없는 물음에 서우의 눈이 커졌다. 술 냄새가 지독하게 났을 텐데 그제야 서우는 지금 태경이 술에 취한 건가 약간 의심하는 눈빛이었다.

"정말 나한테 군대 잘 갔다 오라는 인사만 하러 여기까지 온 거야?"

서우가 불쑥 겁먹은 표정을 지었다. 잘못을 추궁받는 어린아이 같은 얼굴이다. 지금 겁먹을 사람이 누군데 네가 겁을 먹어. 태경은 어처구니가 없어 픽 웃었다. 원치도 않은 무거운 고백을 받고 마음의 짐을 지게 될 쪽은 이쪽이다. 그럼에도 기회를 주겠다는데.

"너 나 좋아해?"

"……"

"너 나 좋아하지."

금방이라도 무슨 말을 쏟아 낼 것처럼 작은 입술이 달싹였지만 서우는 끝내 아무 말도 하지 않았다. 아니, 어쩌면 태경이 충분한 시간을 주지 않아서였는지도 몰랐다. 술기운 탓인지 인내심도, 시간 개념도 온통 뒤죽박죽이었다.

태경은 서우가 대답할 때까지 기다리지 않고 서우의 팔을 잡고 걸음을 옮겼다. 집으로 데려갈 수도 없고 혼자 택시를 태워 보내기도 불안하고 그렇다고 길바닥에 그냥 두고 갈 수도 없으니 태경은 친구들을 집어넣은 모텔로 서우를 데려갔다. 그나마 주인이 동네 사람이라 믿을 만한 곳이었다. 그 와중에 김서우는 모텔비를 자기가 내겠다고 해서 태경을 웃겼다.

"여기서 쉬다가 아침에 날 밝으면 그때 집에 가. 문단속 잘하고."

객실 앞까지 서우를 데려다준 태경은 그대로 돌아 모텔을 나오려 했다. 모텔에 처음 와 본 김서우가 카드 키를 슬롯에 꽂아야 전기가 들어온다는 것도 모르지 않았다면 분명 그랬을 것이다.

내친김에 태경은 방까지 들어가 안을 점검했다. 창문과 욕실, 잠금 장치를 비롯해 방 안 구석구석을 둘러보고 커튼을 꼼꼼하게 친 것까진 기억이 났다. 후끈한 방 안 공기에 갑자기 술기운이 확 올랐다.

정신을 차리려고 잠깐 앉아만 있으려던 게 그대로 고꾸라지듯 잠이 든 것 같았다. 그리 오래 자지는 못했다. 너무 덥고 갈증이 나 눈을 떠 보니 여전히 뿌연 어둠 속이었고 코앞에 김서우의 얼굴이 둥둥 떠 있었다. 당황한 것 같기도 하고 겁먹은 것 같기도 한 얼굴을 보니 이게 꿈인가 생시인가 싶었다.

"너 여기서 뭐 해."

물었지만 대답을 들을 생각도 없었다. 어둠 속에 희미하게 보이는 갈색 눈에, 뽀얗게 빛나는 목덜미에, 작은 새의 부리처럼 자꾸만 달싹이는 붉은 입술에 시선이 갔다. 작고 부드러워 한입에 넣기 딱 좋아 보였다. 입 안쪽이 뜨겁고 목구멍이 타는 듯했다.

태경은 눈앞의 입술을 물고 제 입 속에 넣어 보았다. 혀를 내어 좁고 뜨거운 입 안을 핥자 서우의 작은 몸이 바르르 떨리며 목구멍에서 앓는 듯한 소리가 울렸다. 그 소리가, 감촉이 미칠 듯이 좋았다. 머리가 핑핑 돌고 척추를 따라 내리꽂히듯 전율이 흘렀다.

그때의 기분을 떠올려 보면 어떻게 거기서 중단할 수 있었는지 의문스럽기까지 했다. 그 정도 키스만으로 그렇게 흥분해 버린 건 처음이었다. 아마도 과도한 음주가 빚어낸 안타까운 소실이었겠지만 애초에 술이 아니었다면 일어나지도 않았을 일이었다. 입대를 앞두고 여자를 사귈 마음은 추호도 없었고 김서우는 더더욱 고려해 본 적도 없었다.

끊어졌던 기억이 다시 연결됐을 때 저는 침대 한가운데 혼자 누워 있었다. 순간, 직전까지 누구와 있었는지 떠올리고 소스라치듯 몸을 일으키던 태경이 이내 급한 한숨을 토해 냈다.

김서우는 창문 바로 아래 벽에 오도카니 웅크린 채 저를 보고 있었다. 흐린 새벽빛 때문인지 평소보다 창백해 보이는 얼굴이 묘하게 차분했다.

"거기서 뭐 해."

말해 놓고 보니 이건 자신이 할 말이 아닌 것 같았다. 쉬고 가라고 데려다 놨는데 정작 침대를 차지해 버린 건 자신이다. 태경이 이마로 흘러내린 머리칼을 쓸어 올리며 침대에서 일어섰다.

기분이 좋지 않았다. 본능적으로, 늦었지만 지금이라도 얼른 이 방에서 나가야 한다는 생각이 거의 위기감에 가깝게 들었다. 그 정도 휴식으로 깰 술이 아니었는지 여전히 머리가 맑지 않았다. 거기다 몸 상태가 좀 이상했다. 새벽이라 다리 사이가 묵직한 건 그렇다 쳐도 뭔가 애매하게 해갈되지 않은 열기가 배 속에 고여 있었다.

그제야 태경은 잠들기 직전 자신이 서우에게 키스를 했다는 사실이 떠올랐다.

"어, 내가……."

김서우 앞에서 말을 더듬어 본 건 처음이었다. 아니, 서우뿐만 아니라 어떤 사람과도, 이런 상황 자체가 처음이었다. 서우는 태경과 눈이 마주치자마자 묻지도 않았는데 아무 일도 아니라는 듯, 아무 일도 없었다는 듯 강하게 고개를 저었다.

태경은 그 얼굴에 잠깐 눈길을 주다 인상을 찌푸렸다. 손바닥으로 지끈거리는 관자놀이를 세게 눌렀다. 기억이 제대로 나지 않았다.

키스를 하긴 한 것 같다. 근데 그게 전부였나? 그다음은? 아니, 키스를 한 건 확실한가? 어디서부터가 꿈이고 망상이고 실제 일어난 일인지 알 수가 없었다. 머릿속이 뒤죽박죽이었다.

"아, 씨발……."

혼란스러움에 저도 모르게 욕설이 튀어나왔다. 거의 한숨처럼 작은 목소리였는데 서우는 벼락을 맞은 듯 와락 몸을 움찔했다. 태경은 그에 신경 쓸 겨를이 없었다. 어느 정도 정신을 차리고 보니 이게 다 무슨 일인가 싶고 일을 이렇게 만들어 버린 자신에게 짜증이 났다.

"좀 불편한 얘기일 수도 있겠지만 이런 건 확실히 하고 넘어가야 해서 말이야."

낮게 잠긴 음성은 제가 들어도 위협적이었지만 일부러 낸 게 아니었다. 그 사실을 알 리 없는 서우는 부쩍 겁먹은 눈으로 저를 보았다.

"내가 너랑 잤어?"

"……."

"내가 너한테 키스했어?"

"……."

"내가 너한테 무슨 짓 했어?"

서우는 셋 다 아니라고 거짓말을 했다. 최소한 그중 하나는 거짓말이었다. 적어도 키스까지는, 그 느낌만큼은 착각이나 환상이 아닌 것 같았으니까. 하지만 그에 반박할 기분도, 상황도 아니라 태경은 알겠다는 뜻으로 고개만 끄덕이고 곧장 모텔을 나왔다. 누가 썼는지도 모를 모텔 침대 따위에 잠깐이라도 누웠다 생각하니 끔찍해 견딜 수 없었다.

집으로 돌아가 곧장 샤워를 하고 기절하듯 다시 잠들었다. 사과건 수습이건 맨정신에 해야 할 것 같았다. 해가 중천에 떠서야 눈을 뜬 태경은 상현에게 물어 서우의 휴대폰 번호를 알아냈다. 결론적으로 무슨 영문인지 전화는 끝내 연결되지 않았다. 3일 뒤, 태경은 그대로 훈련소에 입소했다. 좀 찜찜했지만 크게 신경 쓰지 않았다.

어차피 같은 학교, 같은 동아리다. 태경이 영원히 군대에 말뚝 박는 것도 아니고 김서우 역시 어디 도망갈 것도 아니니 곧 다시 볼 수 있을 거라 생각했다.

하지만 첫 휴가 때부터 조짐이 이상했다. 얼마 되지도 않았는데 김서우는 벌써 동아리를 나갔다고 했다.

"양평에 MT 갔다가 재호 선배랑 싸웠어. 처음부터 둘이 좀 위태위태하긴 했는데 결국 폭발했나 봐. 그 얌전한 애가 그 길로 말도 없이 집에 가 버렸더라니까."

그 뒤로 한 번도 김서우를 보지 못했다고 했다. 혜원과 상현을 비롯한 다른 부원들이 수차례 연락을 시도했지만 결국 김서우는 탈퇴 처리 되었다.

그래도 그게 마지막일 줄은 몰랐다. 그 뒤로도 휴가 때마다 종종 학교에 들렀지만 김서우를 본 일은 한 번도 없었다. 캠퍼스가 그리 넓다고는 생각 안 했는데 십 리 밖에서도 한눈에 들어올 그 분홍색 머리와 특유의 기운 없이 터벅터벅 걷는 모양은 영영 어디에서도 보이지 않았다. 그렇게 간절하게 써도 되냐고 묻더니 편지가 온 일도 없었다.

그렇게 전역을 하고 스물세 살이 되어 2학년에 복학했다. 동아리 방에서 오랜만에 만난 허채윤에게 지나가는 투로 서우의 안부를 물었던 태경은 새로운 소식을 듣게 됐다.

"서우 작년에 자퇴했어요."

집안 사정으로 급하게 자퇴를 했고 채윤과도 연락이 끊겼다고 했다. 그 뒤로는 소식조차 듣지 못했다. 가끔씩, 그때처럼 비 오는 날이나 비슷하게 닮은 얼굴을 보면 생각은 났지만 그뿐이었다.

그저 수없이 많았던, 뒤에서 저를 몰래 좋아하던 사람 중 한 명이었다. 무수한 익명의 시선 중 하나였을 뿐이다. 어쩌다 보니 사고 같은 스킨십을 하긴 했지만 기억에 남은 교감도 추억도 아무것도 없다.

"예, 박 대리님. 서태경입니다."

담배 하나를 다 태우고 차에 탄 태경이 출발하기 전, 같은 회사 팀원인 박수영 대리에게 전화를 걸었다. 수영이 내일까지 꼭 회사에 제출해야 되는 서류가 있는데 갑자기 연차를 쓰게 됐다며 태경에게 대신 내 줄 것을 부탁한 것이다.

"지금 병원이십니까?"

태경의 사수인 박수영 대리는 태경보다 다섯 살이 더 많은 서른한 살이었다. 작년 태경이 입사하기 직전 결혼을 했고 최근 아내가 임신을 했다. 반가운 소식인데 아내가 몸이 약한 탓인지 유산 기미가 있다고 계속 걱정을 하더니 결국 어제 갑자기 병원에 입원을 하게 된 모양이었다.

"아닙니다. 형수님 아프신데 자리 비우시면 안 되죠. 제가 병원으로 가겠습니다."

태경이 전화를 끊고 곧바로 수영의 아내가 입원해 있다는 H대 병원으로 차를 몰았다. 제 사수라서가 아니라 객관적으로 봐도 수영은 꽤 괜찮은 사람이었다. 일도 잘하고 유능한데 따뜻하고 인간적이기까지 한 그는 앞과 뒤가 보기 드물게 일치하는 사람이었다.

"805호라."

병원에 도착한 태경이 선물 가게에 들러 음료수를 사 들고 로비에서 수영에게 전화를 걸었다. 수영이 미리 병실 호수를 알려 주긴 했지만 다른 사람도 아니고 임산부인데 초면에 불쑥 병실로 들이닥치면 실례가 될 것 같았다.

"대리님, 저 도착했습니다."

─어, 태경 씨, 올라와요. 나 병실에 있어요.

"그래도 괜찮을까요?"

─괜찮아요. 우리 와이프도 괜찮대요. 서로 얼굴도 한번 못 봤는데 이참에 인사도 하고.

수영은 좋은 남편이기도 했다. 듣기로는 결혼과 동시에 형편이 어려운 처가 식구들과 합가해서 산다고 했는데 그에 대해 불편한 기색을 비치기는커녕 유부남들이 흔히 결혼 생활을 두고 농담처럼 들먹이는 부정적인 말이나 자기비하적 넋두리도 하는 법이 없었다. 점잖은 사람이라 아내에 대해 많은 말을 하지는 않았지만 어쩌다 아내 이야기만 나와도 수줍게 얼굴을 붉히며 웃곤 했다.

수영의 아내는 같은 회사 총무팀에 근무했다. 층이 달라 태경은 수영의 아내를 한 번도 본 적이 없었다. 오가는 소리를 들으니 정직원이 아니라 협력 업체 파견직인 모양이었다. 때문에 둘이 결혼할 당시, 사내에 이런저런 말들이 많았던 것 같았다. 그럼에도 수영이 워낙 아내를 아껴 그 앞에선 아무도 함부로 입을 열지 못했다.

8층으로 올라간 태경이 805호의 문을 두드렸다. 들어와요, 소리가 들리자 태경이 손잡이를 밀어 문을 열고 안으로 들어갔다.

"대리님."

2인실이었지만 바깥쪽 병상은 비어 있었다. 안쪽 소파에 앉아 있던 수영이 반색하며 일어나 태경을 맞아 주었다.

"오느라 고생했어요."

가느다란 금속 테 안경을 쓰고 중키에 보통보다 약간 마른 체구의 박수영은 딱 책상물림 같은 인상이었다. 태경과 비교하면 평범하기 그지없는 외모다. 하지만 눈빛이 따뜻하고 미소가 부드러워 누구에게나 쉽게 호감을 살 얼굴이기도 했다.

"휴일인데 귀찮게 해서 미안해요, 태경 씨."

"아닙니다."

"인사해요, 여긴 우리 와이프."

수영이 병상을 가리고 있던 커튼을 걷으며 말했다. 안쪽에서 자그만 사람 그림자가 반쯤 기대 있던 몸을 똑바로 일으켜 앉는 게 보였다.

"처음 뵙겠습니다."

침대 옆으로 길고 큰 창이 나 있어 봄 햇살이 과하다 싶을 정도로 쏟아져 들어오고 있었다. 살짝 고개를 숙였다 든 태경의 눈에 제일 먼저 들어온 것은 하얀 병원복 위로 길게 늘어진 머리카락이었다.

옅은 밤색의 실 같은 머리카락 아래 초록색 병원 담요가 덮여 있었다. 왠지 부피감이 느껴지지 않는 담요 위로 나뭇가지처럼 가느다란 손목과 표백한 것처럼 새하얀 손이 가만히 얹혀 있는 광경은 어울리지 않게 평화로워 보이기까지 했다.

태경의 긴 눈꼬리가 흠칫 떨렸다. 가볍게 의례적인 미소를 담고 있던 입술이 순식간에 얼어붙었다. 역광 아래 서서히 드러나는 얼굴이 페이드인으로 시작되는 영화의 첫 부분을 보는 듯했다.

'이건.'

어디선가 이명이 들렸다. 아까 여리와 그런 대화를 나눈 탓에 뇌가 잠시 착각을 일으킨 것일까. 태경은 완전히 무방비한 표정으로 멍하니 저를 향하고 있는 작고 둥근 얼굴을 뚫어져라 쳐다보았다. 제 옆에 있던 수영의 존재도 잠시 잊었다.

눈알이 아릴 정도로 힘을 주고 다시 보아도 눈앞의 풍경은 변함이 없었다. 교복을 입지 않거나 머리가 분홍색이 아니어도, 병원복을 입고 있거나 5년의 세월이 지났어도 한눈에 알아볼 수 있었다.

김서우였다.

"……안녕하세요."

서우가 까칠하게 표면이 일어난 입술을 열어 인사를 했다.

"바쁘실 텐데 일부러 이렇게 병원까지 와 주시고, 정말 고맙습니다."

5년이라는 시간이 이렇게나 긴 것이었나. 개성 강한 미대생을 이렇게 병약한 임산부로 바꾸어 놓을 만큼.

"저, 근데……."

그럼에도 태경은 한눈에 서우를 알아볼 수 있었는데 그건 서우도 비슷했던 모양이었다. 인사를 하고 반쯤은 무의식적으로 말을 건네는 와중에도 시시각각 변하는 표정과 흔들리는 눈동자가 역력했다.

끝내 말을 멈춘 서우가 주삿바늘이 꽂혀 퍼렇게 멍이 든 손등을 들어 머리를 한 번 쓸어 넘겼다. 눈앞의 얼굴이 변하기를 기다리기라도 하듯 태경을 향해 깜박깜박 눈을 몇 번이나 감았다 떴다.

"실례지만 혹시……."

부풀어 오르듯 커지는 서우의 눈동자에서 태경은 8년 전 고등학생을 보았다.

"서태경 선배님?"

서우의 입에서 제 이름이 나오는 걸 듣기까지 8년이 걸렸다.

"맞죠? 서태경 선배님."

근데 그게 왜 이런 상황이어야 했을까.

"정말 선배님이시네요……."

붉게 상기된 서우의 얼굴에 환한, 순수하게 반가움에 겨운 밝은 미소가 번졌다. 처음 보는 그 웃음에 태경은 당황했다. 무슨 말을 해야 할지, 어떤 표정을 지어야 좋을지 알 수 없었다. 무엇보다 이렇게까지 동요하는 스스로가 너무 낯설었다. 도대체 이 알 수 없는, 발밑이 꺼질 것 같은 아득한 기분은 어디서 기인한 것인지.

"오랜만이에요, 선배님."

서우가 더듬지도, 어물거리지도 않는 또렷한 말투로 태경을 똑바로 보며 인사를 건넸다. 그 눈을 마주하는 찰나, 태경은 한 가지 사실을 깨달았다.

자신은 김서우에게 화가 났다. 지금까지, 그 긴 시간 동안 질리지도 않고 내내 화를 내고 있었다. 그것을 여태 몰랐다는 게 이상할 정도로, 얼굴을 보자마자 머리가 빙글 돌고 목구멍이 뜨겁고 관자놀이가 욱신거릴 정도로 열이 올랐다.

"너 그거 먹튀 아니야?"

그 순간 분명해졌다. 둘 중에 진짜로 먹튀를 당한 게 누구인지.

**02**

 —열여덟, 봄.

 공터를 가로질러 건조한 흙바람이 창으로 날아들었다. 철거가 덜
된, 오래전 부도난 가구 공장에선 아직도 희미하게 톱밥이며 접착제,
오일 따위의 냄새가 났다.

 출입구는 자물쇠가 달린 쇠사슬로 손잡이를 칭칭 감아 두어 아무
나 드나들 수 없게 되어 있었지만, 그 옆의 창문이 아예 틀째로 빠져
있어 별 소용이 없었다. 인적이 드문 도로변에 위치한 공장 안쪽엔
만들다 만 의자며 침대, 테이블 따위가 널려 있어 갈 곳이 마땅치 않
은 청소년들이 감시의 눈과 추위를 피해 아지트로 삼기에 딱 좋았다.

벽 쪽에 붙은 나무 테이블에 비스듬히 기대서 있던 태경은 맞은편에서 불어오는 바람을 피해 살짝 고개를 돌렸다. 바람을 타고 먼지 냄새와 탄 냄새, 퀴퀴한 곰팡이와 바닥에 흩뿌려져 뒤섞인 찝찔한 술 냄새가 났다. 역겨웠다.

그와 좀 떨어진 곳에선 더러운 매트리스 위에 둘러앉은 녀석들이 카드를 치고 있었다. 바닥에 아무렇게나 띄엄띄엄 놓인 손전등이 한데 모여 웃고 떠들어 대는 놈들을 희미하게 비추자 버려진 공장의 회백색 벽 위에 녀석들의 그림자가 기괴한 모양으로 문질러졌다.

그 광경을 보며 태경은 슬슬 이 짓도 그만할 때가 됐다는 생각을 했다.

3월이다. 새 학기가 시작되었고 태경도 이제 고등학교 2학년이 되었다. 비록 모범생은 아니었을지언정 한 번도 우등생이 아니었던 적은 없던 태경이지만 그것도 여기까지였다. 이제부터는 진지하게 저와 비슷한 머리로, 저보다 전력을 다해 달려드는 녀석들과 겨뤄야 할 때였다.

애초에 진심으로 일탈에 흥미를 가진 적은 없었다. 한때 잠깐 혹한 적도 있었지만 이런 식의 탈선은 태경 내면의 폭력성과 분노, 갈 곳 없는 에너지를 제대로 풀어낼 출구가 되지 못했다. 그러기엔 그는 너무 약고 회의적이었고 욕심이 많았다.

외모도, 성격도 범상치 않다 보니 언제나 눈길을 끌었고, 먼저 다가오는 이들과 적당히 어울려 준 것뿐, 태경은 이 청소년기라는 갑갑하고 무책임한 시기가 영원히 계속되지 않는다는 것을 알고 있었다.

태경이 주머니에서 휴대폰을 꺼내 시계를 확인했다. 감색 가죽 장갑으로 감싸인 커다란 손에 붙들린 휴대폰이 유난히 작아 보였다. 그때 뒤에서 쑥 뻗어 온 손 하나가 태경의 시야를 침범했다.

"벌써 가려고?"

승준이 옆에 있는 테이블에 올라앉았다.

"아, 너 참 화목에 과외한댔지. 암튼 날라리 중에 최고 모범생."

승준이 킬킬거렸다. 태경이 언짢은 눈초리로 승준을 흘깃 쳐다봤지만 별말 없이 입을 다물었다. 잠시 둘 사이에 침묵이 흘렀다. 손전등 불빛이 모여 있는 곳에서 무슨 재미난 일이라도 있었는지 와르르 웃음이 터져 나왔다. 술병이 바닥을 구르는 소리와 고함 소리, 요란한 박수 소리가 났다.

"근데 쟤는 누구야?"

불쑥 던져진 질문에 승준이 태경을 돌아보았다. 태경의 시선이 원을 그리고 앉아 있는 아이들 한 귀퉁이에 목각 인형처럼 조용히 서 있는 여학생에 닿아 있었다.

"아, 쟤? 이번에 우리 학교 들어온 1학년."

"누가 데려왔는데?"

"채지훈이."

태경이 눈동자를 조금 아래로 움직여 더러운 매트리스 위에 앉아 포커를 치고 있는 채지훈을 쳐다보았다.

"채지훈 여자 친구?"

"아니, 그런 건 아닌 것 같던데."

"저쪽은 맞는 거 같은데."

태경이 턱 끝으로 채지훈의 뒤에 병풍처럼 서 있는 여학생을 가리켰다. 오늘 저녁 내내 그는 채지훈의 꽁무니만 졸졸 따라다녔다. 오늘뿐만 아니라 태경이 그를 본 처음부터 그랬다. 행성의 위성처럼, 그 애는 채지훈 주위만 빙빙 맴돌았다.

"그야 채지훈이 꼬시니까."

"여자 친구 아니라면서."

"응, 그렇긴 한데."

승준이 태경에게로 슬쩍 몸을 기울였다. 듣는 사람도 없는데 부쩍 목소리를 낮췄다.

"너 장화여고 3학년 김서희 알지?"

"몰라. 그게 누군데?"

"야, 너 정말 김서희 몰라?"

승준이 눈을 크게 뜨며 되물었다. 내가 알아야 되냐는 무심한 태경의 대꾸에 혀를 차면서도 순순히 김서희에 대한 브리핑을 늘어놓았다.

현재 장화여고 3학년에 재학 중인 김서희는 어릴 때부터 뛰어난 외모로 인근 중, 고등학교 학생들 사이에선 그 이름을 모르는 이가 없을 정도의 유명 인사였다. SNS상에선 이미 어지간한 연예인 못지않은 인기를 누리고 있었고, 당연히 연예 기획사로부터 컨택도 심심찮게 받아서 사실상 연예계 데뷔는 시간문제일 거라고.

"김서희 모르는 남고생이 다 있다니."

승준이 놀리듯이 태경을 향해 빙글빙글 웃으며 말했다.

"하긴 서태경이 남자 김서희니까."

그 말에 태경이 눈살을 찌푸렸다.

"그래서."

"뭐?"

"그래서 김서희랑 쟤가 뭐 어쨌다는 거냐고."

"아 참. 그래서 뭐냐면."

승준이 다시 목소리를 낮췄다. 어차피 본인 빼고는 다 아는 이야기이기에 다른 이가 듣는 건 별문제가 안 됐지만 당사자 귀에 들어가면 곤란했다.

"저기 김서우가 그 김서희 동생이거든."

채지훈의 병풍 이름이 김서우인 모양이었다. 태경이 냉소를 띠며 어쩐지, 하고 중얼거렸다. 돈이든 외모든 힘이든 어딜 보나 중간밖에 못 가는 채지훈은 가진 것에 비해 욕심이 많아 저보다 잘난 인간들의 곁에 붙어서 그들의 것을 제 것인 양 허세를 부리는 깡통 같은 놈이었다.

"어쩐지?"

"한심하다고."

승준도 부정하지 않겠다는 듯 어깨를 들썩였다.

"채지훈 예전부터 어떻게든 김서희랑 한번 엮이고 싶어 안달이었잖아."

그런데 그 동생이 같은 학교 신입생으로 들어왔으니 그 기회를 놓칠 리 없다.

"근데 네가 웬일이냐?"

"뭐가."

"웬일로 남 일에 관심을 다 가지고."

언제 여기 누가 오고 가는지 알기나 했냐고 승준이 의아해했다. 태경은 대꾸도 없이 바지를 털고 자리에서 일어났다.

"가게?"

승준의 말에 태경이 대답 대신 손만 들어 보였다. 그대로 다른 아이들에겐 간다는 말도 없이 공장을 빠져나왔다. 큰 도로까지 걸어 나와 휴대폰으로 택시를 부르며 머릿속으로 오늘 과외할 분량과 첫 모의고사 전까지 남은 진도를 헤아렸다.

그러다 작게 욕설을 짓씹었다.

"시발."

갑자기 왜 이렇게 기분이 나쁘지. 이유도 없이 뭔가가 거슬린다. 신발 속에 이물질이 들어간 것처럼 불쾌하고 꺼림칙하다.

아무래도 신경과민인 듯하다. 계절 탓인가? 아니다. 장소 탓이다. 태경은 항상 이 다 쓰러져 가는 폐공장이 싫었다. 더럽고 먼지도 많고 공기도 좋지 않고 냄새도 거슬렸다. 학기 초라 여기저기 단속이 심해 어쩔 수 없이 여기서 모였다는데, 알았다면 나오지 않았을 것이다.

태경이 초조한 듯 주머니를 두드리다 쯧, 혀를 차며 장갑 낀 손을 털고 고개를 들었다. 저만치 앞에서 택시가 서서히 속도를 줄이며 가까워지고 있었다.

* * *

　3월 모의고사가 끝나고 태경은 곧장 중간고사 준비에 들어갔다.

　다들 의외라고 생각하는 부분인데 태경은 공부를 썩 잘했다. 1학년 때도 그렇게 놀면서도 최소한 시험 기간만큼은 제대로 공부를 했다. 전교권의 성적은 그냥 나오는 게 아니었다. 제아무리 태경이 평균 이상으로 머리가 좋다 해도 고등학교는 중학교 때와는 또 달라서 아주 손을 놓으면 그대로 저 아래 밑바닥에 깔려 버리는 것이다.

　태경은 욕심이 많았다. 어릴 적부터 못 말리는 고집쟁이로 집안 어른들의 두 손 두 발 다 들게 만들고 뭐든 갖고 싶은 건 다 가져야 직성이 풀리곤 했다던 그는 공부도 적당히 잘하는 정도로는 만족할 수 없었다. 기준도 높고 그만큼 자존심도 세서 지는 것을 죽어라 싫어했다.

　그러는 사이 자연스레 의도한 대로 채지훈 무리와는 멀어졌다. 오는 전화를 거의 받지 않거나 받고도 퇴짜를 놓기 일쑤니 자연히 연락 빈도가 줄었다. 그래도 승준과는 종종 방과 후에 PC방을 가거나 주말이면 만나 같이 밥을 먹기도 했다. 너도 그만 놀고 공부 좀 하지 그러냐는 태경의 나름 우정이 담긴 충고에 승준은 웃으며 고개를 저었다.

　"어차피 대학도 못 갈 텐데 공부는 무슨. 나는 일찌감치 돈이나 벌란다."

　그 말대로 승준은 학교를 다니는 것 외의 시간을 거의 아르바이트에 쏟고 있었다. 자연히 수업 시간 내내 엎드려 자기 일쑤였다.

　열여덟 봄은 그런 시절이었다. 갑자기 닥친 겨울에 혼비백산한

베짱이처럼 갑자기 어떤 어른이 될지 결정을 강요당한 아이들은 갈 피를 잡지 못했다. 할 수 있는 것, 혹은 해야 한다고 생각하는 것에 맹목적으로 매달리거나 등 뒤를 엄습해 오는 미래의 불안함을 애써 모르는 척하며 관성대로 의미 없이 시간을 흘려보내거나 했다.

교실엔 보이지 않는 선 같은 게 그어졌다. 선택에 따라 서서히 갈 리는 아이들의 모습이 눈으로도 보였다.

태경이 같은 반 이상현과 가까워진 것은 그즈음부터였다. 상현은 같은 아파트 단지에 사는 초등학교 동창으로 그때까진 얼굴 정도만 아는 사이였다. 공부는 꽤 잘하는 편이었지만 태경과 어울리기에 상 현은 아주 평범했다. 그것은 다시 말해 태경이 어느 모로 보나 평범 과는 거리가 멀었다는 얘기다.

승준이 농담조로 서태경을 '남자 김서희'라고 말한 건 완전히 농담 만은 아니었다. 태경과 김서희 사이에 차이점이 있다면 그는 SNS를 하지 않는다는 것뿐, 둘은 놀라울 정도로 비슷한 길을 걸어왔다. 어 쩌면 예외적으로 뛰어난 미남, 미녀로 태어난 이들이 공통적으로 따 라가게 되는 궤적일지도 몰랐다.

"저기, 학생 혹시……."

"관심 없습니다."

"아니, 잠깐 얘기만 좀 들어 보지. 나 이상한 사람 아니고……."

"됐어요."

주말에 대충 차려입고 나와 도서관엘 가던 중에도 연예계 종사자 들에게 명함을 받는다. 아니, 정확히 말하면 받은 적은 없다. 내미는 손을 야멸차게 무시하고 눈길도 주지 않은 채 제 갈 길만 가는 태경의 태도에 상현은 처음엔 제가 다 무안한 기분이 들었다.

하지만 시간이 지나면서 차츰 이해가 갔다. 저 얼굴에 잘 웃고 다정하기까지 했으면 본인은 물론이거니와 여러 사람 더 힘들게만 했을 터였다.

"그래도 이런 건 좀 받아 주지."

잠깐 도서관 열람실 자리를 비운 사이, 태경의 책상 위에 캔 커피 두 개가 놓여 있었다. 보자마자 쓰레기처럼 치워 버리는 태경을 보고 상현이 속삭였다.

"그거 준 애도 여기 어디서 보고 있을 텐데."

제 일도 아닌데 안타깝다는 표정을 짓고 있는 상현을 태경은 오히려 신기하다는 듯 쳐다봤다. 누군지도 모를 사람이 준 걸 뭘 보고 덥석 받아.

상현은 요즘 고등학생치곤 보기 드물게 욕설 한마디 하지 않을 정도로 순진하고 착했지만, 적당히 눈치가 있고 성실해서 어울리기에 나쁘지 않았다. 말도 많지 않고 둘 다 영화를 좋아한다는 공통점이 있었으며 결정적으로 또래 남자 평균에 비해 깔끔하다는 점이 태경의 마음에 들었다.

"이따 저녁에 고기 먹으러 갈래? 내가 살게."

태경의 말에 상현이 눈을 크게 뜨고 그를 보았다.

"고기? 웬 고기?"

"김승준이 요 근처 고깃집에서 알바하거든."

"김승준? 혹시, 5반의 김승준 말하는 거야?"

태경이 고개를 끄덕였다. 왜, 가기 싫어? 하고 묻자 상현은 아니라고 고개를 젓긴 했지만 역시 좀 내키지 않는 표정이었다. 싫은 게 아니라 어색해서였다. 그도 그럴 게 승준과 상현은 같은 학교를 다니면서도 아주 다른 공간에 있는 거나 마찬가지였던 것이다.

"승준이 착해."

"……누가 뭐래? 가. 사 준다는데 안 가면 바보지."

둘은 어둠이 완전히 내린 뒤에야 도서관을 나섰다. 택시를 타고 승준이 일하는 고깃집으로 달렸다. 번화가가 가까워지자 불 켜진 간판과 거리의 조명들이 휘황찬란하게 빛났다. 주말이라 눈 돌리는 어디든 사람들로 넘쳐났다.

좀체 풀리지 않는 체증에 택시가 가다 서다를 반복했다. 뒷자리에 등을 기대고 앉아 지루하게 창밖을 내다보고 있던 태경의 눈이 문득 뭔가를 발견한 듯 살짝 커졌다.

"……잠깐만요."

"응?"

태경의 중얼거림에 옆에 있던 상현이 먼저 반응했다. 태경은 그는 쳐다보지도 않고 택시 기사에게 차를 좀 세워 달라고 했다.

"엉? 여기서? 아직 좀 남았는데?"

그러면서도 기사가 서서히 속도를 줄여 깜빡이를 켜고 바깥쪽 차선으로 끼어들었다. 뭔가에 몰두한 듯 눈을 빛내고 있던 태경이 갑자기 찬물을 맞은 사람처럼 고개를 저으며 말을 바꿨다.

"아니, 됐어요. 그냥 계속 가 주세요."

"그냥 가자고? 안 서고?"

"예."

기사는 이랬다저랬다 하는 그가 못마땅했는지 가는 내내 불평을 늘어놓았다. 상현이 몇 번이나 대신 죄송하다고 하는 동안에도 태경은 말없이 창밖만 보고 있었다. 그런 그의 태도 때문에 기사의 툴툴거림이 더 길어졌다. 불편한 몇 분여의 시간이 지나고 둘은 승준이 일하는 고깃집이 있는 골목 앞에 내렸다.

"아까 왜 그랬어? 누구 아는 사람이라도 봤어?"

창밖을 뚫어지게 보고 있던 그를 떠올리고 상현이 물었지만 태경은 대답이 없었다. 상현은 어깨를 으쓱하며 걸음을 옮겼다. 그러다 태경이 뒤따라오지 않는 것을 눈치채고 고개를 돌렸다.

"서태경, 왜 그래?"

태경은 그 자리에 우뚝 서서 뭔가를 생각하듯 미간을 잔뜩 구기고 있었다. 갑자기 입 속으로 뭔가를 사납게 중얼거린 그가 고개를 들고 상현을 향해 먼저 들어가 있으라고 이르고는 몸을 돌려 반대편으로 뛰었다. 너무 순식간의 일이라 상현은 그를 잡지도 못했다.

"야! 어디 가는데?"

"잠깐만 기다리고 있어. 금방 올게."

그 말만 하고 태경은 빠르게 인파 사이로 섞여 들었다. 상현은 어안이 벙벙한 얼굴로 태경이 사라져 간 방향을 멍하니 바라보았다.

"뭐야, 갑자기."

중얼중얼 불평을 늘어놓으면서도 상현은 순순히 걸음을 옮겨 길옆으로 붙어 섰다. 휴대폰을 꺼내 모바일 게임을 하며 시간을 때우는 사이사이 고개를 들어 태경이 오는지 살폈다.

다행히 얼마 지나지 않아 저만치 다른 사람들보다 머리 하나는 더 불쑥 솟아 있는 태경이 보였다. 과연 튀는 얼굴이다 보니 확실히 찾기도 좋았다.

"야, 너 갑자기 어딜 갔다가……."

불평을 쏟아 내려던 상현의 입술이 그대로 얼어붙었다. 태경의 옆에는 아까는 없던 두 사람이 더 있었다. 한 명은 모르는 여학생이고, 다른 한 명은 상현도 익히 아는 동급생 채지훈이었다.

"어떻게 그런 데서 딱 만나냐."

토요일 저녁 고깃집은 손님들로 만석이었다. 소리를 지르지 않으면 옆 사람의 말도 잘 들리지 않을 정도로 시끌벅적했다. 하필 길목에 앉아 온갖 소음과 연기, 간혹 지나가는 이들이 한 번씩 등을 툭툭 쳐 대는 것까지 감수하고 있던 태경은 극도로 예민해진 상태였다.

이럴 줄 알았으면 승준에게 연락해 미리 조용한 자리 하나 빼놓으라고 했을 텐데.

주말인데 안이하게 그냥 온 게 패착이었다. 가뜩이나 정신 사납고 불쾌하기 그지없는데 채지훈이 저도 질 수 없다는 듯 목청을 높여 끊임없이 떠들어 대서 더 짜증이 났다. 이건 명백히 피할 수 있는 재난을 제가 불러들인 셈이라 변명의 여지도 없었다.

"내가 서태경한테 고기도 다 얻어먹고."

채지훈이 히죽거렸다.

"이거 참 오래 살고 볼 일이네."

그 말을 들은 상현이 남모르게 눈을 굴렸다. 말투에 빈정거림이 묻어 있는 것 같은 게 제 착각인지 실제인지 알 수가 없었다. 어쨌거나 둘이 친구가 아니었던가. 근데 왜 저렇게 시종 적대적인 느낌이 들지?

쉴 새 없이 웃고 떠드는데도 채지훈에게선 뭔가 그런 일촉즉발의 아슬아슬함이 느껴졌다. 요즘 태경이 자주 안 어울려 줘서 삐진 건가. 그렇다면 혹시 나에게도 불만이 있지 않을까. 제 친구를 빼앗았다고 생각하면 어떡하지.

상현이 그런 고민을 하는 사이, 물수건으로 제 앞의 테이블을 수십 번째 닦아 내고 있던 태경이 손을 멈추고 가볍게 웃었다.

"그래, 네가 쓸데없이 좀 오래 살긴 했다."

깃털처럼 부드러운 어조라 내용과 달리 재미있는 농담처럼 들렸다. 저도 모르게 피식 웃던 상현의 눈이 채지훈과 마주쳤다. 되쏘아 오는 사나운 눈빛에 얼른 시선을 돌린 눈길이 이번엔 그 옆에 있던 여학생과 만났다.

태경이 채지훈과 함께 데려온 그는 같은 학교 1학년인 김서우라고 했다. 딱 보기에도 말수가 적게 생겼는데 실제로도 그런지 가게로 들어와 자리에 앉는 동안에도 먼저 말 한마디 하지 않았다. 그러면서도 쉴 새 없이 같이 있는 세 사람의 눈치를 살피는 게, 무심한 게 아니라 소심한 성격 같았다.

"어, 너 아까 3반이라고 했지?"

채지훈이 뭐라 시비를 걸어오기 전에 상현이 얼른 서우에게 말을 걸었다. 서우가 고개를 끄덕이며 작게 네, 하고 대답했다.

"3반이면 지예원 알아? 걔 내가 아는 동생인데."

"아, 네……."

갑자기 서우의 얼굴이 약간 어두워졌다. 상현을 바라보던 순한 갈색 눈동자가 아래로 떨어지고 길게 내리깐 속눈썹이 눈가에 그늘을 드리웠다. 뭔가 겁을 먹은 듯 불안한 기색이었지만 정작 대화를 나누고 있던 상현은 몰랐다.

"안 친해? 예원이 걔 되게 성격 좋은데."

"별로 말을 해 본 적이 없어서……."

"그래?"

서우가 작게 고개를 끄덕였다. 그 얌전한 모습을 상현이 곰곰이 쳐다보았다.

아까부터 계속 하던 생각인데, 이런 애가 왜 채지훈 같은 애랑 같이 다니는지 알 수가 없었다. 처음엔 채지훈과 노는 애라는 선입견이 있었는데 가까이서 보니 평범하다 못해 순진해 빠진 얼굴이었다.

화장기 없는 민낯은 고 1이 아니라 중 1이라고 해도 믿을 정도로 어려 보였고 옷도 얌전했고 말투나 태도 역시 온순하고 착했다. 척 봐도 남에게 싫은 소리 하나 못 할 상이라 상현은 금방 그가 편해졌다.

"너 되게 조용하다."

"네? 네……."

"원래 성격이 그래?"

"좀……."

"누가 먼저 말 안 걸면 너도 말 안 하고?"

그러면 친구 사귀기 힘들 텐데, 하고 상현이 말하자 서우가 대답을 하려다 말고 그냥 어설프게 웃었다. 상현이 안타깝다는 듯 서우를 보며 눈썹을 아래로 늘어뜨렸다. 새 학기는 누구나 얼마쯤 힘이 들게 마련이지만 김서우처럼 내성적인 학생에겐 더 그랬다.

"중학교 때 친구들은 많이 붙었어?"

"……아니요."

"그럼 새 친구는 많이 사귀었어? 같이 다니는 친구는 있고?"

"나 있잖아, 나! 눈깔 없어? 얘 나랑 같이 다니는 거 안 보여?"

그때 채지훈이 옆에서 버럭 언성을 높이며 끼어들었다. 서우와 상현, 둘 다 놀라 조금 몸을 움찔했다.

"듣자 듣자 하니 씨발, 존나 나대네. 네가 무슨 상관인데? 얘가 친구 많든 말든."

"상관을 하는 게 아니고……."

"같잖게 지금 꼰대질하나? 왜, 너도 얘가 만만해 보여?"

채지훈이 팔을 뻗어 서우의 등을 함부로 툭툭 쳤다. 작고 마른 몸이 허수아비처럼 휘청거렸다. 상현은 좀 전에 떠올렸던 의문에 대한 답을 스스로 찾았다. 채지훈이 같이 다니니 친구가 없는 거고, 친구가 없으니 채지훈과 같이 다니는 거다.

채지훈도 상현의 생각을 읽었는지 눈을 가늘게 뜨더니 비식 웃음을 띠었다.

"얘, 내가 안 놀아 주면 놀 사람 없어."

"……."

"왕따거든."

재미있는 농담이라도 하는 말투였다. 반사적으로 서우의 안색을 살피는 상현을 보고 채지훈이 가소롭다는 듯 말했다.

"불쌍하면 너도 좀 놀아 줘도 돼."

마치 어린애가 자기 집 강아지를 만져 봐도 된다는 듯한 어조에 상현의 표정이 굳었다.

"얘, 웬만하면 다 받아 주거든. 애가 워낙 마음이 넓고 착해서 말이야."

정확히 알 수는 없지만 뭔가 예민한 곳을 건드리는 말이었다. 상현이 저도 모르게 발끈하는데 때마침 승준이 숯을 들고 나타났다.

"좀 비켜 봐. 불 들어가게."

목장갑을 끼고 집게를 든 승준이 무뚝뚝하게 자리에 앉은 네 사람을 둘러보며 말했다. 특히 얼굴이 붉게 달아오른 상현과 비열한 표정으로 히죽대는 채지훈에게 잠깐 더 머물렀다.

"삼겹살 나왔어."

숯불을 넣고 돌아갔던 승준이 금방 주문한 고기를 들고 다시 나타났다. 승준이 고기와 가위, 집게가 올려진 접시를 태경 앞에 내려놓자마자 맞은편에 있던 서우가 얼른 그것을 제 쪽으로 당겨 왔다.

"음료수 한 병은 서비스다."

"다른 건 없냐?"

채지훈이 옆자리 손님들이 마시던 소주병을 눈짓하며 히죽 웃자 승준이 그를 향해 눈살을 찌푸렸다.

"지랄하지 말고 사이다나 처마셔라."

"손님한테 말하는 본새하곤."

"여기 나 일하는 곳이다."

승준이 태경을 보았다.

"매상 올려 주러 왔으면 시끄럽게 하지 말고 고기나 많이 먹고 가라."

내내 조용하던 태경이 입꼬리를 슬쩍 끌어 올렸다. 시선은 서우가 진지한 태도로 불판 위에 줄을 세우고 있는 고기에 둔 채였다.

"여기 능력제야? 매상 많이 올리면 너 월급 더 받아?"

"고기 파는 집에 능력제가 어디 있나?"

"그런데 뭘 많이 먹으래."

"야."

"알았어. 많이 먹고 갈게."

인상을 쓰며 뭐라 덧붙이려는 승준의 입을 막으며 태경이 걱정 말라는 듯 손을 저었다. 그럼에도 승준은 안심이 되지 않는지 일을 하면서도 계속 그들 쪽을 주시했다. 특히 태경의 안색을 주로 살폈다.

저기서 믿을 놈도 태경밖에 없지만 제일 못 믿을 놈도 태경이었다. 그를 오래 보아 온 승준은 지금 태경의 심사가 썩 좋지 못하다는 걸 금방 알아챘다.

"그거 줘 봐. 내가 좀 구워 줄게."

잠시 짬이 난 승준이 열심히 고기를 굽고 있던 서우의 손에서 가위와 집게를 빼앗았다. 원래 직원이 고기를 구워 주는 집은 아니었지만 가끔 틈이 나거나 어린 아기를 데려오거나 해서 불편한 테이블이 있으면 서비스를 하는 일도 있었다.

"아니, 저 괜찮은데……."

고기가 몇 번 더 추가될 동안 내내 가위와 집게를 놓지 않고 있던 서우의 양 뺨이 불판의 열기로 불그스름하게 달아올라 있었다. 승준은 돌려 달라는 듯 불판 곁을 맴도는 서우의 하얀 손을 못 본 체하고 능숙한 손놀림으로 고기를 빠르게 뒤집어 적당한 크기로 착착 잘랐다.

"처먹지만 말고 좀 돌아가면서 구워라."

승준이 인상을 쓰며 일갈했다.

"매너 없는 새끼들. 너네 이거 다 처먹을 동안 얘는 삼겹살 한 줄이나 먹었냐?"

그 말이 떨어지기 무섭게 상현이 미안하다는 얼굴로 승준을 향해 이제부터 제가 굽겠다고 손을 내밀었다. 태경은 아무렇지도 않은 뻔뻔한 표정을 짓고 있었고, 채지훈은 들은 척도 하지 않았다. 서우가 오히려 안절부절못하며 승준의 손과 그의 얼굴을 번갈아 보았다.

"저 괜찮아요. 주세요. 제가 할게요."

"됐어, 넌 좀 먹어."

"저 잘 먹고 있는데……."

"그래, 냅둬. 잘 먹고 있다는데."

고기가 익는 족족 낚아채 제 입으로 가져가던 채지훈이 끼어들었다. 따지고 보면 여기서 서우를 가장 먼저 챙겨야 할 사람이 그였다. 근데 챙기기는커녕 되레 물 가져와라, 음료수 가져와라, 고기 빨리 뒤집어라, 채소 더 달래라 하며 쉴 새 없이 부려 대기만 했다.

학기 초, 처음 그가 서우에게 접근했을 때와는 완전히 다른 모습이었다. 그때 채지훈은 김서우에게 잘 보이기 위해 입 속의 혀처럼 굴었다. 그래야 그의 언니에게도 잘 보일 수 있을 거란 계산이었을 것이다.

그런데 두 달여가 지난 지금, 처음의 모습은 싹 사라지고 없었다.

"더 먹을 거야?"

승준이 구워 준 고기까지 다 먹고 더 먹겠냐는 태경의 물음에 대답한 건 채지훈뿐이었다. 태경은 군말 없이 고기 3인분을 더 시켰다. 그마저도 다 구워 먹고 밥을 주문한 후 잠시 기다리는 동안, 태경이 채지훈에게 고개를 까딱하며 잠깐 일어나자는 시늉을 했다.

"왜, 바람 좀 쐬게?"

채지훈이 건들건들 따라 일어나더니, 저를 올려다보는 서우의 어깨를 누르고 벌써 밖으로 나간 태경을 뒤따라갔다. 잠시 후, 태경이 자리로 돌아왔다. 서우와 상현이 막 나온 된장찌개와 밥을 앞에 두고 그들을 기다리고 있었다. 채지훈이 있던 자리엔 그가 주문한 냉면이 주인 없는 빈 곳을 지키고 있었다.

"왜 혼자 와?"

상현이 태경과 출입구를 번갈아 보며 물었다.

"채지훈은?"

"갔어."

서우가 번쩍 고개를 들고 태경을 바라보았다. 고기 13인분을 먹는 동안 처음으로 둘의 눈이 마주쳤다. 태경이 그 옅은 갈색 눈을 보며 확인하듯 다시 말했다.

"급한 일이 생겼다고 먼저 갔어."

그 말을 들은 서우는 어쩔 줄 몰라 하며 수저를 내려놓았다. 채지훈이 없는 자리에 저 혼자 앉아 밥을 먹어도 되나 싶은 모양이었다. 자신 없이 입술을 달싹이다가 휴대폰을 들어 쳐다보더니 이내 결심한 듯 일어서는 서우를 보지도 않고 태경이 말했다.

"앉아."

"……."

"채지훈 벌써 갔어. 따라가 봐야 소용없어. 전화도 안 받을 거야."

그러면서 채지훈의 자리에 있던 냉면을 서우의 앞으로 밀어 주었다.

"이거 먹고 너도 집에 가."

서우는 망설이면서도 태경의 말을 거스르지 못하고 젓가락을 들었다. 식사를 마치고 태경이 그만 가 보라고 하자 안절부절못하며 한참을 미적거리다 지갑에서 있는 대로 돈을 꺼내 태경에게 주려고 했다. 태경은 어이없다는 표정으로 내미는 손을 보지도 않고 거절했다.

서우를 보내고 태경과 상현은 가게 밖으로 나와 승준을 기다렸다. 그도 곧 퇴근 시간이었다. 잠시 후, 앞치마를 벗고 옷을 갈아입은 승준이 보이자 상현이 반갑게 손을 흔들었다.

처음 승준이 일하는 가게로 간다고 했을 때 꺼려 하던 모습은 간곳 없었다. 비록 표정은 좀 무뚝뚝하고 말투가 퉁명스러워도 김승준은 채지훈과는 달랐다. 승준이 착해, 라고 했던 태경의 말이 무슨 뜻인지 알 것 같았다.

셋은 근처 편의점 밖 테이블에 앉아 잠시 쉬어 가기로 했다. 5월이 코앞이라 밤공기도 제법 훈훈했다. 바빠서 저녁도 못 먹었다며 급하게 컵라면을 먹는 승준 곁에서, 태경과 상현은 커피를 마셨다.

"근데 있잖아. 아까 그 말 진짜야?"

상현이 계속 마음에 걸리던 것을 조심스럽게 물었다. 태경이 무슨 말? 하고 되물었다.

"아까 채지훈이 한 말 있잖아. 김서우 걔, 자기 반에서 따돌림당한 다는 거."

"내가 그걸 어떻게 알아."

태경이 평소처럼 무심하게 내뱉으려 했으나 약간 날카로운 말투가 나갔다. 상현은 아무래도 신경 쓰인다는 듯 머리를 긁적이다 이내 중 얼거렸다.

"채지훈이 장난친 거겠지?"

"……"

"좀 소심해 보이긴 해도 왕따당할 애로는 안 보이던데."

"왕따당할 애가 따로 있어?"

"그런 건 아니지만……"

김서우는 호감상이었다. 뛰어난 미인은 아니지만 작고 동그란 얼굴에 이목구비가 오밀조밀 예쁘고 귀엽게 생겨 누구나 친근감을 느끼고 쉽게 다가갈 인상이었다.

성격은 좀 내성적인 것 같았지만 그건 친구가 적은 이유는 되어도 왕따를 당할 이유는 못 되었다. 특별히 누군가에게 잘못 찍힌 게 아니라면 따돌림을 당할 이유는 없을 것 같은데.

"글쎄."

태경은 애매하게 대꾸했다. 빨대가 꽂힌 커피 컵의 겉면을 손끝으로 빙빙 신경질적으로 덧그리며 치밀어 오르는 짜증을 눌렀다. 김서우, 채지훈. 괜한 짓을 했다는 생각에 속이 뒤틀렸다. 애초에 그런 식으로 남의 일에 끼어드는 건 태경답지 않은 일이었다.

'왜 그냥 지나치지 않고.'

못 본 척했어야 했다. 길이 그렇게 막히지만 않았어도 가다 서다를 반복하는 택시 안에서 의미 없이 창밖을 내다보고 있던 태경의 눈에 김서우와 채지훈이 들어오지 않았을 것이다. 그들이 실랑이를 벌이듯 어정쩡한 자세로 서 있던 곳이 멀티방 앞이었고, 팔을 붙들린 서우의 표정이 금방이라도 도살장에 끌려가는 소 같다는 것도 몰랐을 것이다.

"걔 소문이 안 좋아서 중학교 때부터 왕따였어."

들고 마시던 컵라면 용기를 내려놓은 승준이 말했다. 소문? 무슨 소문? 하고 상현이 되물었지만 승준은 대답해 주지 않았다. 상현이 이번엔 태경을 쳐다봤지만 태경도 입을 다물고 아무 말도 하지 않았다. 잠시 그들을 번갈아 보던 상현이 난감하다는 듯 뒷덜미를 긁었다.

"어쩐지, 그래서 좀……."

"그래서 좀?"

태경이 뒷말을 종용하듯 되묻자 상현이 눈살을 찌푸리며 웃다 만 것 같은 오묘한 표정을 지었다. 한 번 잠깐 보고 이런 말 하는 것도 우습지만.

"이상하게 애가 좀 짠하고 안돼 보이고 그렇더라고."

불쌍해 보였어. 상현의 입에서 그 말이 떨어진 순간 태경은 내내 김서우를 보며 느꼈던 제 감정에 이름표가 붙은 기분이었다.

\* \* \*

"알고 보니 썩은 동아줄이더라고."

벌써 몇 주 전의 일이었다. 체육 시간에 선생의 심부름으로 창고에 다녀오던 태경은 창고 뒤편 후미진 곳에서 몇몇 아이들과 땡땡이를 치고 있는 승준을 보았다. 수업 시간에 잘하는 짓이다 싶어 뒤통수라도 쳐 주려 다가가는데 처음엔 안 보이던 채지훈의 면상도 눈에 들어왔다.

그러고 보니 그도 승준과 같은 반이었다는 걸 잠깐 잊고 있었다. 태경이 그냥 발길을 돌리는데 그가 떠들던 말이 태경의 덜미를 잡았다.

"김서우 중학교 때부터 존나 왕따였대. 3년 내내 친구 하나 없이 혼자 다녔다는데?"

채지훈은 뭐가 그리 분한지 잔뜩 인상을 쓰면서도 한편 우습다는 듯 정신 나간 사람처럼 낄낄거렸다.

"왜 그랬대?"

물은 건 승준이었다. 채지훈은 비웃음이 역력한 말투로 김서우가 남자 없이 못 사는 애라는 소문이 파다하더라고 했다. 친구의 남자 친구를 빼앗은 것도 여러 번이고, 심지어 남자 친구의 절친까지도 기회가 닿으면 습관처럼 꼬시는 애라고. 그 중학교를 나온 이라면 모르는 사람이 없는 얘기라고도 했다.

"그게 정말이야?"

"몰라, 씨발. 그게 뭐가 중요해. 그런 소문이 있다는 게 중요하지. 암튼 그래서 막판엔 좀 심하게 당했다네? 그래서 일부러 학교도 집하고 먼 이리로 온 거래. 과거 세탁 하고 새 출발 하고 싶었겠지."

"헛소문 아냐?"

그런 성격 같진 않던데, 하는 승준의 목소리가 들렸다.

"아냐."

채지훈이 단호하게 잘라 말했다.

"출처가 기가 막히게 확실하거든."

"누군데?"

채지훈이 극적인 효과라도 주듯 그 부분에서 목소리를 낮췄다. 힘들게 입수한 정보라며 어디 다른 데 가선 말하지 말라고 잔뜩 흥분한 목소리를 듣자니 오늘 그가 가장 하고 싶었던 말이 바로 이것이었다는 걸 알 수 있었다.

"김서희야."

"뭐? 누구? 설마 장화여고 김서희?"

"너도 알고 나도 아는 김서희가 또 있냐."

하지만 김서희는 그 김서우의 언니가 아니냐고, 이번엔 승준이 아닌 다른 목소리가 물었다.

"그러니까 더 골 때리지."

채지훈이 낄낄거렸다.

"김서희 그것도 완전 미친년이야. 아무리 동생이랑 사이가 안 좋아도 그렇지, 중학교도 모자라 고등학교까지 소문을 낼 건 또 뭐야. 이정도면 자매가 아니라 원수 아니냐? 나도 형 새끼 존나 싫어하지만 그 정도는 아닌데."

아닌가? 기회가 있었으면 더한 짓도 했을라나? 하면서 채지훈이 고개를 갸웃거렸다. 이래서야 괜한 데 힘만 뺐다는 채지훈의 말에 승준이 그럼 이제 김서우 손절할 거냐고 물었다. 승준은 아까부터 태경이 하고 싶은 질문만 골라 하고 있었다.

"그럴까 했는데 애가 생각보다 말도 잘 듣고 고분고분해서 데리고 다닐 만하더라고."

채지훈이 음흉하게 웃었다.

"재밌잖아? 자기 언니 정도는 아니지만 와꾸도 쓸 만하고. 걔 지금 나한테 거의 다 넘어왔어. 난 감나무 밑에 앉아 입만 떡 벌리고 있으면 된다고."

그러고 보면 소문이 완전히 틀린 것만은 아닌 것 같다고, 너무 쉽다고 뻐기는 말까지 듣고 태경은 자리를 떴다.

채지훈은 제 말대로 김서우를 손절하지 않았다. 오히려 보란 듯이 하대하며 끌고 다녔다. 그건 괴롭힘과 별반 다를 바 없었지만 아이러니하게도 동급생들 사이에서 김서우를 보호해 주는 장치가 되기도 했다. 어쨌든 채지훈은 후배들 사이에 영향력 있는 개새끼였던 것이다.

그 대화를 듣고 얼마 후, 태경은 승준과 함께 있다가 패거리의 전화에 덩달아 불려 나갔다. 주말이었고, 이미 승준과 그의 집에서 놀고 있었던 터라 적당히 기분이 느슨해진 상태였다. 아니었다면 그 폐공장에 다시 갈 일은 없었을 것이다.

"어머, 태경 오빠 왔어요?"

"야, 서태경. 오랜만이다."

날씨가 좀 풀려서 그런지 아이들은 퀴퀴한 공장 안이 아닌 밖에 나와 있었다. 태경은 저만치 가지가 무겁게 늘어진 벚나무 아래 오도카니 혼자 앉아 있는 김서우를 보았다.

만개한 벚꽃이 달빛을 받아 한껏 부풀어 금방이라도 터져 버릴 것 같은 분홍빛 풍선껌처럼 반짝였다. 그 그늘 아래 김서우는 웅크리듯 좁은 어깨를 구부린 채 그림처럼 앉아 있었다.

"오늘은 과외 안 하나 봐?"

바닥에 퍼질러 앉아 동전을 쌓아 놓고 게임인지 내기인지를 하고 있던 채지훈이 태경을 보고 자리에서 일어나 껄렁껄렁한 걸음으로 다가왔다. 그가 가까이 오자 비릿하게 쏘는 듯한 역한 냄새가 났다. 태경 옆에 붙어 있던 여자애가 주말까지 무슨 과외를 하냐고 대신 핀잔을 주었다.

"왜? 주말엔 과외 안 해? 아, 난 또 몰랐지. 생전 과외 같은 걸 해 봤어야 말이지."

"아, 채지훈, 너 또 태경이한테 시비 거냐?"

"뭐?"

"모르면 닥치든가. 왜 가만히 있는 사람한테 지랄이야?"

여자애가 눈매를 굳히고 딱딱한 음성으로 을렀다. 옆에 있던 다른 후배 하나도 거들었다.

"그래요, 태경 오빠 오랜만에 나왔는데 그러지 마요."

"아니, 내가 뭐랬다고 지랄들이야? 암튼 빠순이들 무서워서 서태경한테 말도 못 붙이겠네."

"뭐? 너 지금 뭐라 그랬어?"

"오빠 말이 너무 심한 거 아니에요?"

저로 인해 불이 붙은 다툼을 모른 척하고 태경이 승준에게로 갔다. 그가 막 과자 한 봉지와 캔을 들고 김서우가 앉아 있던 벚나무 화단 턱에 걸터앉는 걸 본 참이었다. 승준이 김서우에게 말을 거는 소리가 들렸다. 혼자 여기서 뭐 해. 태경의 걸음이 빨라졌다.

"머리가 좀 아파서요."

"많이 달렸냐?"

서우의 고개가 가로저어지다 위아래로 흔들렸다. 맞는다는 거야, 아니라는 거야. 승준이 피식 웃었다. 서우도 따라 조금 웃다가 바로 근처까지 다가온 인기척을 알아채고 고개를 들었다.

가로등 빛을 받아 유난히 창백하게 빛나는 얼굴이 태경을 올려다보았다. 웃느라 살짝 가늘어진 눈과 위로 휘어져 올라간 입꼬리가 아직 제자리로 내려오기 전이었다.

"아, 너는 여기 왜 와. 너 오면 쟤들 다 따라온다고."

승준이 투덜거리면서도 옆으로 옮겨 자리를 내주었다. 태경은 앉지 않고 둘 앞에 섰다. 캔을 들어 목을 축이며 과자를 집어 먹던 승준이 뭔가를 찾듯 주머니를 뒤졌다.

"저리 가."

"아, 왜 그래. 새삼스럽게."

"여기 너 혼자 있어?"

태경이 승준과 실랑이를 벌이자 서우가 둘의 눈치를 보다 다 기어 들어 가는 목소리로 저는 괜찮은데, 하고 소심한 중재를 했다. 태경이 비스듬히 고개를 틀어 서우의 얼굴을 똑바로 쳐다보았다. 가로등을 등지고 선 제 그림자가 작은 얼굴을 온통 뒤덮고 있었다.

"뭐가 괜찮은데?"

"네?"

"이거 괜찮은 거 아니야. 너도 아닌 건 아니라고 똑바로 얘기해."

서우가 눈을 둥그렇게 뜨고 태경을 올려다보았다. 답지 않게 무슨 오지랖인가. 속으로 마땅찮게 혀를 차던 태경의 눈에 슬며시 휘어지는 서우의 입술이 똑똑히 들어왔다.

"왜."

"네?"

"왜 웃냐고."

"아……."

서우는 대답하고 싶지 않은 듯했지만 태경은 물러서지 않고 대답을 종용했다.

"아니, 별건 아닌데……."

"별거 아니면 뭔데."

"그냥 좀 보기보다, 아니 아니, 그냥 되게 친절하신 것 같아서요."

그뿐이었다. 보일 듯 말 듯 한 미소와 친절하다는 한마디.

그 순간 심정이 뒤틀린 것 같은 기분은 빈정이 상해서였을 것이다. 뜻밖이라는 말투가 거슬린 탓이다. 자신이 친절한 인간이라고는 빈말로도 할 수 없었고, 그렇게 되고 싶은 적도 없었지만 결코 친절하단 소리를 들을 일은 아니란 말이다.

"채지훈은 안 그러나 봐."

태경이 충동적으로 내뱉었다.

"너 사실은 이런 데 재미없잖아."

처음 봤을 때부터 딸기 주스나 마시는 게 어울리고 우유 냄새가 날 것 같은 애였다. 패거리 지어 뭉쳐 다니며 위화감을 조성하기보다는 혼자 조용히 있는 듯 없는 듯 지내는 걸 맘 편해하는 게 뻔히 보였다.

"채지훈이 그렇게 좋아?"

언제 봤다고. 입학 직후부터 헤아려도 고작 두 달밖에 되지 않았다. 아무리 채지훈 자식이 작정하고 들이댔다지만 그사이에 뭐가 그리 좋아져서 저렇게 졸졸 따라다니나.

"잘해 줘서요."

"뭐?"

"저한테 많이 잘해 줘요."

서우의 말이 떨어짐과 동시에 태경과 승준의 눈이 마주쳤다. 말하지 않아도 둘은 서로의 얼굴에서 제 표정을 읽을 수 있었다. 우습게도 김서우는 진심으로 그렇게 생각하는 모양이었다. 채지훈이 저를 많이 좋아하고 잘해 준다고. 그래서 자기도 그가 좋고 고맙다고.

"그거 좀 웃기지 않아?"

태경이 저도 모르게 신랄해진 어조로 말했다.

"잘해 줘서 좋아한다는 거."

서우는 한참 동안 태경을 가만히 쳐다봤다. 그의 말을 이해해 보려 했지만 결국 실패했다는 듯 섬세한 눈썹을 슬쩍 찌푸리더니 입술을 열고 천천히 할 말을 골랐다.

"그게 이상해요?"

"안 이상해?"

"그게 왜 이상해요?"

"아무나 좀만 잘해 주면 다 좋다는 말이잖아."

서우가 고개를 저었다. 자조도, 냉소도 없이 아주 당연한 듯, 남들은 다 잘 아는 것을 태경만 모른다는 듯 평이한 어조로 말했다.

"아무나 잘해 주지 않아요."

태경은 그 말의 생략된 주어가 채지훈을 말하는 것인 줄 알았다. 아니었다. 그 말의 목적어는 김서우 자신이었다. 그것을 깨닫는 순간 태경은 저도 모르게 혀를 찰 뻔했다.

약한 이가 예민하지도 않고 조심성도 없으면 그것만큼 불행한 게 없다. 무방비하기 그지없는 태도로 담담하게 제 약점을 털어놓는 김서우는 너무도 허술하고 어리숙해 보였다. 스스로 털을 뽑고 가죽을 벗어 접시 위에 올라간 오리 새끼 같았다. 채지훈은 오래 인내할 필요도 없이 금방 이 애를 뼈째 씹어 먹을 수 있으리라.

그리고 동시에 태경은 처음으로 소문이 거짓이 아니었을지도 모른다는 생각을 했다. 김서우는 철벽이라곤 칠 줄 모르는 성격이었다. 거절을 못 한다는 건 찔러 보기 좋은 감이란 뜻이고, 터진 감에는 날파리가 꼬이는 법이다.

어쩌면 김서우는 자기 언니가 아니었더라도 따돌림을 당했을지도 몰랐다. 그에게는 가학심을 자극하는 뭔가가 있었다. 채지훈이나 태경처럼 성정 나쁜 이들의 후각을 들쑤시는, 스스로를 소중히 여기지 않는 사람 특유의 허무한 냄새가 있었다.

\* \* \*

느지막이 찾아온 장마가 여름 방학이 시작된 뒤까지도 지루하게 이어졌다. 집에서 독서실까지 가는 10여 분 동안 태경은 자신이 헤엄을 치는 게 아니라 걷고 있다는 게 의아할 정도였다. 비 때문에 온도는 좀 낮을지라도 습도가 어마어마하게 높아서 차라리 폭염이 그리울 지경이었다.

설상가상 태풍이 북상하고 있다는 예보까지 있어 대기는 출렁이는 어항 같았다. 쾌적하게 에어컨이 돌아가고 있는 독서실로 들어서자 그제야 좀 살 것 같았다.

시설이 좋은 만큼 인기가 많아 줄을 서야 겨우 들어올 수 있는 독서실에 오늘은 태경 혼자뿐이었다. 상현은 가족들과 여름휴가를 갔고, 같이 독서실을 다니는 다른 친구들도 방학 첫 주는 좀 놀고 싶다며 나오지 않았다.

오전 내 자리 한번 뜨지 않고 공부만 했다. 날씨 탓인지 입맛이 없어 점심도 걸렀다. 2시가 좀 넘어 대충 허기만 때울 생각으로 휴대폰을 들고 휴게실로 갔다. 무음으로 돌린 채 내내 가방 속에 있던 휴대폰 화면엔 부재중 전화와 메시지 알림 몇 개가 떠 있었다.

메시지는 상현이 휴가지인 홋카이도에서 보내온 사진이었다. 라벤더가 핀 들판이며 아이스크림, 호수 따위를 찍은 사진을 대충 훑어보고 부재중 전화를 확인했다. 승준이 건 전화가 세 통, 그 외 다른 전화가 두 통 있었다.

스낵 자판기 앞에서 내용물을 훑으며 태경이 승준의 번호를 눌렀다. 이 시간은 그가 아르바이트를 하지 않는 시간이었다. 신호음이 몇 번 울리기도 전, 승준이 전화를 받았다.

─어디야?

"무슨 전화를 이렇게 했어."

─너 설마 독서실이야?

오늘 방학 첫날인 거 알고 있냐고 승준이 기가 막힌 투로 물었다. 태경은 그게 무슨 상관이냐며 되받았다.

─언제까지 거기 있을 건데?

"저녁때까지."

─그래? 잘됐네.

뭐가 잘됐냐고 묻기도 전에 승준이 먼저 용건을 줄줄 읊어 댔다.

─너 이따 우리 가게 와서 매상 좀 올려 줘라. 요즘 다들 휴가를

가서 그런가 가게가 텅텅 비었다.

"그걸 네가 왜 걱정해. 네가 사장이야?"

—사장 눈치 보는 알바잖아. 암튼 그냥 좀 와. 어, 8시? 대충 그쯤이면 괜찮겠다.

태경이 거절하려고 입을 열었을 때였다. 비도 오고 날도 덥고, 이런 날에 지글지글 달아오른 불판 앞에 앉아 삼겹살 같은 기름진 음식을 먹고 싶은 생각은 추호도 없었다.

—김서우도 오기로 했어.

"뭐?"

태경의 미간이 살짝 구겨졌다.

"너 요즘 걔랑 자주 어울리네."

—네가 안 놀아 주니까 그렇지, 새끼야.

"그럼 둘이서 놀지, 날 왜 불러."

—왜 또 그래. 삐딱하게.

승준이 쯧쯧 혀를 찼다.

—어젯밤에 잠깐 마주쳤는데 애가 영 상태가 좀 그렇더라. 밥 사준다고 오늘 가게로 오라고 했는데 나는 일해야 하잖아.

암튼 그러니까 와서 가난한 알바생과 불쌍한 왕따한테 고기나 좀 사 달라는 말에 태경이 어이없다는 듯 허, 하고 웃었다.

—사회 지도층께서 취약 계층한테 좀 베풀고 그래야지. 노블레스 오블리주 몰라?

"누가 노블이야, 누가 취약 계층인데."

그러고는 승준이 대답할 틈도 없이 연달아 물었다. 약간 낮아진 음성이었다.

"영 상태가 좀 그렇다는 게 무슨 소리야?"

―응?

"상태가 좀 그렇다는 게 무슨 말이냐고."

―아, 그걸 뭐 말해야 아냐.

"……."

―우산도 없이 비를 맞고 가는데도 머리랑 옷에서 쓰레기 냄새가 풀풀 나더라. 어제 공장에서 놀다가 애들이 평소보다 더 과하게 군 모양이더라고.

태경은 말이 없었다.

―암튼 이따 꼭 와.

승준이 아무렇지도 않은 말투로 협박을 했다.

―꼭 오라고. 안 오면 독서실로 쳐들어갈 거야.

"……알았어. 끊어."

태경이 전화를 끊었다. 화면이 까맣게 암전된 휴대폰을 들여다보며 잠시 가만히 서 있었다. 뒤에서 그가 전화를 끊기만을 기다리던 여학생 둘이 어물어물 다가와 말을 걸었지만 태경은 그들의 존재를 공기처럼 무시해 버리고 곧바로 휴게실을 나가 자신의 자리로 돌아왔다.

문을 닫고 잠시 숨을 고른 뒤 다시 공부를 시작하려 했지만 좀처럼 집중이 되지 않았다.

"머리랑 옷에서 쓰레기 냄새가……."

얼마 전 채지훈에게 여자 친구가 생겼다. 김서우와 같은 반 여학생이었다. 그 뒤로도 채지훈은 변함없이 김서우를 불러내고 가는 곳마다 액세서리처럼 달고 다녔다. 말로는 아끼는 동생이라고 하지만 그 여자 친구 눈엔 그렇게 보일 리 없었다.

채지훈은 더 이상 서우의 보호막이 아니었다. 오히려 자신의 여자 친구를 포함한 후배들 사이에서 김서우가 질투와 괴롭힘의 대상이 되는 것을 방치하고 때로는 부추겼다. 그러지 말라고 하는 승준 같은 애들이 없는 건 아니지만 대부분은 장난으로 여기거나 무관심하게 관망할 뿐이었다. 서우는 제 편을 만들 줄도 몰랐고 남에게 대들 줄도 몰랐다.

김승준은 그런 서우가 좀 안되어 보인 모양이었다. 원래도 무른 데가 있던 그는 처음부터 서우를 걸려 하더니 최근엔 부쩍 나서서 챙겼다.

그래 봐야 승준은 밤낮으로 아르바이트하기 바빠 놀 시간도 거의 없는 처지였다. 남 일에 무관심하고 귀찮아하는 태경을 알면서 승준이 굳이 서우와의 자리에 태경을 불러내는 건 그런 이유에서였다. 네가 신경 좀 써 주라는.

'김승준 오지랖은.'

태경이 혀를 차고 시계를 흘깃 보고는 책을 덮었다. 8시까진 아직 시간이 한참 남아 있었지만 깨져 버린 집중이 돌아오진 않을 것 같았다.

독서실을 나오자마자 끈적하게 달라붙는 습기를 헤치며 태경은 집으로 돌아왔다. 아무도 없는 주방에서 간식을 꺼내 먹고 남는 시간 동안 거실에서 영화를 보았다. 흐린 하늘 때문에 커튼을 칠 필요도 없었다.

태경이 승준의 가게에 도착한 것은 8시에서 30분이나 지난 시각이었다. 가게 문을 열고 들어서자 어서 오세요, 하는 목소리가 들렸다. 설마 하는 생각에 그쪽을 바라보자 역시나 커다란 쟁반을 든 서우가 서빙을 하고 있었다.

태경의 입이 절로 열리고 툭 말이 튀어 나갔다.

"너 뭐 해?"

"안녕하세요."

"너 지금 일해?"

그러면서 주위를 휘휘 둘러봤는데 승준은 보이지 않았다. 서우는 그가 뭘 찾는지 눈치채고 승준은 가게에 급한 재료가 떨어진 게 있어 잠깐 사러 나갔다고 했다.

"근데."

"네?"

"너는 뭐 하냐고."

그새 취직이라도 했냐고 묻자 서우가 고개를 저었다. 쟁반으로 얼굴을 반이나 가리고 있어 가뜩이나 작은 목소리가 더 잘 안 들렸다.

"아, 아니요. 승준 오빠 올 때까지 잠깐만 도와주고 있었어요."

"그걸 왜 네가 하는데."

"다른 알바가 없어서요. 사장님은 주방 보시고……."

"……."

"오빠 금방 온다고 했어요."

다른 알바가 있든 없든 가게 사정 따위가 너랑 무슨 상관이냐고 되물으려다 말고 태경이 휙 돌아서 제멋대로 창가에 자리를 잡고 앉았다. 냉랭한 표정으로 다리를 꼰 채 휴대폰을 꺼내 들고는 신경질적인 동작으로 액정을 다다다 두들기기 시작했다. 딱 봐도 심사가 뒤틀린 게, 말 걸지 말고 접근하지 말라는 분위기가 풀풀 풍겼다.

서우는 말없이 그 앞에 물병과 컵, 물수건과 메뉴판만 슬쩍 올려놓고는 슬금슬금 몸을 뺐다. 그러면서 초조하게 승준이 언제 돌아오나 기다리는 것처럼 계속 문 쪽을 돌아보았다. 손님도 한 테이블밖에 없고 더 할 일도 없는데 태경이 고개를 들고 부를 때까지 냉장고 앞에 어정쩡하게 서서 움직이지 않았다.

"뭐 먹을래?"

태경이 대뜸 묻자 서우가 무슨 뜻인지 모르겠다는 듯 눈을 깜빡였다. 태경이 휴대폰을 테이블 위에 탁 소리 나게 내려놓으며 삼겹살? 양념 갈비? 하고 물었다.

"뭐 먹고 싶냐고."

"아, 전 아무거나 괜찮은……."

"그럼 삼겹살 한다."

말이 떨어짐과 동시에 태경이 테이블에 붙은 벨을 눌렀다. 주방에 있던 사장이 나와 주문을 받아 갔다. 눈이 마주치자 태경이 말없이 턱짓으로 앞에 앉으라는 시늉을 했다. 멀뚱히 서 있던 서우는 얌전히 그가 가리킨 자리로 가서 앉았다.

"……."

불러 놓고 앉혔으니 무슨 말이라도 할까 싶어 기다리는데 태경은 창밖만 보며 아무 말도 하지 않았다. 무슨 안 좋은 일이라도 있나 싶어 저도 모르게 살피는 눈길로 그를 보던 서우의 눈이 갑자기 고개를 돌린 태경과 마주쳤다.

"왜."

"네?"

"왜 쳐다보냐고."

"죄송해요."

아니라고 잡아떼지도 않고 사과부터 한다. 태경은 살짝 미간을 찌푸리고 서우를 가만 쳐다봤다. 테두리가 선명한 커피 사탕 같은 눈동자가 아득해 보였다.

이상하게도, 김서우는 너무도 투명해서 비웃음이 날 정도로 제 속내를 못 숨기는 애인데도, 막상 그 눈동자를 볼 때면 태경은 제가 그를 전혀 모른다는 느낌이 들었다. 단순히 가깝고 아니고를 떠나 한 번도 들은 적도, 본 적도 없는 알 수 없는 불가해한 생명체와 마주한 기분이 들 때가 있었다.

"그냥 기분이 좀 안 좋은 것 같아서……."

"내가?"

서우가 고개를 끄덕끄덕했다. 내리깐 눈동자 속에 얼핏 걱정 같은 게 담겨 있는 것 같기도 했다.

"무슨 안 좋은 일이라도 있나 싶어서요."

"아닌데."

누가 누굴 걱정해. 태경은 비웃음이 났다. 그럼에도 왠지 그 순간 약간 기분이 나아지는 것 같기도 했다.

"너야말로……."

태경이 입을 열 때였다.

"아, 승준 오빠다."

서우가 반색하며 창밖을 보고 중얼거렸다. 태경도 그쪽으로 고개를 돌렸다. 박쥐 날개 같은 검은 우산을 쓴 승준이 양 손목에 비닐봉지를 몇 개나 주렁주렁 걸고 걸어오고 있었다.

뭐라 할 새도 없이 서우가 벌떡 일어나 밖으로 뛰어나갔다. 승준이 들고 있는 짐을 들어 주려 했지만 승준이 팔을 돌려 거부하는 게 보였다. 서우는 대신 우산을 들었다. 승준도 그 정도는 괜찮겠다 싶었는지 순순히 우산을 내주었다.

"가지가지 하네."

보고 있던 태경의 입가에 비웃음이 떠올랐다.

"승준 오빠?"

김서우는 진입 장벽이 낮다 못해 아예 없는 애답게 자신에게 친절한 승준에게 금방 마음을 열었다. 그러면서도 태경에겐 묘하게 거리를 두었다. 승준에겐 오빠라고 잘도 하면서 저에겐 그런 호칭을 붙이지 않았다. 아예 부를 호칭이 없어 서우는 멀리서는 태경을 부르지도 못했다.

그 차이가 어디서 왔는지 모르진 않았지만 태경은 기분이 썩 좋지 않았다.

따지고 보면 밥은 제가 더 많이 사 줬다. 오늘처럼 승준이 서우에게 인심을 쓸 때마다 계산은 늘 태경이 했다. 물론 승준처럼 곱게 말을 건넨다거나 일부러 전화를 걸어 불러낸다거나 한 적은 없지만 눈에 보일 때는 그래도 어떤 상황에서든 무시한 적은 단 한 번도 없었다.

'김승준이 좋은가.'

나란히 들어오는 둘을 보며 태경이 곰곰이 생각에 잠겼다. 남자 없이 못 산다는 말이야 악의적인 비방이라 치부해도, 김서우가 잘 반하는 타입인 건 확실했다. 조금만 관심을 주고 다정하게 웃어 주기만 해도 흔들리는 정도가 아니라 아예 풀썩 꺾여 넙죽 엎드려 있다.

심지어 김승준이 주는 관심은 특별한 이성에게 하듯 그런 것도 아니었다. 그냥 좀 친한 친구나 후배한테 하는 일반적인 친절일 뿐인데, 도대체 저렇게 꼬시기 쉬운 애도 드물 것이다.

"눈이 낮아."

태경이 쯧쯧 혀를 찼다. 문을 열고 들어온 승준이 저를 보고 알은체를 하더니 곧장 주방으로 들어갔다. 서우는 다시 제자리로 와 앉았다. 비 냄새가 은은하게 풍겼다. 태경의 시선이 짙게 젖은 서우의 한쪽 어깨에 가닿았다. 흰색 반팔 티셔츠를 입고 있는 탓에 안쪽의 살갗이 다 비쳐 보였다.

"사람 불러 놓고 어디 갔다 왔냐."

앞치마를 매고 나온 승준이 그들의 자리에 숯을 넣고 밑반찬과 채소를 날라다 주자 태경이 툴툴거렸다.

"알바 혼자 일하는 가게를 그렇게 막 비워도 돼?"

"그래서 그새를 못 참고 그렇게 문자로 욕을 바리바리 했냐. 서우가 나 어디 갔는지 말 안 해 줬어?"

태경은 그 말에 대꾸하지 않았다.

"서비스가 이따위니 가게에 손님이 없지."

"비 오는 평일이잖아."

그렇다 해도 저녁 시간대 테이블이 두 개밖에 없다는 건 좀 문제가 있지 않냐며 태경이 정곡을 찔렀다.

"너 알바 딴 데 알아봐야 되겠다. 여기 금방 문 닫겠어."

"하여튼 새끼가 입만 열면 악담이야. 그렇게 걱정되면 많이 팔아주든가."

투닥거리는 둘을 서우는 좀 부럽다는 눈으로 바라보고 있었다. 태경은 뒤돌아 주방으로 가는 승준의 뒷모습을 쳐다보는 서우를 못마땅한 눈으로 쏘아보았다. 곧 돌아온 승준이 주문한 고기를 태경 앞에 놓고는 네가 구워라, 엄포를 놓고 다시 사라졌다. 태경이 집게로 손을 가져갔지만 서우가 한발 빨랐다.

"제가 할게요."

"그러든가."

태경이 집게를 툭 던지듯 서우에게로 밀었다. 서우는 할 일이 생겨 안심된다는 얼굴로 삼겹살을 한 줄씩 가지런히 불판 위에 줄 세웠다.

"어제 공장 갔었어?"

태경이 젓가락으로 파무침을 뒤적이며 심드렁하게 물었다. 내리깐 시선에 서우의 손이 움찔하는 게 보였다.

"부른다고 안 나가면 큰일 날 것 같지."

태경은 대답을 듣지도 않고 말을 이었다.

"생각보다 별일 없어."

"알아요……."

대답이 돌아오지 않을 줄 알았기에 태경이 고개를 들고 서우를 보았다.

"아는데 왜 나가? 설마 재미있는 건 아닐 테고."

"……."

"채지훈이 아직도 그렇게 좋아?"

서우가 강하게 부정하며 고개를 크게 저었다.

"아뇨! 지훈 오빠 여자 친구 있잖아요."

태경이 눈썹을 구겼다.

"여자 친구만 없으면 괜찮다는 소리로 들리네."

"아뇨, 그런 게 아니라……."

"아니면 뭔데."

태경이 도무지 이해가 안 간다는 얼굴로 젓가락을 내려놓았다. 자학이 취미냐고, 그런 것들도 친구라고 없으면 못 살아서 그러냐는 심술궂은 말에도 서우는 대답을 하지 않았다. 고개를 거의 접다시피 푹 처박고 열심히 불판만 들여다보고 있었다.

그런 서우를 한참이나 마땅찮게 쳐다보던 태경이 불쑥 입을 열었다.

"근데 너는 얼굴은 안 봐?"

"네?"

"남자 볼 때 얼굴은 안 보냐고."

서우는 질문의 의도를 모르겠다는 듯 눈을 깜빡이다 조금 늦게 보는데요, 하고 대답했다.

"안 보는 것 같은데."

"보이는데 어떻게 안 봐요. 그냥 바로 보이는데."

의아하다는 어조에 태경이 저도 모르게 피식 웃음을 터트렸다. 서우가 홀린 듯 멍하니 그를 쳐다보았다.

"그렇지. 그냥 보이지."

"……."

"단지 중요하지 않다는 거지."

태경의 중얼거림은 혼잣말 같아서 서우는 대답을 해야 할지 말아야 할지 조금 망설였다.

"어, 음…… 그렇게 생각하세요?"

태경은 서우가 자신을 뭐라 부를지 몰라 주어를 생략했다는 걸 알았다.

"저는 중요하지 않다고 생각하진 않는데……."

그렇다면 역시 눈이 엄청 낮은 거네. 태경은 예전에 했던 생각을 또 하며 다 익은 고기를 가위로 열심히 자르는 서우의 하얀 손등부터 얼굴까지를 천천히 훑었다. 더워서인지 에어컨이 윙윙 돌아가고 있는데도 서우의 동그란 이마엔 땀이 송송 맺혀 잔머리가 달라붙어 있었다.

태경이 불쑥 손을 내밀자 서우가 크게 움찔하며 몸을 사렸다. 태경이 어이없다는 듯 서우를 빤히 쳐다보았다. 서우가 살짝 얼굴을 붉히며 시선을 피했다.

"누가 보면 내가 너 괴롭히는 줄 알겠다."

태경이 서우가 들고 있던 집게와 가위를 빼앗듯 가져갔다. 서우가 미처 저항할 틈도 없었다.

"맞아? 왜 대답이 없어?"

"아니, 아뇨! 절대 그런 적, 그런 생각 한 적 없는데요……."

"그렇겠지."

태경이 태연히 대꾸하며 다 구워진 고기를 집게로 집어 제 앞에 놓고 서우의 앞접시 위에도 올려 주었다. 서우가 망연히 고개를 숙이며 고맙다고 중얼거리자 지나가던 승준이 굽기는 서우가 다 구웠는데 마지막에 집게 뺏고 생색이냐고 핀잔을 주었다.

"눈치 보지 말고 많이 먹어. 앞으로도 고기는 쟤한테 구우라고 하고."

태경은 그런 승준을 깨끗이 무시했지만 고개를 숙인 서우가 희미하게 웃는 게 보였다. 완만하게 호선을 그린 입술에 기름기가 묻어 살짝 반들거렸다. 태경이 젓가락으로 고기 한 점을 집어 입 속에 넣고 천천히 씹었다. 물컹거리며 육즙을 내는 식감이 잘게 쪼개져 사라지는 동안에도 시선은 내내 서우의 입술에서 떨어지지 않았다.

다음 날은 태풍의 영향으로 아침부터 비가 쏟아졌다. 해가 보이지 않는 하늘을 뒤덮은 먹구름이 흙탕물처럼 소용돌이치며 거센 빗줄기를 퍼부어 댔다. 태경은 어두컴컴한 식탁에 앉아 토스트와 과일, 우유를 넣은 커피로 아침을 먹었다. 저 멀리 거실에 혼자 켜 놓은 텔레비전에서 일기 예보를 전하는 아나운서의 낭랑한 목소리가 들려왔다.

「남부 지방은 새벽부터 태풍 주의보가 발효되었고 서울 경기 지역은 오늘 밤에서 내일 새벽 사이 직접 영향권에 들 것으로 예상됩니다. 태풍이 지나가는 길목에 놓여 강한 바람과 시간당 100밀리미터가 넘는 폭우가 올 것으로 예상되니 안전사고와 시설물 관리에 주의를……」

어제부터 온통 초대형급 태풍의 북상으로 인한 속보가 방송되고 있었지만 태경이 신경 쓸 일은 아니었다. 서울 한복판에 태어나 고층 아파트에서만 죽 살아온 그의 삶은 호우나 침수, 강풍 따위의 자연재해와는 거리가 멀었다.

학기 중이라면 휴교령이라도 떨어졌겠지만 지금은 방학이니 원한다면 안전한 집 안에서 느긋하게 바깥의 비바람을 구경하며 가벼운 스릴과 감상에 젖을 수도 있었다.

식탁을 치운 태경이 거실로 걸어갔다. 통유리로 된 창 앞에 서서 밖을 바라보니 탁 트인 도시의 전경이 한눈에 들어왔다. 낮부터 전조등을 켜고 꾸물꾸물 움직이는 자동차들이 작은 강줄기처럼 빛의 띠를 이루고, 비에 축축이 젖은 건물들이 하늘처럼 짙은 회색빛을 띠고 있었다.

무심한 눈으로 삭막한 거리를 한동안 보던 태경이 몸을 돌려 욕실로 들어갔다. 샤워를 하고 독서실을 갈 참이었다.

막 문을 나서는데 집 안에서 전화벨 소리가 울렸다. 기껏 신은 신발을 다시 벗어야 하는 게 짜증스러워 태경이 눈살을 찌푸렸지만 무시하지 못하고 도로 들어가 수화기를 집어 들었다.

요즘처럼 집 전화는 거의 쓰지 않는 시대에 집으로 전화를 걸 사람은 딱 한 명밖에 없었다. 그가 집에서 잤는지 밖에서 잤는지 꼭 알고 있어야 하는 사람. 의심이 몸에 밴, 애정 어린 그의 감시자.

"엄마."

―어, 아들. 일어났니?

"응."

―거기 오늘 태풍 온다던데, 괜찮은가 싶어 전화했어.

"밤에 온대. 아직은 비밖에 안 와. 거긴 어때?"

―여기? 여기야 뭐 문제없지.

엄마는 남편의 불륜 현장을 잡으러 필리핀까지 날아간 사람치곤 밝은 목소리로 화답했다.

―그래도 조심해. 오늘 밤엔 외출하지 말고 집에 꼭 붙어 있고.

"알았어."

전화를 끊은 태경이 우산을 펼쳐 들고 독서실로 갔다. 책을 펴고 앉았는데 오늘따라 몸이 축축 처지고 집중이 잘되지 않았다. 날씨가 흐린 날엔 대기의 기압도 낮아져서 몸이 무거워진다더니 그 탓인가. 사방이 꽉 막힌 1인실로 들어가면 바깥에 비가 오는지 햇볕이 쨍쨍한지도 전혀 알 수가 없건만.

툭, 칸막이에 머리를 기댄 태경이 노트 위에 의미 없는 낙서를 끄적이기 시작했다. 그려 놓고 보니 정체도 모를 꽃 모양이었다. 그 옆으로 비슷한 꽃을 몇 개나 그렸다. 한번 집중을 놓치니 계속해서 쓸데없는 생각들이 모락모락 떠올랐다.

"어, 눈은 좀 작고 아래로 처지고 쌍꺼풀이 없으면 좋겠고요. 코도 좀 낮고 동그랗고…… 전체적으로 둥그런, 그런 얼굴이 좋아요"

어제, 얼굴을 열심히 본다던 서우를 추궁해 들은 그의 이상형이었다.

서우는 한참이나 대답을 거부했지만 태경이 답지 않게 끈질기게 묻자 난처해하면서도 더듬더듬 답을 내놓았다. 첨엔 간단하게 잘생긴 사람이 좋다, 로 얼버무렸지만 나중에 합류한 승준까지 흥미를 보이며 눈코입 단위로 세세하게 캐묻자 겨우 한다는 게 그런 소리였다.

'그딴 게 무슨 얼굴 보는 사람이란 거야.'

태경이 통 시선을 마주하지 못하고 고개를 푹 숙이고 있던 서우를 떠올리며 코웃음을 쳤다. 불판의 열기 때문인지 목까지 붉게 달아오른 얼굴은 부끄럽다기보단 곤란해 보였다.

그때 가방 속에서 우웅, 진동이 울렸다. 휴대폰을 무음으로 한다는 게 실수로 진동으로 돌린 모양이었다. 꺼내서 확인해 보니 과외 선생이었다. 태경은 방학 때도 똑같이 화, 목 밤 10시에 두 시간씩 수학 과외를 받고 있었고 오늘은 화요일이었다.


[태경아, 미안한데 오늘 과외 다음으로 미루면 안 될까. 밤에 태풍이 온다고 하는데 너희 집이랑 내 자취방이 멀어서 좀 걱정이 되네.]


선생이라지만 태경과 세 살 차이밖에 나지 않는 대학생이었다. 가뜩이나 겁이 많아서 과외가 끝나고 집을 나설 때 무섭다는 말을 종종 했었다.

고작해야 12시도 안 된 시간인데 뭐가 무섭냐고, 대학생들 술 마시고 놀다 보면 새벽에 들어가는 것도 일상 아니냐고 무심하게 묻던 태경에게 선생은 눈을 찡그리며 고개를 저었다.

"넌 덩치 큰 남자라서 몰라."

태경이야 얼마든지 과외 시간을 옮길 수 있지만 안 되는 건 오히려 선생 쪽이었다. 지방에서 올라와 혼자 자취를 하며 학비와 생활비를 감당하는 대학생의 아르바이트 스케줄은 더 쪼갤 수도 없이 꽉꽉 차 있었다.

문자를 확인했는데도 대답이 없자 금방 선생으로부터 다시 문자가 왔다. 반지하, 침수, 강풍, 찢어진 우산 등의 글자를 훑어보던 태경이 알겠다고 짧게 답장을 보냈다. 그러다 뭔가 잘못 넘겼는지 대뜸 카메라가 켜졌다. 취소 쪽으로 향하던 손이 멈칫하더니 카메라 위치를 돌렸다. 길쭉한 액정 가득 제 얼굴이 떠올랐다.

"……."

약간 위로 길게 찢어져 얇게 쌍꺼풀이 진 눈과 오뚝하게 높이 솟은 코, 각이 진 듯 날렵하게 떨어지는 턱선까지, 어디 하나 동글동글한 데라고는 없다. 오히려 푸른빛이 돌 정도로 하얀 피부와 반대로 온기 없는 검은 눈동자 때문에 아무것도 안 하고 그냥 입만 다물고 있어도 차가워 보이는 인상이다.

본인이 봐도 인정머리 없게 생겼다는 말이 나올 정도니 남들 눈엔 어떨까.

태경은 카메라를 끄고 휴대폰을 다시 가방 속에 쑤셔 넣었다. 공부가 안 되니 별 잡생각이 다 든다. 스스로를 나무라듯 혀를 한 번 차고 태경은 과목을 바꿔 문제집을 풀었다. 이럴 땐 암기 과목보단 수학처럼 기계적으로 손을 놀리며 푸는 과목이 빠져나간 집중력을 되찾아오기에 좋았다.

태경이 가방을 챙겨 독서실에서 일어난 시각은 7시가 다 되어 갈 무렵이었다. 복도를 나와 안내 데스크가 있는 로비까지 나오자 바깥 상황이 보였다. 빗줄기가 바람에 마구 휘둘려 지면과 거의 평행선을 긋고 있었다.

그 광경을 보고 태경은 승준에게 가 볼까 하던 마음을 접었다. 옷 소매 정도는 몰라도 신발 속까지 푹 젖는 건 질색이었다. 지금 저 폭우 속에 발을 내디뎠다간 옷을 입은 채로 샤워한 꼴이 될 게 뻔했다.

집으로 돌아와 샤워를 하고 대충 냉장고에 있는 걸로 저녁을 먹었다. 방음이 잘되는 집이라 창을 다 닫고 있으면 바깥의 소음 하나 새어 들어오지 않는데 시간이 갈수록 간헐적으로 웅웅거리는 대기의 떨림이 느껴졌다. 초대형급 태풍이라더니 확실히 그런 모양이었다.

태경은 소파에 반쯤 드러누워 영화를 보다 저도 모르게 잠깐 잠이 들었다. 깨어났을 땐 휴대폰 벨 소리가 요란하게 울리고 있었다. 아니, 그 벨 소리 때문에 깬 것이 분명했다.

"여보세요?"

반쯤 잠긴 목소리로 전화를 받자 반대편에서 다급하게 서태경? 하고 제 이름을 부르는 승준의 음성이 들렸다.

"왜, 무슨 일 있어?"

영화는 언제 끝났는지 커다란 사각의 텔레비전엔 대기 화면만 소리 없이 둥실둥실 떠다니고 있었다. 태경이 가늘게 뜬 눈을 깜박이며 손을 더듬어 리모컨을 찾는데 승준이 심각한 목소리로 빠르게 물었다.

─너 지금 집이야?

"어."

─그럼 지금 바로 김서우한테 좀 가 줄 수 있어?

"뭐?"

이게 또 이러네. 태경이 눈살을 찌푸리며 싫다고 입을 여는데 승준의 말이 곧바로 치고 들어왔다.

─김서우 지금 가구 공장에 있대.

"걔는 거길 또 갔대? 아니, 그 새끼들은 오늘 같은 날까지 거기서 놀아? 하여튼 정신 나간……."

태경이 투덜거리는 소리를 잘라 내고 승준이 연이어 소리쳤다.

─애들이 김서우 거기다 가둬 놓고 나왔대!

태경의 얼굴이 얼핏 굳었다.

─김서우 지금 혼자 거기 갇혀 있다고. 나는 지금 알바 중이라 당장 못 가니까…….

잠시 멍해졌던 태경의 얼굴에 사나운 빛이 드리워졌다.

"왜 갇혀 있는데? 그냥 나오면 될 거 아냐. 애들이 어디 묶어 놓기라도 했대?"

─아니, 그런 건 아닌 것 같은데…….

"그럼 제 발로 나오겠지."

─야, 그래도……!

"창문도 없는 다 썩어 빠진 공장에 어린애도 아니고 갇히긴 왜 갇혀. 안 나오면 자기가 좋아서 거기 있는 거겠지."

평소보다 날 선 음성이 가차 없이 흘러나왔다.

"냅두고 너도 신경 꺼."

그대로 태경은 전화를 끊어 버렸다. 그것도 모자라 휴대폰을 소파 위로 휙 던지기까지 했다.

"아, 씹⋯⋯."

왈칵 짜증이 밀려왔다. 벌떡 일어난 태경이 우리에 갇힌 짐승처럼 주변을 빙빙 돌았다. 어찌나 화가 치밀었는지 자신이 그러고 있다는 것도 몰랐다.

왜 이렇게 화가 나지. 승준에게 말한 대로 그냥 무시하고 신경 끄면 그만인데. 그 와중에 집 전화벨이 울렸다. 성큼성큼 걸어간 태경이 난폭하게 수화기를 잡아챘다.

―어, 아들. 집이니?

"어."

짤막한 대답에도 엄마는 태경의 기분이 좋지 않다는 걸 알아챈 모양이었다. 잠깐 조용하던 엄마는 이내 시계를 확인했는지 아, 오늘 화요일이지? 내가 과외하는 데 방해를 했구나, 하고 해맑게 말했다.

―엄마가 깜빡했네. 미안.

"아냐, 오늘 과외 없어."

―왜?

"태풍 때문에⋯⋯."

그 순간 밤길이 무섭다는 과외 선생의 말이 떠올랐다. 너는 남자라서 모른다는 말과 폭우, 침수, 강풍 따위의 단어도 같이.

"아, 씨⋯⋯."

저도 모르게 욕을 할 뻔한 태경은 끊어, 한마디 하고 일방적으로 전화를 뚝 끊어 버렸다. 휴대폰을 낚아채듯 잡은 그는 가능한 모든 수단을 동원해 택시를 수배하기 시작했다. 이 날씨, 이 상황에 쉽지 않은 일이었지만 택시비를 배로 주겠다는 말로 겨우 한 대를 잡을 수 있었다.

"이런 날씨에 그런 델 왜 가, 학생?"

택시 기사가 의아하다는 듯 물었지만 태경은 대꾸도 하지 않았다. 차가 거의 없는 도로를 달려 가구 공장 앞에 도착했다. 택시에서 내리는 순간 태경은 강풍에 몸이 휘청하는 걸 느꼈다.

반사적으로 우산을 부여잡는 그를 향해 택시 기사는 곧 태풍이 온다니까 바로 집에 들어가라는 말만 남기고 쌩하니 가 버렸다.

"김서우!"

걸음마다 찰박이는 소리가 들렸다. 하수구로 빠르게 흘러 들어가는 빗물이 발목까지 위협했다. 쇠사슬로 손잡이가 묶인 유리문 입구로 다가가 안을 들여다봤지만 아무것도 보이지 않았다. 입구 근처에 있던 가로등도 태풍 때문인지, 아니면 다른 이유 때문인지 불이 나가 캄캄했다.

공장 내부는 아무도 없는 것처럼 조용한 것 같았지만 소리가 났어도 모를 것 같았다. 웽웽거리는 바람 소리와 총탄처럼 지붕을 때리는 빗소리 때문에 제 목소리도 제대로 안 들릴 지경이었다.

"김서우!"

태경이 서우의 이름을 소리쳐 부르며 건물 오른쪽으로 돌아갔다. 거기에 창틀이 빠진 창문이 있었다. 접근하지 말라는 듯 마구 몸을 밀쳐 대는 바람에 저항해 걸음을 옮기자 온몸이 금세 푹 젖었다. 기계식 세차장에 들어간 기분이었다.

쓰나 마나인 우산을 저만치 던져 버리며 태경은 어쩌면 이게 다 쓸모없는 헛짓거리일지도 모른다는 생각을 했다. 아까 자신이 한 말처럼 김서우가 묶여 있는 것도 아니라면 아직도 여기 있을 리 없다. 어쩌면 벌써 나가 집으로 돌아갔을지도 모른다. 아마 그쪽이 훨씬 가능성이 큰 일일 텐데.

"아, 저 씨발 새끼들⋯⋯."

태경의 입에서 욕설이 흘러나왔다. 창이 막혀 있었다. 바깥 공터에 널브러져 있던 테이블 상판과 책장, 옷장의 문짝 따위로 꼼꼼하게도 막아 놨다. 태경은 질퍽거리는 바닥을 가로질러 그쪽으로 달려들었다. 지지대로 땅속 깊숙이 박아 세워 둔 판자를 뽑고 바리케이드처럼 쌓인 가구들을 치웠다.

어딘지도 모르게 쪼개진 나무 가시에 찔려 손에 피가 났다. 후드득 떨어진 핏방울이 비에 섞여 바닥으로 떨어졌다. 조심성 없이 거칠게 손을 쓰다 보니 제법 많이 찢어진 것 같았다. 그러든 말든 태경은 너무 화가 나 아픈 줄도 몰랐다.

무슨 괴물을 가둬 놓듯 왜 이렇게까지 해. 그 애처럼 무해한 괴물이 어디 있다고.

"아⋯⋯."

상판 하나만 남기고 태경이 잠시 숨을 고르는 사이 무슨 소리가 들렸다. 양철 지붕을 두들겨 대는 비바람 소리인가 했는데 그게 아니었다. 상판을 걷어 내고 바짝 창가로 다가서니 확실했다.

노랫소리였다. 안쪽에서 김서우가 노래를 부르고 있었다.

"……."

태경은 그대로 서서 한동안 가만히 노래를 듣고 있었다. 순식간에 화가 발끝으로 쭉 빠져나갔다. 묘하게 허탈한 기분이었다. 노랫소리는 전혀 즐겁지도 경쾌하지도 않았다. 오히려 한 치 앞도 보이지 않는 폐공장 안쪽에서 들려오는 가느다란 음색이 음산하기까지 했다.

태경은 훌쩍 창을 넘어 안쪽으로 들어갔다. 젖은 손을 그나마 덜 젖은 안쪽 옷에 대충 문질러 닦고 휴대폰을 꺼내 불빛을 비췄다. 노랫소리가 뚝 끊겼다.

태경이 손을 휘휘 저어 공장 안을 훑었다. 매트리스가 깔린 구석진 곳에 김서우가 놀란 짐승처럼 오도카니 앉아 있었다. 빛을 받아 빨갛게 반짝이는 눈동자가 진짜 사람이 아닌 동물 같았다.

태경이 거침없이 그쪽으로 저벅저벅 걸어갔다. 불빛이 저를 향해 있어 서우는 태경의 얼굴을 보지 못한 것 같았다. 그러면서도 누군지 묻지도 않았다. 얼어붙어 굳은 얼굴과 덜덜 떨리는 몸이 하얀 불빛 아래 고스란히 드러났다. 멍하게 이쪽을 향한 눈에선 별 감정을 찾아볼 수 없었지만 겁을 먹은 게 분명했다.

"김서우."

태경이 착 깔린 음성으로 서우를 불렀다.

무서워서, 무서워서 목소리가 제대로 나오지도 않는 목구멍으로 노래까지 부르면서도 김서우는 여기서 나가는 게 더 무서웠던 것이다. 태경의 목소리를 알아들은 서우가 그제야 놀란 표정을 지으며 눈을 크게 뜨고 태경을 올려다봤다.

눈물은 보이지 않았지만 울었는지 눈가가 붉게 달아올라 있었다. 그 조그맣고 불쌍한 얼굴을 내려다보며 태경은 생각했다.

난 이 애의 구원자가 되고 싶은 걸까.

"너 여기서 뭐 해?"

태경이 물었다. 너무나 평이한 어조라 지금 있는 곳이 태풍이 몰아치는 폐공장이 아닌 학교 운동장이나 등나무 아래 벤치쯤 되는 느낌이었다.

"왜 이러고 있어?"

창을 막은 집기들은 그리 완벽하지 않았다. 지지대로 받쳐 놓긴 했지만 그래도 적당히 충격을 주면 나자빠질 빈 나무들이었다. 나갈 수 있는데 서우는 안 나가는 쪽을 택한 것이다. 저항하기보다는 무서워하며 벌벌 떠는 쪽을 택한 것이다.

"너 혼자 여기서 노래나 부르고 있으면 백마 탄 왕자님이라도 와서 구해 준대?"

서우는 긍정도 부정도 하지 않았다. 그저 멍하니 뜬 눈으로 태경을 쳐다보고만 있을 뿐이었다.

"구원자 같은 건 없어."

"……."

"그 새끼들 말 들을 필요도 없어."

그렇게 간단한 문제가 아니다. 태경도 알고 있었다. 어차피 김서우의 학교생활은 망했다. 다니던 중학교에서 멀리 떨어진 고등학교로 오면서 새로운 출발을 기대했을 그의 바람은 첫 단추부터 잘못 끼워졌다.

긴 시간 체념에 익숙해진 사람에게 저항은 쉽지 않다. 포기도 습관이라 할수록 익숙해진다. 그저 참고 버티는 게 유일한 방법이라고 생각될 때도 있겠지만.

"다음부턴 이러고 있지 말고."

태경이 서우의 앞에 한쪽 무릎을 세우고 천천히 앉았다.

"무조건 도망가."

서우의 눈과 태경의 눈동자가 마주쳤다. 어둠 속에서도 안쪽에서 빛이 새어 나오는 것처럼 물기 어린 갈색 눈동자가 생생하게 보였다.

"뒤도 돌아보지 말고, 아까처럼 노래라도 부르면서 눈 감고 귀 닫고 그대로 그냥 도망치라고."

태경이 할 수 있는 건 거기까지였다. 태경은 누구의 구원자도 되고 싶지 않았다.

\* \* \*

"괜찮으십니까, 손님?"

움찔, 태경이 몸을 떨며 눈을 뜨자 지나가던 승무원이 걸음을 멈추고 그를 향해 몸을 숙였다. 어디가 불편하시냐고 묻는 말에 잠깐 틈을 두고 아니라고 짧게 답했다. 오래 입을 다물고 있었던 탓인지 목소리가 약간 갈라져 나왔다. 흐트러진 자세를 바로 하며 태경이 짧게 목을 가다듬었다.

"혹 어디가 불편하시면 기내에 간단한 상비약이 준비돼 있습니다."

"아닙니다. 잠깐……."

그저 꿈을 꾼 것뿐이라고 말하려다 그냥 고개를 저었다. 꼼꼼한 눈으로 그를 살피던 승무원이 상냥한 목소리로 마실 것이 필요하냐고 물었다.

태경은 정중히 사양했다. 현실로 돌아와 꿈이라는 것을 깨닫자마자 차가운 이성이 재빠르게 조각난 영상들을 지워 나가기 시작했다. 정상 범위를 넘어섰던 심박 수도 차차 가라앉았다.

"필요하시면 언제든 호출해 주세요."

승무원이 그를 떠나며 습관처럼 매끄럽게 덧붙였다.

"서울까지 약 5시간 30분 남았습니다."

태경이 가볍게 목을 돌리며 무심한 눈으로 주위를 한 번 훑었다. 불이 꺼진 비즈니스 클래스 안은 간간이 부스럭거리는 소리가 들리는 것 외엔 적막하기 그지없었다. 담요를 덮고 안대를 쓴 채 누워 있거나 헤드셋을 끼고 앉아서 모니터를 들여다보고 있는 사람들조차 생기 없는 마네킹처럼 보였다.

5년 만의 귀국이었다. 그사이 짧은 일정으로 몇 번 들어간 적은 있지만 이번엔 완전히 돌아가는 것이다. 거취를 정리하고 짐을 부치고 비행기에 탑승할 때까지만 해도 별 감흥이 없었는데, 새삼 마음이 뒤숭숭하고 이런저런 번다한 감상이 들었다.

방금 꾼 꿈 때문인가.

서울을 다섯 시간 남겨 둔 하늘 위에서, 하필이면 김서우가 꿈에 나온 건 무슨 까닭일까.

"쯧."

태경이 작게 혀를 찼다. 가슴이 답답했다. 좀 전까지만 해도 견딜 만하던 비행기 안이 갑자기 참을 수 없이 갑갑하게 느껴졌다. 얼른 도착해서 이 좁고 탁한 공간에서 벗어나 단단한 바닥을 밟고 몸을 쭉 뻗고 폐 끝까지 신선한 공기를 들이마시고 싶었다.

초조한 시선으로 좌석 스크린의 비행 잔여 시간을 좇던 태경이 소리 없는 심호흡을 하고 시야를 닫았다.

"미국이라고?"

스물여섯 봄, 병원에서 김서우와 재회한 직후, 태경은 해외사업팀에 지원해 그해 말 미국 지사로 건너갔다.

"갑자기 웬 미국이야?"

여리와 상현을 비롯한 모두가 놀라워했지만 태경도 한 번쯤은 해외에서 근무하고 싶은 마음이 있었다. 마침 기회가 생겼고 태경으로선 잡지 않을 이유가 없었다.

짧게는 2년, 길어도 3, 4년은 넘지 않으리라 예상하고 건너온 미국 생활은 어쩌다 보니 생각보다 훨씬 길어졌다. 한때는 아주 눌러살까도 생각했지만 태경은 결국 5년 만에 귀국을 선택했다. 떠날 때와 마찬가지로 큰 이유나 계기는 없었다. 그저 이제 그만 슬슬 돌아가 볼까 하는 생각이 들었을 뿐이다.

그것으로 충분한 줄 알았는데 막상 서울이 가까워져 오자 머릿속이 약간 복잡해졌다. 아니, 서울이 아니라.

'역시 꿈 때문인가.'

태경이 슬쩍 미간을 구겼다. 아무리 꿈이란 게 종잡을 수 없고 논리도 없고 의미를 둘 필요 따위 없는 무의식의 찌꺼기 같은 것이라지만 그래도 역시나 좀 찜찜했다.

5년 만에 고국으로 돌아오는 비행기 안에서 꾼 꿈이 김서우라니. 일도, 회사도, 앞으로의 계획이나 가족, 친구도 아니고 한때 잠깐 알고 지냈던, 이제는 모르는 사람이나 마찬가지인 김서우라니.

'뜬금없네.'

대체 왜 김서우가 꿈에 나왔는지조차 모르겠다. 열여덟에 처음 그를 만나고 13년이란 세월이 흘렀다. 그동안 서우와 접점이 있던 건 고작해야 한두 계절이 전부였고, 실제 감정도 딱 거기까지였다.

아니, 오히려 5년 전 병원에서 봤을 땐 다시 만나지 않는 게 더 나았을 뻔했다는 생각까지 했다. 물론, 김서우의 안타까운 개인사에는 유감을 느끼지만 그건 측은지심을 가진 인간이라면 으레 품을 법한 정도의 감정일 뿐, 몇 년간 없는 사람처럼 잊고 지냈다고 해도 과언이 아니었다.

그런 서우와 저 사이에도 뭔가 인연의 끈이란 게 있다면 그건 아마 거미줄만큼이나 가늘고 약할 게 뻔한데.

"뭐야, 태경 씨 우리 서우랑 아는 사이였어요?"

놀라서 자신과 서우를 번갈아 보던 박수영의 얼굴이 문득 떠올랐다.

"태경 씨는 똑똑하고 유능하니까 미국 가서도 잘할 거예요. 힘든 일 있으면 언제든지 연락하고."

떠나는 태경에게 마지막 인사를 전하던 아쉬운 얼굴도 어제 일처럼 또렷하다.

"건강하게 잘 갔다 와요, 태경 씨. 그때까지 서울은 내가 잘 지키고 있을 테니까."

하지만 수영은 아무것도 지키지 못했다.

"어, 태경아! 여기!"

출국 수속을 마치고 게이트를 나서자 윤정희가 기다리고 있었다. 정희는 태경을 보자마자 크게 아들을 외쳐 부르며 주위 시선도 아랑곳없이 한달음에 달려와 와락 그를 끌어안았다.

"어어, 조심하세요, 어머니. 구두 미끄러워 보이는데."

태경이 짐짓 염려하는 척 주의를 주었지만 그의 얼굴에도 반가운 기색이 역력했다. 재작년 연말에 잠깐 들어왔다가 가을이 다 된 지금 다시 만난 것이니 거의 2년 만에 보는 모친이었다.

"너 엄마를 뭐로 보고, 엄마가 이깟 7센티 힐 신고 넘어질 사람이니?"

와락 아들을 끌어안았다 놓은 정희가 어디 흠이라도 난 데는 없는지, 상한 데는 없는지 살피는 시선으로 태경을 머리부터 발끝까지 찬찬히 훑었다.

"우리 아들은 여전하네. 변한 게 없어."

"무슨 소리세요? 더 잘생겨졌는데."

"아, 그런가? 말이 나와서 하는 말인데 사실 엄마가 요새 눈이 많이 나빠졌어."

"그러게 자기 전에 휴대폰 좀 그만 보시라니까."

둘은 사이좋게 캐리어를 끌고 공항 주차장으로 향했다. 큰 짐들은 벌써 부쳐서 태경보다 먼저 도착해 있을 터였다.

"밥부터 먹을까? 아님 집에 가서 쉴래?"

"집으로 갈게요."

"아, 근데 너 그 아파트 말이야, 어쩌지? 한 일주일 정도 늦게 들어가야 될 것 같은데."

태경이 한국에 오면 들어갈 예정이었던 아파트가 마루 시공을 잘못해서 바닥 일부를 다시 까는 바람에 일정에 차질이 생겼다고 정희가 설명했다. 태경도 담당 직원에게 들어 이미 알고 있던 부분이었다.

"신경 쓰지 마세요. 애초에 그냥 놔두시라고 했잖아. 내가 알아서 한다고."

"또 말 그렇게 한다. 네가 한국에 있었으면 나도 신경 안 썼어. 네 그 별난 성격 모르는 것도 아니고, 어떻게 신경을 안 써."

"……."

"어쨌든 그래서 안됐지만 당장은 거기 못 들어가. 호텔로 가든가 아니면 좀 불편해도 한동안 엄마 집에서 출퇴근하든가."

"후자로 하죠."

정희가 차를 출발시키며 내놓은 양자택일에 태경이 별 고민도 없이 대꾸했다. 경기도 본가에 머물게 되면 출퇴근으로만 최소 두 시간

117

정도를 길에 버리게 되겠지만 며칠 정도는 상관없었다.

차라리 잘됐다는 생각도 들었다. 고작 둘뿐인 가족인데 몇 년간 얼굴도 제대로 못 보고 살았다. 앞으로도 이런 일이 아니면 정희와 한집에서 지낼 일은 평생 없을 것 같았으니, 아무리 무심한 그라도 하나뿐인 아들로서 모친에 대한 최소한의 서비스 정신은 있었던 것이다.

"그러게 왜 갑자기 사택 같은 데를 들어간다고 변덕을 부려 가지고."

정희가 툴툴거렸다. 정희는 처음부터 태경이 사택으로 들어가는 것을 마음에 들어 하지 않았다. 오래돼 낡았고, 좁고, 위치도 좋지 않다는 이유에서였다.

"돈이 없는 것도 아니고, 이제 와서 군이 뭐 하러 불편하게 사택엘 들어가겠다는 건지."

6년 전, 태경이 처음 인턴으로 입사할 당시는 대학 때부터 살던 오피스텔이 있어서 사택은 생각지도 않았다. 하지만 이번에 다시 한국으로 돌아오면서 태경은 당분간 회사에서 제공하는 사택에서 지내기로 결정했다.

"회사랑 가깝잖아요. 좁은 건 어쩔 수 없지만 낡은 거야 뭐, 그래서 리모델링하잖아."

"하긴 고쳐 놓으니까 그래도 좀 낫더라. 낡아서 영 못 쓸 줄 알았는데. 그 아파트 지은 지 얼마나 됐니? 꽤 오래됐지?"

"한 15년 넘었을걸, 아마."

그 오래된 회사 소유 아파트를, 사비까지 들여 고쳐서 들어가는 이유를 납득하지 못하겠다면서도 정희는 태경이 귀국하면 곧바로 불편함 없이 들어가 살 수 있게 인테리어며 정리를 다 해 두려고 했다. 그런데 예기치 못한 변수가 생긴 것이다.

"출근은 언제부터 해? 내일이야?"

"응."

"오늘 여리도 같이 오려고 했는데 갑자기 회사에 일이 생겨서 못 나왔다."

잘 도착했다고 연락 좀 주지 그러냐고 정희가 넌지시 권했다.

"여리, 지난 추석 때도 집에 왔었다."

정희가 힐끔 곁눈질로 태경을 보며 말했다.

"회사 일이다 뭐다 저도 많이 바쁠 텐데 달에 한 번씩은 꼭 들르더라. 안부 전화도 자주 하고."

"여리 걔가 오지랖이 좀 넓어."

남 말 하듯 하는 태경의 태도에 정희가 손을 뻗어 아들의 어깨를 찰싹 때렸다.

"오지랖이 넓어서 그러겠어?"

"아, 왜 폭력을 쓰고 그러세요?"

그리고 여리가 주변 사람들에게 잘하는 건 사실이었다. 생긴 건 딱 새침데기 공주님인데 의외로 의리도 있고 정도 많은 게 여리다.

"너 엄마가 예전부터 누누이 말했지만 태도 확실히 해라."

거절보다 애매하게 받아 주는 게 더 나쁘다고 정희가 말하자 태경이 피식 웃었다.

"엄마가 자기를 그렇게 생각하는 줄 알면 여리가 더 섭섭해할걸."

119

정희가 할 말은 많지만 참는다는 표정으로 입을 꾹 다물었다. 한동안 시선을 앞에 둔 채 조용히 운전만 하던 정희가 다시 입을 열었다.

"네 친구 걔, 상현이 곧 결혼한다며?"

"응."

"너는?"

"나 뭐?"

"정말 결혼 생각 없어?"

태경이 피곤하다는 태도로 한숨을 내쉬었다.

"내가 한국에 오긴 왔네. 비행기에서 내리자마자 결혼 소리를 다 듣고."

그래도 다른 사람도 아니고 엄마한테 그런 질문을 받을 줄은 몰랐다고 태경이 비꼬자 정희가 약간 멋쩍은 듯 쓰고 있던 선글라스를 열없이 고쳐 올렸다.

"아니, 혹시나 해서. 생각이야 변할 수도 있으니까. 변했는데 그때까지 한 말이 있어서 말을 못 하는 건지도 모르잖아."

그런 거면 엄마는 괜찮으니까 민망해하지 말고 언제든지 솔직하게 털어놓으라고 하자 태경이 피식 웃었다.

"변하지 않았어."

태경이 바깥쪽 창에 턱을 괴고 시선을 위로 올리며 중얼거렸다.

"결혼 같은 거 생각 없어."

창 너머로 서울의 높고 푸른 가을 하늘이 펼쳐져 있었다.

　　　　　　　　*　*　*

　지난 5년의 공백이 무색할 만큼 태경은 빠르게 서울 생활에 적응했다. 물론 며칠씩 연달아 자정까지 야근을 하거나 새벽까지 마라톤처럼 이어지는 회식 자리에 앉아 있다 보면 확실히 내가 한국에 있긴 있구나 하는 새삼스러운 자각이 들기도 했지만 대체로 큰 어려움 없이 자연스럽게 녹아들었다.

　세상은 대략 능력 있고 건강하고 잘생긴 30대 초반의 남자에게 호의적인 법이었다. 특히 태경은 더 혜택받은 인생이라고 할 수 있었다. 돈 걱정 없는 집안에서 잘생기고 건강하고 똑똑하게 태어났다. 그 보기 좋은 겉껍데기 덕에 다소 곱지 못한 성격까지 보정을 받았다. 약간의 노력만 기울이면 명문대 졸업장이든 타인의 마음이든 어렵지 않게 얻을 수 있었다.

　"그런데도 이 정도만 재수 없는 인간으로 자란 것도 다행이지."

　여리가 말했다.

　"온 세상이 그렇게 떠받들어 주는데 말이야."

　"무슨 소리야."

　"모른 척하지 마. 더 재수 없으니까."

　태경이 코웃음을 치며 일축했지만 여리는 들은 체도 하지 않았다.

　"그래도 너니까 그 싸가지도 개연성 있다고 해 주는 거지. 살다 보니까 말이야, 세상엔 대체 어디서 저런 자신감이 났을까 싶은 남자들이 무수하더라고."

그나마 태경은 꼴사납게 비대한 자아를 가지고 있지 않았다. 물론 저 잘난 줄은 알고 있었지만 자기 객관화가 잘되어 있다는 것과 자아도취는 큰 차이가 있었다.

"게다가 나이가 들어서 그런가? 좀 더 유해진 것 같기도 하고."

"그래서 재수가 없다는 거야, 싸가지가 있다는 거야."

태경이 무심하게 툭 내뱉고 내비게이션의 안내에 따라 좌회전을 하기 위해 1차선으로 끼어들었다.

"칭찬을 하든 욕을 하든 하나만 해."

"칭찬이야. 암튼 유해진 건 맞잖아. 오늘 결혼식 사회 보는 것도 봐. 너 원래 그런 거 절대 안 했잖아."

"축가 부르기 싫어서 그런 거야. 다른 동기들은 다 축가 부르기로 했거든."

말은 그렇게 했지만 다른 사람도 아니고 고등학교 때부터 절친했던 이상현이다. 그런 그가 자신의 결혼식 사회를 부탁했을 때 태경은 장고 끝에 그러겠다고 했다.

"8년 연애하고 결혼하는 거지? 두 사람."

여리가 도무지 상상이 안 간다는 투로 중얼거렸다.

"어떻게 8년을 만나지?"

상현이 군대를 제대한 뒤 정식으로 사귀기 시작했으니 올해로 딱 8년째다.

"걔가 좀 그래."

"친구인데 어쩜 너랑 그렇게 다르나?"

"그러게."

태경이 부정도 하지 않고 픽 웃었다. 차는 어느새 오늘의 예식이 있는 웨딩 홀의 주차장으로 빙글빙글 들어가고 있었다.

"이상현."

웨딩 홀로 올라가 상현을 발견한 태경이 친구의 이름을 불렀다. 식장 관계자인 듯한 사람과 무언가 얘기를 나누고 있던 상현이 고개를 돌려 그를 확인하고는 얼굴이 환해졌다.

"어, 왔냐? 잠깐만."

대화를 마친 상현이 태경과 여리를 향해 돌아섰다. 예식은 아직 몇 시간이나 남았는데 상현은 벌써 헤어와 메이크업을 마치고 턱시도에 보타이까지 다 차려입고 있었다. 여리가 밝게 웃으며 축하 인사를 건넸다.

"안녕, 상현 씨. 오늘 멋지네."

"아, 고마워. 여리 씨. 가뜩이나 많이 바쁠 텐데 오늘 일 수락해 줘서 더."

"나 별로 안 바빠. 다른 사람도 아니고 상현 씨 결혼식인데 바빠도 열 일 제쳐 두고 와야지."

여리가 예쁜 사진 찍게 해 줘서 오히려 제가 더 고맙다고 했다.

"그럼 나는 촬영 전에 준비할 게 있어서. 잠깐 실례할게."

여리가 손을 흔들고 사라졌다. 지금은 광고 회사에서 일하고 있지만 본래 여리의 전공은 사진이었다. 평소 그의 사진을 좋아하던 상현이 먼저 제 결혼식 스냅 촬영을 맡아 주지 않겠냐고 정중히 청했고 여리는 흔쾌히 승낙했다.

상현과 여리는 직접적인 친분 없이 태경을 사이에 두고 엮인 사이였지만 서로를 꽤 높이 평가하는 편이었다. 우선 서태경과 원만하게 지내는 몇 안 되는 인간이라는 점에서 인성만큼은 검증된 거 아니냐는 우스갯소리를 주고받기도 했다.

"너 타이 비뚤어졌다."

"어, 어디?"

"오른쪽. 좀만 내려 봐."

태경이 고개를 비스듬히 튼 채로 상현이 제 타이를 제대로 고쳐 매는 걸 쳐다보았다. 날이 날인지라 상현은 깔창을 여러 겹 깐 구두를 신고 있었지만 그래도 태경의 키에는 못 미쳤다. 그도 그럴 것이 175로 딱 중간 키인 상현과 188인 태경은 10센티미터 이상 차이가 났다.

"됐어?"

"응, 됐어."

상현이 타이에서 손을 떼자 태경이 한 걸음 물러서 또 어디 잘못된 데는 없나 살피는 눈으로 상현의 위아래를 훑었다. 복장이 자유로운 IT 기업에 종사하는 상현이라 태경은 그가 슈트를 입은 것도 거의 본 적이 없었다. 생소한데, 여리의 말대로 멋졌다.

"나쁘지 않네."

교복을 입고 영화에서 배운 이상적인 사랑에 대해 열심히 설파하던 순진하고 어수룩한 친구가, 어느새 어엿한 성인 남자의 얼굴이 되어 한 사람의 반려자가 되려 하고 있다니.

"딸내미 시집보내는 기분이 이런 건가."

뭔가 감회가 새로워 태경이 웃었다. 그 말을 들은 상현이 당연히 발끈했다.

"딸내미라니? 아들도 아니고."

"장하다고."

그렇게 좋아하던 혜원과 8년을 연애하고 결국 결혼까지 해낸 상현은 정말이지 성실하고 현명한 남자였다. 친구지만 정말로 저와는 딴판이다, 라고 태경은 생각했다.


"이상현 미친 거 아냐? 사회로 서태경을 세우고."

"하객들이 사회자 얼굴 얘기밖에 안 하던데. 연예인 누구 닮지 않았냐며."

"서태경 저 새끼는 어쩜 변함이 없냐. 늙지도 않아."

식이 끝나고 피로연 자리에 모인 상현의 대학 동기들이 삼삼오오 술잔을 기울였다. 상현의 동기면 당연히 태경의 동기이기도 하기에 오랜만에 얼굴을 비친 태경이 자연히 화젯거리가 되었다.

"미국에 산다고 한참을 안 보이더니, 이제 아주 왔나 봐?"

"그렇대. X동에서 혼자 H 아파트에 산다던데."

"H 아파트? 걔가 거기 왜 살아? 재개발을 노리기엔 좀 멀지 않나."

"아니, 거기 KG 직원용 사택 몇 개 있잖아. 거기 들어간 걸걸."

돈도 많은 놈이 사택은 왜 들어가냐고, 암튼 있는 것들이 더하다는 얘기를 하던 중 누군가 한탄을 했다.

"그래도 좋겠다, 서태경은. 인물에 능력에 재력에, 뭐 하나 빠지는 게 없잖아."

"애인 없대."

"성격 더럽잖아."

"야, 조용히 해. 저기 온다."

태경은 신혼부부의 웨딩 카 준비와 사진을 찍는 여리를 거드느라 뒤늦게 피로연장에 들어왔다. 그를 보자마자 여기라고 손을 흔들어 대는 친구들 쪽으로 가던 태경이 뒤따라오던 여리를 한 번 돌아보았다. 합석해도 불편하지 않겠느냐고 묻는 시선에 여리는 괜찮다는 듯 고개만 살짝 끄덕였다.

"어이, 서태경. 오랜만이네. 안녕하세요, 여리 씨."

"야, 여기 앉아. 이쪽으로 앉으세요. 너 거기 자리 좀 내줘라."

태경은 여리와 자리를 만들어 주는 친구들 틈새에 끼어 앉았다. 그 동안 미국에서 지내느라 동문회나 그 비슷한 모임에 거의 참석하지 못했던 터라 이렇게 많은 동기들 틈에 둘러싸인 것도 오랜만이었다. 하지만 당연하게도 심드렁한 태경의 얼굴에 특별히 반갑거나 들뜬 기색은 보이지 않았다.

"한잔해. 사회 보느라 수고했지?"

바로 옆에 앉아 있던 친구 녀석 하나가 태경 앞에 엎어져 있던 잔을 가져다 놓으며 맥주병을 들이밀었다. 태경이 고개를 저으며 잔을 멀찍이 밀었다.

"운전해야 돼."

"대리 부르면 되잖아."

이런 날 안 마시면 언제 마시냐고 거듭 권해 보았지만 태경은 요지부동이었다. 나중엔 학과 선배들과 은사님까지 함께 자리를 했지만 끝내 술은 한 방울도 마시지 않았다.

"하여튼 독한 새끼."

태경이 음료를 가지러 자리를 비운 틈을 타 다들 한 마디씩 하기 시작했다.

"앉은 자리에 풀도 안 날 놈이야, 저거."

자기 일 외엔 철저하게 무관심한 데다 호불호가 분명한 서태경은 언제 어디, 누구 앞에서든 그에 대한 의사 표현이 정확했고 제 뜻을 관철하기 위해 약간의 갈등을 겪거나 분위기를 망치는 것쯤은 아무렇지 않게 생각했다. 당연히 뒤따라 붙는 평판 따위에도 연연하지 않았다. 한마디로 그에겐 남에게 잘 보이려는 의지가 없었다.

이렇게 남 눈치 보지 않고 사는 태경 같은 인간은 남들이 그 눈치를 보게 되기 마련이다. 그럼에도 평생을 소외되거나 수납되는 일 없이 살아올 수 있었던 까닭은 아무래도 그 외모 덕이 크겠지만 그게 전부는 아니었다.

물론 태경은 잘생겼다. 반듯한 이마에 짙은 눈썹, 총기가 흐르는 선명한 눈동자와 높은 코. 말 그대로 정석 미남이라 할 수 있는 이목구비지만 꼬리가 살짝 길게 치켜 올라간 눈매와 날렵한 턱선 때문에 트렌디해 보이기도 했다.

그렇게 유려하게 보기 좋은 겉껍데기처럼 인생도 슬렁슬렁 편하게 흐르듯 살 것 같은데 의외로 태경은 자기 통제력이 강하고 금욕적이었다. 욕심이 많고 목표 지향적인데 그만큼 철저하고 빈틈이 없었다. 스스로에게 엄격한 만큼 자기 확신도 강했고 매사에 늘 완벽을 기했다.

개인적인 호불호를 제치고서라도 저런 류의 인간에겐 어쩔 수 없이 감탄과 인정이 따라붙는 법이었다.

"선배님?"

그때 음료수 기기 앞에서 차례를 기다리던 태경은 누군가 뒤에서 어깨를 톡톡 치는 것을 느끼고 고개를 돌렸다.

"서태경 선배님."

"……."

"안녕하세요, 선배님. 오랜만이에요."

그 말대로 오랫동안 보지 못한 얼굴이었다. 처음엔 퍼뜩 알아보지 못했는데 곧 기억이 났다. 태경의 눈동자에 얼핏 묘한 빛이 스쳐 갔다.

허채윤이 희미하게 웃으며 저를 보고 있었다.

"너도 왔었어? 몰랐네."

"늦게 와서 뒤에 서 있었거든요."

"그래……."

태경이 말끝을 흐리며 채윤을 찬찬히 바라보았다. 동아리 선후배라는 것 외에 그와는 딱히 친분이 없었다. 그나마 전역 후에는 다른 동아리와 프로젝트 활동에 주력하느라 코엔은 뒷전이었다.

"오랜만이네."

대학 졸업 후에는 본 기억이 없으니 거의 6, 7년 만에 보는 얼굴이다. 그래서인지 조금은 반가운 것도 같았다.

"졸업하고 처음 보는 건가?"

"사실, 그 뒤에 잠깐 본 적이 있긴 한데……."

무심코 그게 언제였냐고 태경이 물었지만 채윤은 애매한 미소만 짓고 대답을 피했다.

"선배님은 그대로시네요. 여전히 미남이세요."

수줍은 듯하면서도 할 말 다 하는 건 그쪽도 여전했다. 태경이 피식 웃었다. 잊고 있던 그의 동아리 가입 동기가 떠올랐다. 그렇다고 채윤이 태경을 진짜로 좋아하거나 한 건 아니었다. 채윤 역시 김서우처럼 미대생이다. 예술가가 모나리자를 흠모하고 다비드상에 매료되는 것처럼, 채윤도 아름답고 잘생긴 것들을 좋아했다.

"……너도 좋아 보이네."

자연스럽게 또 다른 미대생으로 흘러가는 생각을 붙들며 태경이 말했다. 그래도 빈말은 아니었다. 20대 초반에 다소 통통했었던 몸이 살이 많이 내려 훨씬 건강해 보였다. 이목구비가 뚜렷해지자 특징 없이 밋밋했던 인상도 한결 또렷해졌다.

"하하, 빈말이라도 감사합니다."

"빈말 아닌데."

그 말에 채윤은 민망한 듯 얼굴을 붉히다 이내 화제를 돌렸다.

"그보다 선배님 아직 거기, KG 다니세요?"

"응."

"그럼 서우도 가끔 보시겠네요."

채윤의 그 말 한마디로 인해 태경은 아직도 서우가 저와 같은 회사에 근무하고 있다는 것을 알게 되었다.

* * *

정확히 언제부터인지는 모르지만 태경이 입사하기 전부터 서우는 파견 사원으로 총무팀에서 근무를 하고 있었다.

총무팀과 태경이 일하는 개발팀은 층수도 다르고 크게 겹치는 업무도 없어 같은 회사라도 통 볼 일이 없었다. 태경이 미국으로 간 뒤엔 더 그랬다. 파견직이라도 알아내려고 하면 근무 여부쯤이야 금방 알 수 있겠지만 태경은 하지 않았다.

태경이 미국으로 떠나고 1년 후, 수영에게 그 일이 있고 나서 태경은 막연히 서우도 회사를 떠났을 거라 생각했다.

"그런데 안 떠났네……."

후, 태경이 밤하늘을 올려다보며 긴 숨을 내뱉었다. 어둠 속으로 사라질 듯 높이 솟아 있는 아파트 단지의 불빛들 사이로 뿌연 담배 연기가 서서히 흩어져 갔다.

들어온 지 한 달 남짓 지난 회사 소유 아파트는 여느 다른 서울의 개성 없는 보급형 아파트와 구조며 조경이 찍어 낸 듯 흡사해서 눈 돌리는 데마다 볼만한 것이라곤 하나도 없었다. 낡은 줄이야 알고 있었지만 이 정도일 줄은 몰라 막 들어온 처음엔 자신의 결정을 후회하기도 했다.

집 내부야 어떻게 고친다 쳐도 엘리베이터나 주차장 같은 공용 구간의 낙후는 손쓸 도리가 없었다. 무엇보다 층간 소음이 끔찍했다. 그에 관한 법적 기준이 없던 옛날에 지은 집이라 그런지 윗집에 몇 명이 살고 그중에 미취학 아동은 몇인지까지도 맞힐 수 있을 것 같았다.

"저기, 아저씨."

그때 은근슬쩍 앳된 아이의 음성이 끼어들었다. 주위에 저 말고 다른 사람이 없다는 건 알고 있었지만 지금까지 한 번도 그런 호칭으로 불려 본 적이 없기에 태경은 돌아보지도 않았다.

"저기요."

"……."

"저기 아저씨, 있잖아요."

망설이듯 조심스러우면서도 끈질기게 붙어 오는 목소리에 태경이 고개를 돌렸다. 확인차 좌우를 가볍게 훑었지만 역시 이 자리엔 저와 예닐곱 살쯤으로 보이는 꼬마 아이밖에 없었다.

태경은 휴대용 재떨이에 아직 반 이상 남은 담배를 비벼 끄고 손을 저어 연기를 흐트러트린 뒤 아이를 향해 돌아섰다. 하얀 얼굴에 커다란 갈색 눈망울이 순하고 얌전해 보이는 남자아이였다.

"왜."

"네?"

"왜 불렀냐고."

태경은 조그만 아이라고 따로 상냥한 어조를 낼 필요를 느끼지 못

하는 부류였다. 그 딱딱한 말투가 생소했던지 아니면 다른 이유에선지 아이는 약간 주눅이 든 눈빛으로 그를 힐끔힐끔 보다가 짤막한 손가락을 들어 태경의 손에 들려 있던 휴대용 재떨이를 가리켰다.

"여기서 담배 피우면 안 되거든요."

"왜."

태경과 아이가 서 있던 곳은 아파트 쓰레기 분리수거장 근처였다. 단지 내 실내 흡연 금지는 태경도 익히 알고 있지만 실외는 상관없는 줄 알았는데.

"밖에서도 저쪽에 재떨이 있는 데서만 피워야 돼요."

다른 데서 피우다가 경비 아저씨나 부녀회장 아주머니한테 걸리면 혼난다는 말이 제법 저를 걱정해 주는 것처럼 들렸다. 태경이 피식 웃었다. 시원스레 긴 눈매가 가늘게 휘어지고 선이 뚜렷한 입술이 부드러운 호선을 그리자, 아이가 알사탕처럼 큰 눈을 말똥말똥하게 뜨고 누가 웃는 걸 처음 보기라도 하는 사람처럼 멍하니 태경을 쳐다보았다.

"아, 아파트 소식 게시판에 붙어 있는데……."

제 말을 못 믿어서 웃는 줄 알았는지 아이가 변명처럼 덧붙였다.

"음, 그걸 읽는 사람이 있기는 있구나. 누가 붙인 건지 몰라도 붙이신 분이 보람 있겠다."

태경의 말이 칭찬으로 들렸는지 아이의 볼이 붉어졌다.

"경비원 아저씨가 붙이는 거예요."

"그래."

"근데 아저씨, 여기 사세요?"

태경이 고개를 까딱했다.

"새로 이사 왔어요?"

"뭐?"

"처음 보는 것 같아서……."

"맞아. 너도 여기 살아?"

아이는 고개를 기우뚱하며 끄덕이는지 젓는지 모를 동작을 해 보였다.

"근데 이 시간에 여기서 뭐 해?"

태경이 짐짓 어른 행세라도 하는 척 허리에 손을 올리며 물었다.

"너 같은 꼬마가 혼자 돌아다닐 시간이 아닌데."

"저 꼬마 아닌데요. 벌써 아홉 살인데요."

보이는 것보다는 나이가 많았다. 아이가 턱을 치켜들고 으스대듯 대답했지만 그것도 잠시, 태경이 더 말을 얹지 않고 빤히 쳐다만 보고 있자 지레 찔린 듯 눈을 피하며 혼잣말처럼 중얼거렸다.

"그냥 엄마…… 기다리는 중이었어요. 이제 집에 갈 거예요."

시무룩한 아이의 말에 태경이 눈을 굴렸다. 아빠가 있었다면 이렇게 애만 내보낼 리 없으니 아이는 집에 혼자 있었을 가능성이 컸다. 벌써 밤 10시가 다 돼 가는데 이렇게 어린애가 집에 혼자 있어도 되는 건가. 아홉 살이면 그래도 되는 나이인가.

외동이라 조카도 없고 주위에 아이라곤 없는 태경은 제대로 된 양육 방식이나 아이들의 성장 과정에 대해 아는 바가 없었다. 태경도 아주 어릴 적부터 부모 없이 혼자 집에 남겨지곤 했지만 요즘은 그때와

133

달리 워낙 세상이 위험하니까.

"어머니가 바쁘신가 봐."

아이는 의기소침한 표정으로 고개만 끄덕였다. 태경은 별 뜻 없이 고갯짓을 하며 가자, 하고 말했다.

"네?"

"가자고, 집에. 데려다줄게. 몇 동이야?"

무슨 변덕인지 생각지도 않던 말이 흘러나왔다. 말을 하고 보니 제대로 된 어른이라면 할 법한 소리라 잘했구나 싶었다.

"아니에요, 저는⋯⋯."

그때 쓰레기장에 웬 아이가 아빠로 보이는 이의 손을 잡고 나란히 쓰레기통을 안고 나타났다. 고개를 젓던 아이가 힐끗 그들을 보더니 슬쩍 태경 옆으로 붙었다.

"⋯⋯303동이요."

태경이 사는 동 바로 옆이었다. 태경은 아이와 함께 303동까지 걸었다. 배려라고는 없는 널찍한 태경의 보폭에 맞춰 바쁘게 종종걸음을 치면서 아이는 내내 계속해서 힐끔힐끔 그를 훔쳐보았다. 뭔가 재미있는 얘기나 질문이라도 하길 바라는 눈치였지만 태경은 모르는 척했다.

"저기 있잖아요, 몇 살이에요?"

먼저 입을 연 것은 역시나 더 답답한 쪽이었다. 아이의 질문에 태경이 살짝 눈썹을 들어 올리며 그건 알아서 뭐 하게? 하고 되물었다.

"그게, 우리 누나가 스무 살까지는 형이라고 그랬거든요. 혹시 형일까 봐서⋯⋯."

아까 제멋대로 아저씨라 부른 게 마음에 걸리는 모양이었다. 태경이 재미있다는 눈으로 아이를 내려다보았다. 눈치 보는 성격 같은데 이상한 데서 대범한 건 아직 어린아이기 때문일 것이다.

"그냥 네 맘대로 불러. 첨부터 그래 놓고 새삼 뭘 물어."

"아, 그럼 형이라고 해도 돼요?"

"아니, 아저씨라고 해."

아이가 혼란스러운 표정을 짓자 태경이 픽 웃었다. 태경이 웃는 것을 보고 그의 눈치를 살피던 아이도 안심한 듯 배시시 따라 웃었다.

공동 현관 앞에 도착하자 아이가 데려다줘서 고맙다고 공손히 인사를 했다. 태경이 됐다는 듯 손을 저었다. 바로 옆 동이라 데려다줬다고 말하기도 뭐한 게, 그냥 가는 길에 떨궈 줬다고 보는 게 옳았다.

"얼른 들어가. 또 나오지 말고."

계단을 올라가며 아이가 몇 번이고 태경을 돌아보았다. 엘리베이터 버튼을 누르고 아이가 태경을 쳐다보며 아까와 똑같이 순하게 웃었다.

"아저씨 되게 친절하신 것 같아요."

순간, 태경이 아이를 빤히 쳐다보았다. 알 수 없는 기시감이 든 것도 잠깐.

"아, 엄마……?"

지하에서 올라온 엘리베이터의 문이 열리자 아이가 외쳤다. 태경을 향해 흔들리던 손이 멈추고 이내 아이의 몸이 빨려들 듯 안쪽으로 사라지자 복도는 아무 일도 없던 것처럼 다시 어두워졌다.

다음 날, 여느 때와 마찬가지로 새벽 일찍 집을 나서던 태경은 지하 주차장에서 제 차 앞을 떡하니 가로막고 선 낯선 차 한 대를 발견했다.

들고 있던 옷 가방과 브리프 케이스를 제 차 안에 던져 넣고, 장갑을 낀 손을 그 차의 먼지 낀 트렁크에 올릴 때까지만 해도 태경의 표정은 그리 나쁘지 않았다.

"뭐야, 이거."

밀리지 않는 차에서 손을 떼고 허리를 숙여 차 안을 들여다보던 태경이 다시 몸을 세우고 낡은 크림색 경차를 쏘아보았다. 반듯하던 미간에 험악하게 골이 팼다. 선팅이 안 된 투명한 차창 너머로 바짝 세워 당겨 놓은 사이드 브레이크가 보였다.

어쩐지 꿈쩍도 안 하더라니. 아파트 주차 공간에 여유가 없는 거야 그도 뻔히 아는 사실이고, 따라서 이중 주차도 할 수 있는 일이지만 그렇다면 최소한 사이드 브레이크는 잠그지 않는 게 상식 아닌가.

태경이 거친 손놀림으로 끼고 있던 장갑을 벗었다. 전면 차창 하단에서 차주의 연락처를 찾아 통화를 시도했지만 이른 시간이라 그런지 받지 않았다. 공허하게 이어지는 벨 소리를 들으며 태경이 짜증 섞인 한숨을 내쉬었다.

"후."

매일 출근 전 태경은 회사 근처 스포츠 센터에서 운동을 했다. 바빠서 센터에 갈 여유가 없는 날엔 집에서라도 간단하게 근력 운동을 하거나 트레드밀을 뛰거나 했다. 벌써 10년 넘게 몸에 밴 습관이라 이젠 아침에 운동을 거르면 하루 종일 기분이 개운치 않을 정도였다.

얼핏 보기엔 즉흥적이고 자유분방하게 사는 것 같지만 실상 태경은 스스로 정해 놓은 패턴을 강박적으로 지키는 부류였다. 그는 결코 합당한 이유 없이 타의에 의해 제 일정이 망가지는 것을 참아 줄 만큼 너그러운 인간이 못 되었다. 당연히 개념도 없이 사이드 브레이크도 안 풀고 이중 주차를 한 차주는 절대로 그 합당한 이유가 될 수 없었다.

"이래 놓고 전화도 안 받아?"

오기가 생긴 태경이 연속해서 통화 버튼을 눌렀다. 이번에도 안 받으면 그냥 견인을 해 버릴 심산이었다. 다행히 그런 수고까지 할 필요 없이 어느 순간 벨 소리가 뚝 끊기더니 잠에 취해 푹 잠긴 여자 목소리가 수화기에서 흘러나왔다.

―여보세요……?

"2848 차주분 맞으시죠?"

―……네? 아, 네. 맞는데요.

"지금 와서 차 좀 빼 주셔야겠는데요."

태경의 차가운 목소리가 새벽의 빈 지하 주차장에 울렸다.

"이중 주차를 해 놓고 사이드를 걸어 놓으시면 어떡합니까?"

잠깐 조용하던 여자는 곧 아, 하고 탄성을 냈다.

―아, 아! 죄, 죄송합니다! 제가 어제 너무 정신이 없어서…… 금방 나갈게요! 조금만 기다려 주세요. 정말 죄송합니다!

다행히 금세 상황 파악이 됐는지 여자는 연신 사과를 하며 전화를 끊었다. 잠결에 많이 당황했는지 뭔가 우당탕하며 넘어지는 소리가 수화기 너머 태경의 귀에까지 들렸다.

"쯧."

태경이 혀를 차고 휴대폰을 점퍼 주머니에 쑤셔 넣고는 제 차에 올라탔다. 새벽임을 감안해도 꽤 쌀쌀한 날씨였다. 태경의 왼팔이 닿아 있던 운전석 쪽 창문에 금세 서리가 맺혔다. 귀국하고 한 달이 조금 넘게 지났을 뿐인데, 그사이 계절이 완전히 바뀌었다.

얼마 기다리지 않아 저만치 입구에서 인기척이 났다. 귀에 거슬리는 슬리퍼 소리가 새벽 주차장의 정적을 깨트렸다. 급하게 나왔는지 여자는 맨발에 슬리퍼를 신고 잠옷 비슷한 원피스 하나만 입고 있었다. 옅은 하늘색 면에 한쪽 옆구리에 흰 리본 장식이 달린 원피스는, 심지어 반팔이라 꽤 추울 것 같았다.

'오버하네.'

어디까지나 잘못은 저쪽에게 있다. 애초에 제대로 주차를 했다면 태경이 이 아침에 아까운 시간을 몇십 분이나 허비할 필요도 없었고, 본인도 따뜻한 침대에서 잘 자다가 이렇게 추운 주차장으로 불려 내려올 이유가 없었다. 이제 와 저런 차림으로 급하게 뛰어나온 척해봐야 참작의 여지 따윈 없는 것이다.

차를 세워 둔 위치가 퍼뜩 떠오르지 않는지 머뭇거리며 주위를 두리번거리는 여자를 향해 태경이 가볍게 주먹을 통 쳐서 경적을 울렸다. 놀란 사슴처럼 고개를 쳐든 여자가 곧장 주차장을 가로질러 태경이 있는 구역으로 뛰어왔다.

길게 흐트러진 밤색 머리가 수초처럼 출렁일 때마다 흰 얼굴이 얼핏얼핏 드러났다 사라졌다. 거리가 좁혀질수록 통화에서 짐작했던 것보다 훨씬 더 젊다는 걸 알 수 있었다. 푹 잠긴 목소리 때문에 중년 언저리에 있는 사람인 줄 알았는데.

'기껏해야 20대 초중반 정도?'

여자가 손을 들어 귀찮게 시야를 가리는 머리카락을 한 번에 훑어 움켜잡았다. 하얗고 동그란 얼굴이 훤히 드러나는 순간, 지루하게 구르던 태경의 눈동자가 굳었다. 문득 심장이 뒤틀리듯 뻐근해지며 이상한 예감이 들었다.

'설마.'

상체가 저절로 앞으로 기울며 가슴이 핸들에 턱 소리를 내며 부딪쳤다. 바짝 긴장한 태경의 눈동자가 사냥감을 노리는 맹수처럼 찰나의 움직임도 없이 점점 가까워지는 여자를 주시했다.

'설마.'

어리석은 의문이었다. 믿지 않으려는 머리와 달리, 태경의 눈은 앞쪽의 사람을 단번에 알아보았다. 태경의 입술이 벌어지며 기막힌 헛웃음이 터져 나왔다.

"죄송합니다!"

이런 식으로 만나게 될 줄은 꿈에도 몰랐다. 한국으로 돌아오는 비행기에서 보았던 꿈속의 얼굴이 거기 있었다.

"정말 죄송합니다. 금방 빼 드릴게요"

김서우는 태경을 향해 연신 고개를 꾸벅거리며 지체 없이 차에 올라 시동을 걸고 후진을 해 길을 텄다. 작은 동물처럼 쪼르르 뒤로 이동한 크림색 경차가 적당한 위치에 멈춰 섰다. 아마도 태경의 차가 나가기를 기다렸다 그 자리에 다시 주차를 할 심산인 듯했다.

태경은 핸들에 손도 올리지 않았다. 꼼짝도 않고 그대로 앉아 서우를 뚫어지게 쳐다보았다. 선팅이 거의 안 된 경차의 투명한 유리 너머로 점점 초조해져 가는 창백한 얼굴이 보였다.

태경이 차 문을 열고 내리자 운전석에 앉아 그가 하는 양을 보며 안절부절못하던 서우도 곧바로 허둥지둥 차에서 내렸다. 채 서로 가까워지기도 전에 고개를 땅에 처박을 기세로 깊이 숙인 서우가 이런저런 사과의 말을 늘어놓았다. 제법 길게 얘기한 것 같은데 태경의 귀에 남은 것은 한 마디도 없었다.

"저……."

서우가 난처한 얼굴로 눈꺼풀을 약간 들어 올렸다. 늘 시선을 상대방의 무릎 정도에 맞추는 버릇은 아직 완전히 고치지 못한 모양이었다.

"뭐 더 하실 말씀이라도 있으신지……."

태경은 불쑥 손끝이 저린 것을 느끼고 자기도 모르게 쥐고 있던 주먹을 풀었다.

아직 회사에 남아 있다는 소식을 듣고 언젠가 한 번쯤은 마주칠지도 모른다고 생각했다.

그런데 막상 얼굴을 보자 왠지 말문이 막혔다. 피차 그동안 잘 지냈냐고 웃으면서 안부를 나눌 계제가 아니란 건 알지만.

'왜 몰라보지?'

그보다 먼저 그런 의문이 떠올랐다. 왜 단번에 알아보지 못해? 나도 알아봤는데. 아무리 오랜만에 보는 얼굴이라지만 그렇게 많이 달라진 것 같지도 않은데. 불쑥 치밀어 오르는, 저조차도 부당하고 어리석게 여겨지는 낯선 감정을 누르고 태경이 입을 열었다.

"김……."

막상 입을 뗐지만 태경은 잠시 망설였다. 서우를 뭐라고 부르면 좋을지 알 수가 없었다. 김서우가 뭔지 모르겠다. 학교 후배? 옛 사수의 형수님? 아니면 현 직장 동료? 셋 모두 사실이지만 동시에 셋 모두 적합하지 않은 것 같다.

"김서우 씨."

결국 태경은 후배도, 형수님도 아닌 그 중간쯤의 거리감을 가진 호칭을 택했다. 갑자기 제 이름이 불리자 놀란 듯 휘둥그레지는 서우의 눈이 보였다.

"오랜만이네요."

태경이 쓰고 있던 모자를 벗고 서우를 똑바로 바라보았다. 눈이 마주치는 순간 왠지 모를 전율에 목덜미가 찌릿해졌다. 서우의 입술이 경련하듯 떨리며 살짝 벌어지는 게 똑똑히 보였다. 동시에 흐릿하던 눈빛이 선명해지며 속삭임 같은 흐린 음성이 흘러나왔다.

"서태경, 선배님……?"

순간 서우의 눈에 어둑한 이채가 스친 건 태경의 착각이 분명했다. 불길한 기운을 감지한 사람처럼 섬뜩한 뭔가가 가슴을 스친 것도 기분 탓일 터였다. 서우는 당황하지도, 머뭇거리지도 않았다. 하얀 얼굴 위로 순식간에 뽀얗게 번지는 웃음에 당황한 건 다분히 작위적인 존댓말로 미리 선을 그은 태경 쪽이었다.

서우는 아무렇지도 않게 성큼 한 발 앞으로 다가서며 태경이 애매하게 벌린 거리를 단숨에 좁혔다. 세상 둘도 없이 반가운 사람을 만난 것처럼 빛나는 얼굴로 그를 올려다보며 무람없이 손을 쑥 내밀었다.

"반가워요, 선배님. 그동안 잘 지내셨어요?"

* * *

미국으로 가기 전 태경은 딱 한 번, 박수영의 집에 간 적이 있었다.

오랜 기간 끌어오던 프로젝트가 끝나고 뒤풀이가 있던 날이었다. 한 달 가까이 퇴근도 제대로 못 하고 회사에서 살다시피 하며 격무에 시달려 온 팀원들은 작정하고 아주 정신 줄을 놓아 버렸다. 몇 차에 걸쳐 술을 마시다 보니 너 나 할 것 없이 모두가 엉망으로 취했다.

적당히 분위기를 맞추던 태경도 어느 순간부터 취기가 올라오는 게 느껴졌다. 오랜 피로로 쌓인 긴장이 한순간에 풀리며 알코올이 평소보다 빨리 몸과 정신을 집어삼키는 것 같았다.

"박 대리님, 괜찮으세요? 일어나실 수 있겠어요?"

수영은 태경보다 상태가 더 심각했다. 2차로 간 바까지는 그나마 버티고 앉아 있더니 3차로 간 술집에서는 아예 소파에 드러누워 일어날 생각을 하지 않았다.

"박 대리가 웬일이래. 저렇게까지 취하는 사람이 아닌데. 어이, 박 대리. 일어나 봐. 집에 가야지."

남아 있던 김 대리까지 동원돼 같이 흔들어 대자 수영이 겨우 눈을 떴다. 다 뭉개진 발음으로 화장실, 화장실을 연발해 대는 그를 김 대리가 데리고 나갔다. 한데 엉켜 어깨동무를 하고 엿가락처럼 휘어지는 다리로 비틀비틀 화장실로 사라지는 둘의 모습을 보고 태경도 대리를 불렀다.

"태경 씨 집이 어디라고 했지?"

화장실에서 돌아온 김 대리가 태경에게 물었다. 수영은 여전히 정신이 들지 않는지 소파에 늘어져 눈을 감고 있었다. 태경이 대답하자 김 대리가 잘됐다며 조금만 기다리라고 했다.

"박수영 대리가 와이프 불렀어. 데리러 오라고. 우리도 그 차 언어 타고 가자고."

그 말을 듣는 순간 태경의 미간이 구겨졌다.

"김 대리님 댁은 어디신데요?"

"몰랐어? 나도 박 대리 사는 사택 옆 동에 살아."

김 대리는 잘됐다는 듯 콧노래까지 흥얼대며 휴대폰을 훑고 있었다. 벌써 새벽 2시가 넘은 시각이었다. 아무리 술에 취해 경우가 없어졌다지만 이런 시간에 집에서 자던 사람을 불러내는 게 얼마나 비상식적인지도 모르나. 그것도 임산부를.

태경은 머리에 피가 확 쏠리는 것 같았다. 문득 환영처럼 한 달쯤 전 병원에서 본 흰 나뭇가지 같은 손목이 떠올랐다. 퍼렇게 핏줄이 일어난 손등도, 그 위에 꽂혀 있던 주삿바늘도.

"대리님."

태경이 입을 여는 순간, 때마침 테이블 위에 있던 수영의 휴대폰이 울렸다. 잘게 진동하는 액정에 서우의 이름이 떠 있었다. 전화가 오는 줄도 모르고 뻗어 버린 수영 대신 휴대폰을 집으려던 김 대리보다 태경의 손이 더 빨랐다.

태경이 낮게 가라앉은 음성으로 박수영 대리 핸드폰입니다, 하고 응답하자 상대는 잠시 머뭇거리더니 안녕하세요, 저기, 하고 입을 뗐다.

─지금 출발하려는데 계신 술집 이름 다시 한번 더 말씀해 주시겠어요? 아까 듣긴 했는데 제대로 못 들어서, 비슷한 이름이 많아서 내비에 검색이 잘 안 돼서요.

그 물색없는 소리를 듣고 있자니 더 열이 뻗쳤다.

"그러실 필요 없습니다. 박 대리님 지금 집에 들여보낼 테니까 그냥 계세요."

─네?

"나오지 말고 집에 있으시라고요. 지금 들어갈 테니까."

태경은 대답도 듣지 않고 그대로 통화를 종료했다. 의아한 눈으로 저를 보는 김 대리를 무시하고 수영을 반쯤 들쳐 멘 채 자리에서 일어났다. 이번엔 깨워서 정신을 차리게 하려는 시도조차 하지 않았다.

"태경 씨, 어디 가?"

"대리 불렀어요. 김 대리님도 제 차로 데려다드릴 테니까 나오세요."

그 말만 하고 태경이 수영을 끌고 밖으로 나왔다. 키가 태경이 더 훌쩍 큰 탓에 까치발이 된 수영의 구두코가 이리저리 휩쓸리며 바닥을 긁어 댔다.

축 늘어진 장정 하나의 무게가 만만치 않을 텐데 태경은 수영을 헝겊 인형 다루듯 가볍게 제 차의 뒷좌석에 밀어 넣었다. 뒤따라 허둥지둥 나온 김 대리까지 싣고 곧 도착한 대리 기사에게 주소를 불러 준 뒤 조수석에 앉았다.

집까지 가는 동안 수영은 좀 정신을 차렸는지 내릴 땐 제 발로 내렸다. 태경은 조수석에 가만히 앉아 선팅이 짙은 차창 너머로 아파트 아래까지 마중 나와 있던 서우가 힘들게 수영을 부축하는 것을 지켜보았다. 서우는 태경의 차와 김 대리를 향해 번갈아 꾸벅꾸벅 연신 허리를 숙이고 안쪽으로 사라졌다.

낡은 아파트 단지를 거의 다 빠져나왔을 때쯤 낯선 벨 소리가 울렸다. 무심하게 창밖을 보고 있던 태경은 시선이 대리 기사와 마주쳤을 때에야 그 소리가 제 주머니에서 나고 있음을 깨달았다.

"……."

수영의 휴대폰이었다. 아까 통화를 하고 자기도 모르게 제 주머니에 집어넣은 모양이었다. 액정엔 또 서우의 이름이 떠 있었다. 잇새로 욕이 절로 튀어나왔다. 내일은 토요일이라 출근도 하지 않는데.

인내심이 뚝 떨어진 태경은 전화를 받자마자 다른 말도 없이 지금 가져다드릴게요, 하고 끊었다. 오던 길을 유턴해 돌아가니 아까 수영을 내려 준 그 자리에 서우가 혼자 서 있었다.

"죄송해요, 정말 죄송합니다."

태경이 차창을 내리고 손만 뻗어 건네주는 휴대폰을 두 손으로 받은 서우가 하사품을 받은 신하처럼 연신 고개를 숙였다.

"조심해서 가세요, 선배님."

똑바로 저를 보는 그 다정한 갈색 눈을 본 순간 태경은 찬물을 뒤집어쓴 기분이 들었다.

실은 내내 의문을 품고 있었던 것 같다. 김서우는 혹 나를 못 알아본 게 아닐까. 내가 누군지 제대로 기억을 못 하는 게 아닐까. 그게 아니고서야 저렇게 아무렇지 않게 저를 보고 웃을 수 없다는 생각은 수치를 모르는 자만심이었다. 비대한 자아가 낳은 망상일 뿐이었다.

"미국에서 복귀하셨다는 얘기는 들었어요. 여기 사시는 줄은 몰랐는데."

시간이 지나도 변함없이 유순한 목소리가 태경을 현재로 다시 불러왔다. 살짝 웃으며 말을 잇는 서우를 태경이 빤히 내려다보았다. 서우가 그때 살던 곳 그대로 살고 있을 줄 몰랐던 건 태경도 마찬가지였다.

"근데 이렇게 일찍 출근하시는 거예요? 요즘 개발팀 일이 그렇게……."

순간 서우가 멈칫했다. 곧 아무렇지 않게 다시 이었지만 찰나에 스친 서우의 표정에 태경은 가슴이 뜨끔했다.

"……그렇게 많이 바쁘세요?"

짙게 미소 띤 서우의 눈은 눈동자가 보이지 않을 만큼 가늘어졌다. 하지만 태경은 방금 서우가 뭘 떠올렸는지, 뭘 잊고 있었는지 알 것 같았다. 개발팀에 근무하던 또 다른 사람, 태경과 서우 사이에 기억을 공유하는 다른 이가 있었다는 사실.

"출근 전에 운동을 해서 좀 일찍 나갑니다."

"아, 그렇구나. 여전히 성실하시네요."

대단하다는 듯 웃는 서우의 얼굴을 똑바로 보지 못하고 태경이 시선을 떨어트렸다. 하늘색 원피스 아래 슬리퍼만 신은 서우의 맨발이 보였다. 눈이 시릴 만큼 새하얀 발등에 시퍼런 물줄기 같은 핏줄이 여러 갈래로 뻗쳐 있었다.

"그럼 얼른 가 보세요. 저 때문에 늦으셨겠어요."

서우가 손을 저으며 말했다.

"죄송해요. 주차 그렇게 해서."

태경이 고개를 끄덕이며 그럼, 하고 짧게 말했다.

"네, 선배님. 반가웠어요."

상냥한 놀이동산 직원처럼 손을 흔드는 서우를 뒤로하고 태경이 차에 올랐다. 시동을 걸고 차를 돌려 나가자, 제가 있던 자리에 다시 주차를 하는 서우가 백미러에 비쳤다. 저를 똑바로 보고 활짝 웃던 얼굴을 떠올리며 태경이 제 머릿속을 더듬었다.

드물게 명확하지 않은, 뭐라 한마디로 정의 내릴 수 없는 찜찜한 감정에 점점 더 기분이 나빠졌다. 자신이 지금 도망을 치고 있는 것 같아서 더 그랬다.

박수영에 대해 무슨 말이라도 했어야 하는 게 아닐까.

그래도 나름 선배였고 짧게나마 사수이기도 한 사람이었다. 상황이 부적절하다는 핑계로 입을 다물었지만 더 솔직히 말하자면 그냥 아무 말도 하고 싶지 않았다. 단순히 싫거나 불편한 게 아니라 어딘가 버거웠다.

'됐어, 관두자.'

그래도 시간이 제법 흐른 덕분인지 어쨌든 적어도 겉보기에 김서우는 괜찮아 보였다. 아이 같은 눈빛도, 웃음도 변함이 없다. 그럼 다행인 게 아닌가. 굳이 제가 이런 잡스러운 감상에 젖을 까닭이 없다. 애써 그렇게 결론을 내린 태경이 씁쓸하게 혀를 한 번 차고는 핸들을 잡은 손아귀에 힘을 주고 까먹은 시간을 만회하려는 듯 차의 속도를 높였다.

**03**

걸을 때마다 상처 난 다리가 체육복 바지에 쓸려 말할 수 없이 쓰라렸다. 무릎을 뻣뻣하게 편 채로 최대한 상처와 닿는 면적을 줄이려고 애를 쓰다 보니 걸음걸이가 이상하게 어정쩡해졌다.

어차피 해도 다 저물었고 보는 사람도 없는데 마스크를 눈 밑까지 바짝 끌어 올린 서우는 고개를 아래로 푹 처박은 채 느릿느릿 걸음을 옮겼다. 집에서 먼 고등학교를 고른 건 자신의 선택이었지만 이런 날은 하굣길조차 고행처럼 느껴지기 마련이다.

그래도 오늘은 좀 달랐다. 마스크 아래 가려져 아무에게도 보이지 않았지만 서우는 내내 웃고 있었다. 왼쪽 팔꿈치가 갈리고 왼쪽

다리의 무릎 아랫부분도 다 긁히고 터져 성한 데가 없는데도 눈빛만큼은 밝았다. 대문 앞에 도착해 벨을 누를 때에도 살짝 고양된 얼굴에 미소가 떠나지 않았다.

조부모님 때부터 쭉 살아온 서우의 집은 아담한 정원이 딸린 2층짜리 단독 주택이었다. 오랜 세월을 거치는 동안 개축도 하고 수리도 하면서 현관문엔 번호 키를 달았지만 대문은 아직 열쇠로 열거나 안에서 누군가 열어 주어야 했다.

벨을 누르고 한참을 기다려도 응답이 없는 인터폰을 묵묵히 쳐다보던 서우가 뒷걸음질을 쳤다. 목을 빼고 담 안쪽을 들여다보려고 애를 써도 2층의 일부만 겨우 보일 뿐, 높은 담에 가려 창에 불이 켜져 있는지도 알 수 없었다.

한참을 서성이며 고민하던 서우가 휴대폰을 꺼내 서희의 번호를 눌렀다. 오늘 부모님은 지방에 상을 당한 친척 조문을 가서서 내일이나 돼야 오실 예정이었다. 등교 전, 대문 열쇠를 챙기는 서우를 보고 오늘 개교기념일이라 내내 집에 있을 테니 그냥 두고 나가라고 했던 게 서희였다.

"덜렁대다가 또 잃어버리면 어쩌려고"

서우는 고개를 끄덕이며 얌전히 열쇠를 현관 열쇠고리에 걸어 두고 집을 나섰다. 서희의 말대로 서우는 성격이 야무지지 못하고 덤벙대서 잔실수가 많았다. 열쇠, 카드, 지갑 따위를 잃어버리는 건 부지기수고 휴대폰도 몇 번을 잃어버리거나 깜빡하고 옷 속에 넣은 채 세탁기에 돌리는 바람에 고장을 내기도 했다.

아무리 정신을 차리고 신경을 써도 소용없었다. 물건들은 늘 자신이 마지막에 놓아두었다고 생각한 곳이 아닌 다른 데서 나왔고, 서우는 부모님이 저를 한심한 눈으로 바라보며 아무짝에도 못 쓸, 칠칠치 못한 것이라고 비난하는 것도 당연하다고 생각했다.

서희는 전화를 받지 않았다. 망설이다 한 번 더 걸어 보았지만 여전히 무응답이었다. 무슨 일이 있나. 어쩌면 휴대폰을 집에 두고 잠깐 편의점에 갔거나 욕실에 있을지도 모를 일이다.

서우는 언니에게 문자 하나를 남겨 두고 대문 앞 계단에 앉아 벽 사이에 등을 기댔다. 무릎 아래 전체가 얼얼하고 상처 부위가 홧홧하게 달아올랐다. 다친 다리를 살짝 편 채 슬그머니 아래로 늘어트리고 멍하니 바닥을 쳐다보던 서우가 콧노래를 흥얼대기 시작했다. 살짝 휘어진 눈가가 무슨 즐거운 생각이라도 떠올린 것 같았다.

들릴 듯 말 듯 한 가락을 흥얼거리며 서우가 고개를 들어 하늘을 올려다보았다. 흐린 밤하늘엔 별 하나 보이지 않았지만 서우에겐 별이 떨어질 듯 총총 떠 있는 하늘이 겹쳐 보였다. 계절이 바뀔 만큼 시간이 흘렀어도 그날의 기억은 여전히 생생했다. 태풍이 지나가고 티끌 한 점 없이 갠 밤하늘은 그 순간 함께 있었던 사람처럼 고요하고 경이롭고 무서울 정도로 아름다웠다.

초대형급 태풍이 서울을 강타한 그 여름의 밤을, 누군가는 기록적인 폭우와 강풍 피해를 입은 날로 기억할 것이고, 또 누군가는 재미 삼아 괴롭히고 놀던 애 하나를 폐공장에 가둬 놓고 나온 날로 기억할 것이고, 다른 누군가는 그저 가엾은 왕따 하나를 도와준 날 정도로 기억할지 모른다.

서우는 그날을 제가 갇혔던 날이 아니라 풀려난 날로 기억했다. 온 세상을 날려 버릴 듯 무섭게 몰아치던 비바람 소리가 아니라 제 이름을 부르던 태경의 목소리를 기억했다. 낡고 어둡고 금방이라도 무언가 튀어나올 것같이 음산한 폐공장이 아니라 소금 같은 별들이 무수히 반짝거리며 떠 있던 비단 같은 밤하늘로 기억했다.

그 여름 이후, 서우는 공장에 두 번 다시 발걸음을 하지 않았다. 채지훈 역시 그날을 기점으로 서우의 눈앞에서 사라졌다. 전화를 해 나오라고 불러내는 일도 없었고 개학 후에도 학교에 나오지 않았다. 몇 주쯤 지나자 다시 등교를 시작했는지 간간이 눈에 들어오기도 했지만 그는 철저히 서우를 못 본 척했고 서우도 금방 그 의도를 알아들었다.

섭섭하거나 아쉽지는 않았다. 오히려 다행이라고 생각했다. 학기 초, 아는 이라고는 아무도 없던 시기에 선뜻 먼저 제게 손을 내밀어 준 채지훈은 몸 둘 바를 모를 만큼 제게 잘해 주었다. 혼자 소외되지 않게 불러 주고 챙겨 주고 무리에 어울릴 수 있게 해 주었다.

재미도 없고 특별할 것도 없고 답답하고 지루하기만 한 제게 그렇게 잘해 주는 게 고마워서 서우도 짧은 시간 마음이 쏠렸다. 하지만 얼마 안 가 그는 곧 싸늘해졌다. 이것도 낯선 일은 아니었다.

서우는 늘 제 의도와 관계없이 사람들을 실망시켰다. 아무리 조심해도 잃어버리는 물건처럼, 사람들도 마찬가지였다. 아무리 잘하려고 해도 소용없었다. 부모님처럼 친구들도, 채지훈처럼 좋다고 먼저 다가온 사람들도 얼마 안 가 서우를 백안시하고 멀리했다. 결국엔 다 서우의 잘못이었다. 기회를 주어도 잡지 못한 제 불찰이었다.

서태경도 그래서일 것이다.

처음엔 그저 놀랄 정도로 잘생긴 사람이라고만 생각했다. 그보다 더 인상적인 건 그의 성격이었다. 그는 거칠 게 없는 사람이었다. 누구의 눈치도 보지 않고 아무것에도 아랑곳하지 않았다. 제가 원하는 게 무엇인지도 모르고 어떻게든 주위 시선에 저를 끼워 맞추는 데 급급한 서우와는 아주 다른 부류의 사람이었다.

한 달도 못 가 채지훈의 태도가 아주 달라지고 같은 반 여학생이 그의 여자 친구가 되면서, 서우는 중학교 때와 비슷한 일이 일어나고 있음을 알아챘다.

어렵지 않은 일이었다. 저만 다가서면 물을 끼얹은 듯 조용해지고, 동시에 제 것만 제외한 휴대폰들에서 일제히 알림이 울리고, 킥킥대며 조롱하는 웃음소리와 잘 모르는 이들의 싸늘한 눈빛이 등 뒤를 훑는데 아무리 둔감한 사람이라도 그 적대적인 분위기를 모를 순 없을 것이다.

하물며 서우는 유경험자였다. 면역이 생기지 않는 병은 재발도 쉽다. 그때부터 서우는 교실에서도 마스크를 벗지 않았다.

태경이 처음 제게 말을 건 것은 그즈음이었다. 급식실에서 혼자 밥을 먹고 있는데 갑자기 채지훈 여자 친구를 비롯한 일단의 무리들이 우르르 다가와 저를 둘러싸고 앉았다. 그 의도가 함께 밥을 먹어 주겠다 따위의 친절함에 있을 리 없기에 서우가 바짝 긴장해 있을 때였다.

서태경이 대뜸 서우를 불렀다.

"거기 너 잠깐 이리 와 봐."

긴히 할 말이 있다는 듯 저를 자신의 앞자리에 앉힌 그가 밥을 다 먹는 동안 한 말은 '왜 나한테 인사 안 하냐'가 전부였다.

그 뒤로도 비슷한 일들이 몇 번 있었다. 태경은 언제나 귀찮고 못마땅하다는 듯 저를 보았지만 한 번도 서우를 외면한 적은 없었다. 비슷한 선배 승준처럼 다정한 말로 안부를 물은 적은 없지만 몇 번이나 밥을 사 주고 급식실에서처럼 꼭 필요할 때 저를 불러 주었다.

줏대 없는 제 마음이 그에게 기운 건 당연한 일이었다. 서우는 그처럼 심지가 곧은 사람이 아니기에 늘 마음 줄 누군가가 필요했고 의지할 외부의 무엇인가가 절실했다. 그래도 그런 자신이 얼마나 초라하고 못났는지는 잘 알아서 그에게는 절대 제 마음을 들키고 싶지 않았다.

다행히 오래 감출 필요도 없이 이번에도 태경이 저를 먼저 잘라냈다. 태풍이 오던 날 이후 태경은 저를 완전히 투명 인간 취급했다.

당연했다. 태경은 몇 번이나 그 공장에 가지 말라는 충고를 했고 서우는 그 말을 따르지 않았다. 그 이유가 어쩌면 그 자리에 태경이 나올지도 모른다는 것 때문이라는 사실까지 알면 더 빨리 정이 떨어졌을 것이다. 사람들이 제 마음을 깃털처럼 가볍고 휴지 조각처럼 가치 없는 것쯤으로 취급한다는 걸 서우는 알고 있었다. 반박할 수도 없는 일이었다.

그래도.

서우가 느리게 눈을 깜빡이며 빙긋 웃었다. 희미한 막이 덮인 듯 흐릿한 밤하늘이 보였다. 그래도 서우에겐 태풍이 지나간 뒤의 하늘이 있었다. 별처럼 빛나는 눈동자가 있었다. 그리고 오늘 처음으로 서우는 소각장에서 자신을 붙잡는 손들을 뿌리치고 도망쳤다.

그러니까 오늘의 상처는 폭행이 남긴 수치가 아니라 저항의 흔적이었다.

* * *

"자, 그만 퇴근들 할까요. 수고하셨습니다."

현진우 과장의 말에 총무2팀은 9시가 넘어서야 컴퓨터를 끄고 책상을 정리하기 시작했다. 마지막까지 컴퓨터를 붙잡고 엑셀의 수식을 수정하고 있던 서우는 주은이 팔꿈치를 툭 치는 바람에 그만 키보드를 잘못 누르고 말았다.

"서우 씨, 뭐 해요. 그만하고 가요."

"남 대리님."

서우가 고개를 들고 벌써 코트를 입고 저를 내려다보고 있는 남주은을 바라보았다. 바로 옆 책상에서 일하는 주은은 서우보다 두 살어린 스물여덟 살로, 3년 전 입사해서 올해 초에 대리를 달았다.

"네, 지금 끄고 있어요."

서우가 재빠르게 손을 놀려 작업을 마무리했다. 문서를 저장하고 컴퓨터를 끄는 서우의 목에 달린 사원증엔 직원이란 직함이 쓰여 있었다.

"수고하셨습니다. 대리님, 과장님."

"내일 봐요, 서우 씨."

팀원들과 헤어지고 서우는 지하 주차장으로 내려갔다. 아직 제법 많은 차들이 남아 있는 널찍한 주차장 한구석에 제 크림색 경차가 유기된 소동물처럼 웅크리고 있었다. 키를 꽂아 시동을 걸고 엔진이 예열되기를 기다리며, 서우는 머릿속으로 오늘 남은 일들을 헤아리기 시작했다.

아침에 세탁기에 돌려 둔 빨래 널기, 거실 바닥 밀대질 하기, 분리수거 쓰레기 버리기 등 특별할 것 없는 잡일들을 메모장을 열어 꼼꼼히 메모하고는 도로 휴대폰을 집어넣으려는데 기다렸다는 듯 벨이 울렸다.

"여보세요."

전화를 받을 때부터 살짝 긴장했던 서우의 얼굴이 상대의 말을 듣는 동안 더욱 굳어졌다.

"네, 알겠어요. 금방 갈게요."

끊어진 휴대폰을 조수석에 던지듯 내려놓고 서우가 서둘러 핸들을 꺾으며 액셀을 꾹 밟았다. 10년이 넘게 탄 낡은 경차의 엔진이 항의하듯 신경질적인 소리를 내며 주차장을 빠져나갔다.

집까지 가는 동안, 몇 번이고 더 같은 사람에게서 전화가 걸려왔다. 초조해진 마음에 심장이 쿵쿵 뛰고 핸들을 쥔 손바닥에 땀이 맺혔다. 저만치 아파트 꼭대기가 힐끔힐끔 보일 때쯤 길가에 서 있는 엄마, 영혜가 손을 흔드는 게 보였다.

"나는 지 방에 있는 줄 알았지. 그러고 말도 없이 혼자 나가 버렸을 줄 누가 알았겠어."

조수석에 앉은 영혜가 말을 할 때마다 짙은 술 냄새가 났다. 말라서 푹 꺼진 볼과 어쩔 수 없는 세월의 흔적들을 감안하고 보면 미인이라고 하지 못할 것도 없는 얼굴이었다. 거슬리지 않을 정도로 살짝 긴 얼굴에 깊게 쌍꺼풀이 진 눈, 약간 뾰족한 코가 신경질적인 느낌을 주긴 했지만 젊었을 땐 미인 소리 꽤나 들었을 것 같았고 실제로도 그랬다.

"보나 마나 네 집에 갔겠지 싶어 전화를 해도 안 받고. 잠이 들었는지 어쨌는지."

"그럼 먼저 집에 가 보시지 그러셨어요."

서우가 조심스럽게 말했다. 서우의 아파트와 친정집은 느린 아이걸음으로도 10분도 채 걸리지 않을 만큼 가까웠다.

"없어진 줄 방금 알았다니까."

영혜가 짜증스러운 투로 대꾸했다. 서우는 입을 다물고 아파트 단지 안으로 진입했다. 겨우 10시가 되기 전에 집에 도착했지만 늦어서인지 주차장에 빈자리가 얼른 보이지 않았다. 주차 공간이 부족해 8시만 되어도 지상이고 지하고 자리가 다 찼다. 빈자리를 찾아 주차장을 몇 번 돌자 영혜가 화장실이 급하다며 독촉을 해 댔다.

"그냥 아무 데나 빨리 대."

먼저 내리라고 해 봤자 듣지 않을 게 뻔하기에 서우는 진땀을 흘리며 정신없이 지하 주차장 한편에 겨우 주차를 하고 엘리베이터를 탔다. 18층을 누르고 뒤로 물러서 있는데 1층에서 엘리베이터가 멈추고 문이 열리더니 뜻밖에 민재가 나타났다.

"민재야."

"아, 엄마……."

서우를 보고 확 밝아졌던 민재의 얼굴이 영혜를 발견하고 순식간에 어두워졌다. 서우가 영혜의 눈치를 살피며 얼른 나서 동생을 안으로 끌어당겼다. 어딜 갔다 오냐고 타박하는 음성과 달리 민재의 머리며 어깨를 쓰다듬는 손길엔 애정이 듬뿍 담겨 있었다.

"누나 집에 오면 온다고 엄마한테 말을 해야지."

민재는 대답하지 않았다. 영혜와 멀리 떨어진 모서리에 몸을 구겨 넣고 입을 꾹 다문 채 가만히 눈을 내리깔았다.

그렇게 급하게 아들을 찾던 것치고 정작 영혜는 무심하게 민재를 한 번 흘깃 쳐다만 보고는 누구와 무슨 얘기를 하는지 휴대폰으로 메시지만 열심히 주고받고 있었다. 말없이 뒤로 팔을 뻗은 서우가 위로하듯 민재의 손을 더듬어 잡았다. 밖에서 얼마나 헤맸는지 조그만 단풍잎 같은 손이 차갑게 식어 있었다.

집에 들어서자마자 영혜는 신발과 가방을 팽개치고 화장실로 뛰어 들어갔다. 서우는 무릎을 굽혀 민재와 눈을 맞춘 뒤 다정하게 동생의 얼굴을 어루만지며 미소를 지었다.

"오늘은 누나 집에서 자자. 누나가 내일 아침에 학교 데려다줄게."

민재가 기꺼운 얼굴로 열심히 고개를 끄덕였다.

"늦었다. 씻고 잘 준비해."

"응."

신이 나서 샤워를 하러 가는 민재를 따라 서우도 옷을 갈아입고 욕실로 들어갔다. 이제 혼자서도 제법 야무지게 잘 씻는 민재지만 마무리는 서우가 좀 거들어 주어야 했다. 다 씻은 몸을 큰 타월로 감싸고 관절마다 주무르듯 꾹꾹 눌러 물기를 닦자 민재가 간지럽다고 몸을 꼬며 웃었다.

올해 초등학교 2학년, 아홉 살인 민재는 또래들에 비해 덩치가 작고 말라서 모르는 사람이 보면 유치원생인 줄로만 알았다. 언젠가는 크지 말라고 해도 클 텐데, 아직 아기 같은 동생이 마냥 귀여우면서도 가끔은 서우도 마음이 짠해질 때가 있었다. 햇볕을 듬뿍 못 받고 음지에서 자란 묘목 같아 미안하고 가여웠다.

민재를 먼저 욕실에서 내보낸 후, 서우가 저도 샤워를 하고 나왔다. 민재는 벌써 제 방이나 마찬가지인 작은방 침대에 누워 있었다. 서우도 이불을 들치고 그 옆으로 들어가 누웠다. 워낙 부피감이 모자란 둘이라 싱글 침대도 불편하지 않았다.

모로 누워 동생의 목까지 이불을 당겨 꼼꼼히 덮어 준 서우가 그만 자라고 가슴을 토닥토닥했지만 민재는 뭔가 할 말이 있는지 눈을 감지 않았다.

"엄마랑 아빠, 오늘 또 싸웠어."

짐작했기에 서우는 별 대꾸를 하지 않았다.

"엄마가 막 소리 지르고 아빠가 엄마한테 리모컨 던졌어."

서우가 약간 습기가 남아 있는 민재의 앞머리를 쓰다듬으며 나직하게 물었다.

"무서웠지?"

"……."

"그래도 말도 없이 마음대로 혼자 집을 나오면 어떡해. 오늘 누나 회사도 늦게 끝났는데."

"어차피 집에 있어도 혼자 있는 거나 마찬가진데 뭐."

"휴대폰은 왜 안 받아. 전화는 받아야지. 엄마랑 아빠가 얼마나 놀라고 걱정했겠어."

민재는 아무 말도 하지 않았다. 싸움 직후, 인근 빌딩에서 경비 일을 하는 아빠는 밤 근무를 하러 나갔고, 엄마는 술을 마시느라 몇 시간이 지나도록 자신이 나간 줄도 몰랐다는 말은 굳이 할 필요가 없었다.

잠시 침묵하던 민재가 갑자기 뭔가 재미난 일이 떠올랐다는 듯 눈을 반짝이며 서우에게로 몸을 돌렸다.

"근데 누나 있잖아. 나 방금 전에 요 밑에서 되게 잘생긴 아저씨 봤다?"

"잘생긴 아저씨?"

"응, 처음 보는 아저씨였는데 큰매형보다 잘생겼어. 되게 친절하고 내가 본 사람 중에 키도 제일 컸어."

"친절해?"

서우가 살짝 턱을 들었다.

"얘기도 했어?"

"응."

"처음 보는 사람이라며."

"에이, 뭐 어때. 같은 아파트 사는 사람이잖아."

민재는 걱정할 것 없다는 듯 말했지만 서우는 그냥 넘어가지 않았다.

"그래도 낯선 사람은 조심해야 되는 거야. 누나가 늘 말했지."

"알아. 근데 그 아저씨는 진짜 좋은 사람 같았어."

"그걸 처음 보고 어떻게 알아."

"치, 언제는 나보고 이웃 어른들한테 인사 잘하고 다니라더니."

"그거야 엘리베이터 탈 때나 아는 어른일 때……."

서우가 본격적으로 잔소리를 할 태세를 보이자 민재는 하품을 하며 졸린다고 눈을 감아 버렸다. 수가 빤히 보였지만 서우는 그저 어쩔 수 없다는 듯 웃고는 이불을 정리해 주었다. 피곤한 건 사실이었는지 민재는 금세 잠이 들었다. 서우는 잠든 동생의 방문을 조심스럽게 닫고 거실로 나왔다.

소파에 앉아 담배를 피우고 있던 영혜가 고개도 돌리지 않고 물었다.

"너 내일도 야근이니?"

이즈음 총무팀은 제일 바빠서 거의 매일 야근을 하기 일쑤였다. 일이 일인지라 월말이면 사나흘 정도는 새벽에 퇴근하는 일도 잦았다.

"그럴 것 같긴 한데, 그렇게 많이 늦진 않을 거예요."

"그럼 내일도 민재 좀 데리고 자라."

한때는 온 가족이 다 함께 이 아파트에 살던 때도 있었다. 그 사실을 가장 불편해했던 아버지 김원상의 주도로 세 가족이 근처 다세대 주택으로 옮긴 지 이제 1년이 좀 지났다. 아이 혼자서도 충분히 오갈 만한 거리고, 특히 원상과 영혜가 밤낮 없는 일을 하는 데다 학교가 아파트와 더 가까워서 민재는 여전히 일주일에 반 이상을 누나 집에서 지냈다.

"간다."

영혜가 테이블 위 종이컵에 담배를 비벼 끄고 자리에서 일어났다. 서우가 뒤따라 나갔다.

"벌써 가시게요?"

"더 있으면 뭐 해. 그보다 돈 있으면 택시비나 좀 줘 봐라."

서우가 도로 들어가 지갑을 뒤져 지폐를 있는 대로 꺼내 왔다. 평소 현금을 많이 가지고 다니지 않아 얼마 되지도 않았다. 역시나 탐탁지 않은 표정을 짓는 영혜 앞에서 서우가 죄인처럼 어깨를 움츠렸다.

"이것밖에 없어?"

영혜가 피곤하다는 투로 물었다. 택시를 타 봐야 기본요금도 안 나올, 기사에게 핀잔만 들을 거지만 영혜가 요구한 것이 진짜 택시비가 아님을 둘 다 알고 있었다.

"현금 찾아 놓은 게 없어서……."

내일 오전에 통장으로 송금 좀 해 드리겠다는 말을 듣고서야 영혜가 약간 누그러진 얼굴로 돈을 받아 넣었다.

"어쨌든 너도 피곤할 텐데 얼른 쉬어라."

"네, 조심해서 가세요."

"그래, 나오지 마라."

영혜가 문을 닫고 사라지자 서우의 어깨에 힘이 빠졌다. 현관의 중문을 닫고 거실로 돌아와 꽁초가 든 종이컵을 치우고 테이블을 닦은 뒤 공기 청정기부터 돌렸다. 대걸레로 거실 청소를 대략 마친 후엔 세탁기의 빨래를 널고 냉장고를 뒤져 내일 아침으로 민재가 먹을 국을 끓이고 쌀을 씻어 밥솥에 안쳤다.

퇴근길에 목록을 세운 대로 재활용 쓰레기까지 다 버리고 나자 이미 12시가 넘어 있었다.

"후."

불 꺼진 어둑한 거실에서 지친 몸을 소파에 묻은 서우가 습관처럼 텔레비전 리모컨을 눌렀다. 곧바로 자정 뉴스가 나왔다. 서우는 멍한 눈으로 뉴스를 들었다.

「날씨입니다. 내일은 절기상 서리가 내리기 시작한다는 상강인데요, 서리가 아닌 비 소식이 있습니다.」

기상 캐스터가 하는 말에 서우가 텔레비전 화면에 초점을 맞췄다. 비가 온다니 내일 아침엔 잊지 말고 민재 우산을 챙겨야겠다.

「비가 내린 뒤에는 기온이 뚝 떨어져 초겨울의 날씨를 보일 전망입니다. 일교차가 심해진 날씨에 건강 관리 잘하셔야 할 것 같습니다.」

벌써 겨울인가.

"어쩐지, 뼈마디가 쑤시더라니……."

서우가 중얼거리며 창밖을 바라봤다. 흐린 다음 날을 예고라도 하듯 별 하나 보이지 않는 하늘이 차가운 먹색을 띠고 있었다. 한참이나 멍하니 허공을 바라보고 있던 서우가 텔레비전 소리를 줄이고 주방으로 가 냉장고를 열었다.

문 쪽 선반에 줄지어 놓여 있는 맥주 캔을 훑듯이 지나친 손이

3분의 1쯤 비워진 초록색 소주병을 집어 들었다. 몸은 물먹은 솜처럼 늘어졌지만 고작 맥주 몇 캔으론 잠이 안 올 것이 뻔했다.

* * *

술을 마시고도 새벽녘에야 겨우 잠이 들었다. 끈질기게 울리는 휴대폰 소리가 마비된 의식을 두드려 깨웠다. 벌써 알람이 울릴 시간인가 싶어 서우는 눈도 뜨지 않은 채로 손을 뻗었다. 무심코 휴대폰을 더듬어 소리를 끄고 조금만 더 누워 있으려는데 문득 스산한 기분이 들었다.

알람 소리가 평소와 다르다.

인지한 순간 잠이 확 달아났다. 알람이 아니라 전화였다.

'누구지? 이 시간에?'

저장되지 않은 열한 자리의 번호가 떠 있다. 가슴이 두근거리고 습관처럼 불안이 엄습했다. 뜻밖의 시간에 걸려 온 예정에 없던 전화는 결코 좋은 소식을 가지고 온 적이 없었다. 기껏해야 잘못 걸었다는 게 제일 좋은 소식일 뿐.

망설이던 서우가 마른침을 삼키며 숨죽인 목소리로 전화를 받았다.

"여보세요?"

─2848 차주분 맞으시죠?

서우의 차 번호다.

"네? 아, 네. 맞는데요."

─지금 와서 차 좀 빼 주셔야겠는데요.

냉랭한 남자의 목소리가 수화기를 타고 가차 없이 넘어왔다.

─이중 주차를 해 놓고 사이드를 걸어 놓으시면 어떡합니까?

약 3초의 시간이 흐른 후, 사태 파악이 된 서우는 정신이 확 드는 걸 느꼈다.

"죄송합니다!"

금방 내려가겠다고 벌떡 몸을 일으키다 그만 테이블 다리에 발이 걸려 넘어지고 말았다. 우당탕 바닥에 한 번 구르자 잠이 덜 깬 몸이 확실히 풀렸다. 겉옷은커녕 거울 한번 볼 새도 없이 서우가 그대로 차 키를 찾아 쥐고 현관을 뛰쳐나가 엘리베이터를 탔다.

"아 진짜, 김서우 정신을 어디다 두고 다니는 거야."

떨어지는 엘리베이터의 숫자를 초조하게 바라보며 서우가 스스로를 질책했다. 어쩌다 이런 초보적인 실수를 했을까. 진짜 답도 없다. 너무 한심해서 한숨이 절로 나왔다.

띵, 소리가 울리며 엘리베이터의 문이 열리고 서우가 튕겨 나가듯 주차장 안으로 뛰었다. 퍼뜩 어제 차를 댄 구역이 기억나지 않아 머뭇거리는데 짧게 경적 소리가 울렸다.

휙 고개를 돌리자 제 크림색 경차와 그 뒤에 눈이 부실 정도로 반짝거리는 흰색 SUV 차량이 보였다. 차체가 높은 수입 SUV의 운전석에 모자 쓴 남자가 앉아 있는 것도 얼핏 보였다.

"죄송합니다!"

서우가 차주를 향해 고개를 숙였다. 죄송하다고 몇 번이고 거듭 꾸벅꾸벅 사과를 하며 붉게 상기된 얼굴로 허둥지둥 제 차의 잠금을 풀고 운전석에 올랐다. 이런 새벽에 나가는 사람이면 그럴 만한 급한 사정이 있는 사람일 텐데, 너무 미안해서 얼굴이 다 화끈거렸다.

곧바로 몇 미터쯤 후진을 한 서우가 남자의 차가 빠져나갈 충분한 공간을 만든 다음, 그대로 정차했다.

'으으, 춥다.'

정신없이 뛰어 내려올 때는 몰랐는데 썰렁한 차에 타니 속이 텅 빈 것처럼 덜덜 떨렸다. 밤새 지하에 방치되어 있던 차 안은 바깥보다 더 싸늘했다. 고스란히 드러나 있던 팔뚝에 소름이 오소소 돋았다.

서우는 핸들을 꽉 쥔 채로 부르르 몸서리를 쳤다. 이를 딱딱 부딪치며 브레이크를 밟은 오른발에 힘을 주었다. 남자가 차를 빼 나가면 곧바로 그 자리에 다시 주차를 할 심산이었다.

그런데.

'왜 안 나가지?'

서우가 불안하게 눈을 굴리며 남자의 동태를 살폈다. 남자도, 남자의 차도 꿈쩍도 하지 않았다. 출발은커녕 오히려 잠시 후 남자가 차에서 내리는 모습이 보였다. 조마조마한 얼굴로 그를 주시하던 서우도 얼른 뒤따라 시동을 끄고 기어를 제자리에 둔 다음, 허둥지둥 차에서 내렸다.

대충 그렇게 넘어가 주길 바란 건 제 입장일 뿐, 상대는 아무래도 서우의 사과가 부족하다고 여긴 모양이었다. 한바탕 훈계를 늘어놓거나 화를 낼지도 모른다.

"죄송합니다."

선수를 쳤다. 서우가 깊이 고개를 숙이며 힘주어 말했다. 툭 떨어트린 시야 끝에 남자의 둥그런 운동화 앞코가 살짝 걸쳐졌다. 검은 점퍼에 검은 트레이닝 바지, 검은 모자로 온통 검은색 일습이었는데 운동화만 하얀색이었다.

"어젯밤에 너무 급하게 차를 대느라 사이드를 푸는 걸 깜빡했어요. 아침에 많이 바쁘실 텐데 번거롭게 해 드려서 정말 죄송합니다. 다시는 그런 일 없도록 주의하겠습니다."

부주의와 실수로 점철된 인생을 30년쯤 살다 보면 사과라도 빠르고 정확하게 하자는 주의가 된다. 남자가 뭐라 입을 열 새도 없이 서우가 먼저 술술 사과의 말을 읊어 댔다. 의도한 바는 아니었지만 한기로 떨리는 목소리도 진정성을 더해 주었다. 그런데 정작 상대방은 아무 반응이 없었다.

"어, 저……."

서우는 웃는 얼굴에 침 못 뱉는다는 속담을 상기하며 애써 입가에 띤 미소를 유지했다. 시선을 마주하지 못하고 약간 아래로 향한 서우의 눈에 남자의 큼지막한 손이 잡혔다. 안쪽으로 가볍게 오므라든 손가락은 얼핏 가늘어 보였지만 마디가 굵고 길었다. 다 펴면 서우의 머리통쯤은 한 손으로 잡고도 남을 것 같았다.

멀리서 언뜻 보기에도 키가 훌쩍 크고 체격이 좋은 남자였다. 서우의 정수리는 남자의 턱에도 못 미칠 듯했고 널찍하고 두꺼운 어깨는 폭이며 둘레가 얼핏 봐도 서우의 두 배는 됨직했다.

현격한 체격 차에 절로 은근한 압박감이 느껴졌지만 구석구석에

CCTV가 설치되어 있는 주차장이고 같은 아파트 주민이라는 생각에 서우는 움츠러들려는 어깨를 겨우 폈다.

"뭐 더 하실 말씀이라도 있으신지……."

"김서우 씨."

낮고 딱딱하게 울리는 음성에 서우의 눈이 커졌다. 듣는 순간 등줄기에서 소름이 쫙 끼쳤다. 서우는 아연한 눈으로 모자를 벗는 남자를 올려다보았다. 오랫동안 잊고 지냈던 얼굴, 그럼에도 놀라울 정도로 익숙한 목소리.

뚫어질 듯 저를 빤히 응시하는 눈동자를 보며 서우는 오랜만에 깊고 검은 우물 속에 빠지는 기분을 느꼈다. 폭풍우 속에 갇혀 세상에서 홀로 도려내진 듯한 아득함을 느꼈다.

"오랜만이네요."

\* \* \*

과거는 언제나 그렇게 웅크린 채 없는 듯 몸을 낮추고 있다가 예상치 못한 곳에서 불쑥 엄습해 온다.

멍하니 모니터를 응시하던 서우가 서랍을 뒤져 두통약을 찾았다. 며칠째 심한 두통과 불면증에 시달린 얼굴이 시든 나뭇가지처럼 초췌했다.

이맘때면 늘 계절처럼, 불청객처럼 찾아오는 두통이긴 했지만 올해는 유독 심했다. 머리가 지탱하기 버거울 정도로 무겁고 관자놀이가 손대기도 무서울 정도로 아리고 쑤셨다.

자리에서 일어나 텀블러에 물을 받아 왔다. 단숨에 물과 함께 약 두 알을 삼켰다. 잠을 제대로 자지 못해 눈알이 쓰리고 사고가 둔중했다. 전신이 물에 젖은 솜처럼 무기력한 느낌은 익숙해서 더 굴복하기 쉬운 감각이었다.

이럴 땐 약도 소용이 없지만 그래도 약을 먹으면 뭔가는 했다는 기분은 들었다. 적어도 내가 나 자신을 방치하지는 않았구나 하는 치졸한 자기만족.

하지만 그뿐이었다. 거기엔 아무런 의미도, 실체도 없었다. 단지 습관처럼, 예전에 그랬던 것처럼 가만히 있지 않고 도망이라도 치는 것이다. 13년 전 태경이 가르쳐 준 대로.

'서태경 선배.'

가만히 약 기운이 돌기를 기다리며 서우는 태경을 떠올렸다. 돌이켜 보면 너무 빨리, 너무 짧게 지나가 버린 서우의 화양연화는 태경이 다였다 해도 과언이 아니었다. 구원자 따위는 없다고 했지만 태경은 서우를 구했고, 서우가 그에게 빠진 건 필연적인 일이었다. 정말 많이 좋아했고, 그만큼 빛나서 꺼내 보기도 아까운 눈부신 기억이었다.

기대 하나 없는 짝사랑을 시작하면서 서우는 이런 소중한 게 제 인생에 몇 되지 않을 것임을 알았다. 그래서 바보 같은 자신이 그것을 망치지 않도록 그 전에 그를 잊기로 결심했다. 저도 모르는 새 은밀하게 자라나는 욕심을 누르고 애정을 동경과 친애로 눈속임하는 건 그리 어렵지 않은 일이었다.

애초에 보답받고자 한 짝사랑도 아니었고 오히려 그 반대였으니, 언감생심 그와 어떻게 되고 싶다는 생각은 꿈에도 한 적 없었다. 대학에 막 입학했을 당시는 새로운 관계에 대한 희망이 있었지만 그게 꼭 연인 같은 방식이 아니어도 상관없었다.

그저 만나면 남들처럼 반갑게 인사를 나누고 자리에 없으면 걔 어디 갔어? 하고 궁금해할 정도는 되는 후배만 되어도 좋았다. 서우는 언제나 주제 파악을 잘하는 게 제 장점이라고 생각했다.

군대 간다는 소리에 머리가 빙글 돌아 그의 집 앞까지 쳐들어간 건 지금 생각해도 어떻게 그랬을까 싶지만 그때나 지금이나 그날 일에 후회는 없었다.

대학교를 자퇴하고 이제 다시는 볼 일이 없으리라 생각했기 때문에 5년 전, 병원에서 그와 재회했을 때는 정말로 놀랐다. 그리고 순수하게 반가웠다.

물론, 오랜 시간 남몰래 좋아했던 사람을 그런 식으로 만났으니 약간은 민망하고 부끄럽기도 했지만 그보단 다시 보게 되어 기쁜 마음이 더 컸다. 이제 와 새삼 다른 감정이 남아 있어서는 아니었다. 비록 태경은 전혀 저를 반가워하는 눈치가 아니었지만 그 역시 새삼 기죽을 일도 아니었다.

하지만 이제는 그때와도 또 사정이 달라졌다.

시간이 많이 흘렀으니 고통스럽지는 않았다. 다만 좀 난감했다. 오래 교류가 없던, 그 시절 김서우와 박수영을 알고 있던 사람과 이런 식으로 갑자기 대면하는 건 서로에게 썩 유쾌한 일이 아니었다.

그게 태경이 아니라 다른 누구여도 마찬가지였다. 사람들은 서우를 어떻게 다루면 좋을지 모르는 시한폭탄 보듯 했고 서우 역시 그들의 조심스러움과 동정, 악의 없는 호기심이 부담스러웠다.

'아니.'

서우가 손끝으로 관자놀이를 힘주어 눌렀다. 누구라도 마찬가지라는 건 역시 허세다. 실은 그게 태경이라서 더 위축됐다.

결코 그에 대해 부정적인 감정을 가진 건 아니었다. 태경은 단 한 번도 서우에게 그런 존재인 적이 없었다. 세월이 흘러 많은 부분이 희미해졌지만 그가 주었던, 아니, 제가 일방적으로 그에게서 남몰래 갈취해 왔던 감정 중 무엇 하나 기껍지 않고, 빛나지 않은 게 없었다.

"반가워요, 선배님. 그동안 잘 지내셨어요?"

안부를 물은 건 의례적이고 장식적인 행동이었다. 눈을 감고 봐도 잘 지냈음을 알 수 있었으니까. 그는 그런 사람이었다. 언제나 확신에 찬 반듯한 걸음걸이로 거침없이 앞을 향해 나아가는, 어리석은 선택이나 바보 같은 판단 따위 할 리 없는.

그럼에도 서우는 그가 안녕하다는 사실이 반가웠다. 안심이 되고 기뻤다. 그리고 가능하다면 저 역시도 그렇게 보이길 바랐지만 자신이 없었다. 그를 보고, 그의 무탈함을 확인하여 기쁘고 안도함과 동시에 어디론가 숨고 싶어졌다. 초라한 자신을 내보이고 싶지 않다는 생각이 들수록 더 처량해졌다.

가뜩이나 이맘때면 가라앉는 기분이 더 우울해졌다.

"자, 오늘 회식 있는 거 다들 아시죠? 6시 반까지 XX가든입니다."

벌써 퇴근할 때가 되었는지 자리에서 일어난 현진우 과장이 누구에게랄 것도 없이 말했다. 알고는 있었지만 새삼스럽게 한숨이 나왔다. 회식은 서우에게 늘 고역이었다. 가뜩이나 몸 상태가 이럴 때는 더욱. 하지만 오늘의 변수는 서우의 두통 따위가 아니었다.

"네, 엄마."

회식 장소로 이동해 한창 고기를 굽고 있는데 영혜가 갑자기 전화를 걸어왔다. 새벽 근무가 잡혔다고 민재 좀 데리고 자라는 얘기였다. 영혜는 집 근처 24시 해장국집에서 서빙을 했는데 보통은 낮에 일하지만 상황에 따라 시간대를 바꿔 근무하기도 했다. 서우가 회식 중이라고 하자 자정에 출근하니 최대한 빨리 오라고 했다.

때문에 서우는 고깃집에서의 1차만 딱 참석하고 자리에서 일어나려 했다. 그런데 팀장인 배인경이 끝까지 서우를 잡았다.

"김서우 씨, 회식도 업무의 연장인 거 몰라? 매번 이렇게 혼자만 중간에 빠지면 팀 분위기 흐린단 소리 들어."

배 팀장은 평소엔 좀 쪼잔하다 싶을 만큼 소심한 성격의 소유자인데 그 반작용인지 술만 취하면 언행이 과해지는 경향이 있었다.

"내년에 계약직 사원들 대상으로 정규직 전환 있는 거 알지?"

하는 수 없이 서우는 호프집에서의 2차도 참석했다.

"어, 엄마. 미안한데 회식이 길어져서……."

서우가 잠깐 밖으로 나와 영혜에게 전화를 걸었다.

─그래서, 몇 시까지 올 건데?

"어, 10시? 10시 전까진 꼭 갈게요."

서우의 말에 영혜는 대답도 없이 전화를 뚝 끊었다. 놀랄 일도 아니었다. 어쩌면 10시가 되기도 전에 민재를 그냥 텅 빈 서우의 아파트에 밀어 넣고 가 버릴지도 모른다.

"후우."

서우가 작게 한숨을 내쉬며 끊어진 휴대폰에서 시선을 돌렸다. 불투명한 유리문 안쪽에서는 동료들이 맥주로 느끼한 1차의 입가심을 하고 있겠지만 들어가고 싶지 않았다. 하지만 인생의 많은 부분이 그렇듯 선택은 서우의 몫이 아니었다.

미대를 자퇴하고 스물세 살에 우연히 파견 사원으로 대기업에 근무하게 됐을 때는 정규직은 상상도 하지 못했다. 파견 근로자와 회사 직영 계약직 사이는 하늘과 땅만큼의 차이가 있고, 그 계약직과 정규직 사이는 또 태평양만큼의 차이가 있다.

4년 전, 수영의 일이 있고 난 뒤 자신이 계약직으로 전환된 건 회사 측의 배려가 많이 작용했다는 걸 서우도 안다. 덕분에 계약직부터 신청 가능한 사택에도 그대로 남을 수 있었다.

하지만 어쨌거나 계약직은 계약직이었다. 매년 연장되지 않으면 언제 잘려 나갈지 모르는. 누군들 안 그렇겠냐마는 아직 열 살도 안 된 어린 동생이 있고, 환갑이 넘은 부모님들까지 경비 일에 식당 일에 밤낮으로 몸이 부서져라 일해야 하는 형편인 서우에게 고용 안정이란 세상 그 무엇보다 중요한 것이었다.

'피곤하다.'

그나마 살짝 드는 것 같던 약효가 떨어졌는지 머리가 못 견딜 정도로 쿡쿡 쑤셨다. 서우가 양 손바닥을 펼쳐 관자놀이를 다지듯 꾹꾹 눌렀다.

먹고사는 거 힘든 거야 새삼스러울 것도 없고 나만 그렇게 사는 것도 아니다. 힘들다 소리 해 봐야 달라질 것도 없고 자기 연민에 빠져 봐야 우울감만 더해질 뿐 아무 소용 없다.

"이렇게 된 이상 팀장님 먼저 보내야겠어……."

서우가 눈썹 머리 부근을 지압하며 혼잣말을 했다. 배 팀장도 이제 쉴을 바라보는 나이라 예전 같지 않았다. 빨리 먹어서 빨리 보내 버리고 빨리 집에 들어가는 거다. 어차피 여기서 마시는 만큼 집에선 안 마셔도 되겠지.

그렇게 다짐을 한 서우가 몸을 막 돌리려는 참이었다. 바로 옆에 있던 호프집 입간판 뒤에서 키 큰 그림자 하나가 불쑥 튀어나왔다.

"배 팀장을 어디로 보낸다는 거죠?"

화들짝 놀란 서우의 어깨가 움찔 튀었다. 태경이었다. 담배를 피우던 중이었는지 태경이 들고 있던 꽁초를 휴대용 재떨이에 눌러 껐다. 불이 꺼진 꽁초를 삼키며 닫히는 케이스의 뚜껑이 딸깍 소리를 냈다.

"또 보네요, 서우 씨."

담담하게 저를 보는 얼굴을 마주하고 서우가 얼떨떨한 기분으로 고개를 꾸벅 숙여 인사를 했다.

"아 네, 안녕하세요, 선배님."

"총무팀 회식인가 봐요."

병원에서 재회한 이후 태경은 쭉 서우에게 존댓말을 썼다. 서우도 그게 딱히 어색하지 않은 걸 보면 시간이 많이 흐르긴 한 것 같았다.

"네. 선배님도요?"

"우리는 회식은 아니고."

퇴근하고 직원 몇 명이서 간단하게 목이나 축이러 왔다고 태경이 말했다. 우연이라고 할 수도 없는 게, 회사 근처 호프집이라 평소에도 KG 직원들이 많이 찾는 곳이었다.

"배 팀장이 곤란하게 해요?"

"네? 아……."

들었나 보다. 서우가 머리를 긁적이며 그런 건 아닌데, 취하기 전까진 집에 가질 않는다며 변명하듯 중얼거렸다.

"혼자 안 가는 건 좋은데, 같이 있는 사람들까지 안 보내 줘서요."

"그건 곤란한 사람 맞는데."

거침없이 돌아온 대답에 뜨끔한 기분이 됐다. 갑자기 그가 나타나는 바람에 당황한 나머지 너무 생각 없이 말한 게 아닌가 걱정이 됐다. 배 팀장의 이미지도 이미지지만 저를 상사 험담이나 하는 사람으로 생각할까 봐 신경이 쓰였다.

"아니, 그 정도는 아니고요. 그냥 술자리 분위기를 워낙 좋아하세요."

"그게 아랫사람에 대한 배려가 부족한 거죠."

"아니, 오늘은 그냥 제가 좀 그래서. 평소 팀장님이 그렇게 심한 건 아니시고요. 팀장님은 나름 저를 챙겨 주시려는 뜻에서……."

서우가 주저리주저리 변명을 늘어놓았다. 중간부터 제대로 듣지도 않던 태경은 대충 말이 다 끝난 것 같자 눈을 가늘게 뜨고 서우를 빤히 쳐다보며 중얼거렸다.

"이렇게 길게 말하는 거 처음 보네."

"네?"

"뭘 그렇게까지 열심히 변명을 해요."

"……."

"내가 배 팀장한테 무슨 말이라도 흘릴까 봐 그래요?"

태경은 별 뜻 없다는 듯 가볍게 툭 던졌을 뿐인데 서우는 처음보다 더 불편한 기분이 됐다. 그런 생각은 하지도 않았지만 뭐라 해명을 해야 좋을지도 알 수 없었다. 말없이 우두커니 서서 눈만 깜빡이는 서우를 유심히 보던 태경이 이내 가벼운 미소를 흘렸다.

"좀 변했나 싶기도 했는데, 김서우 씨는 여전하네요."

무슨 뜻인지 정확히 와 닿지 않았다. 하지만 여전하다는 말엔 슬그머니 반발심이 들었다. 여전하지 않기 위해 얼마나 노력했는데. 그가 기억하는 나약하고 어리숙한 고등학생에서 벗어나고자 얼마나 애를 썼는데.

"선배님도 여전하신 건 마찬가지인데요."

서우가 약간 부루퉁하게 중얼거렸다.

"내가?"

고개를 갸웃하며 되묻던 태경의 입가에 희미한 웃음이 걸렸다.

"내가 어땠는데요?"

"네?"

"지금은 또 어떻고."

당황한 서우가 고개를 들고 태경을 바라보았다. 그냥 한 말은 아닌지 태경은 서우를 똑바로 보며 대답을 기다리고 있었다.

이것도 여전했다. 예전에도 그는 이렇게 별것도 아닌 서우의 말을 흘려 넘기지 않고 어떻게든 대답을 들어야겠다는 듯 굴 때가 있었다. 매사 남의 의중 따위 관심도 없는 얼굴을 하고서 사소한 데 집요하게 파고드는 면모가 있었다.

"아, 그냥……."

옛 생각이 떠오르자 어쩔 수 없이 서우의 가슴 한편이 부드럽게 몽글거렸다.

"어, 그러니까…… 채, 채윤이도 그랬거든요. 결혼식장에서 선배님 뵀었다고, 옛날하고 똑같으시더라고요."

며칠 전, 채윤과 통화하다 얼핏 나온 얘기가 번뜩 떠오른 서우가 얼른 입을 열었다. 자신의 순발력이 스스로도 자랑스러워 얼굴이 약간 상기됐다. 태경이 눈썹을 살짝 올리며 채윤이? 허채윤? 하고 물었다.

"네. 여전히 잘생기셨다고, 똑같이 미남이시더라고 하던데요."

"그래요?"

웃으라고 한 말인데 태경은 웃지 않았다.

"허채윤하고는 계속 연락했나 봐요."

"아, 음. 아뇨. 다시 연락이 닿은 지는 얼마 안 됐어요."

"허채윤은 대학교에서 만났어요?"

채윤인 분명 우리 고등학교 출신이 아니었던 것 같은데, 하고 태경이 중얼거리자 서우가 고개를 끄덕였다.

"고등학교 때 같은 학원 다녔어요. 미술 학원."

"아, 학원 친구?"

"네, 제일 친한…… 친구였어요. 입시 준비할 때는 학원에서 거의 살다시피 했거든요."

서우가 혼잣말하듯 중얼거리며 멋쩍은 미소를 흘렸다. 제일 친한 친구라는 말에 어폐가 있는 게, 허채윤은 학창 시절 서우의 유일무이한 친구였던 것이다. 눈앞에 있는 태경도 그걸 모를 리 없다.

"그러고 보니 서우 씨도 미대생이었죠."

깜빡 잊고 있었다는 듯한 태경의 말에 서우가 멋쩍게 웃으며 고개를 저었다.

"겨우 입학만 했는데요, 뭐."

"근데 언제부터 그림을 그렸어요?"

뜻밖의 물음에 서우가 네? 하고 번쩍 고개를 들었다. 태경이 무심한 눈빛으로 서우를 내려다보며 미대 입시를 준비하는 줄은 몰랐는데, 하고 중얼거렸다. 그 어투가 제법 의아하게 느껴져 그 말만 놓고 보면 저와 그가 고등학교 때 꽤 친한 사이였던 것처럼 들렸다.

"어, 그림은 원래 조금씩 그렸었고…… 본격적으로 준비한 건 1학년 말부터……."

말끝을 뭉뚱그리며 서우가 은근슬쩍 몸을 뒤로 뺐다. 제 이야기를 하는 게 익숙하지 않기도 했지만 그보다 괜한 예의를 차리느라 태경이 관심도 없는 대화에 시간을 낭비하고 있는 게 아닌가 신경이 쓰였다.

서우가 몸짓으로 넌지시 그만 대화를 중단해도 된다는 뉘앙스를 비쳤지만 태경은 아는지 모르는지 전혀 움직일 기색이 없었다.

"채윤이, 지금도 NS에 다니고 있던가요."

"아뇨, 올해 초에 M 소프트로 옮겼어요."

"게임도 좋아하고 그림도 잘 그리니 잘 맞겠네요."

"맞아요."

서우가 맞장구치듯 고개를 끄덕였다. 허채윤은 미대를 졸업한 뒤 게임 회사인 NS를 거쳐 역시 같은 업계인 M 소프트에서 캐릭터 디자이너로 일하고 있었다.

"소묘가 채윤이 특기거든요."

"알아요."

태경이 여상하게 고개를 끄덕였다.

"학교 다닐 때도 동방에서 선배들 동기들 얼굴 많이 그려 주고 그랬으니까."

"선배님을 제일 많이 그렸을 거 같은데."

서우가 태경을 보며 안 봐도 안다는 듯 웃었다. 어딘가 먼 곳을 보는 듯한 눈동자가 아득하게 빛났다.

"걔 은근히 까다로워서 아무나 잘 안 그려요. 입학하고 걔도 처음 선배님 보고 되게 좋아했었는데."

"……."

"우리 학교에서 제일 잘생겼다고, 언젠가 꼭 한 번 선배님 모델로 그림 그려 보고 싶다고 그랬었거든요."

설익은 머리와 몸이 감당 못 해 비틀거릴 정도로 하나만 바라보던 시기였다. 당시 서우의 머릿속을 온통 차지하고 있던 건 서태경이었지만 정작 가장 많은 시간을 함께 보낸 것은 허채윤이었다. 마음처럼 되지 않는 그림도, 성적도, 교우 관계도, 짝사랑도 서로 밀어 주고 당겨 주며 함께 그 질풍노도의 학창 시절을 헤쳐 나갔다.

채윤은 서우가 태경을 오래 짝사랑했다는 걸 알고 있었지만 그만큼 그를 욕심내지 않는다는 것도 알고 있었다. 채윤은 태경과 서우를 아이돌과 그를 좀 열성적으로 좋아하는 팬 정도로 여기고 자신도 가끔 그에 장단을 맞췄다. 서우 역시 같이 동아리도 들어 주고 팬클럽 활동도 해 줄 친구가 있어서 좋았다.

"진짜 많이 친했나 보네."

태경의 중얼거림이 들려 서우가 아, 하고 탄성을 흘렸다. 혼자만의 추억에 빠져 잠깐 정신을 놓고 있었다. 민망해진 서우가 시선을 피하며 열없는 표정을 짓는데 태경이 불쑥 물었다.

"근데 걔도, 라고."

"네?"

"좀 전에 서우 씨가 그렇게 말했는데."

서우는 순간적으로 태경이 무슨 말을 하는지 이해하지 못했다. 자기가 '걔도'라는 말을 한 자체도 잊고 있었다.

"그래서 채윤이 말고 또 다른 누가 있나 싶었죠, 나는."

슬쩍 입꼬리를 올리며 웃는 태경을 멍하니 바라보다 서우가 이내 아아, 하고 맥 빠진 소리를 냈다.

"아니, 그건…… 그야 당연히 선배님 좋아하는 사람은 많았으니까……."

서우가 횡설수설 변명 아닌 변명을 늘어놓기 시작했다. 귓바퀴 부근이 달아오르는 게 스스로도 느껴졌다.

"선배님 옛날부터 인기 많으셨잖아요."

"그랬나."

"설마 몰랐다고 하시는 건 아니죠?"

공대 남신이라는 다소 낯간지러운 별명을 굳이 꺼내지 않아도 눈이 달린 사람이면 서태경이 얼마나 인기가 있는지 모를 수가 없었다. 고등학교 때는 물론 대학교에서도, 심지어 군대를 가고 없는데도 동아리 방에서 가장 많이 회자되는 이름이 서태경이었다.

"서우 씨는 눈치가 빠른 편인가 봐요."

"네?"

"나는 대놓고 말 안 하면 잘 모르겠던데, 그런 거."

서우가 살짝 입을 벌린 채 아연한 표정으로 태경을 보았다. 농담인지 진담인지 얼른 구분이 가지 않았다. 여전히 무표정하긴 한데 어쩐지 눈이 웃고 있는 듯도 하고.

"그런……."

서우가 뭐라 입을 열 때였다. 종소리와 함께 호프집 문이 벌컥 열리더니 주은이 고개를 쑥 내밀었다.

"서우 씨, 뭐 해요? 팀장님이 찾아. 통화한다고 나가더니 한참을 안 들어온다고……."

뒤늦게 서우 뒤에 서 있던 태경을 발견한 주은의 눈이 살짝 커졌다.

"어머, 개발팀 서태경 과장님 아니세요?"

초면인데 정확히 제 이름을 알고 부르는 주은에게 태경은 놀라지도 않고 살짝 묵례를 했다.

"안녕하세요, 저는 총무2팀 남주은이에요."

"예, 안녕하십니까."

"말씀 많이 들었어요. 안 그래도 옆 테이블에 개발팀 직원들이 보여서 인사를 했는데……."

주은이 눈을 반짝이며 태경에게 관심을 표했다. 적당히 상대해 주던 태경은 마침 담배를 피우러 나온 동료를 핑계로 자리를 떴고 서우는 주은과 함께 호프집 안으로 들어갔다.

"김서우 씨, 서 과장님 어떻게 알아요?"

자리에 앉자마자 주은이 득달같이 서우를 향해 몸을 들이밀며 물었다. 잠깐 고민하던 서우는 그냥 짧게 대학 동아리 선배였다고 설명했다.

"어, 김서우 씨 대학 나왔어요? 고졸인 줄 알았는데."

"고졸 맞아요. 중간에 자퇴했으니까."

"서 과장님 명문대 나왔던데."

의외라는 눈으로 주은이 서우를 새삼 훑어봤다. 의외인 건 서우도 마찬가지였다. 주은은 어떻게 태경의 출신 대학까지 아는 거지.

"서 과장님 여직원들 사이에서 유명하잖아요."

"그런가요?"

"당연하죠. 서 과장님 잘생겼잖아요. 우리 회사에 그 정도 미남이 몇이나 된다고."

맞는 말이다. 얼굴 하나로 고등학교를 평정한 그다. 이제 나이가 들어 주위 여자들의 취향도 그때보단 더 다양해졌지만 그래도 클래스는 영원한 법이었다.

"서 과장? 개발팀 서태경?"

언제 들었는지, 배 팀장이 끼어들었다. 서우가 나가 있는 사이 얼마나 더 마셨는지 얼굴이 물러 터진 토마토처럼 검붉게 달아올라 있었다.

"서 과장이 뭐가 잘생겨? 기생오라비같이 생겼지."

"기생오라비요?"

"너무 멀쩡하고 매끈해서 인간미가 없잖아."

듣고 있던 여직원들의 떫은 표정이 말보다 더 적나라하게 그 속내를 대변해 주었다.

"남자라면 자고로 말이야, 덩치도 좀 있고 배도 나오고 그래야지."

"배는 좀 아니지 않아요?"

주은이 억지웃음을 지으며 말했다.

"옷 태도 안 나고, 게다가 복부 비만은 성인병의 근원이잖아요."

"모르는 소리 마. 남 대리가 아직 어려서 그런데, 알 만한 여자들은 덩치가 좀 있는 남자를 더 좋아해. 그래야 무게감도 있고 묵직하니 깔리는 맛도 있……."

"아아, 팀장님. 잔 비었네요!"

배 팀장이 선을 넘으려 하자, 현진우가 얼른 나서 제지했다.

"잔 받으세요."

배 팀장이 무슨 말을 하거나 말거나 서우는 제 생각에 잠겨 있었다. 배 팀장의 술주정은 만성이 돼서 이제 어지간한 건 귀에 들리지도 않았다. 그보다 제가 태경에게 무슨 헛소리를 하지 않았나 뒤늦게 신경이 쓰였다.

'너무 친한 척했나?'

그럴 만큼 편한 사이도 아닌데 어색해지기 싫어서 더 이 말, 저 말 한 것 같다. 의외로 태경이 잘 받아 준 것도 있고. 그래 봐야 태경은 관심도 없고 다만 예의상 대화를 이어 간 것뿐일 텐데.

"김서우 씨도 그래?"

갑자기 제 이름이 언급되어 서우가 고개를 들었다. 배 팀장이 반들 거리는 안경알 너머로 핏발이 선 눈을 게슴츠레하게 뜨고 저를 보고 있었다.

"네?"

"서 과장, 미남이라고 생각하냐고."

"아. 그야, 그렇죠."

서우가 난 또 무슨 말을 하려나 싶었단 얼굴로 고개를 끄덕였다. 10여 년 전 그에게 완전히 눈이 멀어 있던 때나, 감정이 다 소진된 지금도 서태경이 미남이라는 생각은 변함없었다.

"그래? 이거 실망이네."

뭐가 또 실망이라는 건가 싶어 서우가 눈을 깜빡였다. 배 팀장이 짧고 뚱뚱한 손가락을 휘둘리며 다른 여직원들을 가리켰다.

"주은 씨나 다른 여직원들이야 아직 뭘 잘 모르니까 그렇다 쳐도 서우 씨는 다르잖아."

"……."

"김서우 씨처럼 산전수전 공중전까지 다 겪은 사람이 아직도 그렇게 남자 보는 눈이 없어서야⋯⋯."

"팀장님."

현 과장이 급하게 다시 끼어들었다. 정작 서우는 덤덤한데 중간에서 그가 더 전전긍긍이다. 서우는 대충 제대로 못 들은 척하며 담담한 얼굴로 앞에 있는 컵만 매만졌다.

"팀장님, 저랑 나가서 바람 좀 쐬시죠."

"어? 아니. 난 됐는데⋯⋯."

"에이, 그러지 말고 같이 가세요."

현진우가 다짜고짜 배 팀장을 일으켜 밖으로 나갔다. 어, 하는 사이 끌려 나가다시피 배 팀장이 사라지자 주은이 대번에 낯을 확 바꾸며 그쪽을 노려보다 서우에게로 고개를 돌렸다.

"산전수전이라니. 할 말이 있고 안 할 말이 있지, 팀장님 술이 너무 과하신 거 아녜요?"

옆에 있던 김현정 과장이 동의한다는 듯 쓴웃음을 지으며 앞에 있던 땅콩을 한 줌 집어 입에 넣었다. 주은이 그치지 않고 다소 격앙된 어조로 말을 이었다.

"내가 이래서 팀장님하고 술 마시기 싫다니까. 서우 씨도 그렇게 가만히 있지만 말고 뭐라 한마디 좀 해요. 매번 못 들은 척만 하니까 수위가 점점 더 올라가잖아."

서우는 대답 없이 주은을 향해 살짝 미소만 떠올렸다. 생각해서 해 주는 말인 건 안다. 대신 화내 주는 것도 고맙다. 하지만 서우는 진짜로 별로 화가 나지 않았다. 그럴 기력도, 정성도 없었다. 어차피 하고 싶은 말 다 하고 사는 것도 아닌 인생에 굳이 그 한마디를 하느라 더 피곤해지고 싶지 않았다.

"그래도 술 안 취하면 안 그러잖아. 좋게 생각하자고."

현정이 주은을 다독이며 서우를 향해 유감이라는 눈짓을 보냈다. 서우는 괜찮다는 듯 살짝 웃어 보이고 휴대폰으로 시선을 주었다. 배 팀장이 실언을 하기 시작했으니 이제 회식도 끝물이라는 뜻이었다.

"김서우 씨, 오늘 차 안 갖고 왔지?"

자리가 파하고 가게를 나왔을 때였다. 주은과 현정은 먼저 인사를 하고 나란히 택시를 잡아탔고 현진우는 갑자기 잠깐 전화를 받는다고 어디로 가더니 한참을 보이지 않았다. 혼자 가게 앞에 서 있는 배 팀장에게 서우가 조심해서 들어가시라고 인사를 하는데 대뜸 그가 물었다.

"그럼 뭐 타고 가? 버스? 택시?"

서우는 조금 망설이다 이내 고개를 끄덕였다. 오늘 회식은 며칠 전부터 예정되어 있던 터라 일부러 차를 가지고 오지 않았다.

"그럼 내 차 타고 가. 나 대리 불렀어."

"네?"

"김서우 씨하고 나하고 방향이 같잖아. 가다가 내려 줄게."

"아니, 괜찮아요, 팀장님."

서우가 좋게 거절했다.

"바로 가는 버스 있어서 그거 타고 가면 돼요."

"뭘 버스를 타. 쓸데없이."

배 팀장은 서우의 거절을 예의상 그러는 것으로 받아들였는지 일축하고 시계를 확인하며 5분만 더 기다리라고 했다. 서우가 팀장님, 하고 말을 붙였지만 그렇게 고마워할 것 없다는 소리만 되돌아왔다.

"가는 길이라서 그런다니까. 나도 굳이 둘러 가는 거면 안 그러지."

"……."

"정 고마우면 나중에 내 부탁 하나만 들어주든가."

서우가 부탁이요? 하고 물었지만 배 팀장은 답지 않게 빙글거리는 미소를 띠며 아무 말도 하지 않았다. 그러는 새 벌써 5분이 지났는지 대리 기사인 듯한 사람이 도착했다.

"타."

배 팀장이 뒷자리 문을 열고 서우에게 타라는 듯 고개를 까딱했다. 그러다 아 참, 김서우 씨가 먼저 내리지? 하더니 자기가 먼저 안쪽으로 들어갔다. 그러곤 목을 쭉 빼고 그 자리에 가만히 서 있는 서우를 보며 얼른 타라고 재촉을 해 댔다.

"팀장님, 저는……."

"빨리 타. 기사님 기다리잖아."

"……."

"어허, 우리가 한두 해 같이 일한 사이도 아닌데 이렇게까지 체면 차리면 나 섭섭해."

하릴없이 서우가 막 걸음을 떼는 찰나였다. 열린 차 문과 서우의 사이로 불쑥 손 하나가 끼어들었다. 서우가 어리둥절한 얼굴로 고개를 돌렸다.

길쭉한 팔을 따라 제법 오래 시선을 옮기니 남빛 코트에 감싸인 널찍한 등과 각진 어깨가 보였다. 동시에 어디선가 낙엽을 태운 겨울 산 냄새 비슷한 게 났다.

"저도 같은 방향인데 같이 가면 안 될까요, 팀장님?"

태경이 배 팀장을 보며 씩 웃었다. 하얗고 서늘한 웃음이었다. 매 끄러운 음성이 그 붉은 입술 위에서 구르듯 흘러나왔다.

"어? 서 과장?"

"감사합니다."

태경은 배 팀장이 제대로 대답을 하기도 전에 반듯하게 감사를 표 하며 그 옆자리에 올라탔다. 자연히 서우는 조수석에 앉게 되었다.

"그러고 보니 서 과장이 이번에 사택에 들어갔지, 참."

달리는 차 안에서 배 팀장이 말문을 열었다.

"그 아파트, 오래되어서 많이 낡았을 텐데 살 만해?"

"예."

"에이, 말이 그렇지. 어차피 서 과장 사택에서 영영 살 것도 아니잖아."

배 팀장이 손을 저으며 장광설을 늘어놓았다. 업무 시간 중 상당 부분을 주식 거래 사이트나 부동산 커뮤니티에서 보내는 배 팀장은 재테크에 관심이 많았다.

서 과장 정도면 그동안 모아 둔 돈도 좀 있을 테고, 차라리 이럴 때 금리 좋은 대출 상품을 찾아 전망 좋은 아파트 하나라도 얻어 놓 는 게 장기적으로 훨씬 이득이라며 멋모르는 하룻강아지 어르듯 긴 충고를 했다.

정작 태경은 심드렁할 뿐이었다.

"그렇습니까."

"그렇지. 아무리 불경기다, 정부 규제다 뭐다 해도 부동산은 쉽게 안 떨어져. 돈 모으는 것보다 집값 오르는 게 더 빠르다고. 내 말이 틀려, 서우 씨?"

"네?"

갑자기 저를 끌어들이는 바람에 서우가 반사적으로 고개를 홱 돌렸다. 딴생각을 하느라 대화의 맥락은 전혀 짚지 못했지만 '내 말이 틀려?'란 질문은 애초에 답이 정해져 있는 거나 마찬가지였다.

서우가 대충 그런 것 같다며 맞장구를 치자 배 팀장은 한층 더 신이 나 본인이 재테크에 얼마나 능한지, 어디에 어떻게 투자를 해서 얼마의 수익을 올렸는지 줄줄이 자랑해 대기 시작했다.

"우리 서우 씨는 잘 알 거야. 그래도 내 밑에서 듣는 게 있으니까."

"……."

"어떻게, 내가 잘 아는 컨설턴트 있는데 서 과장도 소개해 줘?"

"아니, 됐습니다."

"됐어?"

"별로 관심 없어서요."

평범한 대답인데 어쩐지 차갑게 귀에 꽂혔다. 서우는 자기도 모르게 뒤를 돌아보려다 말았다. 배 팀장도 그렇게 느꼈는지 잠시 말이 없었다.

그러고 보니 태경은 차에 오른 뒤 내내 허리를 곧게 세우고 앉은 채 냉담한 표정으로 묻는 말에만 답을 하고 있었다. 차에 타기 전 붙임성 좋게 웃던 것과는 전혀 다르다. 그럴 리 없겠지만 조금 짜증스러운 듯도 보였다.

'갑자기 왜 저러지?'

어색한 침묵이 내려앉았다. 서우는 이 불편한 분위기를 자기라도 깨야 하나 고민에 빠졌다. 그래야 될 것 같긴 한데 그럴 재주가 없다. 고심하며 이리저리 방황하던 서우의 눈이 무심코 사이드 미러에 닿았다. 얼핏 그대로 지나치려던 눈동자가 다시 돌아 태경과 딱 마주쳤다.

우연이 아니었다. 언제부터 그러고 있었는지 태경은 정확히 거울 속 서우를 보고 있었다.

'어…….'

눈이 마주쳤는데도 피할 생각도 하지 않았다. 오히려 느리게 슬쩍 내려갔다 올라간 눈꺼풀이 분명히 서우를 보고 있다는 확신을 주었다.

잠시 멍해 있던 서우가 입 끝에 살짝 힘을 주고 웃는 것 비슷한 모양을 만들어 보인 뒤 거울에서 시선을 잡아뗐다. 최대한 자연스럽게 앉은 자세의 각도를 조정해 얼굴이 안 비치도록 몸을 틀었다.

괜히 뒤통수가 뻣뻣하게 당기는 느낌이 들었다. 뒷자리에선 미동도 없었지만 보이지 않는 시선이 무게라도 있는 것처럼 서우를 압박하는 것 같았다.

"태워 주셔서 감사합니다."

"조심해서 들어가세요, 팀장님."

아파트 입구 건너편 도로가에 차가 멈추고 서우와 태경이 내렸다. 두 사람은 약속이라도 한 듯 그 자리에 멈춰 서서 배 팀장의 차가 저만치 멀어져 이윽고 꺾어진 길로 사라지는 것을 보고 난 뒤에야 걸음을 옮겼다.

많이 늦은 시간도 아닌데 길에는 오가는 사람이 하나도 없었다. 횡단보도 앞에 멈춰 서서 신호가 바뀌길 기다리는데 옆얼굴에 따끔따끔한 시선이 느껴졌다.

"김서우 씨는."

태경이 서우와 눈이 마주치자 기다렸다는 듯 입을 열었다. 아까 차에서와 같은 집요한 시선은 아니었다. 아무 뜻도 담기지 않은 담담한 눈빛은 그의 뒤에 펼쳐져 있는 밤하늘보다 더 짙고 푸르스름한 빛을 띠고 있었다.

"회식 때마다 배 팀장과 함께 집에 옵니까?"

"네? 아."

서우가 아니라고 고개를 저었다. 오늘처럼 미리 정해진 회식 땐 차를 안 가져오긴 해도 배 팀장이 먼저 나서서 태워 준다고 한 적은 처음이었다.

"대부분 제가 먼저 들어가기도 하고, 어쩌다 시간이 맞아도 태워 주신다고 한 적은 없는데 오늘은 어쩐 일로 호의를 베푸셨네요."

호의라. 태경이 중얼거리는 소리가 들렸다. 잠시 침묵이 흐르고 이번엔 서우가 물었다.

"근데 선배님도 오늘 차 안 가지고 출근하셨어요?"

"……네."

태경이 잠시 틈을 두고 대답했다. 그 뒤는 또 침묵이었다. 서우는 하릴없이 신호등을 봤다가 반대편 도로를 봤다가 옆에 있는 가로수를 올려다봤다가 하면서 두서없이 시선을 옮겼다. 편치 않은 분위기에 목이 탔다. 아까 호프집 밖에서 만났을 땐 이렇지 않았던 것 같은데 갑자기 왜 이렇게 벽이 느껴지는지 모르겠다.

'하긴, 그게 당연한가.'

그도 그럴 것이 5년 만에 만난 사이다. 그 전이라고 딱히 친한 것도 아니었다. 그나마 깨알만큼 있는 접점이라곤 다 입 밖으로 꺼내기 불편한 것들뿐이고, 해도 될 만한 말들은 아까 다 한 것 같다.

'그냥 조용히 있자.'

습관처럼 머릿속을 뒤져 할 말을 찾던 서우가 스스로에게 제동을 걸었다. 숱한 노력과 연습 끝에 리액션이라면 어느 정도 자신이 붙었지만 타고난 내성적인 성격은 어쩔 수 없었다.

원래 말이 많은 편도 아니고 누구의 관심이나 끌 만큼 풍부한 화젯거리를 갖고 있는 것도 아니고 특별히 화술이 뛰어나지도 않다. 그간의 사회생활로 몇 가지 사교 스킬을 익히긴 했지만 그것도 한계가 있다.

침묵이 불편해도 헛소리를 할 바엔 차라리 입을 다무는 게 낫다는 것 역시 그간 사회생활을 통해 체득한 지혜 중 하나였다. 잠자리에 들 때마다 그날 제가 한 말을 일일이 반추하며 그중 반 이상은 후회하는 성격의 소유자로 응당 가져야 할 삶의 지혜였다.

신호등의 파란불이 켜지자 서우가 냉큼 걸음을 옮겼다. 한 발짝 늦게 태경도 뒤를 따랐다. 횡단보도를 건넌 서우가 문득 걸음을 멈추자 태경도 걸음을 멈추고 왜 그러냐는 듯 서우를 돌아보았다.

"저는 저쪽으로 가야 해서요."

서우가 아파트가 아닌 반대쪽을 가리켰다. 민재를 데리러 가야 했다. 부모님이 사시는 빌라는 걸어서 10분 정도 떨어진 곳으로 서우의 아파트에서 내려다보면 보일 정도로 가까웠다. 결국 10시를 넘기고 말아 서우가 급하게 전화를 걸어 조금만 더 기다려 달라고 하자 영혜는 선심 쓰듯 그러라고 했다.

"이 밤에 어딜 가는데?"

"네?"

"아니, 됐어요. 나한테 그런 것까지 말할 필요 없지."

입가엔 미소를 띠고 있는데 어쩐지 싸늘한 느낌이 들었다. 서우는 잠깐 그를 올려다보다 고개를 숙이고 안녕히 가시라고 인사를 한 다음, 엉거주춤 몸을 돌렸다.

익을 대로 무르익은 가을 밤공기가 스산했다. 서우가 발밑에서 굴러다니는 낙엽이며 불 켜진 건물 따위에 눈길을 주며 걸음을 서두르는데 뒤에서 저를 부르는 목소리가 들렸다.

"김서우 씨."

"네?"

서우가 돌아보자 태경이 그 자리에 그대로 서서 저를 보고 있었다.

"미안한데, 내가 지갑을 회사에 두고 온 것 같아서."

그러면서 바로 옆에 있는 편의점을 힐끗 눈짓으로 가리킨다. 금세 눈치를 챈 서우가 얼른 그를 향해 뛰어갔다.

"얼마 드리면 돼요?"

대답을 듣지도 않고 지갑 속에서 있는 대로 지폐를 꺼내 드는 서우를 보며 태경이 피식 웃었다. 태경이 서우의 손에 들린 만 원 짜리 지폐 한 장을 빼 가며 고마워요, 라고 인사를 했다.

"서우 씨도 뭐 좀 마실래요?"

"아, 아뇨. 저는 괜찮은……."

"잠깐만 기다려요."

서우를 잡아 놓고 태경이 편의점으로 들어갔다. 뭘 하는지 태경은 얼른 나오지 않았다. 마음이 급해진 서우가 제자리걸음을 하며 편의 점 안을 힐끗대는데 태경이 담배 한 갑과 이온 음료 한 병을 들고 느 릿하게 밖으로 나왔다.

"……감사합니다."

말도 없이 내미는 페트병을 받아 들며 서우는 묘한 기분을 느꼈다. 10년 전, 동아리 신입 환영회에서 태경이 건네줬던 음료는 지금도 같은 이름으로 디자인만 달리한 채 그대로 나오고 있었다. 태경이야 그저 무난히 잘 팔리는 것으로 골랐겠지만 그때와 같은 음료수를 쥔 서우는 약간 감상적인 기분이 들었다.

"잘 마실게요."

"그래요."

서우는 다시 고개 숙여 인사를 하고 페트병을 꼭 쥔 채 몸을 돌렸 다. 왠지 안정이 되지 않아 걸음을 서두르는데 등 뒤는 조용했다. 돌 아서는 발소리도, 담뱃불을 붙이는 소리도, 담배 냄새도 나지 않았다. 모퉁이를 돌아서자마자 서우가 뛰기 시작했다. 타닥거리는 구두 소 리에 휴대폰 벨 소리가 섞였다.

영혜일 거라 생각하고 주머니에서 휴대폰을 꺼내던 서우가 그만 그 자리에 우뚝 멈춰 서고 말았다.

"아."

시어머니였다.

* * *

벌써 4년이 지났지만 그날이 가까워지면 몸이 먼저 반응을 했다. 시기도 딱 그럴 때였다. 훌쩍 일조량이 줄어들고, 불어오는 바람에 온기가 현저하게 떨어지고, 어느새 성큼 다가온 계절의 끝이 그해의 과부족을 정산하려 덤벼들 것만 같은 11월 9일.

초반 몇 해인가는 병원과 약의 도움을 받았다. 그러지 않고는 도무지 버틸 수가 없었다. 자신이 어떻게 살아 있는지, 무슨 생각을 하고 어떤 동력으로 움직이고 있는지 알 수가 없었다. 스스로의 얼굴조차 희미한 날들이었다.

서우는 차게 식은 거실 바닥에 앉아 멍하니 동이 트기를 기다렸다. 새벽같이 눈을 뜬 탓인지 아니면 거의 잠을 못 잔 탓인지 머리가 먼지 낀 것처럼 뿌옇게 흐리고 가슴이 불안정하게 뛰었다.

한참을 그렇게 넋 놓고 앉아 있자니 창 위로 늘어진 커튼의 가장자리가 붉게 물들기 시작했다. 가느다란 틈 사이를 기어이 비집고 들어온 햇살 한 줄기가 피곤한 눈을 따갑게 찔렀다. 일기 예보대로 오늘도 맑은 날씨가 될 모양이었다.

인디언 서머라고 했던가. 본격적인 겨울에 들어서기 직전, 신이 계절의 마지막에 축복처럼 내려 준다는 늦가을의 찬란한 날을.

4년 전 오늘 역시 그 인디언 서머라는 말이 딱 어울리는 날이었다. 티 하나 없이 말끔하고 높은 하늘에 태양은 눈부시게 빛났고 결이 고운 바람이 부드럽게 불었다. 왠지 모르게 들떠서 콧노래가 절로 나올 것 같은 날이었다. 나쁜 일이라곤 전혀 일어날 것 같지 않은, 오히려 예기치 않은 행운이 올 것만 같은 그런 날이었다.

Rrrrr.

생각보다 멍하게 있던 시간이 길었는지 휴대폰 알람이 울리기 시작했다. 서우가 알람을 끄고 자리에서 일어났다. 주방으로 가 물을 한 잔 마시고 욕실로 들어가 샤워를 했다. 아침 준비를 한 뒤 옷을 갈아입고 작은방에서 자고 있던 동생을 깨웠다.

"민재야, 민재야?"

"으응……."

"그만 일어나야지."

"응……."

눈도 제대로 못 뜨면서도 민재는 순순히 이불을 걷고 일어나 비틀비틀 욕실로 갔다. 동생이 세수를 할 동안, 서우는 식탁을 차렸다.

"누나, 나 옷 뭐 입어?"

"책상 위에 올려놨어. 혼자 못 입겠으면 누나 부르고."

"으응."

민재가 옷을 챙겨 입고 식탁으로 왔다. 단추가 많은 흰 셔츠를

밑단이 빠져나오지 않게 야무지게 바지 속에 넣어 입었다. 서우가 칭찬하듯 머리를 한 번 쓸며 셔츠 위에 덧입은 감색 니트 베스트의 어깨를 조절해 주었다.

새우를 넣은 계란국과 두부조림을 곁들여 간단히 밥을 먹고 서우가 설거지를 하는 동안 민재는 양치질을 했다. 준비가 다 끝난 뒤엔 둘이 함께 나란히 집을 나섰다.

"날씨 좋아."

민재가 서우의 손을 잡고 들뜬 듯이 말했다. 서우가 대답 대신 손에 힘을 꼭 주자 민재가 헤헤 웃으며 서우를 올려다보았다.

"얼른 가자, 누나."

일찌감치 서두른 덕인지 주말임에도 도로는 아직 여유가 있었다. 천천히 도심을 벗어난 서우의 차가 고속도로에 올랐다. IC를 빠져나와 나지막한 산으로 둘러싸인 좁은 국도를 한동안 달리자 보이는 건물들의 키가 낮아지고 수도 현저하게 줄어들었다.

창에 딱 달라붙어 밖을 구경하던 민재가 이내 시들해졌는지 꾸벅꾸벅 졸기 시작했다. 논과 밭으로 둘러싸인 일차선 도로를 달리다 표지판을 따라 언덕 위로 올라가니 흰색의 블록으로 만든 것 같은 개성 없는 콘크리트 건물이 나타났다.

"다 왔다."

널찍한 주차장은 한산했다. 노랗게 단풍이 진 이파리가 얼마 남지 않은 벚나무 아래 주차를 하고 서우와 민재는 차에서 내렸다. 미리 준비한 물건을 한 손에 들고 나머지 빈손을 꼭 맞잡은 채 둘은 함께 건물 안으로 들어갔다.

매끈하지만 생기가 없고 천장이 훌쩍 높은 내부는 박물관이나 관공서와 흡사했다. 안쪽으로 들어갈수록 해가 들지 않아서인지 서늘하고 축축한 느낌이 들었다. 뚜벅뚜벅 울리는 발소리를 들으며 대리석이 깔린 널찍한 복도를 익숙하게 나아가던 서우와 민재가 자신들이 찾던 번호가 붙은 방 안으로 들어갔다. 사방으로 진열대가 가득한 공간이었다.

민재는 처음 목욕탕엘 갔을 때 그 칸칸이 나눠진 탈의실이 이곳과 조금 비슷하다는 생각을 했다. 서우의 시선에서 약간 아래, 민재의 시선에선 좀 더 위에 있는 진열장 앞에 멈춰 서서 민재가 환하게 웃으며 손을 흔들었다.

"안녕하세요, 작은매형."

그 안에는 가족사진과 조화로 만든 작은 화분 따위와 함께 '故 박수영'이라고 적힌 하얀 유골함이 있었다.

\* \* \*

4년 전 11월 9일, 박수영은 교통사고로 세상을 떠났다. 그의 나이 서른두 살, 결혼한 지 햇수로 3년째가 되던 때였다.

"있잖아요, 매형. 나 지난주에 학교에서 상 받았어요. 누나가 잘했다고 스테이크도 사 줬어요."

민재가 유골함을 향해 재잘재잘 떠들기 시작했다. 서우는 그 목소리를 들으며 물끄러미 앞만 바라보았다. 반질반질한 유리에 민재의 동그란 얼굴이 비쳤다. 애써 웃고 있는 얼굴을 보면 미안하기도 하고 기특하기도 하고 마음이 짠했다.

수영이 세상을 떴을 때 민재는 고작 다섯 살이었다. 큰매형과는 달리 저와 아빠처럼 잘 놀아 줬던 작은매형에 대한 기억은 희미하기 그지없어 거의 없다고 봐도 무방할 것이다. 하지만 민재는 늘 수영의 기일에 서우와 함께 납골당을 찾았다. 서우가 굳이 오지 않아도 괜찮다고 해도 기를 쓰고 동행했다.

서우의 손을 잡고 여기가 어디인지, 무얼 하는 곳인지도 모르고 처음 이곳에 왔던 민재는 이제 까치발을 하거나 목을 빼지 않아도 수영의 사진을 볼 수 있을 만큼 키가 커졌고 그만큼 조문에도 능숙해졌다.

그때나 지금이나 표정 없는 얼굴로 조개처럼 입을 꾹 다물고 하염없이 납골함을 들여다보기만 하는 서우와 달리, 민재는 밝은 얼굴로 진짜 수영이 앞에서 듣고 있기라도 한 듯 열심히 이 얘기, 저 얘기를 늘어놓았다.

"다다음주엔 학예회 해요. 나는 연극을 하는데 엄마랑 아빠는 바빠서 못 온대요. 그래도 누나가 오니까 괜찮아요."

민재가 얘기하는 대상은 사실은 서우다. 서우도 그걸 알았다. 서우는 자신의 침묵과 감정 없이 메마른 얼굴이 동생에게 불안을 준다는 걸 알고 있었다.

우윳빛을 띤 둥근 유골함과 이쪽의 거리는 너무도 가까웠고 그 사이를 막고 있는 건 얇디얇은 유리뿐이다. 안쪽과 바깥쪽의 경계가 희미해지고 어느 쪽이 조문을 받는지 불분명하다. 까마득하게 표정이 지워진 채 유리문에 비친 서우의 얼굴을 볼수록 더.

그래서 민재는 자신이 대신 이 조문을 조문답게 만드는 것이다. 축축하게 식은 손을 마주 잡고 서로의 불안을 못 본 척하며 떨리는 목소리에 힘을 주는 것이다.

비록 세상을 떠나 다시는 볼 수 없지만 그래도 우리는 잘 있으니 걱정 말라고, 더 이상 슬프지도 외롭지도 않으니 괜찮다고, 그러니 제발 편히 잠들라고, 제발 누나는 그냥 내버려 두라고. 그렇게 자신조차 확신할 수 없는 불안에 대항해 기를 쓰는 것이다.

그런 동생의 웃자란 마음이 서우의 가슴을 아프게 후벼 팠다. 누나는 정말 괜찮아, 이제 아무렇지도 않아, 그렇게 말해 줄 수도 있었지만 민재는 믿지 않을 것이다. 그래서 속으로만 되풀이했다.

널 두고 어디로 갈 생각 따위, 매형을 따라갈 생각 따위 추호도 없다고, 오히려 지금 당장이라도 이 자리에서 뛰쳐나가 다시는 돌아오고 싶지 않다는 충동이 든다고.

그때 주머니에 들어 있던 서우의 휴대폰이 울렸다. 소리 없이 진동하는 액정 위에 '형님'이란 글자가 떠 있었다. 민재에게 잠깐만 기다리라 이르고 아무도 없는 외진 복도로 가서 전화를 받았다.

"여보세요"

―올케?

카랑카랑한 박현영의 음성이 반대편에서 울렸다.

"네, 형님. 안녕하셨어요."

―너도 참 여전하다. 오늘이 무슨 날인데 내가 안녕하겠어?

현영은 다름 아닌 죽은 수영의 누나였다. 시부모는 슬하에 1남 1녀를 두었는데, 수영이 없는 지금 남은 건 그의 누나인 현영뿐이었다.

―어디야?

"납골당이요."

―너는 말을 해도 꼭. 그냥 수영이 보러 갔다고 하면 되지.

현영이 날 선 목소리로 괜한 트집을 잡았다. 보지 않아도 그 미간에 틀림없이 잡혀 있을 주름이 눈에 선했다.

―그래서, 제사 준비는 다 했어?

서우가 입술을 깨물 듯 안쪽으로 말아 넣었다.

―거기서 오래 꾸물대지 말고 얼른 넘어와서 준비해야지.

"형님, 제가 몇 번이나 말씀드렸잖아요……."

벌써 서우가 4년째 되풀이하는 말이었다. 현영 역시 4년째 똑같은 말을 하고 있었다.

―진짜 안 한다고? 너 아직도 그렇게 고집을 부리니?

"고집이 아니라 말씀드렸잖아요. 저는……."

―너 진짜 대단하다. 아니, 죽은 남편 제사도 안 지내는 여자가 어디 있어?

"형님, 그게……."

―우리 엄마 아빠가 불쌍하다고 한두 해 봐줬으면 이젠 네가 알아서 할 때도 됐잖아.

"……."

―너 그럼 우리 엄마, 아빠 돌아가셔도 제사 안 모실 거야?

현영이 공격의 기세를 올렸다.

―너도 부모가 있고 남동생이 있잖아. 입장 바꿔 생각을 해 봐. 우리 가족 입장에서는 얼마나 기가 막힐지.

'우리'와 '너'라고, 그들과 서우를 따로 구분 짓는 건 늘 현영이었다. 서우는 단 한 번도 수영의 가족에게 귀속감을 느낀 적이 없었다. 수영이 살아 있을 땐 그런 스스로에게 죄책감을 느끼기도 했지만 지금에 와서는 그저 허무하기만 했다.

―어제 꿈에도 수영이가 나와서, 내가 어찌나 마음이 아프던지…… 그 불쌍한 게 배고프고 춥다고 누나, 누나 하는데…….

도무지 더 들을 수가 없었다.

"형님, 죄송한데 그만 끊을게요. 동생이 혼자 있어서."

―뭐? 나 아직 말 안 끝났어.

"제가 나중에, 이따가 전화드릴게요. 끊겠습니다."

떨리는 손으로 전화를 끊은 서우가 가까스로 벽에 등을 기대고 발작적인 숨을 토해 냈다. 가슴이 터질 것처럼 쿵쿵 뛰고 눈앞이 캄캄해졌다.

'꿈에 나왔다고? 당신이?'

거짓말이든 사실이든 상관없었다. 수영은 죽고 난 뒤 단 한 번도 서우의 꿈에 나온 적이 없었다.

"후우."

금방이라도 속이 뒤집어질 것 같고 눈알이 따끔거렸지만 눈물은 나지 않았다. 파르르 떨리는 숨을 몇 번이나 몰아쉬며 가까스로 마음을 가라앉힌 서우가 마른세수를 한 번 하고 표정을 정돈한 다음, 민재가 있는 방으로 걸음을 옮겼다.

모퉁이를 돌자마자 민재와 그 옆에 키 큰 남자가 함께 서 있는 게 보였다.

"아."

서우의 발이 빨라졌다. 상체를 약간 숙인 채 민재와 무슨 얘기인가를 나누고 있던 남자가 먼저 서우를 알아채고 고개를 돌렸다. 눈이 마주치자 서우가 희미한 미소를 지었다.

"오셨어요, 형부."

남자가 천천히 몸을 세워 서우에게로 완전히 돌아섰다. 깔끔하게 왁스를 발라 뒤로 넘긴 머리를 하고 이마를 훤히 드러낸 남자는 당장 사업상 중요한 미팅 자리에 참석해도 손색이 없을 완벽한 정장 차림이었다. 맞춤임에 분명한 슈트는 주름 하나 없이 남자의 균형 잡힌 몸을 한 몸처럼 매끄럽게 감싸고 있었다.

"음, 오랜만이네."

말은 그렇게 하지만 사실 얼굴 본 지 2주 정도밖에 지나지 않았다. 보통 형부 처제 사이에 그 정도로 오랜만이라고 하지 않을 것 같은데 그는 늘 서우를 보면 오랜만이라고 인사를 했다.

"언제 오셨어요?"

"좀 아까."

"일찍 오셨네요."

"어, 일찍 움직였어. 오후에 미팅이 있어서."

서우의 형부, 도윤성은 강남에서 건축 설계 사무소를 운영하는 사업가였다. 실력도 좋고 수완도 좋아서 일거리가 넘쳐나는 모양인지 주말에도 늘 스케줄이 꽉 차 있었다.

"여전히 많이 바쁘신가 봐요."

"그래도 처제랑 민재 점심 사 줄 시간은 있어."

매년 납골당에서 만난 뒤 점심을 먹고 헤어지는 것까지가 조문의 끝이었다.

"오늘은 제가 살게요."

서우가 힘주어 말했다. 매번 만날 때마다 윤성이 돈을 쓰니 면목이 없었다. 물론 윤성에게 그 정도 금액은 아무것도 아닌 걸 알지만 그가 돈이 많은 것과 그만 돈을 쓰는 건 별개 문제였다.

윤성은 서우가 벼르듯 하는 말에 별 대꾸 없이 눈만 움직여 서우의 얼굴을 찬찬히 훑었다.

"그보다, 무슨 일 있어?"

"네?"

"얼굴이 왜 그래?"

"제 얼굴이요?"

그 말엔 대답 없이 윤성은 요즘도 잠을 제대로 못 자냐고 물었다. 아, 소리를 내며 서우가 반사적으로 손바닥을 가져가 제 뺨에 댔다. 민망함에 열이 살짝 올랐다. 그렇게 곧바로 알아볼 만큼 제 안색이 형편없나.

"심하면 병원에 가 보지."

"그 정도는 아니에요. 그냥 요즘 회사 일이 많아서⋯⋯."

우물거리던 서우가 얼른 말을 돌렸다.

"언니한테는 먼저 갔다 오셨죠?"

"응."

"그럼 휴게실에서 잠깐만 기다리실래요? 저랑 민재는 아직 언니한 테 인사를 못 해서."

"같이 가지."

세 사람은 서늘한 복도를 이동해 밖으로 나갔다. 건물 뒤편으로 돌아가면 봉안묘들이 늘어선 공원묘지가 나왔다. 언덕 저 아래까지 훤히 내려다보이는 탁 트인 전경에 햇살이 잘 드는 공원은 말 그대로 양지바른 곳이었다.

생전 답답한 곳은 딱 질색했다며 윤성이 아내의 쉴 곳으로 정한 그곳은 확실히 실내에 따닥따닥 붙은 납골당과는 공기부터가 달랐고 가격도 많이 달랐다.

서우의 걸음이 그중 한곳에 멈췄다. 네모반듯한 대리석으로 만든 비석이 햇살을 받아 반짝반짝 빛났다. 비석 앞에는 빨간색과 노란색 거베라 꽃다발이 놓여 있었고 부조처럼 박힌 액자에서 서우의 하나뿐이었던 언니, 김서희가 그보다 더 환하게 웃고 있었다.

"언니, 안녕⋯⋯."

사진 속 서희는 4년 전 모습 그대로 변함이 없어서 이젠 서우가 더 언니 같았다. 검은 대리석에 반사된 제 얼굴과 대비된 그 얼굴을 보니 서우는 새삼 서른인 제 나이가 느껴졌다. 서른은 서희에겐 허락

되지 않은 나이였다. 4년 전 오늘 서희가 사망할 당시, 그녀의 나이는 불과 스물여덟이었다.

빨라도 너무 빨랐다. 수영이나, 서희나.

민재와 서우가 준비해 온 꽃을 놓고 조문을 하는 동안, 윤성은 조금 뒤로 물러나서 그들을 바라보고 있었다.

"근데 누나 있잖아. 큰누나랑 누나 진짜 많이 닮은 거 같아."

공원묘지를 나서며 민재가 서우의 손을 잡고 말했다. 수영과 마찬가지로, 첫째 누나인 서희도 사진으로만 남아 있을 뿐 민재의 기억 속에 없다.

서우가 살짝 웃었다.

"큰누나가 그 말 들으면 기분 나빠했을걸."

"왜?"

"큰누나가 훨씬 예쁘니까."

"아닌데……."

민재가 눈썹을 구기며 뭔가 항의하고 싶은 어조로 중얼거리자 옆에서 걷던 윤성이 그의 머리를 부드럽게 쓰다듬으며 말했다.

"누나가 농담한 거야."

서우는 아무 말도 하지 않았지만 농담만은 아니었다. 서희가 그 말을 들었으면 분명 화를 냈을 것이다. 지금 누구와 누굴 비교하냐고.

그럴 만도 한 게 서희는 그냥 적당히 예쁘장한 정도가 아니라 근방에 소문이 날 만큼 뛰어난 미인이었다. 태어날 때부터 프랑스 인형처럼 예뻐서 영혜가 업고 밖에 나가면 온 동네 사람들이 떼로 몰려와

서로 안아 보겠다고 아우성을 쳤다고 했다.

과장이 조금은 섞였겠지만 어렸을 적 서희의 사진을 보면 영 없는 소리를 한 건 아닌 듯했다. 프랑스 인형을 닮은 아기는 자라면서 프랑스 배우 소피 마르소를 닮아 갔다. 모친과 부친의 장점만 뽑아 오면서도 그들보다 훨씬 업그레이드된 미모라 어떻게 저런 얼굴이 나왔는지 낳은 영혜 본인조차 감탄할 정도였다.

서우도 이제 와 새삼 제 얼굴에 불만은 없었지만 서희와 비교할 바가 못 된다는 것은 인정했다. 민재가 어디서 그와 저의 닮은 점을 찾았는지 모르지만 실제 둘은 판이하게 달랐다.

서우와 서희가 다 자란 뒤 민재가 태어났기 때문에 서우는 어찌 보면 집안의 막내였다. 하지만 일반적으로 기대되는 그런 막내 대우는 한 번도 받지 못했다.

빼어난 미모를 가진 언니 서희는 엄마의 자랑이었고 아빠의 자부심이었다. 해가 강할수록 그림자가 짙어지듯이 서우는 늘 그들의 관심 밖에 있었다. 어쩌면 부모의 사랑이란 것도 한계가 있어서 한쪽에 너무 퍼 주면 뒤엔 남는 게 없는 건지도 몰랐다.

부모님은 서우가 뭘 하든 다 허용했다. 그림을 그리든, 귀에 구멍을 몇 개를 뚫든, 머리를 무지개색으로 물들이든 아무런 간섭도 하지 않았다. 그게 너그러움이 아니라 방임에 가까운 것이라는 건 다 커서야 알았지만 딱히 서운하지도 않았다.

타고나기를 성격이 그래서인지 아니면 워낙 어려서부터 그렇게 자라 와서 그런 것인지는 잘 모르겠지만 서우는 언제나 가족들이 자신에게 기대가 없는 만큼 자신도 그들에게 뭔가를 기대해선 안 된다고 생각했다.

"식당 예약해 놨어. 주소 보내 줄 테니까 내비게이션 찍고 따라와."

"네, 형부."

웃으며 대답했지만 그의 포르쉐 뒤를 따라가며 서우는 약간 걱정이 됐다. 윤성이 예약한 식당이라면 보나 마나 비싼 곳일 게 뻔했다.

윤성은, 지금 하고 있는 사업을 차치하고서라도, 원래 집안부터가 부유했다. 서우의 집도 9년 전 그런 일이 있기 전까지 쪼들리고 산 건 아니지만 윤성과는 비교할 수 없었다. 당연히 금전 감각에 있어 차이가 있을 수밖에 없다.

아니나 다를까, 윤성의 차가 멈춰 선 곳은 한눈에 봐도 상당히 비쌀 것 같은 이탈리안 레스토랑이었다. 먼저 도착한 윤성이 주차장에서 서우와 민재를 기다리고 있었다. 약간 광택이 도는 회색빛 슈트를 입고 주머니에 손을 찔러 넣은 채 우뚝 서 있는 모습은 언제 봐도 인상적이었다.

'형부는 여전하네.'

그 광경을 보니 새삼 서희와 윤성이 얼마나 잘 어울렸었는지 생각났다. 키가 훌쩍 크고 오뚝한 콧날과 길고 날렵한 눈매를 가진 윤성은 소피 마르소 옆에서도 전혀 꿀리지 않는 존재감을 발산했다. 외모로 보나 뭐로 보나 누구나 그들을 이상적인 한 쌍이라고 생각했다.

뒤따라 주차를 한 서우가 민재와 함께 차에서 내렸다. 식당 안으로 들어간 윤성이 데스크에 제 이름을 댔다.

"네, 도윤성 님, 안쪽으로 안내해 드리겠습니다."

서버의 안내에 따라 자리에 앉자 곧 식사가 준비되었다. 미리 코스 요리로 예약을 했는지 해산물 요리가 전채로 나왔다.

'코스라니.'

이게 대체 다 얼마일까. 가격표도 한번 못 본 서우는 속으로만 탄식했다. 계약직 월급으로 대출 이자를 갚고 겨우 먹고사는 자신이 따라가기엔 가랑이가 찢어질 것 같다. 이 정도면 보나 마나 한 달 생활비의 3분의 1은 족히 나올 게 분명하다.

서우는 그럼에도 결코 나중에 계산대 앞에서 당황하거나 망설이지 말자고 각오를 단단히 다지며 입 속에 든 조갯살을 꼼꼼히 씹었다.

"민재야, 맛있니?"

윤성이 묻자 열심히 스테이크를 찍어 먹던 민재가 얌전히 고개를 끄덕였다. 민재는 약간 소심한 면은 있어도 내성적이지는 않은데, 유독 윤성 앞에서는 말수가 적어졌다. 서우도 이해가 갔다. 윤성에겐 왠지 모를 위압감이 있었다. 그건 그의 친절함이나 다정함과는 상관이 없었다.

"처제도 많이 먹어."

"네, 형부. 여기 되게 맛있네요."

"그래? 저번에 아버님 어머님 모시고 왔었는데 잘 드시기에 처제도 좋아하지 않을까 생각했어."

서우가 주춤하며 윤성을 바라보았다.

"아, 엄마 아빠랑 같이 왔었어요?"

"어, 며칠 전에."

윤성은 대수롭지 않게 대답했지만 서우는 고마움과 동시에 미안함, 그리고 은근한 부채감을 느꼈다.

서희가 죽은 지 4년이다. 그동안 윤성은 재혼도 하지 않고 서희가 있을 때와 다름없이, 아니, 그때보다도 더 살뜰히 서우의 가족을 챙겼다. 그와 서희 사이엔 자식도 없어 사실상 아무런 연결 고리도 없다시피 한데.

"고마워요……."

"뭐가? 내 장인어른, 장모님인데."

그때 포크질을 하던 민재가 잘못해서 팔꿈치로 오른쪽에 있던 컵을 쳤다. 컵 가득 담겨 있던 토마토 주스가 민재에게로 쏟아졌다. 서우가 뭘 하기도 전에 윤성이 먼저 냅킨을 들고 벌떡 일어나 민재에게로 다가갔다.

"괜찮아?"

멀리서 보고 있던 서버가 물수건을 가져왔다. 서우가 식탁을 닦는 동안 윤성이 민재를 남자 화장실로 데리고 갔다. 정리를 마치고 윤성이 민재와 함께 자리로 돌아오자 서버가 흐뭇하게 그들을 보며 말했다.

"정말 보기 좋은 부자시네요. 아버님이 참 자상하세요."

그러고는 민재를 향해 아빠 닮아서 이렇게 잘생겼구나, 하고 덧붙였다. 민재는 얼굴이 빨개져서 아무 말도 하지 않았다. 서우가 아니라고 정정하려 했지만 윤성이 먼저 감사합니다, 하고 인사를 했다.

칭찬에 대한 인사인지, 단순히 도와줘서 고맙다는 건지는 모르겠지만 한 번 보고 말 사이에 굳이 고쳐 줄 필요도 없는 것 같아 서우도 그냥 입을 다물었다.

남들이 보기엔 그럴 법도 하다. 서른이 된 서우에게 이런 어린 동생이 있다고 사람들이 어떻게 알까. 서우와 윤성이 한날한시에 아내와 남편을 잃은 형부와 처제 사이라는 걸 누가 짐작이나 할까.

"제가 계산하려고 했는데."

식사가 다 끝나고 계산을 하러 갔다가 벌써 계산이 끝났다는 직원의 말에 서우가 당혹과 미안함이 섞인 눈초리로 윤성을 쳐다보았다.

"처제는 다음에. 다음에 더 맛있는 거 사 줘."

"형부 맨날 말만 그러잖아요……."

"아냐. 다음엔 꼭 처제가 사. 여긴 내가 예약했으니까 내가 내는 게 맞지."

"밥값 많이 나왔을 텐데."

얼마나 나왔냐고 묻자 윤성은 몸을 돌리며 먹은 만큼 나왔겠지, 하고 툭 뱉었다. 신경도 안 쓴다는 어조였다. 서우는 계좌번호를 불러 달라고 하고 싶었지만 그랬다간 왠지 윤성이 불쾌해할 것 같아 망설여졌다.

어찌해 볼 새도 없이 윤성이 조심해서 가라며 손을 흔들고 차에 올랐다.

"안녕히 가세요, 매형."

"다음에 뵈어요, 형부."

하릴없이 서우도 민재를 데리고 차에 탔다. 윤성의 포르쉐가 먼저 나가고 서우가 조수석에 앉은 민재를 돌아보며 안전벨트를 확인했다.

"저기, 근데 누나······."

민재가 머뭇거리며 서우를 불렀다.

"응?"

무심코 동생의 얼굴을 바라보니 민재는 뭔가 죄지은 듯한 표정을 하고 있었다. 서우는 그게 옷에 토마토 주스 얼룩이 남은 것 때문에 그런 줄 알았다. 조문을 오는 거라 민재는 갖고 있던 옷 중 제일 좋은 것을 입었다.

"괜찮아. 집에 가서 얼룩 빼는 걸로 다시 빨면 없어져. 걱정하지 마."

"아니, 그게 아니고······."

"왜?"

민재가 우물쭈물하더니 입고 있던 재킷 주머니에 손을 넣어 뭔가를 꺼냈다.

"뭔데?"

5만 원권 지폐가 얼핏 봐도 십수 장은 족히 돼 보였다.

"나 안 받는다고 그랬어. 절대 안 받는다고 그랬는데 매형이 계속 받으라고······."

서우의 얼굴에 나타난 표정을 보고 민재가 울먹이며 겁먹은 눈으로 변명을 했다.

"나는 진짜 누나가 안 된다고 할 거라고 그랬는데······."

"매형이 이거 언제 줬어?"

"아까 화장실 갔을 때······."

씻어도 토마토 물이 빠지지 않자 새로 사 입으라고 돈을 주었다고 했다. 직접 사 주고 싶은데 시간이 없어 돈으로 주는 거라며, 안 받겠다는데도 기어코 주머니에 쑤셔 넣었다고.

"괜찮아."

겁먹은 민재의 얼굴을 보며 서우가 동생부터 안심시켰다.

"형부가 민재 옷 망가져서 속상할까 봐 걱정이 많이 되셨나 보다."

"으응."

"그래도 이건 너무 많으니까 누나가 가지고 있다가 다음에 돌려드릴게."

"응."

돈이 제 손을 떠나자 민재는 한결 가벼운 얼굴이 됐다. 반대로 서우는 무거운 표정이 되어 노란 지폐를 제 주머니 속에 넣었다. 시동을 걸고 부모님의 집으로 차를 몰았다. 좁은 골목에 주차를 하고 차에서 내려 고개를 들고 먼지가 잔뜩 껴 흐릿한 창을 올려다보았다.

1년 전, 원상이 영혜와 민재를 데리고 서우의 아파트에서 나가 전세를 살고 있는 이 빌라는 낡은 4층짜리 건물이었다. 엘리베이터도 없는 건물의 꼭대기 층에다 넓이도 아파트의 반밖에 되지 않아서 영혜는 불만이 이만저만이 아니었다. 굳이 이렇게까지 불편함과 궁상을 감수하고 나가 살아야 하는 이유를 모르겠다는 것이다.

하지만 원상은 강경했다. 영혜의 성화에도 끝까지 고집을 꺾지 않았다. 진작 이랬어야 했다고, 애초에 서우와 수영의 아파트에 얹혀살지 말아야 했다고 회한이 섞인 어조로 말했지만 당시엔 다른 도리가 없는 상황이었다.

"……다녀왔습니다."

문을 열자마자 훤히 보이는 좁은 거실에 막 일을 마치고 돌아온 듯한 영혜가 겉옷도 벗지 않은 채로 벽에 기대앉아 담배를 피우고 있었다. 영혜는 현관에서 머뭇대는 서우와 민재를 흘깃 일별하고 시선을 도로 허공으로 돌린 다음, 한숨처럼 길게 담배 연기를 내뿜었다.

"민재야, 손이랑 발부터 씻어."

서우가 태연하게 웃으며 동생을 먼저 욕실로 들여보냈다. 원상은 낮 근무인지 집에 없었다. 그래도 있었다면 민재만 두고 가는 게 이렇게까지 마음에 걸리지 않았을 텐데.

"저……."

주춤주춤 거실 끄트머리에 들어와 앉은 서우가 뭐라 입을 열려는데 영혜가 한발 빨랐다.

"네 형부는, 도 사장은 잘 계시던?"

네, 하고 작게 대답하면서도 서우는 보일 듯 말 듯 미간을 좁혔다. 서희가 살아 있을 때부터도 영혜는 윤성에게 장모가 사위에게 흔히 쓰는 호칭인 '도 서방'이란 말 대신 '도 사장'이라고 부르며 존대를 했다.

아버지에게도 하지 않는 존대를 하는 게 불편해서, 아니, 정확히 말하면 그런 식으로 대놓고 아첨을 떠는 태도에 제 낯이 더 뜨거워져서, 서우는 제발 엄마가 그러지 않기를 바랐지만 겉으로 드러내진 못했다.

"그래……."

힘없이 말끝을 흐리며 재떨이에 담배를 비벼 끈 영혜가 생기 없는 눈동자로 한참을 멍하니 허공만 쳐다보았다. 옆에 서우가 있다는 것도 잊은 것 같았다.

서우는 그런 엄마를 내버려 두고 욕실에서 나온 민재를 데리고 방으로 들어가 옷을 갈아입는 것을 도와주었다. 아침 일찍부터 먼 길을 다녀온 탓인지 민재는 눈을 비비며 연신 하품을 해 대다 서우가 깔아 준 이불을 덮고 금방 잠이 들었다.

다행이었다. 저런 상태의 영혜와 있어 봐야 불안하기만 하니 차라리 원상이 올 때까지 자는 편이 훨씬 나았다.

원래도 예민하고 신경질적인 면이 있던 영혜는 9년 전, 집이 넘어가고 원상이 다치고 가세가 기울기 시작하면서 급격한 우울 증세를 보였다.

대학을 졸업하고 곧바로 원상과 결혼하여 평생 험한 일이라곤 한 적 없던 영혜는 그나마 서희가 있어 반지하 방과 옥탑방을 전전하는 억센 세월을 버텼을 것이다. 이 고된 시간은 금세 지나갈 거라고, 서희만, 세상에서 제일 예쁘고 자랑스러운 우리 큰딸만 있으면 어떻게든 다 잘될 거라고, 곧 모든 게 제자리를 찾을 거라고 그렇게 믿었을 것이다.

그 믿음은 서희가 준재벌에 가까운 윤성과 결혼하면서 결실을 맺은 것처럼 보였다.

하지만 그것도 4년 전 오늘 끝났다.

그러니 부모님 앞에 서우는 평생 죄인이었다.

"엄마, 식사는 하셨어요? 뭐 좀 사다 드릴까요?"

"주말인데 민재 좀 데리고 있지 않고."

서우의 물음에 영혜는 다른 소리를 했다. 서우가 죄스러운 표정을 지으며 그러고 싶은데 오늘 저녁엔 일이 있어 그럴 수가 없다고 했다.

"또 그 선배 가게 일 도와주러 가는 거니?"

"네."

"거기 일당은 많이 주니? 돈 좀 되면 아예 주말마다 고정으로 출근하면 안 돼?"

서우가 난처한 웃음을 지었다. 원래 하던 사람이 있어 가끔 손이 필요할 때만 거들 뿐이라는 말을 하려다 그냥 물어볼게요, 하고 말았다.

"그래, 그럼 가라. 늦겠다."

"네, 엄마. 쉬세요."

돌아서던 서우의 발목을 이어지는 영혜의 말이 움켜잡았다.

"도 사장이 민재 용돈은 좀 안 주던?"

시선이 마주쳤다. 뻔히 빈손으로 보낼 리 없다는 걸 알고 있다는 눈빛이었다.

"주긴 했는데……."

"놓고 가."

짧게 잘라 말하며 영혜가 자리에서 일어났다. 환기를 시키려는지 창문을 열고 겉옷을 벗더니 그대로 욕실로 들어갔다. 거실에 덩그러니 혼자 남아 잠시 머뭇거리던 서우는 맥없는 몸짓으로 가방에서 지폐를 꺼내 테이블에 올려놓고 리모컨으로 그 위를 눌렀다.

돌아서서 신발을 신고 현관문 손잡이를 잡으며 애써 목청을 높여

가 볼게요, 하고 외쳤지만 대답은 돌아오지 않았다. 곰팡이 냄새가 물씬 나는 계단을 내려가며 심란한 표정이 된 서우가 내키지 않는 듯 휴대폰을 꺼냈다.

받아 버렸으니 어쩔 수 없다. 윤성의 번호를 불러와 받는 사람에 두고, 몇 자 안 되는 글을 입력하는 내내 몇 번이고 지웠다 썼다 하며 겨우 메시지를 완성했다. 그러고도 한참을 망설이다 눈을 질끈 감고 자포자기하듯 전송을 눌렀다.

"하."

가슴이 쿵쿵 뛰고 한숨이 절로 나왔다. 염치가 없어도 너무 없다. 누가 초등학교 2학년 용돈을 그렇게 몇십만 원씩 준단 말인가. 그것도 매번 만날 때마다.

그걸 그렇게 안면몰수하고 고스란히 받자니 부끄럽고 창피하고 무엇보다 면목이 없었다. 용돈을 받는 게 민재만이 아니라 더 그랬다.

말은 안 하지만 영혜도 정기적으로 윤성에게 얼마씩 돈을 받고 있다는 걸 서우는 알고 있었다. 정확한 액수는 몰라도 민재보다 적지 않을 건 뻔하다. 갚을 길 없는 신세는 그렇게 부담으로 돌아와 서우를 짓누르고 윤성 앞에서 고개를 못 들게 만들었다.

"후."

서우가 토해 내듯 한숨을 쉬며 손에 쥔 휴대폰을 보았다. 답장은 10초도 되지 않아서 왔다.


[고맙긴 뭘. 우리가 남도 아닌데.]

**04**

　태경이 수영의 사고 소식을 들은 건 미국 지사로 떠난 이듬해였다. 밤중에 운전을 하던 수영은 갑자기 길 한가운데로 튀어나온 사람을 피하려다 차가 전복되어 그 자리에서 사망했다. 옆자리에는 친인척한 사람이 타고 있었는데, 그도 같이 숨졌다고 했다.

　그 사실을 알게 된 순간은 지금도 기이할 정도로 생생했다.

　하얀 블라인드 틈 사이를 비집고 들어온 햇빛이 책상 위에 줄무늬를 그리던 것과 접속 중이던 사내 인트라넷에서 새 소식을 알리는 알림이 반짝 뜨던 것, 무심코 클릭한 팝업 창에서 부고를 알리는 제목 아래 박수영 석 자가 튀듯이 눈 속으로 들어오던 것까지 또렷하게 기억났다. 그 이름의 폰트와 크기까지 뇌 속에 출력한 것처럼 선명했다.

슬프거나 비통하진 않았다. 아마 충분히 실감할 시간을 줬어도 딱히 새로운 감흥은 들지 않았을 것이다.

그저 어안이 벙벙했다. 나이가 적고 많고, 평소 건강 상태가 좋고 나쁘고와 관계없이 사람이라면 누구나 언제든 죽을 수 있다는 걸 충분히 알고 있음에도 납득이 되지 않아 한참을 꼼짝 않고 모니터를 뚫어지게 바라보았다.

박수영이 왜? 그 사람이 왜 죽어? 그것도 이렇게 빨리, 이렇게 갑자기.

'그러면 안 되는데.'

그저 그런 어리석고 한심하고 무쓸모한 생각만 떠올랐다. 기계적으로 마우스를 쥔 손을 움직여 서울행 비행기표를 수배했을 때도, 갑작스러운 휴가원 제출로 상사에게 양해를 구할 때도 대상도 모를 의문만 끝없이 반복됐다.

그러면 안 되는 거 아닌가. 그럴 순 없지 않은가.

그게 벌써 4년 전의 일이었다.

"아, 벌써 시간이 그렇게 됐어요?"

불쑥 옆에서 들려온 목소리에 태경이 저도 모르게 눈썹을 움찔했다. 개발팀 막내인 이민기의 음성이었다.

"산행이 벌써 이번 주라니."

시선을 들자 파티션 너머로 잔뜩 찌푸린 그의 얼굴이 보였다. 그 말대로 다가오는 금요일에 사내 단합 대회의 일환으로 산행이 예정되어 있었다. 단풍도 다 지고 없는데 무슨 산행이냐며, 자기는 등산이 정말 싫다고 민기는 공고가 떴을 때부터 불평을 해 댔다.

"그냥 받아들이라니까. 임원 중에 등산 마니아가 있어서 매년 봄이든 가을이든 한 번은 간다고 했잖아."

김현태 과장이 어린 후배를 놀리듯 빙글거리며 민기의 어깨를 툭툭 쳤다.

"또 어쨌든 일찍 마치잖아. 오전에 올라갔다가 점심 먹고 오후에 해산하는데 나쁘지 않지."

"나쁜데요. 전 차라리 사무실에서 근무하는 편이 훨씬 좋다고요."

"어지간히 움직이는 거 싫어하네. 나이도 젊은 사람이."

"움직이는 게 싫은 게 아니라 등산이 싫어요. 금방 내려올 걸 힘들게 뭐 하러 거기까지 올라가는지."

"너는 그럼 죽을 걸 왜 사냐?"

"적어도 산 타려고 사는 건 아닌 것 같은데요."

둘의 대화를 귓전으로 흘려들으며 태경은 딴생각에 잠겨 있었다. 민기가 잠자코 있던 태경을 끌어들였다. 그나마 김현태보단 태경 쪽이 더 공감대 형성이 쉽겠다 여겼는지 제 역성 좀 들어 달라는 뜻 같았다.

"서 과장님은 어때요? 등산 좋아하세요?"

"좋지도, 싫지도 않아요."

태경은 중립을 지키며 언제 딴 데 정신을 팔고 있었냐는 듯 자연스럽게 대답했다. 야외 스포츠보다 실내에서 하는 운동을 더 선호하는 그였지만 그렇다고 등산이 싫어서 못 견딜 정도는 아니었다. 그보다는 차라리 회사 밖에서 단체로 뭔가를 하는 자체가 더 성가셨다.

"서 과장님도 이번 산행이 처음이시죠?"

"아뇨, 파견 전에도 산행은 있었으니까."

"와, 그때도요? 은근 유구한 전통이었네요."

처음 산행을 갔을 때 태경은 인턴이었다. 그 전까지 제대로 된 등산을 해 본 적도 없어서 사수였던 박수영이 등산화부터 장비까지 일일이 챙겨 주었다. 그리고 보면 그때 그 산에 서우도 함께 올랐을 터였다. 태경은 전혀 몰랐다. 같은 회사에 있는 줄도 몰랐으니까.

다만 산행 후, 다 같이 점심을 먹는 자리에 수영이 없었다는 것은 기억났다. 외주 업체 파견직 사원들은 회식 장소가 달라서, 아마 와이프 때문에 그쪽으로 간 것 같다고 누가 얘기해 주었지만 그때도 그러려니 했다.

"......"

마우스에서 손을 뗀 태경이 커피가 반쯤 남은 텀블러를 들고 내용물을 입 안으로 털어 넣었다. 미지근하게 식어 버린 커피가 내키지 않은 듯 억지로 목구멍을 타고 넘어갔다. 텁텁한 끝 맛에 태경이 눈살을 찌푸리며 텀블러를 저만치 밀어 놓았다.

"김서우 씨도 그래?"

총무2팀이 술을 마시던 자리는 태경이 앉아 있던 테이블 바로 지척에 있었다. 배경에 계속 깔리던 음악이며, 소음으로 떠들썩한 와중에도 총무2팀 사람들이 나누는 대화는 신기하리만큼 선명하게 귀에 들어왔다. 서우와 주은이 나눈 대화나 주은이 저를 두고 하는 말도 다 들었다.

하지만 태경의 기억에 남은 건 저에 대한 평판 따위가 아니라, 서우에게 무례한 소리를 뱉으며 치근대던 배 팀장이었다.

'자기보다 스무 살은 더 어린 직원한테.'

배 팀장은 이혼남이었다. 합의 이혼이었고 사유도 정확히 알려지진 않았지만 암암리에 그의 술 문제와 여자 문제라는 소문이 횡횡했다.

"살던 아파트도 고스란히 넘겨주고 아이들 친권, 양육권까지 다 뺏겼다는 데 뻔하지 뭐."

"배 팀장 그 사람이 평소에는 안 그런데, 술만 마시면 사람이 달라져. 꼭 그렇게 사고를 친다니까."

본사에 복귀한 지 두 달 남짓밖에 안됐지만 태경도 알고 있는 사실이었다. 그렇다고 태경이 사내 소문에 밝은 건 아니었다. 오히려 무관심한 편에 속했다. 배 팀장에 대해 태경이 쥐꼬리만큼이라도 아는 게 있다면, 그건 다 그가 서우와 같은 총무2팀이기 때문이었다.

"산전수전 공중전까지 다 겪은 사람이 아직도 그렇게 남자 보는 눈이 없어서야."

다시금 떠오르자 짜증이 확 솟구쳤다. 배 팀장이 그저 생각 없이 무식하고 무례하기만 했다면 이 정도로 화가 나진 않았을 것 같다. 현진우가 그를 밖으로 끌어내지 않았다면 태경이 끼어들었을 것이다.

'저런 새끼들 때문에 멀쩡한 남자들까지 싸잡아 욕먹는 거지.'

정작 서우 본인은 아무 말도 못 들은 사람처럼 아무런 내색이 없었다. 배 팀장의 말 따위에 아무런 타격도 받지 않은 것 같았다. 어쩌면 실제로 아무 타격도 받지 않았을지도 모른다.

놀랍지도 않았다. 저 정도 말로 새삼 상처받기엔 그간 서우의 인생이 그리 녹록지 않았다. 온실 속 화초 같은 외모와 달리 고운 소리만 듣고 꽃길만 밟고 살지 않았다.

그럼에도 태경은 화가 났다. 뒤틀린 심사가 풀리지 않았다. 무수한 배 팀장들은 물론, 그렇게 상처가 굳은살이 되도록 방치하고 있는 서우에게도.

"김서우 씨는 회식 때마다 배 팀장과 함께 집에 옵니까."

유치하고 심술궂고 심지어는 월권인 물음이었다. 그 뒤에 벌인 짓은 더 개수작이었다. 피곤하다는 사람이 그 밤에 누군지 모를 이의 부름을 받고 급하게 어디론가 가는 모습에 불쑥 조바심이 일었다.

멀쩡한 지갑을 두고 돈을 빌려 달라고 한 것 역시, 멀쩡한 제 차를 길거리에 내팽개쳐 두고 배 팀장의 차를 얻어 타고 온 것만큼이나 충동적이고 멍청한 짓이었다.

"자자, 산행은 산에 가서 생각하고 그만 점심들 먹으러 가지."

"그래요. 뭐 드실래요? 서 과장님은 오늘도 구내식당 가실 거예요?"

태경이 고개를 끄덕이자 김현태가 신기하다는 듯 눈을 가늘게 뜨고 그를 보았다.

"구내식당 얼씬도 안 하던 사람이 요즘은 매일 가네."

그 말처럼 태경은 점심을 구내식당에서 먹는 일이 거의 없었다. 입사 당시부터 팀 분위기가 그래서 대부분 밖에서 먹기 일쑤였는데, 최근엔 특별한 일이 없는 한 무조건 구내식당행이었다.

"귀찮아서요. 밥 한 끼 먹으러 굳이 나갔다 들어왔다 하는 게."

"하긴 얼마 전에 영양사 바뀌고 메뉴 꽤 괜찮아졌다는 소리 들리던데. 그럼 우리도 오늘은 구내식당이나 갈까?"

현태의 말에 민기가 태경을 보고 물었다.

"오늘 메뉴 뭔데요? 서 과장님, 아세요?"

당연히 태경이 알 리가 없었다. 당장 어제 먹은 것도 기억이 나지 않았다.

\* \* \*

"혹시나 하는 생각으로 나갔는데, 역시나였어요."

구내식당에서 점심을 먹으며 주은이 한탄을 늘어놓았다.

"사실 사진 봤을 때부터 내 타입은 아니었거든요. 그래도 실제로 보면 좀 다를지도 모른다고 한 줄기 희망을 품어 봤는데 아닌 건 역시 아니더라고요."

"대체로 그런 류의 슬픈 예감은 틀리는 법이 없지."

"이러다 진짜 올해도 그냥 넘기게 생겼어요."

서우를 제외하고 총무2팀의 유일한 솔로인 주은은 어떻게든 올해 안에 솔로 탈출을 해 보겠다고 주말마다 소개팅을 잡고 있었다. 하지만 안타깝게도 현재까진 그럴싸한 성과를 올리지 못하고 있는 듯했다.

"소개팅으로 잘되는 게 쉬운 게 아냐."

주은 옆에서 밥을 먹던 현정이 말했다. 현정은 서우보다 네 살 많은 서른네 살의 과장으로, 역시 숱한 소개팅 끝에 만난 남편과 작년에 결혼했다.

"열 명 만나면 그중에 맘에 드는 건 한두 명 될까 말까라고."

거기서 상대방과 서로 비슷한 호감도를 가질 가능성까지 생각하면 성공 확률은 훨씬 더 떨어진다.

"그래서 말인데……."

주은이 말끝을 의미심장하게 늘이며 맞은편에 앉아 묵묵히 밥만 먹고 있던 서우를 쳐다보았다. 서우는 며칠 뒤에 있을 민재의 학예 발표회 때문에 또 어떻게 연차를 낸다고 하나 고민하던 참이라 주은과 현정의 대화가 귀에 들어오지 않았다.

"가까운 데서 찾아보면 어떨까 싶어서요."

"가까운 데 누구?"

현정이 묻자 주은이 들고 있던 젓가락으로 식당을 휘둘러 가리켜 보였다.

"제가 그동안은 개인적인 신념 때문에 사내 연애를 지양해 왔는데요. 생각해 보니 굳이 그럴 필요가 있을까 싶더라고요."

"사내 연애?"

"실제로 사내 연애로 결혼까지 하는 사람도 있는데, 단지 같은 회사라는 이유로 좋은 사람 놓치면 그것도 어리석은 거잖아요."

그러더니 주은이 갑자기 맞은편에 앉아 있던 서우에게로 불쑥 몸을 기울였다.

"그래서 말인데, 서우 씨. 나 뭐 하나 물어볼 게 있는데."

"네?"

"학교 다닐 때 서 과장님하고 많이 친했죠?"

주은이 물었다. 확정적인 말투와 달리 비밀 이야기라도 하듯 은밀한 목소리였다. 말똥말똥한 눈으로 서우를 바라보며 식판 위로 반쯤 기운 몸이, 저러다 오늘 메뉴인 육개장에 그가 아끼는 명품 블라우스의 옷깃이 빠지지는 않을까 걱정이 될 정도였다.

"서 과장님이요?"

주은과 현정의 대화를 전혀 따라가지 않고 있던 서우는 순간 어디의 무슨 서 과장을 말하는지 알 수가 없었다. 주은이 알면서 뭘 모르는 척이냐는 듯 슬쩍 눈을 흘겼다.

"개발팀 서태경 과장님 말이에요."

"아…… 아뇨. 딱히 그런 건 아니었는데……."

"에이, 거짓말."

주은이 시치미 떼지 말라는 투로 입술을 삐죽였다. 멀거니 그 표정을 보고 있던 서우는 문득 불안한 마음이 들었다.

혹시 내가 은연중에라도 태경과 친하다는 식으로 얘기를 한 적이 있었나. 혹은 나도 모르는 새 친한 척 굴었나. 그래서 남들 눈에 오해를 살 만한 행동을 한 건 아닌가.

"거짓말 아닌데…… 정말 안 친해요."

"보니까 과장님이 매일 먼저 인사하던데 뭘. 저 먼 데서도 서우 씨 보면 굳이 다가와서 알은체하잖아요."

"……."

"안 친한데 그렇게까지 해요?"

서 과장님 그런 사람 아니라던데, 하고 주은이 말했지만 서우는 그가 언제 매일 먼저 제게 인사를 했는지도 잘 모르겠다. 부딪치면 목례 정도야 주고받지만 그건 예의를 알고 사회생활을 하는 직장인이라면 누구나 하는 것이었다.

"정말 그런 거 아니에요."

서우가 손사래를 치며 강하게 부정했다. 진짜 아닌 것도 아닌 거지만 혹시나 잘못 소문이라도 나면 큰일이었다. 무엇보다 왜곡된 말이 태경의 귀에 들어가기라도 한다면.

서우는 상상만으로도 등골이 서늘했다.

"정말 그냥 얼굴만 겨우 아는 정도였어요. 학교생활 오래 하지도 못했고 동아리는 더 그랬고, 특히 서 과장님은 제가 들어오자마자 바로 군대 가 버려서 제대로 대화 한번……."

순간 서우가 잠깐 말을 끊었다가 다시 이었다.

"……대화 한번 못 해 봤어요."

"정말요?"

서우가 입을 다문 채 연거푸 고개를 끄덕였다. 어쨌든 태경과 서우가 학교 다닐 때 친했냐는 질문에 한해서라면 온전히 진실이었다.

"근데 왜 내 눈엔 과장님이 서우 씨한테 친근하게 구는 것 같지?"

주은이 고개를 갸웃거렸다.

"학연, 지연 따지는 성격 아니라 그러던데. 회사 동료들하고 사적으로 어울리는 것도 싫어하고. 근데 서우 씨한테는 안 그러잖아요.

벌써 사 준 커피만 몇 잔이야."

회사 1층 로비에 있는 커피숍에서 마주쳐 몇 번 대신 계산을 해 준 적이 있긴 했다. 근데 그것도 저번에 빌려 간 돈을 갚는다는 이유가 있었다. 빌린 돈 이상으로 얻어 마시긴 했지만 그때도 딱히 서우 것만 사 준 것도 아니었다.

"뭐 그런 거 갖고 그래. 들어 보니까 서 과장 원래 계산 잘하는 성격인 것 같더라. 후배니까 사 줄 수도 있지."

현정이 끼어들었다. 서우도 대충 이 정도로 주은이 납득하기를 빌며 얼른 고개를 끄덕였다.

"정말 친분 같은 거 없어요. 서 과장님이 기억력이 좋아서 그렇지, 사실 못 알아봤대도 전혀 이상할 게 없는 그런……."

"그 말은 좀 섭섭한데요."

그때 머리 위에서 매끄러운 목소리가 뚝 떨어졌다. 자리에 앉아 있던 모두의 시선이 동시에 위로 쏠렸다. 반사적으로 고개를 든 서우의 눈에 언제 왔는지 빈 식판을 들고 서서 저를 내려다보고 있는 태경이 보였다.

"안녕하세요, 과장님."

주은이 제일 먼저 평소보다 한 톤 더 높아진 음성으로 붙임성 있게 인사를 건넸다. 현정과 진우도 뒤따라 그에게 알은척을 했다. 그들을 향해 희미한 미소와 함께 살짝 눈인사를 건넨 태경이 곧바로 서우에게로 다시 시선을 돌렸다.

"어, 안녕하세요……."

서우가 반사적으로 반가운 미소를 지으려 했지만 어설픈 웃음으로 끝났다. 상황이 상황인지라 눈치를 보게 되는 건 어쩔 수 없었다. 다시 생각해도 제 말에 틀린 부분은 없었지만 어쨌든 농담일지라도 당사자 입에서 섭섭하다는 말이 나오게 한 셈이니.

"기억력이 좋지 않아도 우리가 그렇게 못 알아볼 사이는 아니었던 것 같은데."

태경이 슬쩍 고개를 틀며 평소보다 느릿한 어조로 말했다. 얼굴엔 여전히 웃음기를 띠고 있었지만 목소리가 건조해서 농담을 하는 건지 뭔지 잘 구분이 되지 않았다.

"아니, 전 그게 아니고……."

딱히 할 말을 찾지 못한 서우가 결국 말끝을 맺지 못하고 어색한 웃음으로 얼버무렸다. 문득 목이 메는 것 같아 저도 모르게 두리번거리며 물을 찾았지만 테이블 위엔 식판밖에 없었다. 태경 역시 단순한 농담일 뿐 서우를 난처하게 만들 의도는 없었는지 그대로 퇴식구로 이동했다.

"아니, 언제부터 거기 서 있었대요?"

주은이 낭패한 표정을 짓고 황급히 몸을 낮추며 앞섶을 움켜쥔 채로 소곤거렸다. 그러면서 자꾸 태경 쪽을 흘깃거리자 현정이 그만 보라고, 그러다 진짜 자기 얘기 하는 줄 다 알겠다며 핀잔을 줬다.

"설마 다 듣진 않았겠죠?"

"글쎄."

다 들은 것 같다고, 망했다며 주은이 야단을 떨었지만 서우가 생각하기에 딱히 주은이 망할 대화는 아니었던 것 같았다.

'내가 망했나.'

잘못 와전되면 혹시 태경이 피해를 볼까 봐 그런 건데. 어쨌거나 극구 친하지 않다고, 아무 사이도 아니었다고 부인하는 모습을 보였으니 뒷맛이 씁쓸했다. 그렇다고 구구절절 변명을 늘어놓을 수도 없는 일이고.

'하는 수 없지 뭐.'

그렇게 그 이야기는 거기서 다 끝난 줄 알았는데 방심할 틈도 없이 주은이 다시 태경을 끄집어냈다. 점심을 다 먹고 식당에서 막 사무실로 올라와 앉은 참이었다. 주은은 어차피 이렇게 된 거, 하면서 말문을 열었다.

"서우 씨, 나 서태경 과장님이랑 자리 한번 만들어 주면 안 돼요?"

"네?"

"내가 먼저 연락해도 되지만 그래도 그쪽이 모양새가 더 나을 거 같아서요."

듣고 있던 현정이 그럴 줄 알았다는 듯 흐응, 하며 콧소리를 냈다.

"역시 서 과장이었구나. 사내 연애에 대한 남 대리의 신념을 무너뜨린 사람이."

"아니, 꼭 그런 건 아니지만요."

주은이 속눈썹을 팔랑거리며 시치미를 뗐지만 현정은 너그럽게 고개를 끄덕였다.

"서 과장 괜찮지. 놓치기 아까운 사람이야."

동조해 주는 이를 만나자 주은의 얼굴이 확 펴졌다.

"그렇죠? 알아보니까 애인도 없대요."

"아무래도 미국에서 온 지 얼마 안 됐으니까. 타이밍이 좋네. 서우 씨, 자리 한번 마련해 줘요. 아까 보니까 서 과장도 김서우 씨가 말 하면 거절할 것 같진 않던데."

현정이 지원 사격에 나섰다. 그에 힘입어 주은도 더욱 적극적인 태 도로 서우를 졸라 댔다.

"자리만 마련해 줘요. 그 뒤는 내가 알아서 할게요."

서우가 곤란한 듯 눈을 굴렸다.

"근데 저는 서 과장님 연락처도 모르는데……."

"그거야 뭐 문젯거리나 되나."

폰 번호 하나 알아내는 것쯤은 식은 죽 먹기라며 왜, 내가 서 과장 님이랑 잘되는 게 싫으냐고 주은이 짐짓 뾰로통한 표정을 지었다. 반 쯤은 농담이었지만 서우가 계속 거절하다간 진담이 될 수도 있을 것 같았다.

"그런 게 아니라……."

정말이지 이런 일에 끼고 싶지 않았는데.

서우가 마지못해 고개를 끄덕였다.

"……그럼 한번 물어볼게요."

"와, 정말? 고마워요. 서우 씨. 이 소개팅 잘되면 내가 진짜 크게 보답할게."

그때 외부에서 점심을 먹고 오는 길인지 사무실로 들어오던 배 팀장이 그들 옆에 멈춰 섰다.

"뭐야, 김서우 씨 소개팅 해?"

"아, 아뇨. 제가 하는 게 아니라……."

"그래?"

그러더니 제자리로 돌아가며 서우더러 잠깐 회의실로 들어오라고 했다. 서우가 자리에서 일어나 배 팀장을 따라갔다. 유리문으로 나눠진 회의실에 둘만 들어서자 배 팀장이 블라인드를 내려 팀원들의 시선을 차단시켰다.

"김서우 씨, 내 부탁 하나 들어줄 거 있는 거 기억하지?"

"네? 아……."

무슨 소린가 싶어 되묻던 서우가 이내 고개를 끄덕였다. 저번 회식 때 집까지 태워 준 것을 이제야 생색낼 모양이었다. 서우는 저도 모르게 한숨이 새어 나오려는 걸 꾹 참았다. 오늘따라 능력도 뭣도 없는 제게 뭘 이렇게 부탁하는 사람이 많은지 모르겠다.

"말씀하세요."

"김서우 씨 소개팅 한번 안 할래?"

"소개팅이요?"

어안이 벙벙해졌다. 생각지도 못한 말이었다. 기껏해야 구매 대행 심부름 같은 걸 시킬 줄 알았는데. 그러고 보면 배 팀장은 예전에도 잊을 만하면 한 번씩 서우에게 소개팅을 받으라며 오지랖을 부려 대곤 했다.

"그건 좀……."

물론 서우에게 재혼 얘기를 꺼내는 사람이 배 팀장만 있는 건 아니었다. 사별한 지 3년쯤 지나자 너도 슬슬 좋은 사람을 찾아 새 출발을 해야 하지 않겠냐는 소리가 들려오기 시작했다.

하지만 서우는 딱히 좋은 사람을 찾고 싶은 마음도, 새 출발을 할 여유도 없었다. 특히 어떤 식으로든 두 번 다시 회사 사람과 엮이는 일은 절대 피하고 싶었다.

"서우 씨, 내 부탁 들어주기로 했잖아."

"네, 근데 소개팅은 좀 그래서요. 다른 거 들어드리면 안 될까요?"

"부담스러워서 그래? 괜찮아. 내가 서우 씨 상황 다 설명했어. 그쪽도 다 이해한대."

"……."

"진짜 괜찮은 사람이라서 그래."

정말이지 신뢰가 눈곱만큼도 가지 않는 소리였다. 소개팅이라면 일단 받고 보는 주은도 배 팀장이 주선하는 것만은 하지 않았다. 유유상종이라는 건 성어로 남을 만큼 오랜 세월을 거쳐 증명된 사실이었고 잘되든 안되든 귀찮아질 게 뻔하니까.

"서우 씨도 슬슬 앞날 생각해야 할 거 아냐. 언제까지 그러고 혼자 살 거야."

"저는 괜찮아요. 정말 생각 없어요."

서우는 어떻게든 좋게 거절하려 했다. 좀 더 단호하게 잘라 내고 싶었지만 곧 바쁜 월말에 연차를 써야 하는 입장이라 결재자 눈치를 볼 수밖에 없었다. 게다가 서우는 언제나 거절과 교섭에 서툴렀다.

"내가 이렇게까지 말하는데 계속 그러기야?"

몇 년을 함께 일한 처지니 배 팀장도 그런 서우의 성향을 잘 알고 있었다. 서우는 마음도 약하고 갈등 상황에도 약했다. 처음엔 거부하다가도 상대가 끝까지 고집을 꺾지 않고 끈질기게 나오면 이내 어쩔 수 없다는 듯 체념하고 무기력하게 순응해 버리곤 했다.

비단 배 팀장만 아는 사실도 아니라, 총무팀 내에서도 서우는 예스걸로 통했다. 까다로운 업무나 골치 아픈 일도 김서우에게 떠넘기면 어떻게든 받아 준다는 것이다.

배 팀장이 약간 정색한 표정을 지었다. 슬슬 구슬리던 말투까지 싹 바뀌었다.

"좋은 게 좋은 거라고, 아니, 막말로 내가 당장 결혼하라는 것도 아니고 부담 없이 한번 만나나 보라는데 그게 뭐 그리 힘들다고."

배 팀장이 발소리도 짜증스럽게 책상 뒤로 돌아가 털썩 의자에 앉았다. 갑자기 과중한 무게를 받은 의자가 끼익 하며 고통스러운 소리를 냈다.

"그리고 김서우 씨, 다음 주에 또 연차 낸다며?"

"아, 네. 동생이 학교에 행사가 있어서……."

"연차 쓴 지 얼마 됐다고 또야? 다음 주면 한창 바쁠 땐데 사람이 눈치가 있어야지."

"죄송합니다, 팀장님. 하지만……."

"그래, 연차 쓰는 건 본인 마음이다 이거 아냐? 그래도 사회생활이란 게 어디 그래? 팀원들 생각은 안 해? 본인 애도 아니고 무슨 동생 학교 행사까지 일일이 쫓아다녀. 김서우 씨 그렇게 한가해? 일이 없어?"

서우가 어쩔 줄 모르고 모으고 있던 손만 쥐어짰다. 반사적으로 죄송하단 말이 튀어나오려 했지만 배 팀장이 원하는 게 그게 아님은 서우도 알고 있었다. 잠시 무언의 대치 상태가 이어졌다. 결국 먼저 입을 연 것은 서우였다.

"정말? 한다고 했어."

배 팀장이 반색했다. 팀장인 그가 작정하고 어깃장을 놓으면 부하 직원 입장인 서우의 스트레스만 가중될 뿐이다. 마음에도 없는 소개팅 자리에 나가 상대의 시간과 노력을 낭비하게 만드는 건 미안한 일이지만.

"네, 할게요."

배 팀장은 당장 다가오는 금요일로 소개팅 날을 잡아 왔다. 평소 그의 일 처리를 생각해 보면 놀라울 정도의 추진력이었다. 문제는 그날이 회사 산행일이라는 것이다.

"마침 잘됐잖아. 퇴근도 일찍 하고 금요일이고."

배 팀장은 정말로 그렇게 생각하는 모양이었다. 평소 그의 센스를 생각해 보면 놀라운 일도 아니었다.

"그렇긴 한데……."

말이 단합 대회지, 회사 산행은 만만히 볼 게 아니었다. 동네 뒷동산에 오르는 것도 익스트림 스포츠나 다름없는 서우에겐 더 그랬다. 만성 피로를 안고 사는 저질 체력에, 심각한 운동 부족인 서우는 매년 산행 다음 날엔 온통 근육이 뭉쳐 걷기도 힘들었다.

"왜? 그날 뭐 선약이라도 있어?"

"……아니요. 괜찮은 것 같아요."

잠깐 고민하던 서우가 이내 고개를 저었다. 배 팀장이 만족스럽게 고개를 끄덕였다.

"그래. 그럼 금요일 저녁에 만나는 것으로 하지. 장소는 나중에 따로 얘기해 줄게."

"네."

서우의 대답엔 심지가 빠져 있었다. 소개팅 자체에는 아무런 기대도, 미련도 없다. 하지만 금요일 저녁에, 그것도 격한 실외 활동 뒤에 모르는 사람을 만나 무슨 이야기든 해야 한다는 생각만 해도 벌써부터 피곤해졌다.

'병이라도 나서 빠졌으면 좋겠다. 아님 산 오르다가 발목이라도 심하게 삐든가.'

학창 시절에나 하던 철없는 상상을 하며 서우가 제자리로 돌아갔다. 그냥 넋두리처럼, 속풀이처럼 해 본 생각일 뿐 진짜로 그런 일이 일어나길 바란 건 결코 아니었다.

\* \* \*

공교롭게도 산행 날은 아침부터 날이 흐렸다. 동이 트고 꽤 시간이 지났는데도 잿빛 구름이 짙게 깔린 하늘이 컴컴한 먹색을 띠었다. 기상청이 발표한 서울 지역 강수 확률은 60퍼센트. 비가 오지 않는다 해도 쉽게 갤 것 같지도 않은, 축축하고 시린 겨울을 예고하는 날씨였다.

"아, 늦었어."

하지만 서우는 하늘 한번 올려다볼 여유가 없었다. 산행이라 출근이 평소보다 약간 늦춰졌다. 그 때문에 느슨해져 있던 탓인지 아니면 자기 전 마신 술이 과했던 탓인지 서우는 알람 소리를 듣지 못했다. 그나마 부지런을 떨어 전날 배낭이라도 미리 싸 놓은 게 다행이었다.

1년 내내 회사 산행 때 외엔 입지 않는 등산복을 떨쳐입고 아파트를 빠져나와 버스 정류장까지 내리 달렸다. 일단 미리 지정된 집결지에 모여 전세 버스를 타고 산 입구까지 이동하기에 부러 차를 가져가지 않았다.

저만치 버스 정류장이 보일 때쯤에야 서우는 제가 어제 신발장에서 미리 꺼내 놓은 등산화 대신, 그 옆에 굴러다니던 러닝화를 신고 나왔음을 깨달았다.

'어떡하지?'

망설이는데 마침 집결지로 향하는 버스가 정류장에 서 있는 게 보였다. 이제 와 되돌아가기도 늦었다. 저 버스를 못 타면 진짜 지각이다.

"아, 잠깐만요!"

떠나려는 버스를 간신히 잡아 올라탔다. 가쁜 숨을 몰아쉬며 기다려 준 기사에게 감사하다고 인사를 하는데 기사가 고갯짓으로 뒤를 가리켰다.

"나 말고 저분한테 고맙다 해요."

"네?"

서우의 고개가 기사가 가리키는 방향을 따라 이동했다. 그 끝에는 뜻밖에도 태경이 서 있었다. 서우의 눈이 휘둥그레졌다.

"선배님?"

버스가 출발했다. 태경이 눈짓으로 인사를 대신하고 뒤쪽으로 이동했다. 서우도 뒤따랐다. 버스는 태경과 서우가 나란히 붙어 서야 할 만큼 적당히 붐볐다.

"선배님도 버스 타고 가세요?"

"그쪽이 편할 것 같아서요."

"고맙습니다. 버스 잡아 주셔서."

서우가 손잡이를 꽉 쥐며 순순하게 고개를 숙여 보였다. 다른 날도 아니고 전 직원이 모이는 행사에 저 하나 때문에 출발이 지연되는 사태가 생겼을지도 모른다는 생각만으로도 부담감에 질식할 것 같았다.

"날이 흐려서 그런가, 늦잠을 자는 바람에……."

서우가 그제야 차창 너머로 낮게 찌푸린 하늘을 살피며 혼잣말처럼 중얼거렸다. 미심쩍은 눈길로 제 눈높이 아래에서 달랑거리는 버스 손잡이를 보고 있던 태경이 그 말을 듣고 서우에게로 시선을 돌렸다.

"그럼 아침은요."

"네?"

"밥 먹었냐고요."

"아, 아뇨."

예상 밖의 질문에 반사적으로 대답이 튀어나왔다. 태경이 서우를 빤히 쳐다보았다. 그 시선에 왠지 비난이 담긴 것 같아 서우가 변명하듯 뒷말을 덧붙였다.

"어, 근데 평소에도 아침은 잘 안 먹어서요."

"왜요?"

당최 이해가 안 간다는 어조라 서우는 왠지 기가 죽었다. 제 앞가림도 못 하는 어린애를 보는 표정이다. 고작 아침 한 끼인데. 바른 생활만 하는 사람의 사고방식은 저런가.

서우가 어설픈 미소를 띠며 무난한 대답을 꺼내 놓았다.

"뭐, 대부분 직장인들처럼 저도 밥보다 잠을 택하는 거죠……."

태경이 시큰둥한 얼굴로 서우를 보았다. 말로 하지 않아도 괜한 직장인 모두를 핑계 삼지 말라는 의도가 충분히 와 닿았다.

"산엔 매점도 없고 탕비실도 없는데 빈속에 탈진하면 어쩌려고."

"……죄송합니다."

서우가 반사적으로 사과를 하자 태경이 무슨 말인가를 더 하려다 말고 그냥 입을 꾹 다물고 시선을 거두어 버렸다. 서우가 눈을 깜빡이며 태경을 올려다봤다. 최근엔 구내식당이나 카페에서 자주 마주쳤기에 오랜만도 아닌데 등산복이란 생소한 차림 때문인지 왠지 그가 처음 만났을 때처럼 낯설게 느껴졌다.

'예쁘네.'

진한 와인색 아웃도어 재킷은 하얀 그의 피부와 잘 어울렸다. 어떤 컬러든 잘 받을 줄 알았지만 회사에서 무채색 정장만 입은 걸 보다 이런 차림을 하고 있는 걸 보니 또 새로웠다.

'이래서 모델이 중요해.'

괜히 비싼 몸값을 지불하고 일류 모델을 쓰는 게 아니다. 배 팀장이 입었으면 어디서 텐트 쪼가리를 잘라다 만든 것같이 보였을 등산복이 이렇게 세련돼 보일 수가 없다. 그저 약간씩 흔들리며 서 있을 뿐인데 태경은 삭막한 버스 안을 순식간에 등산복 광고 촬영장으로 만들어 놓고 있었다. 은근슬쩍 그를 힐끗대는 주위 시선이 느껴졌다.

'여전하네, 선배는.'

서우가 새삼스러운 눈으로 태경의 옆얼굴을 훔쳐보았다. 이마에서 코, 입술과 턱으로 이어지는 옆 라인이 그린 듯 완벽하다.

미소년이 자라서 미청년이 되고 미중년이 된다더니. 어린 시절 풋풋하지만 다소 날카롭고 예민한 느낌을 주던 소년은 이제 여유 있고 세련된 완벽한 성인 남자로 탈바꿈해 있었다. 어디 하나 흠잡을 데가 없는 얼굴은 물론, 키도 크고 체격도 좋아서 도무지 무시할 수 없는 존재감을 발산했다.

'그땐 그 얼굴이 그렇게 어른스러워 보였는데.'

당시 서우 눈엔 저보다 고작 한 살 많은 태경이 완벽하게 다 자란 사람처럼 보였다. 이미 어른의 세계에 들어가 어떤 문제든 답을 알고 어떤 상황에도 능란하게 대처할 수 있을 것만 같았다. 상대적으로 자신은 너무나 작고 어리석고 약하고 유치하게만 느껴졌다.

'참 잘 크셨어.'

흐뭇하면서도 한편으론 허하고 동시에 미안한 기분이 들었다. 살기 바빠 물 한번 제대로 못 준 묘목이 어느 날 돌아보니 저 혼자 쑥쑥 자라 꽃을 틔운 것을 본 것 같았다.

어릴 적, 소심하고 행동력 없는 성격 탓에 마음만큼 해 준 게 없었다. 받은 만큼, 그 절반의 절반도 돌려주지 못했다. 제 조력이나 응원 따위가 필요한 사람이 아니란 건 누구보다 잘 알지만 서우는 그에게 은혜를 갚고 싶었다.

하지만 돌이켜 보면 결국 도망 다닌 것 외엔 아무것도 한 게 없었다.

"그 1층 카페 말인데."

문득 들린 소리에 서우의 어깨가 펄쩍 튀었다. 어느새 태경이 제 얼굴을 빤히 쳐다보고 있었다.

"혹시 거기 사장이랑 친해요?"

서우는 금방 대답을 하지 못하고 꼴깍 침을 삼켰다. 과거에서 빠져나오는 데 약간의 시간이 필요했다. 사실 태경과의 관계는 늘 쌍방이기보단 일방이었기 때문에 서우는 아직도 이따금 그가 저를 쳐다보고 말을 건다는 게 신기할 때가 있었다.

"아, 사장님이요?"

서우가 말끝을 늘였다. 딱히 비밀은 아니지만 태경이 어디서 그런 기색을 느꼈는지 의아하긴 했다.

"예전에 거기서 아르바이트했었어요."

"아르바이트?"

의외라는 듯 태경의 눈이 살짝 커졌다.

"입사하기 전에요."

서우는 그렇게만 대답하고 애매한 웃음으로 얼버무렸다. 태경은 어딘가 미심쩍은 표정이었지만 평소와 달리 더 캐묻지 않고 넘어갔다.

중간 집결지까지는 20분 정도 걸렸다. 중간에 자리가 나서 몇 번 권하고 사양하기를 주고받다가 결국 서우가 앉았다. 서우는 대신 태경의 배낭을 들어 주었다. 얼마 뒤 다른 곳에도 자리가 났지만 태경은 그대로 서우 앞에 서 있었다. 서우는 그가 빈자리를 못 봤나 싶어 손짓으로 일러 주었다.

"선배님, 저기 자리 비었어요."

태경은 안다는 듯이 눈썹만 까딱할 뿐 요지부동이었다. 머쓱해진 서우는 배낭 두 개를 꼭 끌어안고 창 쪽으로 몸을 바짝 붙였다. 중간에 나들이 복장을 한 일단의 무리가 우르르 버스에 올라타자 약간 멀찍이 서 있던 태경이 좌석으로 바짝 붙어 섰다.

검푸른 등산용 장갑을 낀 커다란 손 두 개가 마치 서우를 호위하듯 좌석 앞뒤를 단단히 받쳤다. 두툼한 허벅지가 기둥처럼 출구를 막아서자 서우는 마치 버스와 태경 사이에 갇힌 기분이 들었다.

어릴 때도 작은 체구는 아니었지만 길고 늘씬해서 여릿한 버들가지 같은 느낌이 있던 태경이었다. 한창 자라는 키를 체중이 못 따라가는 것 같았다.

지금은 그때보다 키도 더 크고 손도 더 커지고 어깨도 훨씬 더 넓어지고 흉곽도 두꺼워졌다. 매일 운동을 한다더니 팔뚝이 과장 없이 서우의 두 배는 됨 직했다. 그러면서도 전혀 둔해 보이지 않고 날렵해 보이는 게 신기했다.

'대단하다.'

저런 근육은 그냥 생기는 게 아니라 스스로를 고문에 가깝게 단련

해야 얻어지는 것이다. 서우가 배낭을 꽉 껴안으며 한층 더 몸을 움츠렸다. 교차된 제 팔의 말랑말랑한 안쪽을 괜히 주물러 보기도 했다.

그러는 사이 버스가 소집 장소에 도착했다. 회사 측에서 대절한 자주색 관광버스들이 길게 줄지어 서 있었다. 태경과 서우는 버스가 달라서 자연스레 헤어져 각자 버스를 탔다.

30분쯤 달려 산 입구에 도착했다. 간단히 준비 운동을 하고 주의 사항을 들은 뒤, 팀별로 줄을 서서 등반 차례를 기다리고 있는데 뒤에서 안녕하세요, 하는 쾌활한 인사가 들렸다.

"총무2팀 분들도 이거 하나씩 드세요."

서우가 고개를 돌렸다. 개발팀 막내 이민기가 커다란 비닐봉투를 들고 서 있었다. 민기가 해맑게 웃으며 에너지바를 하나씩 돌리기 시작했다.

"어머, 이게 뭐예요?"

"저희 팀 간식을 좀 넉넉하게 사서요. 당 떨어지면 안 되니까 가면서 드세요."

"와, 이걸 그냥 받아도 되나?"

"고마워요, 민기 씨."

현정과 주은이 온 표정과 말투로 격한 고마움을 표시했다. 연차도 얼마 안 된 어린 직원이 하는 짓이 퍽 기특하다는 눈치였다. 민기는 그저 약간 민망한 듯 슬쩍 웃기만 했다.

그 옆에 어디까지나 자신은 민기를 거들고 있다는 투로 멀뚱히 서 있던 태경이 들고 있던 봉지를 서우에게 내밀었다.

"서우 씨도 받아요."

"아, 감사합니다……."

서우가 더듬더듬 봉지를 받아 들고 시선을 아래로 내렸다. 자신도 뭘 챙겨 올걸 하는 후회가 들었다. 집에 민재 간식으로 사다 놓은 캐러멜 하나라도 가져왔으면 나눠 줄 수 있었을 텐데. 줄 건 없고 얻어먹기만 하는 것에 얼굴이 붉어졌다.

"어머, 서우 씨는 뭔데 봉지째로 주세요?"

에너지바 하나 정도가 들어 있다고 보기엔 봉지가 좀 묵직했지만 서우는 깨닫지 못했다. 옆에서 보고 있던 주은이 그것을 지적했을 때에야 알았다.

"후배라고 특별 대우 하시는 거예요?"

"예."

태경이 웃지도 않고 대수롭지 않게 받아넘겼다.

"제가 좀 그렇게 편협합니다. 학연, 지연 따지고."

농담임이 분명한 말에 웃음이 터져 나왔다. 태경은 등산 조심해서 하라는 말을 남기고 뒤돌아 자기 팀 쪽으로 가 버렸다. 나머지 총무2팀원들이 전깃줄에 늘어선 참새처럼 머리를 모아 그 뒷모습을 바라보았다. 서우 역시 동그랗게 뜬 눈으로 태경을 바라보았다. 농담인 줄 알지만 그의 말에 얼굴이 붉어져 당황스러웠다.

"서 과장은 진담도 농담같이 하네요."

현진우가 중얼거렸다.

"학연, 지연 부분은 확실히 농담 같지만."

주은이 빙글빙글 웃으며 장단을 맞췄다.

"진짜 위트 있죠, 서 과장님. 저렇게 다 갖추기도 힘든데."

"아주 팬클럽을 만들어라."

현정이 핀잔을 주었지만 주은은 끄떡도 하지 않고 그럴까요? 하고 되받아칠 뿐이었다. 마냥 들뜬 것 같은 주은을 보며 현정이 피식 웃고 말았다.

*   *   *

중간 휴식처로 지정된 대피소까지 채 가지도 못해서 빗방울이 하나둘 듣기 시작했다. 서우가 난감한 얼굴로 하늘을 올려다봤다. 가쁜 숨을 헐떡이는 입술 위로 차가운 빗방울 하나가 똑 떨어져 흘렀다.

"……큰일이네."

이러다 말 비인지, 이제 막 시작하는 비인지 모르겠지만 어쨌든 반가운 소식은 아니었다. 서우는 안간힘을 짜내 걸음을 서둘렀다. 어쩌다 보니 출발하고 30분도 채 되지 않아 혼자 처지게 되었다. 다들 어찌나 걸음이 빠른지 도무지 다른 사람들의 속도에 맞출 수가 없었다. 평소 운동이라곤 숨 쉬는 것밖에 하지 않은 탓이다.

'이대로 계속 내리면 대피소에서 그냥 해산하는 거 아냐?'

차라리 그랬으면 좋겠다. 워낙 운동을 멀리하는 서우이기도 하지만 등산은 도무지 정을 붙일 수가 없었다. 오르막길엔 쥐약이었다. 오르막길을 30분 걷는 것보다 평지를 몇 시간 걷는 편이 훨씬 나았다.

가뜩이나 밋밋한 러닝화 바닥이 물을 머금어 물러진 흙바닥에 자꾸만 미끄러졌다.

"서우 씨! 빨리 와요!"

저만치 위에서 현진우가 서우를 내려다보며 손짓을 했다. 다른 팀원들은 보이지도 않았다. 심지어 운동과는 거리가 멀어 보이는 배 팀장조차도 산은 꽤 탔다.

"먼저 가세요. 금방 따라갈게요."

"너무 처지지 마요! 비 많이 오면 위험해요!"

"네."

대답은 씩씩하게 했다. 서우가 잠시 멈춰 서서 등산복 점퍼에 달린 모자를 뒤집어썼다. 빗줄기는 잦아들긴커녕 점점 더 굵어지는 것 같았다.

'하필 날을 골라도……'

혀를 차며 서우가 천근만근인 걸음을 옮겼다. 완주를 하든 못하든 내일이 되면 다리 근육이 뭉쳐 제대로 걷지도 못할 게 분명했다. 감기 몸살에나 걸리지 않으면 다행이었다.

"헉…… 허, 헉."

폐가 터질 것 같았다. 하도 숨을 몰아쉬어서인지 목구멍이 다 쓰라렸다. 산길을 오르는 건 다리인데 왜 팔까지 아픈지 모르겠다. 그 와중에 길은 점점 더 험해지고 가팔라졌다. 산행 전 차에서 받은 일정표에 따르면 대충 이 골짜기만 지나면 대피소가 나올 것이다.

서우는 우천 취소가 되든 말든 무조건 중간 낙오자 그룹에 끼어야겠다고 생각했다. 그러려면 어떻게든 대피소까지는 가야 했다. 그때 왼쪽 옆구리 부근이 지잉지잉 울렸다.

점퍼 주머니에 손을 넣어 진동하는 휴대폰을 꺼냈다. 거친 날숨과 뒤섞인 습기에 발광하는 액정이 뿌옇게 보였다. 발신자는 민재의 학교 담임 선생님이었다.

'아.'

보는 순간 예감이 좋지 않았다. 반사적으로 시계를 확인했다. 초등학교는 이제 곧 점심을 먹을 시간이었다. 보통 이런 식으로 일과 시간 중 걸려 오는 전화는 좋은 소식인 경우가 없다.

"여보세요?"

등산로 가장자리로 자리를 옮긴 서우가 숨을 가다듬고 전화를 받았다.

—안녕하세요. 민재 누님 되시죠? 저 민재 담임입니다.

반대편에서 부드럽고 침착한 중년 여성의 목소리가 들렸다. 학기 초부터 학부모 상담을 비롯해 민재의 학교 행사엔 거의 서우가 영혜 대신 참석해 왔기에 낯설지 않은 음성이었다.

"아, 네. 선생님. 안녕하세요."

—네. 저, 다른 게 아니라, 지금 시간 괜찮으시면 잠깐 학교에 좀 오셔야 될 것 같아요.

한창 숨이 찰 때보다 더 심하게 심장이 요동치기 시작했다.

"왜 그러시는…… 우리 민재한테 무슨 일이라도 있나요?"

—아, 큰일은 아니고요.

민재가 교실 앞 복도에서 옷에 실수를 했다고 한다. 서우의 음성이 높아졌다.

"민재가요?"

―네, 그래서 하교할 때 입을 옷을 좀 가져다주셔야 될 것 같아요. 어머님께 먼저 전화를 드리긴 했는데 받질 않으셔서.

얼른 납득이 되지 않았다. 민재는 네 살 이후로 옷에 실수를 한 적이 단 한 번도 없었다.

"네, 선생님. 알겠습니다. 일단 제가…… 아니, 최대한 빨리 가겠습니다."

전화를 끊은 서우가 초조하게 입술을 깨물고 휴대폰을 뒤졌다. 머릿속이 바빴다. 지금 당장 산을 내려가 택시를 타고 집까지 가서 옷을 가지고 학교로 간다 해도 한 시간은 족히 걸릴 게 뻔했다. 그때가 되면 이미 민재가 하교할 시간이다.

제발 받아 달라는 심정으로 영혜의 전화번호를 눌렀지만 영혜는 전화를 받지 않았다. 긴 신호가 하염없이 이어졌다. 그럴 줄은 알았지만 막상 응답이 없자 속이 바짝바짝 타들어 가는 것 같았다.

'어쩔 수 없지.'

막막하게 이어지는 연결음을 끊어 버리고 미련 없이 휴대폰을 주머니에 넣은 서우가 미친 듯이 산길을 뛰어올랐다. 누군지도 모를 사람 몇을 지나쳐 현 과장의 뒷모습을 찾았다. 비 때문인지, 입김 때문인지 눈앞이 흐렸다.

"과장님, 현 과장님!"

"왜 그래요, 서우 씨?"

현진우가 당황한 얼굴로 서우를 쳐다봤다. 흙탕물이 신발과 옷에 온통 엉겨 붙는 것도 아랑곳하지 않고 거의 기다시피 올라온 서우를 보고 놀란 표정이었다.

"무슨 일 있어요? 어디 아파요?"

"아뇨, 아뇨……."

서우가 고개를 저으며 상황 설명을 했다. 입 속에 자꾸 빗물이 튀고 마음이 급해서인지 두서없이 말이 나왔지만 진우는 대충 다 알아들은 모양이었다.

"알겠어요. 괜찮으니까 얼른 가 봐요."

"죄송합니다. 과장님."

"죄송은요. 어차피 날이 이래서 금방 해산할 거예요. 신경 쓰지 마요. 팀장님한테는 내가 잘 말씀드릴 테니까."

"네, 팀장님께는 제가 따로 전화드릴게요. 고맙습니다, 과장님."

"그보다 조심해서 가요. 내려가는 길이 미끄러울 텐데."

걱정하는 진우를 향해 고개를 끄덕여 보이고 서우가 서둘러 다시 오던 길을 되짚어 내려가기 시작했다. 담임에게 다시 전화를 걸어 조금 늦을지도 모르겠다고 양해를 구해야 할 것 같았다. 막 휴대폰을 꺼내 드는 순간, 정신없이 내달리던 서우의 발이 구르는 돌을 밟고 말았다.

"아!"

몸이 앞으로 쭉 미끄러져 넘어가는 와중에도 휴대폰 걱정이 먼저

였다. 제 손을 빠져나간 휴대폰이 공중을 날아 그대로 땅바닥으로 내동댕이쳐지는 광경이 느리게 보였다. 낭패라는 생각이 든 동시에 몸 전체를 울리는 충격이 느껴졌다.

"아이구, 괜찮아요, 아가씨?"

하산하던 다른 등산객들이 멈춰 서서 서우를 돌아보았다. 서우는 몸을 일으키기보다 먼저 휴대폰의 행방부터 확인했다. 꽤 심하게 팽개쳐진 것 같은데 고장이라도 났으면 큰일이다.

"피 나는 것 같은데……."

걱정하는 소리가 들렸지만 아픔도 느껴지지 않았다. 액정을 아래로 한 채 엎어져 있는 휴대폰 위로 빗물이 온통 흘렀다. 서우가 그쪽으로 손을 뻗는데 다른 손이 먼저 다가와 휴대폰을 덥석 잡았다. 짙푸른 장갑을 낀 커다란 손이었다.

서우의 시선이 위로 향했다. 속눈썹에 고여 있던 빗방울이 또르르 볼로 흘렀다.

"괜찮아요?"

태경이 휴대폰의 물기를 털어 내며 물었다. 잔뜩 찌푸린 미간 아래 날카로운 시선이 서우를 똑바로 향해 있었다.

"선배님……."

어디서 갑자기 나타났는지, 개발팀은 거의 마지막에 출발한 총무팀보다 앞서갔는데 왜 여기 있는지, 그도 저처럼 낙오자가 된 건지 사정은 모르겠지만 어쨌든 지금은 그게 궁금하지도 않았다.

"일단 좀 일어나 봐요."

태경이 서우의 팔을 붙들고 바닥에서 일으켰다. 서우가 일어서며 건네받은 휴대폰부터 살폈다. 전원이 나갔고 액정엔 금이 가 있었다.

"아……."

절박한 표정으로 전원 버튼을 연속해서 길게 눌러 대는 서우를 보며 태경이 무슨 일이냐고 물었다.

"아니, 제가 집에 급한 일이 있어서요. 동생이…… 학교에서 전화가 왔는데……."

서우가 태경을 보지도 않고 횡설수설 사정을 설명했다. 휴대폰은 겨우 켜지긴 했지만 금이 간 액정은 물감을 섞어 놓은 듯 화면이 제대로 뜨지 않았고 터치도 먹히지 않았다. 이 와중에 그나마 다행인 것은 비가 서서히 잦아들고 있다는 것이었다.

"일단 좀 침착해요."

태경이 서우를 진정시키며 어머니께 다시 한번 연락해 보라며 자신의 휴대폰을 내밀었다. 서우는 받지도 않고 고개를 저었다.

"고맙습니다, 선배님. 근데 제가 급해서요. 먼저 가 볼게요."

서우가 몸을 돌렸다. 하지만 채 몇 발자국 가지도 못해 아, 소리를 내며 저도 모르게 옆에 있던 나무에 손바닥을 짚고 멈춰 섰다.

"김서우 씨."

태경이 얼른 다가왔다. 질긴 등산용 바지는 멀쩡했지만 안쪽에 상처가 났는지 무릎 부근이 짙은 색으로 물들어 있었다. 더 문제는 발목이었다. 괜찮다고 저항하는 서우를 막고 태경이 바지 끝을 살짝 걷어 올렸다. 발목이 빠르게 붓고 있었다. 곧 복사뼈가 보이지 않을 정도가 될 것 같았다.

"발목을 삔 것 같네요. 심한 것 같은데……."

"괜찮아요."

서우가 다시 일어서려 했지만 태경이 저지했다.

"이 발로는 무리입니다. 못 내려가요."

"아니에요. 갈 수 있……."

"가도 늦을 겁니다. 다른 방법을 생각해 봐요. 학교에 양해를 구한 다든가 아님, 정말 대신 가 줄 사람 없어요?"

순간적으로 서우가 멍한 표정을 지었다. 아무도 없었다. 근처 상가 에서 경비 일을 하는 아버지는 근무 중일 테고 어차피 엄마는 끝까 지 전화를 받지 않을 것이다.

"아무도 없어요."

도와줄 사람이 없다. 아무도.

"괜찮아요."

서우가 애써 웃음을 지으며 태경을 보았다. 비를 맞고 피를 흘려서 인지 입술이 퍼렇게 질려 있었다. 온통 젖은 시선이 태경에게 달라붙 었다. 분명 비는 같이 맞았을 텐데 서우 쪽은 태풍을 만난 것처럼 엉 망이었다.

서우와 눈이 마주치자 태경이 뭔가 북받치는 것을 참는 듯 입술을 꾹 다물었다. 단단해진 턱 안쪽의 근육이 불룩 튀어나온 게 보였다.

"그럼……."

태경이 짜증스러운 표정을 감추며 사무적인 말투로 입을 열었다.

벌써부터 후회스러운 기색이 역력했다.

"그럼, 빨리 가죠."

태경이 메고 있던 배낭을 앞으로 돌려 메더니 뒤돌아 앉아 등을 보였다. 서우는 멍하니 그 널찍한 등을 내다보았다. 지금 태경이 뭘 하자는 건지 의도를 통 알 수가 없었다. 태경이 고개를 돌려 서우를 보며 재촉했다.

"뭐 해요. 급하다면서."

"아, 네. 그런데……."

"업히라고요."

"네?"

"빨리."

서우는 말도 못 하고 그럴 수 없다고 더듬더듬 고개만 저었다. 하지만 태경은 그 자세 그대로 꿈쩍도 하지 않았다.

"빨리 가야 된다면서."

"하지만……."

"지금 체면 차릴 때가 아닐 텐데요."

태경의 날 선 시선이 서우의 발목에서부터 그대로 직선을 그리며 얼굴로 거슬러 올라왔다.

"빨리 업혀요."

거의 명령조에 가까운 차가운 말투였다. 짜증과 귀찮음이 역력한 어조가 마치 서우가 제 일을 훼방 놓기라도 하는 것 같았다.

"……."

더 거절했다간 화를 낼 것 같다는 생각이 들었지만 그래도 서우는 도리질을 치며 주춤주춤 두어 걸음 뒤로 물러났다. 차라리 굴러서 산 아래까지 내려갈지언정 그의 등에 업힌다는 건 상상도 할 수 없었다.

태경은 더 기다리지 않았다. 어차피 시간을 줘 봐야 서우가 결정을 못 내릴 걸 알았는지 인내심이 닳은 한숨을 짧게 내뱉은 그가 넋 나간 듯 멍하니 서 있는 몸을 확 끌어당겼다.

"꽉 잡아요."

퉁명스러운 어조로 이른 태경이 단단히 서우를 들쳐 업고 잰걸음으로 산을 내려가기 시작했다. 갑자기 높아진 시야와 흔들리는 몸에 서우가 자기도 모르게 태경의 어깨를 꼭 끌어안았다. 온몸이 바싹 긴장하는 게 느껴졌다.

"선, 선배님…… 저 내릴, 내려 주세요……."

"그렇게 몸부림치면 둘 다 다쳐요."

"아……."

"힘 빼고."

맞닿아 있던 등에서 나직한 음성이 은은하게 울렸다. 서우는 탄성을 흘리며 얼른 손에 힘을 풀었다. 본의 아니게 너무 꽉 쥐고 있었다. 아팠을 것 같아 미안함을 담은 손가락이 태경의 어깨 위를 쓰다듬듯 두서없이 헤맸다. 정신이 하나도 없었다. 오늘따라 혹사당한 심장이 드디어 고장이 나 버린 것 같았다.

"안 떨어트리니까 겁먹지 말고."

"죄, 죄송해요……."

서우가 작게 중얼거렸다. 태경은 대답이 없어 들었는지 아닌지 알수 없었다. 이렇게 된 이상 서우는 최대한 그가 편한 방향으로 자세를 잡고 싶었지만 누구에게도 업혀 본 일이 없어 어떻게 해야 할지 알 수가 없었다. 그저 하릴없이 흔들리며 태경의 단단한 어깨를 붙잡는 게 고작이었다.

태경은 정말 빨랐다. 올라갈 때는 그토록 멀어 보였던 길이 내려올 때는 순식간이었다. 태경과 서우가 산 아래에 도착했을 때 비는 완전히 그쳐 있었다.

* * *

"서태경, 그 선배가?"

채윤이 믿을 수 없다는 듯 소리를 쳤다. 새된 말끝이 살짝 뒤집어졌다. 저만치 놀이터에서 놀고 있는 민재를 지켜보던 서우가 고개를 돌려 동그래진 눈동자를 마주 보았다.

한가로운 토요일 오후, 서우와 민재, 채윤은 사위어 가는 가을 햇살과 주말을 조금이나마 의미 있게 붙들어 보려는 시도로 근처 공원에 나들이를 나온 참이었다.

"그 선배, 남이랑 몸 닿는 거 되게 싫어했던 것 같은데. 약간 결벽증 비슷하게."

대학을 자퇴하고 연락이 끊긴 서우와 채윤이 다시 만난 것은 다름 아닌 수영의 장례식장에서였다.

연락을 하지도 않았는데 채윤은 어떻게 알고 장례식장을 찾아왔고 3일 내내 빈소를 지켰다. 그 뒤 그간의 단절은 있지도 않았던 것처럼 자연스럽게 예전의 둘도 없는 친구 사이로 돌아갔다. 최소한 서우에게는 말 그대로 둘도 없는 친구였다.

"나이가 들어서 좀 변했나?"

그렇다고 해도 너를 업고 산을 내려갔다니 도무지 믿기지가 않는다며 채윤이 생각에 잠긴 표정을 지었다. 빙글빙글 도는 미끄럼틀에서 빠져나온 민재가 함박웃음을 지으며 서우와 채윤이 앉아 있는 벤치를 향해 손을 흔들어 댔다.

"아무리 네가 말렸어도 힘들었을 텐데, 아니, 힘을 떠나서 선뜻 그렇게 나서기 어렵지 않나?"

"그렇지."

서우도 민재를 향해 손을 마주 흔들어 주며 대답했다.

"너무 미안해서 몸 둘 바를 모르겠더라."

태경 덕분에 서우는 그날 금방 하산할 수 있었다. 태경은 서우를 내려놓은 다음에도 자리를 뜨지 않고 되레 자기가 다리가 풀려 버린 서우를 대신해 택시까지 불러 주었다.

"결과적으로 헛고생을 시킨 셈이 되어 버려서 더."

택시를 기다리는 동안 서우는 태경의 휴대폰을 빌려 학교에 다시 전화를 했다. 담임에게 늦는 것에 대해 사정을 설명하고 양해를 구하려는데 뜻밖에 영혜가 와서 민재의 옷도 갈아입히고 뒤처리도 다 했다고 했다.

"어머님이 다시 전화를 주셨더라고요. 금방 다녀가셨어요. 일하시다 많이 놀라셨죠?"

또 제 불찰이었다. 거기서 칠칠치 못하게 넘어져 휴대폰만 망가트리지 않았어도 태경까지 이렇게 고생시킬 일은 없었을 텐데.

전화를 끊은 서우가 태경에게 상황을 설명했다. 서우는 그를 제대로 쳐다보지도 못하고 쩔쩔매며 연신 사과를 했지만 태경은 별로 개의치 않는 것 같았다. 분명 서우를 업기 직전까진 기분이 별로 좋지 않았던 것 같은데 그건 서우의 착각이었다는 듯 말짱한 얼굴이었다.

"다행이네요. 잘 해결됐다니."

그렇게 말하며 웃기까지 했다. 서우는 아주 오래전 그랬듯 습관처럼 그 미소에 눈길을 빼앗겼다. 아침에 버스에서 본 모델 같은 완벽한 남자는 간 곳 없고 비와 땀에 푹 젖고 온통 흙투성이가 된 남자만 있었지만, 어쩐지 그쪽이 훨씬 더 매력적이었다.

"하긴 그 선배가 가끔 무른 데가 있긴 했지. 안 그럴 것같이 생겨 가지고 한 번씩 보이는 자상한 모습에 여자들이 정신을 못 차리더라."

채윤의 말에 서우가 고개를 끄덕이려다 뭔가 미진한 듯 덧붙였다.

"그런데 선배님 원래도 착했어. 가끔이 아니라……."

"뭐?"

"그냥 안 그런 척하시는 거지."

"……그건 좀 아니지 않아?"

채윤이 떨떠름하게 반문했다. 태경이 천성이 못된 인간이라고는 자신도 생각하지 않지만 착하다는 말을 들을 정도도 아니라고 생각하는데.

하지만 서우는 답지 않게 단호한 태도로 고개를 저었다.

"사람들 다 선배 좋아하잖아."

"……그래서, 그게 착해서 그런 거라고?"

서우가 당연하다는 듯 고개를 주억거렸다. 얼굴만으로 남녀노소 모든 이에게 사랑을 받을 수 없다는 게 서우의 생각이었다. 그러고는 확인하듯 선배님, 대학교 때도 인기 많았지? 하고 물었다.

"말해 뭐 해. 공대 남신이었잖아. 고등학교 때보다 더하면 더했지, 덜하진 않았을걸."

채윤이 한쪽 어깨를 들썩이며 입술을 약간 비틀었다.

"인기가 없는 게 이상하지. 키 크고 잘생기고 자존감 높고 능력도 있잖아. 거기다 누구 말대로 착하시기까지 한데."

"그렇지."

비꼰 보람도 없이 서우는 순수하게 맞장구를 쳤다. 채윤은 그냥 웃고 말았다.

"그래도 은근 사귄 여자는 적다더라. 그 여자들도 다 그쪽에서 먼저 고백하고 들이댔다고들 하고. 눈 높기로 유명해서 웬만한 미인은 쳐다도 안 봤다던데."

채윤이 가볍게 고개를 젖히며 말했다. 그런 말을 하면서도 채윤은 전혀 시샘하거나 부러워하는 어조는 아니었다. 애초에 저와 태경은 가는 길이 다르고 또 디테일한 부분에서 평가가 약간 엇갈릴지언정 채윤도 서우와 마찬가지로 태경에게 호의적이었다.

"암튼 여유가 넘치는 선배였어."

어떻게든 여자 한 명 만나 보겠다고 끊임없이 발버둥을 치던 또래 남자들 사이에서 서태경은 단연 예외적인 존재였다. 비단 여자들에게만 인기가 있던 것도 아니었다. 좀 어려운 데는 있지만 능력 있고 존재감이 뚜렷해서 남자들 사이에서도 선망과 흠모의 대상이었다.

"너 고맙다고 제대로 인사는 했어? 병원도 같이 가 줬다며."

태경이 부른 택시는 학교 대신 근처 병원으로 향했다. 괜찮다고 서우가 몇 번이나 사양했지만 태경은 서우가 치료를 받는 것까지 확인하고 기다렸다가 집까지 데려다줬다.

"아니, 아직. 주말이잖아. 그 뒤로 출근을 안 해서."

"메시지라도 보내지. 휴대폰 고쳤잖아."

"어, 그렇긴 한데……."

힐난하는 듯한 채윤의 말투에 서우가 연락처를 모른다고 변명처럼 중얼거렸다.

"너 사회생활 그렇게 하면 안 돼. 아무리 알고 지낸 선배라도 인사는 확실히 해야지."

채윤이 답답하다는 듯 말했다. 평소에도 폐쇄적이고 수동적인 서우의 인간관계를 안타까워하던 그였다.

"전화번호 물어보는 게 뭐가 그리 어렵다고."

"나도 메시지 보내려고 했어. 근데 뭐라고 해야 할지 정리가 잘 안 돼서……."

"정리가 뭐가 필요해. 그냥 고맙다, 감사하다 하면 되지."

"그건 벌써 몇 번이나 했는데……."

같은 소리 또 하려니 계속 입만 갖고 때우는 것 같아서 멋쩍었다. 기프티콘이라도 하나 보내야겠다고, 뭐가 좋을까 묻는 서우를 향해 채윤이 눈을 흘겼다.

"야, 할 거면 제대로 확실히 해. 그 선배가 뭐가 아쉬워서 기프티콘 따위를 바라겠어."

"어?"

어쩌면 이건 기회인지도 몰랐다. 착하지는 않아도 태경은 알아 두면 서우에게 필시 득이 될 사람이었다. 틀림없이 어떤 식으로든 회사 생활에도 도움이 될 테고 아니라도 해될 일은 없다.

게다가 혹시라도 채윤이 어렴풋이 짐작하는 게 맞는다면.

"······비싼 밥이라도 한 끼 대접해야 되지 않을까?"

하지만 서우는 채윤을 흉내 내듯 따라 눈을 흘기며 피식 웃기만 할 뿐이었다.

"선배님이 뭐가 아쉬워서 나랑 밥을 먹겠어?"

"글쎄······."

뭔가를 생각하는 듯하던 채윤이 조심스럽게 입을 열었다.

"그러고 보면 말이야. 선배도 슬슬 결혼할 때가 됐지 않아?"

결혼식장에서 엿들었다. 서태경은 현재 솔로 상태였다.

"응? 결혼?"

"그래, 완벽한 선배에게 딱 한 가지 없는 게 뭐야, 여자 친구잖아."

"아······."

"그래, 일단 얘기나 해 보자. 소개팅 해 주겠다고. 그래서 만약 돌아오는 반응이……."

채윤의 중얼거림을 한 귀로 흘리며 서우는 자연스레 한 사람을 떠올렸다.

'남주은 대리.'

가뜩이나 차일피일 미뤄지는 소개팅 건으로 주은의 눈치가 보이던 참이었다. 인사를 핑계로 한 번에 문제 두 가지를 해치워 버리겠다는 꼴이 아닌가 싶어 양심에 조금 걸리기도 했지만 주은은 예쁘고 똑똑하고 성격도 애교스럽고 귀엽다. 자기 사람에게는 의리도 있고 잘한다.

잘되면 둘 모두에게 좋은 일 아닐까.

"……네가 아는 괜찮은 여자가 없다는 게 문제이긴 한데."

채윤의 말에 서우가 고개를 저었다.

"아니, 있을 것도 같아."

\* \* \*

다음 날, 서우는 반쯤 절룩거리며 지하 주차장으로 통하는 계단을 비틀비틀 내려갔다. 미처 여명이 밝아 오기도 전인 이른 새벽의 주차장은 음울한 주광색을 띤 채 쥐 죽은 듯 조용했다. 뭔가를 찾는 사람처럼 주차장 안을 휘휘 돌아보던 서우가 이내 걸음을 옮겼다.

"어디 있지……."

서우가 숨을 씨근덕거리며 도열한 사병처럼 차례로 쭉 늘어선 자동차들 사이를 행진하듯 천천히 지났다. 혼탁한 흰빛을 발하는 헤드

라이트들이 저를 빤히 지켜보는 눈 같았다. 보통 때라면 조금 무서웠을지도 모르지만 지금 서우는 다른 것에 정신이 팔려 그런 것에 연연할 여력이 없었다.

"흰색······ SUV······."

벌써 지상 주차장을 한 차례 죽 훑고 내려온 뒤였다. 산책하듯 천천히 걸어 다녔는데도 알코올로 인한 교감 신경의 흥분 탓인지 쫓기는 사람처럼 맥박이 널뛰고 호흡이 가빴다. 그 정도로 많이 마시지는 않았다고 생각하는데 피로 때문인지 눈앞이 어른거렸다.

"추워."

서우는 무의식적으로 양팔로 제 몸을 감싼 채 발을 질질 끌며 걸었다. 해 뜨기 직전 새벽 공기는 하루 중 가장 냉혹했다. 얼음물을 뒤집어쓴 것처럼 몸이 떨렸다. 쉴 새 없이 회전하던 고개가 흰색 SUV가 보일 때면 잠깐 멈췄다가 이내 다시 이동하곤 했다.

"여기도 없나······."

시무룩한 표정이 된 서우가 미련을 버리지 못하고 넓게 주차장을 훑었다. 색을 잃은 입술이 파들파들 떨렸다. 주차장은 지하 2층까지 있으니 여기도 없으면 한 층 더 내려가야 했다.

야간 노동에, 그에 따른 수면 부족에, 뜻밖의 회식으로 인한 음주에, 이미 지상을 돈 것만으로도 추위와 피곤에 찌든 몸이 한계를 호소했다. 흐느적거리다시피 계단 쪽으로 걸음을 옮기던 서우의 발이 우뚝 멈췄다.

"아."

기둥 옆 안쪽 자리에 티끌 하나 없이 반짝거리는 흰색 SUV가 보였다. 찾았다. 반가움에 확 커진 눈으로 서우가 차량 번호를 다시금 확인했다. 태경의 차가 맞았다.

"여기 있었네에……."

말끝을 길게 끌며 서우가 오래 기다리던 친구라도 만난 것처럼 애정 어린 눈길로 북극곰처럼 희고 덩치가 큰 차를 바라보았다.

"으음, 전화번호, 전화번호가……."

전면 창의 오른쪽 하단, 아파트 출입증 아래 검은 바탕에 흰 숫자들이 늘어선 깔끔한 직사각형의 주차 번호판이 보였다.

"010……."

서우는 그 열한 자리 숫자들을 노려보며 몇 번이고 입 속으로 중얼거리며 번호를 외웠다. 됐다 싶다가도 제 머리를 믿을 수가 없어 쉽게 자리를 뜰 수 없었다. 뭔가 메모할 것이라도 있으면 좋을 텐데, 주말 아르바이트를 마치고 직원 회식까지 하고 오는 길이었기에 아무것도 가진 게 없었다.

"9212, 아니, 9121이었나?"

대충 외워진 것 같아 자리를 뜨려던 서우가 다시 몸을 돌려 번호판을 확인했다.

"9212요."

"아, 맞다."

"그러지 말고 휴대폰으로 찍어 가지 그래요?"

뒤에서 들린 나직한 음성에 한 박자 늦게 서우의 어깨가 펄쩍 튀었다.

"아니면 아직 폰을 못 고쳤나?"

잠깐 얼어붙어 있던 서우가 느릿느릿 고개를 돌렸다. 목에서 삐걱거리는 소리가 들리는 기분이었다.

"서, 선배님……."

처음 주차장에서 만났을 때처럼 검은 운동복 차림에 흰 운동화를 신고 모자를 눌러쓴 태경이 서우를 빤히 보고 있었다. 이른 아침인데도 평소처럼 무표정하고 단정한 얼굴이었다. 멍하니 그를 마주 올려다보던 서우가 뒤늦게 정신을 차리고 허리를 깊게 숙여 인사를 건넸다.

"안녕히 주무셨어요, 선배님."

"……그래요. 좋은 아침이네요."

이 시간에, 이런 장소에서 주고받기엔 좀 뭣한 인사말 같았지만 하는 서우는 의식도 못 했고 받는 태경도 별로 개의치 않는 듯했다.

"여기서 뭐 해요?"

서우는 우물쭈물할 뿐 대답을 못 했다.

"휴대폰, 아직 안 고쳤어요?"

다행스럽게도 태경이 곤란한 질문을 스스로 넘기고 두 번째 질문을 던졌다. 서우가 황급히 고개를 저으며 굳이 가방 속에 있던 제 폰을 꺼내 내밀어 보였다. 여러 갈래로 금이 가 있던 액정이 멀쩡한 상태로 돌아와 있었다.

"다행이네요."

"네, 덕분에, 덕분입니다……."

다시 꾸벅 고개를 숙이는 서우를 태경이 미간을 모은 채 유심히 들여다보았다. 왠지 집요한 눈길에 서우는 괜히 민망해져 이리저리 시선을 방황시켰다.

"혹시 술 마셨어요?"

"네? 아니요."

서우가 반사적으로 부정하며 손을 들어 얼굴을 가리고 한 걸음 뒤로 물러났다. 참으로 신뢰를 더하는 행동이었다. 역시나, 전혀 설득되지 않은 듯한 눈이 보란 듯 서우를 위아래로 훑었다. 그에 덩달아 서우도 시선을 내려 제 몸을 더듬었다.

"……."

반짝이는 재질의 검은색 블라우스는 가게에서 지정한 유니폼이었다. 그 아래 블랙진이나 위에 걸친 카디건과 코트, 어느 것도 이른 새벽 잠깐 집에서 내려온 차림새로는 부적합하다.

게다가 제 코에도 제가 말하거나 움직일 때마다 과일 향과 뒤섞인 알코올 향이 났다. 그 쎄하고 달착지근한 냄새는 퀴퀴한 지하 주차장 특유의 공기와 전혀 어우러지지 않고 홀로 튀었다.

'과일 소주 마시지 말걸.'

서우가 숨을 참아 호흡을 줄이며 뒤늦게 비슬비슬 태경과 거리를 벌렸지만 쓸데없는 짓이었다. 평소보다 풀린 표정, 불확실해진 발음, 축축하게 젖어 나른하게 구르는 눈동자, 붉게 물든 눈자위까지 태경이 아니라 그의 반만이라도 눈치가 있는 사람이라면 서우가 방금 전에 술자리를 떠나 왔다는 걸 모를 수가 없었다.

"조, 조금 마시긴 했지만 취하진 않았어요."

"아닌 것 같은데."

"……."

"체력 좋네요. 이 시간까지."

태경의 음성이 묘하게 차갑게 들렸다.

"노는 것도 좋지만."

싸늘한 시선이 구두를 신은 서우의 발치로 향했다.

"아직 발목도 성치 않은 것 같은데 좀 조심하는 게 낫지 않겠어요."

"죄송합니다……."

"아니, 사과하라는 게 아니라."

고개를 저으며 말을 잇던 태경이 뭔가를 눌러 참는 듯 잠시 입을 다물었다. 다시 입을 연 그의 음성은 전보다 낮고 묘하게 억양이 사라져 있었다.

"내 번호가 필요하면 그냥 물어보지, 왜 여기서 이러고 있어요. 취해서 몸도 제대로 못 가누는 사람이."

"……."

"줘 봐요. 번호 찍어 줄게요."

"아니, 괜찮습니다. 벌써 다 외웠어요."

서우가 보란 듯 손에 들린 휴대폰을 활성화시켜 태경의 번호를 하나하나 소리 내 말하며 꾹꾹 눌렀다. 통화를 누르자 곧 태경의 주머니에서 벨 소리가 울렸다. 동시에 서우가 뿌듯한 미소를 띠며 태경을 올려다보았다.

그러는 동안 태경은 눈썹 하나 까딱하지 않고 서우를 빤히 보고 있었다.

"근데 내 번호는 알아서 뭐 하려고요."

"네?"

"뭔가 용건이 있으니까 전화를 하려고 한 거 아니에요?"

"아, 맞다. 그게요……."

서우가 비척거리며 말을 이었다. 혀가 굳어서 자꾸 말이 헛 나왔다.

"산행 때…… 도와주셔서 감사했다고, 죄송하다고 인사드리고 또 답례도 드리고 그러면 좋을 것 같아서……."

주절주절 말이 길어졌다. 언제나 짧고 명료하게, 다른 사람의 귀한 시간을 뺏으면 안 되니까 정확하게 해야 될 말만. 주문처럼 외던 수칙이 술 앞에서 힘을 잃었다.

"물어보니까 기프티콘은 너무 성의가 없다고 그래서…… 그럼 다른 거라도……."

낮에 채윤과 대화 끝에 그가 제안한 1안과 2안이 모두 받아들여졌다. 일단은 밥부터 먹자고 하고 정식으로 고맙다는 인사도 하고 그다음에 자연스럽게 소개팅 얘기를 꺼내는 것이다.

*"일단 말이나 꺼내 봐. 받는다면 해 주고……."*

그렇게 행동 지침을 정하고 이제 전화번호만 알면 됐다. 채윤이 대학 동아리 선배들한테 물어봐 줄 수도 있다고 했지만 그렇게까지 폐를 끼치고 싶지 않아서 아르바이트를 하는 내내 어쩔까 고민했다. 그러다 근무 도중, 이중 주차 된 손님들의 시비를 정리하면서 아주 간단하고도 쓸 만한 방법이 생각났다.

주차 번호판. 태경과 같은 아파트 주민이라는 게 이런 식으로 도움이 될 줄이야.

"그래서 이 새벽에 내 차를 찾아 주차장을 다 뒤지고 다녔어요?"

"……."

"그거 좀 소름 돋는 방법 아닌가."

"하, 하지만 예전에 선배님도 저한테 그렇게 전화하셨잖아요……."

미약한 항의의 음성에 태경이 피식 웃었다. 모자챙이 드리운 그늘 아래 유난히 붉게 보이는 입술이 느슨한 호선을 그렸다.

"그거랑 이거랑 상황이 같아요?"

"……아니요."

"그리고 내 번호는 벌써 김서우 씨 수신 목록에 있을 텐데."

"……."

"본인이 말한 대로 내가 그렇게 서우 씨한테 전화를 했잖아요."

"아."

그 생각은 미처 못 했다. 서우가 그제야 깨달았다는 듯 눈을 휘둥그렇게 떴다. 그 표정을 보고 있던 태경이 어쩔 수 없다는 듯 한숨 같은 웃음을 뱉었다.

"그래서, 답례는 어떻게 할 계획인데요?"

"……제가 밥 사 드리면 드실 거예요?"

서우가 조심스럽게 태경을 올려다보며 물었다. 태경은 의외로 간단히 승낙했다.

"그러죠. 자세한 얘기는 나중에 서우 씨 정신 맑을 때 하고."

지금도 맑다고 항변하고 싶었지만 태경은 서우가 무슨 말을 하려는지 안 보고도 알아챈 듯 단호하게 고갯짓을 하며 잘라 말했다.

"이제 그만 들어가요. 늦었는데. 아니, 너무 빠르다고 해야 하나."

"……네, 네."

"안 데려다줘도 되겠어요?"

서우는 태경이 왜 그런 질문을 하는지 몰라서 물끄러미 그를 올려다보았다. 아까부터 자꾸 취했다고 하는데 자신은 정말 취하지 않았다. 술을 좀 마시긴 했지만 그 정도는 매일 밤 혼자 마시는 양과 별반 차이가 나지도 않았다.

다음으로 정신을 차렸을 때, 서우는 제집 소파에 누워 있었다. 이미 훤한 대낮이었다. 남향으로 크게 난 거실 창을 통해 햇빛이 분수처럼 제 얼굴로 쏟아져 내리고 있었다.

'어쩌자고 그랬을까…….'

주차장에서 제가 벌인 추태를 인지하는 순간, 서우는 그대로 새벽이슬처럼 사라져 버리고 싶었다. 몰래 전화번호를 찾다 들킨 것도 충분히 창피한데 술기운에 온갖 헛소리를 다 늘어놓은 것 같다. 분명 그렇게 많이 마시지도 않은 것 같은데, 대체 왜 그랬을까.

"으으……."

초조한 얼굴로 입술을 잘근잘근 씹으며 서우가 손에 쥔 휴대폰을 들여다보았다. 액정엔 메시지 앱이 열려 있었고 수신인에 태경이 지정돼 있었다.

매도 먼저 맞는 게 낫다고, 뭐라고 운을 뗄까 고민을 하는 중이었는데 그 시간이 30분을 넘어가자 고민이 고뇌로 바뀌어 가는 중이었다.

'무슨 운동을 주말까지 해.'

그것도 그렇게 이른 시간에. 출근도 안 하는데 오전엔 푹 자고 느긋하게 오후에 가도 충분하지 않나.

'암튼 대단하다.'

그 와중에도 감탄이 나왔다. 뭘 해도 해낼 사람이다. 저처럼 대충대충 때우듯 하루를 사는 사람과는 근본부터 다르다. 어릴 때도 그렇게 생각했는데 어른이 되어 돌이켜 보니 그 대단함이 더 와닿았다. 열여덟에 벌써 의지며 자제력이며 생각의 깊이가 서른인 서우보다 더 앞선 사람이었다.

문득 태경 같은 사람은 사는 게 어떨까 궁금해졌다. 뭐든 할 수 있고, 잘 안 돼도 얼마든지 다음 기회가 있다는 걸 확신하고, 노력하면 뭐든 이룰 수 있다고 믿는 그런 사람이 바라보는 세상이란.

한때는 간절하게 태경 같은 사람이 되고 싶었던 적도 있었다. 물론 타인의 인생을 그런 식으로 납작하게 재단해 단순히 드러나는 면만을 동경하는 건 어리석고 오만한 짓이라는 걸 안다. 알면서도 여전히 조금은, 아주 조금은 그가 부러웠다.


[선배님, 저 총무2팀 김서우입니다. 편안한 주말 오후 보내고 계신지요.]


그 뒤로도 한참이나 더 허공을 바라보며 망설이던 서우가 머릿속으로 몇 번이고 문장을 다듬은 다음, 결정한 듯 액정을 두드렸다.

[혹시 내일 점심때 시간 괜찮으실까요?]

망설일 틈도 없이 곧바로 다음 메시지를 보냈다. 전송을 하고 그대로 휴대폰을 멀찍이 밀어 놓았다. 저도 모르게 달달 떨리는 무릎을 양손으로 움켜쥐었다. 이미 다 잡은 약속인데도 불쑥 겁이 나고 후회가 됐다.

'괜한 짓을 했나.'

갑자기 자신이 없다. 친구도 가족도 아닌 사람과 단둘이 밥을 먹어 본 게 언제였는지 기억도 나지 않는다. 애초에 이런 시도를 하지 않는 편이 낫지 않았을까. 그냥 감사하다는 말과 함께 기프티콘 하나 보내는 편이 훨씬 간단하고 깔끔하게 끝났을지도 모르는데.

차라리 거절당하는 게 낫겠다는 생각을 할 때쯤 답장이 왔다.

[네, 총무2팀 김서우 씨.]
[덕분에 편안한 주말 보내고 있고 내일 점심때 시간도 괜찮습니다.]

"덕분에?"

미심쩍은 표정으로 고개를 갸웃하며 서우가 미리 준비해 둔 메시지를 그대로 전송했다.

[그럼 내일 점심 같이 하실래요? 제가 사겠습니다.]

[점심? 둘이서요?]


돌아온 메시지를 보자마자 아차 싶었다. 서우도 어쩌면 단둘은 부담스러워할 수도 있다는 생각을 하긴 했다. 그렇다고 누구를 더 끼워 넣자니 마땅히 그럴 만한 사람도 없고 다수가 참석하는 모임의 주최자가 되는 건 서우의 성미에 맞지 않았다.

'그냥 처음부터 남 대리님을 합석시킬까.'

그편이 나을지도 모르겠다. 서우가 휴대폰 액정을 두드리며 고민하는 사이 태경의 답장이 왔다.


[그래요.]

[장소는 내가 정해도 될까요.]


연달아 날아온 메시지에 서우는 길게 쓰고 있던 글자를 지우고 '네' 한 마디만 보냈다. 5분 뒤 도착한 문자엔 식당의 이름인 듯한 단어와 장소가 표시된 링크가 첨부되어 있었다.


[내일 오후 12시, 두 명 예약했습니다.]

[늦지 마세요.]


알겠다는 답장을 보내고 서우가 링크를 눌러 보았다. 회사 근처였는데 서우는 처음 보는 곳이었다. 검색을 해 보니 파스타 전문점이었는데 리뷰를 살펴보니 분위기도 좋고 맛도 괜찮은 것 같았다.

'다행이다.'

가뜩이나 장소 선정에 난항을 겪던 참이었다. 채윤과 머리를 맞대 몇 가지 식당을 봐 두긴 했지만 마음에 들어 하지 않을까 봐 신경이 쓰였는데.

"하."

한 건 아무것도 없는데 기운이 쭉 빠졌다. 아직 해가 중천에 뜬 대낮이건만 하루 종일 야근을 한 밤처럼 기진맥진했다. 서우가 휴대폰을 소파 위에 던져두고 바닥에 드러누웠다. 마음 한구석엔 여전히 이게 잘한 짓인지 모르겠다는 망설임이 끈질긴 숙취처럼 남아 뒤척이고 있었다.

\* \* \*

늦지 말라고 했는데 5분이나 늦어 버린 탓일까.

"안녕하세요, 선배님……."

태경은 싸늘한 얼굴로 고개만 까딱한 채로 인사를 받았다. 늦어서 죄송하다는 서우의 말에 예의상 괜찮다는 말도 하지 않았다.

서우는 가시방석에라도 앉은 기분이 되어 메뉴판 뒤로 얼굴을 숨겼다. 급하게 뛰어온 숨이 가빴다. 서우가 알파벳으로 길게 쓰인 메뉴 이름을 눈으로 훑어 내리며 호흡을 고르고 있는데 태경이 먼저 입을 열었다.

"주문할까요?"

"아, 네. 선배님은……."

"난 정했어요."

"아, 그럼 저도 선배님하고 같은 걸로 할게요."

빨리 결정하라는 듯한 어조에 서우가 눈에 들어오지도 않던 메뉴판을 내려놓고 어설프게 웃었다. 태경이 못마땅한 표정으로 내가 뭘 골랐을 줄 알고, 하고 중얼거리더니 해산물 알레르기 같은 건 없냐고 물었다.

"네, 없어요."

태경이 손짓으로 서버를 불러 몇 가지 이름을 불러 주었다. 주문을 마치자 음식이 나올 때까지는 할 일이 없어졌다. 서우가 또 무슨 말을 할까 머리를 굴리는 참이었다.

"김서우 씨는 은근히 남의 말을 잘 안 듣네요."

"네?"

대뜸 날아온 소리에 서우가 눈을 둥그렇게 뜨고 태경을 쳐다봤다. 이해가 되기도 전에 심장이 먼저 쿵 내려앉는 것 같았다.

"그때 병원에서 분명히 무리하지 말라고 그러지 않았어요?"

"네?"

"근데 벌써부터 그렇게 막 뛰어다니면 안 되죠."

태경이 턱짓으로 발치를 가리키는 것을 보고서야 서우는 그가 산행 때 삔 발목 얘기를 하는 것임을 알아차렸다. 잔뜩 오그라들었던 심장이 다시 원 상태로 돌아왔다.

"저 막 안 뛰어다녔는데……."

그 말에 태경은 대꾸도 하지 않았다. 못마땅한 듯 삐딱하게 고개를 틀며 본격적으로 지적을 쏟아 내기 시작했다.

"그 구두도 틀렸어요. 바닥이 납작해서 쿠션이 하나도 없잖아요. 그런 건 발목을 전혀 보호해 주지 못해요. 산행 때도 보니까 등산화도 안 신었던데."

"그땐 깜빡하고……."

"발목은 한번 삐끗하면 자꾸 탈 나기 쉬운 거 몰라요? 제대로 관리 안 하면 두고두고 고생해요."

"……살짝 삔 거라 무리만 안 하면 괜찮다고 의사 선생님도 그러셨는데……."

태경이 그에 화답하듯 고개를 끄덕였다.

"그렇죠. 무리만 안 하면."

"……."

"그렇게 생각 없이 막 뛰고 불편한 신발 신고 새벽까지 술 마시고 돌아다니고 그런 게 다 무리하는 거죠."

연달아 쏟아지는 잔소리에 서우는 약간 멍해져서 물끄러미 태경을 응시했다. 서우와 눈이 마주치자 태경이 멈칫하더니 입을 다물고 시선을 돌렸다. 약간 낭패스러운 듯도 했고 화가 난 것도 같았다. 어리둥절하게 깜빡이던 서우의 눈이 문득 이채를 띠었다.

워낙 입성이 깔끔한 사람인지라 얼핏 봤을 땐 그냥 그런가 보다 했는데 그게 아니었다. 보다 보니 확실했다. 태경은 평소보다 훨씬 더 신경 쓴 차림새를 하고 있었다.

'퇴근하고 어디 가나?'

앞머리는 깔끔하게 뒤로 넘겨 훤칠한 이마와 잘생긴 눈썹이 한눈에 보였다. 널찍한 어깨선이 딱 떨어지게 맞는 짙은 남색 슈트는 주름 하나 없었고 은색의 커프스단추가 달린 소매는 눈부실 정도로 새하얬다. 향수도 평소와 다른 걸 뿌렸는지 손목을 움직일 때마다 시원하면서도 달달한 냄새가 났다.

왠지 모르게 서우는 약간 민망한 기분이 들었다. 시선을 내리자 건조한 계절에 핸드크림도 제대로 바르지 않아 거칠거칠해진 제 손등이 보였다. 서우는 손을 감추듯 테이블 아래로 슬쩍 내리며 혼잣말처럼 중얼거렸다.

"고맙습니다……."

"뭐가요."

돌아온 물음에 대답하지 않았다. 제 발목은, 저 자신도 걱정하지 않았다. 익숙하지 않은 상황에 서우는 얼른 화제를 바꾸고 싶었다.

"가게가 참 예쁘네요."

서우가 주위를 둘러보는 척 말문을 열었다. 물로 목을 축였음에도 입 안이 까끌까끌했다. 태경의 대답을 듣기도 전부터 이다음엔 또 뭘로 대화를 이을까 머릿속이 분주했다.

한동안 이런 고민으로 머리 쓸 상황에 놓인 일이 없었다. 한정된 장소에서 한정된 사람만 만나는 게 반복되던 생활이었다. 그래서일 것이다. 이 알 수 없는 조바심과 두근거림은.

"선배님 자주 오시는 곳이에요?"

혹시 단골이냐는 질문에 태경이 고개를 저었다.

"처음 와 봐요."

그게 굉장히 불쾌한 일이라도 되는 듯한 어조였다.

"저도 회사 근처에 이런 곳이 있는 줄 몰랐어요."

서우가 어떻게든 분위기를 맞춰 보려 애쓰며 밝게 말했다.

"제가 아는 식당이 몇 없기도 하지만 회식 땐 이런 덴 잘 안 오니까……."

"그럼 서우 씨는 주로 어디서 놀아요?"

"네?"

"밤마다 자주 나가는 것 같던데."

"네?"

어제 새벽 일만 봐도 그렇지 않느냐는 말에 잠깐 멍해 있던 서우가 이내 아, 소리를 냈다.

"아, 그건 놀러 간 게 아니라 아르바이트 때문에……."

"아르바이트?"

뜻밖이라는 듯 태경이 서우를 빤히 쳐다보았다. 다행히 왜 아르바이트를 하느냔 질문은 하지 않았다.

"무슨 아르바이트를 하는데 그렇게 새벽까지?"

"그냥 칵테일 바예요. 평소엔 그렇게까지 안 하는데 어젠 직원 회식이 있어서……."

"칵테일 바?"

태경이 더 의외라는 표정을 지었다.

"승준 오빠 가게요."

태경의 시선이 멎었다.

"주말에 가끔 거기서 일 도와드리고 있어요."

태경은 뒤늦게 아아, 소리를 냈다. 서우가 멋쩍은 듯 씩 웃었다. 태경과 승준이 이미 오래전에 연락이 끊겼다는 걸 서우는 알고 있었다.

"언제 한번 선배님도 오세요. 승준 오빠도 반가워할 거예요."

"……그래야겠네요."

태경은 무슨 생각을 하는지 알 수 없는 표정으로 대답했다. 둘 사이에 침묵이 내려앉았다. 빛바랜 이름이 불러온 효과였을까. 서우는 처음처럼 그게 그렇게 불편하지 않았다.

"그때는 감사했어요."

서우가 입을 열자 창밖을 보고 있던 태경이 고개를 돌려 서우를 응시했다. 원래는 식사를 다 한 다음에 디저트를 먹으며 천천히 말을 꺼내려 했는데 저절로 말문이 열렸다.

"산행 때, 도와주셔서 정말 감사했어요. 선배님 아니었으면 저 그때 정말 어쩔 줄 몰랐을 거예요."

"……"

"많이 힘드셨을 텐데 감사하고 또 죄송했어요."

태경은 대수롭지 않게 서우를 보다 입을 열었다.

"전에도 생각했지만 김서우 씨는 감사도 사과도 잘하네요."

"네?"

"그보다, 동생은 괜찮았어요?"

"네?"

"많이 놀랐을 텐데."

생각지도 못한 질문이었다. 서우가 멈칫하며 저를 가만히 주시하고 있는 태경의 얼굴을 보았다. 하지만 그것도 잠시, 곧 고개를 끄덕이며 괜찮다고 답했다.

"쉬, 쉬는 시간에 학예회 연습을 하느라 계속 화장실을 못 갔다고 하더라고요."

왠지 볼이 달아올랐다. 태경이 민재에 대해 물을 줄은 몰랐다.

"수업 시간에라도 보내 달라고 했으면 됐을 텐데, 요령 없이 그냥 계속 참았나 봐요. 그러다 자기도 모르게 실수를 했다고."

서우가 태경의 목 부근에 시선을 맞추며 말했다. 주인의 성정처럼 반듯하게 각이 잡힌 셔츠의 칼라가 햇빛을 반사하며 새하얗게 빛났다.

"못된 애들이 괜히 놀리지 않아야 될 텐데."

태경이 약간 인상을 찌푸리며 말했다. 서우가 고개를 끄덕이며 선생님께 잘 말씀드렸다고 하자 다행이라며 짧게 대꾸했다.

"네, 다행이죠……."

특별한 감정을 담지는 않았을 것이다. 실제로 태경이 그리 지극히 민재를 생각할 까닭도 없고 어쩌면 예의상 한 말에 더 가까웠을지도 모른다. 그럼에도 서우는 이상할 정도로 마음이 뭉클해졌다.

저런 사람이었다, 태경은. 언제나 약하고 소외된 것들을 그냥 보아

넘기지 못하는 그런 사람이었다. 본인은 양지만, 높은 곳만 밟고 살아 연대도 공감도 동조도 필요 없는데.

급식소에서 아무 스스럼도 없이 따돌림당하는 후배의 이름을 불러 주고, 고기를 사 주고, 태풍을 뚫고 달려와 주는 건 아무나 할 수 있는 일이 아니었다. 그의 자제력이나 의지, 특출난 외모나 능력보다 더 훌륭한 건 그런 그의 마음 씀씀이였다.

새삼 서우는 스스로가 부끄러워졌다. 그 때문인지 점심시간이 끝날 때까지도 소개팅에 대한 말을 꺼내지 못했다. 제가 답례라고 생각했던 것들이 알량하게 느껴졌다.

아침까지만 해도 일석이조, 좋은 아이디어라고 생각했는데.

'다음에, 다음에 물어보자.'

오늘은 정말로 순수하게 감사만 하고 싶었다.

\* \* \*

결국 감사는 말로만 끝났다. 식사가 끝나고 서우가 계산대로 갔는데 언제 했는지 벌써 태경이 계산을 마친 후였다. 당황한 표정으로 항의를 하는 서우를 향해 태경은 별스러운 일도 아니라는 듯이 그럼 다음엔 서우 씨가 사요, 하고 말했다.

"다음이요?"

태경은 덤덤한 표정으로 떨떠름한 얼굴이 된 서우를 내려다보았다. 부담 갖지 말라고 그냥 해 본 소리는 아니었는지 그 자리에서 시간,

장소를 정해 연락을 달라고 했다.

"아, 그럼 내일 점심이라도, 선배님 괜찮으시면……."

"점심은 내가 한동안 일이 있어 안 될 것 같고, 저녁은 어때요?"

"저녁이요?"

서우가 망설이며 대답을 하지 않자 태경이 고개를 끄덕이며 느긋한 어조로 말했다.

"당장 아니라도 좋으니까 서우 씨 시간 나는 대로 연락 줘요."

"……네."

"언제라도 괜찮은데 너무 오래 기다리게는 하지 맙시다."

그 말 때문인지 서우는 하루하루 갈수록 마음이 초조해졌다. 이런 일은 길게 시간 끌지 말고 얼른 해치워야 마음이 편한데 마침 월말이라 매일 이어지는 야근으로 좀체 시간이 나지 않았다.

'벌써 2주가 다 됐는데.'

12월이 코앞이었다. 서우가 저도 모르게 키보드를 두드리던 손을 멈추고 책상 위에 있던 탁상 달력으로 눈길을 주었다. 오늘이 월요일이고, 말일인 목요일까진 야근을 해야 될 테니 금요일이면 괜찮을 듯싶었다. 더 미뤘다간 실없는 사람이 되고 말 것이다.

가뜩이나 복도나 식당에서 태경을 마주칠 때마다 그 얼굴을 보는게 찔리는 터였다. 기분 탓인지 모르겠지만 저를 보는 눈빛에 그래서, 밥은 언제 살 예정이냐는 질문이 담겨 있는 것 같았다.

'금요일로 하자.'

그렇게 결심하고 약속을 잡기 위해 태경에게 메시지를 보내려는 참이었다. 컴퓨터 모니터 하단에서 반짝, 하고 메신저 알림이 떴다. 배 팀장이었다.

[김서우 씨, 잠깐 회의실로 와요.]

무슨 일인가 싶어 '네' 하는 답장만 보내고 대답은 확인하지도 않고 곧바로 자리에서 일어나 회의실로 갔다.

"부르셨어요?"

"어, 그래. 지난주에 동생 학예회는 잘했어?"

"네? 아, 네."

지난주 금요일에 서우는 민재의 학예회에 참석하기 위해 연차를 썼다. 민재는 연극 '신데렐라'에서 '요정 대모' 역을 했는데, 혹시나 실수라도 할까 봐 조마조마해하는 서우 보란 듯이 멋지게 제 역할을 해냈다.

"다행이네."

어쩐 일로 배 팀장이 민재 일을 다 묻나 싶어 고개를 갸웃거리면서도 고마운 마음이 들어 서우가 살짝 웃으며 감사합니다, 하고 인사를 했다. 숙인 고개를 채 들기도 전, 배 팀장의 다음 말이 이어졌다.

"그보다, 저번에 약속한 거 말인데."

"네? 무슨……?"

서우가 어리둥절한 표정으로 바라보자 배 팀장이 혀를 찼다.

"소개팅 말이야, 소개팅."

"아."

완전히 잊고 있었다. 하지만 그런 티를 내지 않고 서우가 얼른 알고 있었다는 듯 태연히 고개를 끄덕였다.

"네."

배 팀장이 산행 날 잡은 소개팅은 서우가 발목을 다치는 바람에 자동적으로 미뤄지고 말았다. 그래도 팀 사정을 고려해 오래 기다려 준 셈이다. 산을 내려와 서우가 사정 설명을 위해 배 팀장에게 전화를 걸자마자 제일 먼저 한 소리가 그럼 소개팅은 어쩌냐는 것이었으니.

"이번 주 금요일 저녁으로 다시 잡았어."

"아……."

서우가 짧게 침음을 흘렸다. 하필 이번 주 금요일이라니.

"왜? 그날 선약이라도 있어?"

"……아뇨."

잠깐 고민하던 서우가 이내 고개를 저었다. 태경에게 연락하기 전이라 다행이다. 서우는 매도 먼저 맞는 편을 택했고, 좋은 소식과 나쁜 소식이 있으면 늘 나쁜 소식부터 듣는 부류의 사람이었다. 습관처럼 서우는 이번에도 나쁜 일을 먼저 해치우는 편을 택했다.

"그럼 금요일 저녁에 만나는 걸로 하지. 장소는 나중에 따로 얘기해 줄게."

"네."

"그래, 그럼 먼저 나가 봐. 이번엔 어디든 안 다치게 조심하고."

기분이 좋은지 실없는 농담까지 했다. 왠지 모르게 흐뭇한 표정이 된 배 팀장을 뒤로하고 서우는 들어가기 전보다 두 배 정도는 더 피로한 얼굴이 되어 회의실을 나왔다.

* * *

우울하고 피곤한 하루가 될 것이라는 예고라도 하듯 금요일은 아침부터 날이 흐렸다. 대낮에도 컴컴한 하늘이 눈이든 비든 뭔가 쏟아낼 기세였다. 퇴근 후 사무실을 나온 서우는 새로 출근을 하는 심정으로 발을 질질 끌며 주차장으로 향했다. 가는 중에 민재에게서 전화가 왔다.

"어, 민재야."

오늘도 늦느냐는 물음이었다. 바빠서 꼬박 일주일 가까이 민재의 얼굴을 보지 못했다. 외로움을 많이 타는 동생을 알기에 서우는 마음이 짠해졌다.

"누나가 내일은 아침 일찍 눈 뜨자마자 갈게. 정말 미안해."

이 소개팅이라는 게 언제 끝날지 모르기에 오늘 가겠다고 말할 수 없었다. 몇 번이나 꼭 일찍 와야 된다고 다짐하는 민재에게 서우도 꼬박꼬박 알겠다고 대답을 해 주었다.

"그래, 그럼 밥 잘 먹고 놀다가 일찍 자. 내일 보자."

전화를 끊고 막 복도 끝을 도는데 코앞에 커다란 인영이 우뚝 서있었다. 하마터면 그와 정면으로 충돌할 뻔한 서우가 저도 모르게 소리를 쳤다.

"아, 깜짝이야. 선배님?"

여기서 뭐 하시냐고 묻자 태경이 희미하게 미소를 지었다.

"퇴근하는 중이죠. 서우 씨처럼."

"아."

"어디 가요? 오늘도 아르바이트?"

"네? 어, 네……."

통화하는 걸 들었나 싶어 서우가 그냥 고개를 끄덕이고 말았다. 배 팀장 얘기도, 소개팅 얘기도 하고 싶지 않아서였는데 거짓말을 해서 인지 아니면 그와의 약속을 미뤄 두고 있어서인지 저절로 얼굴이 붉 어지는 게 느껴졌다.

태경이 중얼거렸다.

"그래요. 아르바이트라……."

혼잣말처럼 들렸지만 괜히 마음에 찔린 서우는 뭐라 대답을 해야 좋을지 몰랐다. 밥 사 준다고 한 게 언제인데 얻어먹기만 하고 몇 주째 말도 없고 이대로 입 싹 닦을 셈인가 생각한다 해도 할 말이 없었다.

"총무팀 이번 주 내내 야근하는 것 같던데."

"……."

"그렇게 열심히 일하다 금방 부자 되겠네요."

서우가 다급하게 입을 열어 변명을 쏟아 냈다. 다음 주에 꼭 밥 사 드리겠다. 정말 안 사 드리려고 한 게 아니고 계속 바빠서 어쩔 수가 없었다. 주저리주저리 늘어놓자 가만 듣고 있던 태경이 입꼬리 를 살짝 끌어 올려 미소 비슷한 것을 만들었다. 그 표정을 본 서우가 갑자기 입을 딱 다물었다.

"누가 뭐래요? 뭘 또 그렇게 열심히 변명을 해요."

"……."

"안 잊어버렸으면 됐어요."

그 대화를 끝으로 말없이 함께 지하 주차장으로 내려간 두 사람은 엘리베이터 로비에서 갈라졌다. 서우가 싹싹하게 고개를 숙이며 인사를 했다.

"그럼 선배님, 주말 잘 보내세요."

"서우 씨도요."

"네, 연, 연락드릴게요."

다짐하듯 인사를 마친 후 먼저 떠나는 태경의 뒷모습을 보고서 서우도 차에 올랐다. 덜덜거리는 차에 시동을 걸고 곧바로 약속 장소인 L 호텔로 방향을 잡았다. 거리도 꽤 있는 데다 차까지 막혀서 가뜩이나 내키지 않는 만남이 더 달갑지 않게 느껴졌다.

'그래도 오늘만 지나면 더 이상 소개팅 소리는 안 하겠지.'

서우는 긍정적인 면을 보고 기운을 내기로 했다. 부탁을 받을 땐 신중해야겠다는 다짐도 하고 함부로 남에게 신세를 지지 않겠다는 다짐도 했다.

호텔 지하에 주차를 하고 약속 장소인 4층 레스토랑으로 올라갔다. 처음 오는 곳이라 습관적으로 긴장이 됐다. 까만 대리석으로 장식된 엘리베이터 홀을 지나 유리로 된 문 안쪽으로 들어섰다.

그때까지도 서우는 상대와 문자 한번 주고받지 않았다. 중간에서 배 팀장이 다 조율했고 서우도 그게 편했다.

"아."

서우가 얼떨떨한 얼굴로 하얀 식탁보가 깔린 테이블 앞에 점잖은 척 앉아 있는 사람을 쳐다보았다. 어떤 사람이 나오든 아무런 기대도 없었다. 잘생기든 못생기든, 나이가 많든 적든, 서우가 놀랄 일은 절대 없을 거라고 그렇게 생각했는데.

"아, 그 친구가 말이야. 갑자기 일이 생겨서 못 나온다네."

아가일 무늬가 들어간 두툼한 니트는 아까 사무실에선 보지 못한 것이었다.

"그래서 내가 대신 나왔어."

평소와 다르게 숱이 듬성듬성한 머리를 뒤로 깨끗하게 빗어 넘긴 배 팀장이 실없이 웃으며 가늘게 뜬 눈으로 조심스레 서우를 살폈다. 제 딴엔 눈치를 보는 듯한 그 시선에 서우는 더 영문을 알 수 없어졌다.

"아, 그러셨어요? 그럼 번거롭게 여기까지 오실 필요 없이 그냥 전화를 주시면 됐을 텐데."

서우가 태연하려고 애쓰며 볼 아래로 흘러내린 머리카락을 뒤로 쓸어 넘겼다.

"괜히 팀장님만 헛걸음하시고 저도……."

"왜 헛걸음이야. 우리 둘이서 밥 먹으면 되지."

배 팀장이 서우의 말을 자르며 의미심장한 미소를 지었다.

"안 그래도 내가 언제 한번 서우 씨한테 밥 한 끼 사 주고 싶었어. 서우 씨 일도 잘하고 열심히 해서."

"······."

"일단 좀 앉지."

함부로 남에게 신세를 지지 않겠다는 다짐을 한 게 방금 전이었지만 직장 상사의 호의를 딱 잘라 거절하는 건 쉬운 일이 아니었다. 서우가 망설이는 기색을 보이자 배 팀장이 얼른 서버를 불러 식사를 주문했다. 그 기세에 어영부영 휩쓸려 서우도 자리에 앉고 말았다.

"잘 먹었습니다, 팀장님. 감사합니다."

"아니, 뭘 이런 걸로."

식사를 마치고 법인 카드로 계산을 마친 배 팀장을 향해 서우가 예의 바르게 인사를 했다. 사실 한 팀으로 일한 세월이 있다 보니 그와 밥을 같이 먹는 것 정도는 별일도 아니었다. 태경과 점심을 먹을 때와 비교하면 적어도 심적으로는 더없이 평온한 시간이었다.

엘리베이터에 오른 서우가 몇 층에 주차를 하셨느냐고 묻는데 배 팀장이 대뜸 주차장이 있는 지하층이 아닌 11층을 눌렀다. 의아한 눈으로 쳐다보자 배 팀장이 대답 대신 비죽 웃었다.

"밥을 먹었으면 차도 한잔 마셔야지."

"네?"

"천천히 회사 얘기도 하고, 다음 달에 있을 정규직 채용 얘기도 하고."

"······."

"차는 김서우 씨가 사는 거지?"

그러겠다고 서우가 고개를 끄덕였다. 엘리베이터가 11층에 멈췄을 때 서우는 커피숍이나 그런 비슷한 게 나올 줄 알았다.

하지만 열린 문 뒤에 나타난 건 어두운색 카펫이 깔린 조용한 복도였다. 양쪽으로 문이 꼭 닫힌 객실이 줄줄이 늘어선.

"안 내려?"

먼저 내린 배 팀장이 손을 뻗어 엘리베이터의 문이 닫히기 전 서우를 잡아 끌어 내렸다. 어느 틈인지 그의 손에 네모난 카드 키가 들려 있었다.

"팀장님······."

"사람 많은 데는 너무 시끄럽잖아. 어디 조용한 데 들어가서 얘기해."

서우는 꼼짝도 하지 않은 채 그대로 서 있었다.

"아니, 아뇨. 차는 다음에······ 다음에 마시는 게 좋을 것 같아요."

"서우 씨."

"저, 저는 그만 가 보겠습니다. 주말 잘 보내시고 월요일에 뵐게요."

"아니, 아니. 김서우 씨. 잠깐만."

돌아서는 서우를 배 팀장이 허둥지둥 붙잡았다.

"뭘 그렇게 예민하게 굴고 그래. 정규직 전환 중요한 얘기잖아. 그래서 조용히 얘기 좀 하자는데."

정규직 전환은 배 팀장이 항상 서우에게 무기처럼 휘두르던 말이었다. 알면서도 휘둘릴 수밖에 없는 게 그동안 서우의 입장이었다.

"서우 씨 고생 많잖아. 여자 혼자 사는 게 얼마나 힘들어."

자기도 혼자라 안다는 그 말에 서우는 의례적인 표정 관리조차 되지 않았다. 설마, 하는 의혹이 그제야 떠올랐다.

"팀장님."

"그래, 그래."

"……아니에요."

그 소개팅 한다는 남자가 현실에 존재하기는 하냐고 물으려 했다. 하지만 입을 여는 순간 그럴 필요가 뭐가 있겠나 싶었다. 아무래도 상관없다는 생각이 들었다.

배 팀장은 서우가 뭘 의심하는지 그답지 않은 민감함으로 알아챈 모양이었다. 어쩌면 그저 제 발이 저린 것이었을지도 모른다.

"왜 사람을 그런 눈으로 봐? 진짜야. 그 친구가 갑자기 사업상 중요한 미팅이 생겼다니까."

"……팀장님, 저번에 그분 공무원이라고 하지 않으셨어요?"

"어? 뭐? 내가?"

저렇게 성의 없는 거짓말을 해도, 적당히 대충 갖다 붙여도 아무런 항의도 못 할 거라고 생각한 그 안이함이 더 어이가 없었다.

"팀장님, 이건 아닌 것 같아요."

서우가 낮게 가라앉은 음성으로 말했다.

"그러지 말고 서우 씨, 일단 들어가서 얘기합시다."

배 팀장이 서우를 달랬다.

"내가 다 설명할 테니까 일단 조용한 데로 들어가서……."

"아니요. 그냥 가는 게 좋을 것 같아요."

서우가 그를 보지 않고 몸을 돌렸다. 엘리베이터 버튼을 누르는 손끝이 바들바들 떨렸다.

"잠깐만, 김서우 씨."

엘리베이터는 서우의 마음만큼 빠르게 움직이지 않았다. 당장이라도 어딘든 달아나고픈 눈으로 초조하게 비상구 계단을 돌아보는데 와락 뻗어 온 배 팀장의 손이 서우의 어깨를 잡았다.

쇄골을 꽉 움켜쥐는 악력이 느껴지고 역한 남성용 스킨 냄새가 확 끼치자 본능적으로 거부감이 들었다. 서우가 반사적으로 팔을 휘둘러 그 손을 떨쳐 냈다. 그 바람에 배 팀장의 손에 들려 있던 카드 키가 그의 얼굴 어딘가를 날카롭게 스치고 지나갔다.

"악!"

배 팀장이 소리를 질렀다. 그가 쓰고 있던 안경이 바닥으로 떨어지며 붉은 실선 같은 핏자국이 콧잔등에 서서히 맺혔다.

'아.'

서우는 당황했다.

"……괜찮으세요?"

배 팀장의 성격상 절대 좋게 넘어갈 리가 없었다. 아니나 다를까, 죽겠다고 얼굴을 움켜쥔 그가 고래고래 소리를 지르며 야단법석을 떨기 시작했다.

"김서우 씨 깡패야? 왜 사람을 쳐? 내가 뭘 그렇게 잘못했다고? 고생하는 직원 밥 한 끼 사 준 게 그리 잘못한 거야? 다른 것도 아니고 본인 커리어 관리로 얘기 좀 하자는데."

"아니, 팀장님, 잠깐만요……."

서우가 무슨 말을 해도 들으려고 하지도 않았다. 한참이나 일방적으로 제 호의를 폭력으로 갚은 서우에 대한 비난과 그에 따른 억울함을 판소리처럼 줄줄 늘어놓던 배 팀장이 서우의 손목을 덥석 붙잡더니 막무가내로 당기기 시작했다.

"뭐 해? 빨리 안 가고?"

"네?"

배 팀장의 작은 눈알이 서우를 노려보았다. 피를 흘리고 있어서인지 그 모습이 더 흉해 보였다. 무섭진 않았다. 그저 가까이하고 싶지 않은 저항감이 혐오감과 함께 느껴졌다.

"김서우 씨 진짜 뻔뻔한 사람이네. 아니, 그럼 사람을 이렇게 다치게 해 놓고 그냥 가겠다고? 치료가 먼저 아냐? 먼저 병원으로 모시겠다고 해도 모자랄 판에."

"아니, 팀장님……."

"난 이대로는 절대 못 가니까 서우 씨가 책임져. 서우 씨 이거 쉽게 생각하나 본데, 안경 쓴 사람 치는 거 살인 미수야! 살인 미수!"

"일단 안경 쓴 사람 쳐도 살인 미수 아니고요."

그때 어디선가 차가운 목소리가 날아들었다.

"병원에 가시겠다면 제가 동행하죠."

태경이었다.

"어, 서태경 과장……?"

태경을 보자마자 배 팀장은 갑자기 상식을 가진 사회인으로 돌아왔다. 어찌나 태세 전환이 빠른지 그 괴리에 서우는 멀미가 느껴질 정도였다.

"내가 김서우 씨 소개팅 좀 해 주려고 했는데 어떻게 오해가 좀 생겼어요."

배 팀장이 태경에게 묻지도 않은 변명을 줄줄 늘어놨다. 태경은 들은 척은커녕, 그에게 시선조차 주지 않고 방금 자기가 나온 엘리베이터를 곧바로 다시 잡아 열고 서우를 그 안으로 밀어 넣은 다음, 지하층 버튼을 눌렀다.

"차에 가 있어요."

태경은 서우를 보지 않고 말했다.

"금방 따라갈게요."

태경이 안쪽으로 손을 집어넣어 닫힘 버튼을 눌렀다. 닫히는 문 사이로 흘깃 시선을 든 그와 짧게 눈길이 스쳤다. 낯선 사람처럼 표정이 사라진 그 얼굴을 보자 왠지 모를 조바심과 불안이 와락 솟구쳤다.

서우가 저도 모르게 무슨 말이라도 할 것처럼 무작정 입을 열었으나 곧 문이 닫히고 말았다. 차갑게 반짝이는 스테인리스 표면에 비친 건 핏기 하나 없이 창백하고 형편없이 겁을 먹은 자신의 얼굴이었다.

"……."

다리가 후들거리고 가슴이 전력 질주를 한 것처럼 쿵쿵 뛰었다. 떨리는 손으로 그 위를 지그시 누르자 튀어나올 듯 펄떡이는 심장이 느껴졌다.

정말 이대로 자리를 떠도 괜찮은 걸까. 배 팀장이 오해 살 말을 할지도 모르는데. 그래도 제 일인데 태경에게 떠넘겨 놓고 이렇게 무책임하게 도망치듯 와 버려도 됐을까. 배 팀장 얼굴의 상처는, 생각했던 것보다 심한 거면 어떡하지.

주차장까지 어떻게 갔는지도 모르겠다. 몇 번 문이 열렸다 닫히고 사람들이 타고 내렸다. 정신을 차리고 보니 지하 1층이었다.

서우는 멍하니 어둑어둑한 주차장 안을 바라보다 고개를 돌려 엘리베이터 쪽을 돌아보았다. 도로 올라가는 게 옳을지 갈등하고 있는데 얼마 지나지 않아 엘리베이터 문이 열리고 태경이 나왔다.

"차에 가 있으라니까."

태경은 로비에 우두커니 서 있는 서우를 보자마자 그렇게 말했다. 아무 일도 없었다는 듯 덤덤한 얼굴이었다. 혹시나 하고 뒤를 봤지만 배 팀장은 보이지 않았다.

"배 팀장은 신경 쓰지 말아요."

태경이 서우가 뭘 걱정하는지 알아챈 듯 가볍게 말했다.

"방금 살해당할 뻔한 사람치고는 아주 멀쩡하게 걸어 나갔으니까."

서우가 놀란 눈으로 그를 올려다보다 이내 그가 배 팀장이 살인미수 운운한 것을 두고 농담을 한 것임을 깨닫고는 가두고 있던 숨을 뱉었다.

"……고맙습니다."

서우가 고개를 푹 숙여 표정을 가리고 중얼거렸다. 태경을 보자 긴장이 더 심해졌다. 호흡도 표정도 무엇 하나 제 맘대로 되는 게 없었다. 떨리는 몸을 어떻게든 통제해 보려 온몸에 힘을 주었지만 오히려 역효과만 났다.

"뭐가."

"도와주셔서……."

"내가 뭘 했다고."

서우는 가만히 바닥을 내려다보며 저 혼자 배 팀장을 설득해 돌려보내는 일련의 과정과 그에 따를 에너지와 시간을 생각했다. 태경은 그저 그 자리에 나타난 자체로 도움이었다.

"안색이 안 좋은데."

"아……."

무심코 고개를 드니 어느새 태경이 코앞에 있었다.

"괜찮아요?"

어두운 조명 탓이었을까. 태경의 눈빛이 평소 같지 않았다. 그럴 리가 없는데 저를 빤히 쳐다보는 검은 눈동자 저 안쪽에 불그스름한 빛이 도사리고 있는 것 같았다. 매끈한 표정조차 가면처럼 느껴졌다. 그 아래, 위험하고도 난폭한 뭔가를 아슬아슬하게 가리고 있는 가면.

서우는 꼼짝도 못 하고 홀린 듯 그를 바라보았다. 섬뜩하고 불길한 기분이 들었다. 그에 동조하듯 심장이 미친 듯 뛰었다. 터무니없게도 와락 겁이 났다. 아까 배 팀장이 팔을 잡아당겼을 때보다 더.

"괜, 괜찮아요……."

서우는 억지로 웃어 보이려다 포기하고 그만 비틀거리며 한두 발짝 뒤로 물러나고 말았다. 태경은 잠깐 서우를 내려다보다 어디론가 전화를 걸었다. 그러더니 대뜸 서우에게 손을 내밀며 차 키를 달라고 했다.

서우가 왜 그러냐고 묻지도 않고 순순히 제 차 키를 건넸다. 태경이 교환이라도 하듯 이번엔 제 것을 서우에게 내밀었다. 서우는 얼떨결에 받아 든 그의 차 키를 가만히 내려다봤다. 정직한 열쇠 모양인 서우의 것과 달리 탄색 가죽 케이스가 입혀진 지포 라이터 크기만 한 스마트 키였다.

"잠금 풀고 가서 앉아 있어요."

"네?"

"서우 씨 지금 운전 못 해요. 대리 불렀으니까 서우 씨는 내 차 타고 가요."

"아, 아니……."

서우가 거부의 몸짓을 보이자 태경의 미간이 와작 구겨졌다. 아주 잠시였지만 겁을 먹은 서우는 그만큼 빠르게 표정 관리를 하지 못했다. 멈칫한 태경이 손을 들어 가리듯 제 얼굴을 한 번 쓸어내렸다. 얼굴 전체를 덮은 커다란 손도 그의 한숨 소리까지 가리진 못했다.

"선배님……."

태경은 말도 없이 앞장서서 주차장 안으로 걸어갔다. 낯익은 흰색 차 앞에 멈춰 서서 서우를 돌아보았다. 짧게 키가 들린 손에 닿았다 얼굴로 이어지는 시선이 말하는 바는 명확했다.

어쩔 수 없이 서우도 그 곁으로 갔다. 조심스레 키를 쥔 손을 내밀었지만 태경은 받지 않았다. 하릴없이 서우는 제 손으로 키를 눌러 잠금을 풀었다.

"타요."

또다시 얼굴을 찌푸릴까 봐 거절할 엄두도 안 났다. 주춤거리며 서우가 조수석에 앉자 태경이 상체만 차 안으로 들인 채로 있는 대로 난방을 올리고는 그대로 밖에서 문을 탁 닫아 버렸다.

그 짧고 매정한 단절음에 가슴이 철렁 내려앉는 것 같았다. 목 끝까지 치솟아 오른 불안함과 서러움을 삼키며 서우가 흐릿한 눈을 들어 제 경차 쪽으로 걸어가는 태경을 보았다. 티끌 하나 없이 깨끗한 차창 너머 태경이 곧 도착한 대리 기사와 몇 마디 주고받은 뒤 서우의 차 키를 건네는 게 보였다.

주인 없는 차가 출발하고 태경이 이쪽을 돌아보았다. 어쩔 새도 없이 시선이 맞부딪쳤다. 서우가 얼른 눈을 내렸다. 어느새 고여 있던 눈물 한 방울이 무릎 위로 툭 떨어졌다. 몇 번 더 눈을 깜박여 완전히 물기를 털어 내고 태경이 차에 오르기 전 서둘러 문질러 흔적을 지웠다.

"그렇게 추워요?"

운전석에 탄 태경이 한숨처럼 물었다. 한결 누그러진 음성이었다.

"뒤에 담요 있어요. 덮어요."

"아니, 괜찮아요."

"괜찮긴, 덜덜 떨면서."

태경이 뒤로 손을 뻗어 담요를 곱게 접힌 그대로 서우의 무릎 위에 놓았다. 서우는 손가락을 꼼지락거려 담요 끝을 잡아 끌어당기며 고맙다고 작게 인사를 했다. 콘솔 박스에서 장갑을 꺼내 끼며 태경이 흘깃 서우를 보았다. 장갑 속으로 사라진 손등의 빨갛게 까진 부분을 서우는 미처 보지 못했다.

"출발할 테니까 편하게 있어요."

"감사합니다."

"그 말도 좀 그만하고."

태경의 차는 지나치게 조용했다. 엔진 소리도, 주행 소음도 거의 들리지 않았다. 눈을 감고 있으면 그냥 시동이 꺼진 차 안에 앉아 있다고 착각할 정도로 흔들림도 없었다.

서우는 몇 번이고 태경을 훔쳐보았다. 횟수가 거듭될수록 시선이 머무는 시간도 길어졌다. 그 정도면 태경도 눈치를 챘을 텐데 그는 아무 말 없이 앞만 쳐다보고 있었다. 저 완벽한 옆모습을 오래 보라고 일부러 그러나 싶을 정도였다.

"아무것도 안 물어보세요?"

결국 서우가 먼저 입을 열었다. 태경이 뭘 물어봐야 되냐는 듯 서우를 돌아보았다.

"오늘 일……."

"뭐 그럴 필요가 있나 싶은데."

"네?"

"내가 보고 들은 게 다겠죠."

서우는 살짝 입을 벌린 채 멍하니 그를 바라보았다.

"그러니 서우 씨도 그렇게 전전긍긍 눈치 볼 필요 없어요."

"……."

"눈치 보고 변명하고 설명해야 될 사람은 서우 씨가 아니라."

태경이 거기서 말을 끊었다. 입 속으로 뭔가 중얼거리는 것 같았지만 서우의 귀에까지 들리진 않았다. 다만 심호흡을 하는 것처럼 그의 흉곽이 크게 부풀어 올랐다 내려앉는 것이 보였다.

서우는 가만히 고개를 정면으로 되돌렸다. 익숙한 주말 저녁 도심의 풍경이 빠르게 다가왔다 그대로 멀어져 갔다. 몸을 반쯤 덮은 담요에서 섬유 유연제의 부드러운 냄새가 났다. 가죽 냄새와 뒤섞인 방향제 냄새도 났다.

몸의 떨림은 어느새 가셔 있었다. 마음 역시 가라앉다 못해 이 시커먼 도로 어딘가, 소리도 없이 구르는 타이어 바퀴 아래 착 달라붙어 있는 것 같았다.

서우가 시선을 돌려 핸들을 쥐고 있는 태경의 손을 바라보았다. 그 섬세하고 우아한 모양과는 전혀 다른, 우악스럽게 제 어깨를 움켜쥐던 배 팀장의 짧고 두툼한 손의 감촉이 떠올랐다. 사람 좋게 웃던 얼굴과 비난에 차 저를 쏘아보던 험악한 눈초리도.

"차 마시자고 하셨어요."

서우가 입을 열었다.

"일 관련해서 하실 말씀이 있다고, 차 마시면서 천천히 얘기하자고……."

금요일 밤, 상사와 단둘이 식사를 한 저의는 무엇이냐, 그럼 밥만 먹지 왜 그런 제안을 받아들였냐, 정규직 전환 얘기에 여지를 흘린 건 본인 아니냐, 객실까지 따라간 데는 그런 암묵적 동의가 있었던 게 아니냐.

태경은 그런 설명을 해야 할 사람이 서우가 아니라고 했다.

"다음부터 그 호텔은 가지 마세요. 레스토랑도 형편없고 카페 역시 끔찍하긴 마찬가지니까."

태경이 툭 내뱉듯이 말했다. 서우는 저도 모르게 살짝 웃음을 흘리고 말았다.

"근데 선배님은 거기 어쩐 일이셨어요?"

"약속이 있었습니다."

태경이 태연히 대답했다. 당연히 거짓말이었다.

* * *

태경이 오늘 소개팅에 대한 정보를 입수한 것은 며칠 전, 옥상의 흡연 구역에서 우연히 배 팀장을 보았을 때였다. 배 팀장은 옥상 난간에 불룩한 배를 기대고 바깥쪽을 향한 채 누군가와 통화를 하고 있었다.

"그러니까 금요일은 안 된다고 말했잖아. 일 있다니까. 그 왜 저번에 얘기한, 그래, 그거."

배 팀장은 한 손에 재가 떨어지는 담배를 들고서 누가 들어온 줄도 모르고 열심히 떠들어 댔다.

"일단 불러내서 술부터 먹이는 거지. 과부 맘 홀아비가 안다고, 그러다 보면 자연스럽게 다 이렇게 저렇게 되는 거 아니겠어? 어차피 여자들 다 똑같아. 아닌 척해도 슬슬 구슬리면 다 넘어오게 돼 있어."

얼핏 듣기만 해도 눈살이 찌푸려지는 내용이었다. 갑자기 담배 피울 맛이 뚝 떨어진 태경이 자리를 뜨려고 몸을 돌렸을 때였다.

"같은 팀원이면 어때. 법적으로 문제 있는 것도 아니고, 외로운 사람들끼리 만나 서로 위로도 해 주고 그럴 수도 있지."

태경의 발이 우뚝 멈췄다.

"어차피 걔 전 남편도 회사 사람이었어."

관련 대화는 거기까지였다. 하지만 그것만으로도 태경은 충분히 제반 사정을 유추해 낼 수 있었다.

'설마 저거.'

그의 팀원 중에 전 남편이 회사 사람인 직원은 김서우밖에 없다.

순간 태경의 머릿속을 스친 것은 단합 대회가 있던 날, 산을 내려오자마자 배 팀장에게 전화를 걸어 뭔가를 열심히 해명하던 서우의 모습이었다. 죄송하다고 다음엔 꼭 약속 지키겠다고 하던 게 그러잖아도 마음에 걸렸었는데.

'기가 막히네. 미친 새끼가.'

이전에도 꺼림칙한 기색을 느끼긴 했지만 진짜로 부하 직원에게 손을 댈 시도를 할 줄은 몰랐다. 당장이라도 돌아서서 저 살찐 목을 틀어쥐고 무슨 개수작이냐고 탈탈 털어 버리고 싶은 마음이 굴뚝같았지만 태경은 성질과 함께 발소리를 죽이고 걸음을 옮겨 옥상을 나왔다.

계단을 내려가는 걸음이 더해질수록 호흡이 가빠지고 머릿속이 바빠졌다. 이와 비슷한 일이 고등학교 때도 있었다. 그때도 그랬지만 지금도 이상하리만큼 화가 났다.

감정이 폭발하는 것에 예민한 태경은 제 감정을 통제하는 데 익숙했고 그런 만큼 제가 느끼는 것의 인과 관계에 의구심을 품는 일이 드물었다. 즐거우면 그럴 일이 있었고, 화가 나면 마찬가지로 그럴 만한 원인이 있었다. 그러면 딱 그만큼만 즐거워하고 화를 내면 그만이었다.

지금은 이도 저도 아니었다. 어이없고 기막히긴 해도 이 정도로 화가 날 일은 아닌데. 이렇게까지 열이 머리끝까지 뻗치고 당장이라도 손에 잡히는 것마다 다 때려 부수고 싶을 정도로 화가 나는 건.

'비정상이지.'

머릿속에서 계속 경고음이 울렸다. 무언가 잘못돼도 단단히 잘못된 것 같은데 그 원인도 대처 방법도 알 수가 없다. 도망치듯 빠른 걸음으로 비상구 계단을 내려가 1층 로비로 나오는데 커피숍 앞에 팀원들과 모여 서 있는 김서우가 보였다.

그 얼굴을 보는 순간 모든 소음이 일시에 소거된 듯 머릿속이 멍멍해지고 아슬아슬하게 차 있던 컵에 물 한 방울이 더해졌다. 툭 떨어지는 소리와 함께 뭔가가 넘쳐흘렀다.

"어머, 서 과장님. 안녕하세요."

"안녕하세요."

저를 보고 요란스럽게 인사를 해 대는 여자는 향수를 지나치게 많이 뿌리고 패턴이 화려한 옷을 즐겨 입었다. 그 옆의 남자는 어깨가 구부정해 자세가 좋지 않고 구두 뒤축이 한쪽만 닳아 있었다. 나머지 키가 작은 여자는 당장 면접이라도 볼 사람처럼 딱딱한 정장 차림에 늘 며칠 밤은 새운 것처럼 피로한 얼굴을 하고 다녔다.

그리고 김서우는.

"안녕하세요, 선, 아니, 과장님……."

김서우는 그냥 예뻤다.

"커피 한잔 드실래요? 저, 제가 사 드릴게요."

서우가 망설이듯 물었다. 태경이 턱에 힘을 주고 표정을 갈무리했다. 됐습니다. 딱딱한 대답이 의도한 것보다 더 빠르게 튀어 나갔다. 그 싸늘한 기세에 당황한 듯 서우가 눈꺼풀을 빠르게 몇 번 깜박였다.

태경은 나머지 사람들에게 간단히 목례만 한 뒤 그대로 서우를 스쳐 로비를 가로질렀다. 난처함이 역력한 하얀 얼굴이 잔상처럼 망막 위에 어른거렸다.

지난번 점심 식사 이후, 서우는 구내식당이나 복도, 로비에서 태경과 마주칠 때마다 사채업자를 마주한 빚쟁이처럼 안절부절못했다. 고작 점심 한 끼 얻어먹은 것을 두고 어서 빨리 신세를 갚아야 한다고 생각하는 게 뻔했다.

'신세라.'

태경이 코웃음을 쳤다. 그런 하잘것없는 것에 신경 쓸 시간에 자기 앞가림이나 똑바로 할 일이지.

이렇게 된 이상 김서우는 차라리 일이 벌어질 때까지 아무것도 모르는 편이 나았다. 어차피 뭐라고 언질을 주든 저 어리숙한 이는 별 뾰족한 대응도 못 하고 상대의 경계만 키우거나 오히려 태경이 뭔가 오해를 한 게 아니냐고 속 터지는 소리나 할 게 뻔했다.

그렇다고 어중간하게 끼어들었다간 배 팀장이 다음에 더한 시도를 하지 않으리란 법도 없고.

'내가 왜 이런 짓까지.'

배 팀장이 친히 제 입으로 금요일이라고 날짜를 특정해 주었지만 혹시나 하는 마음을 떨칠 수 없었다. 한 주 내내 서우의 퇴근 시간을 체크하며 태경은 스스로에 대한 몰이해와 그에 따른 짜증스러움을 느꼈다.

총무2팀은 내내 야근이었다. 태경도 회사에 남아 잔업을 하거나 급하지도 않은 일을 당겨 하거나 했다.

그리고 드디어 금요일 저녁.

퇴근하면서 마주친 서우는 아르바이트를 간다고 했다. 서우는 거짓말에 능숙지 못했고 태경은 잘 속아 넘어가는 사람이 아니었다. 누가 따라오리라 생각도 못 한 사람의 차를 들키지 않게 뒤따라가는 건 크게 어렵지 않은 일이었다. 예상대로 서우는 양보와 방어 운전의 표본 같았다.

"그 친구가 말이야, 갑자기 일이 생겨서 못 나온다네. 그래서 내가 대신 나왔어."

소개팅을 핑계 대고 본인이 나오다니. 배 팀장은 태경이 당초 생각했던 것보다 더 미친 인간이었다. 동시에 다른 종류의 불쾌감이 스멀스멀 일었다.

'소개팅을 받으려 했단 말이지.'

아르바이트 간다더니.

배 팀장을 처리하고 지하 주차장으로 내려오며 태경은 채 다 가라앉지 않은 열기를 느꼈다. 여진 같은 분노가 목구멍까지 이글이글 차올랐고 독을 품은 혀끝이 툭 건드리기만 하면 누구든 물어뜯고 찢어

발길 태세였다.

하지만 서우를 본 순간 아무 말도 나오지 않았다. 그 백지장 같은 얼굴과 덜덜 떨리는 몸을 본 순간 제 감정 따위는 하나도 중요하지 않은 것 같았다.

"그런데 이렇게 나오셔도 돼요? 약속은……."

"취소됐어요."

태경이 깔끔하게 잘라 말했다.

"네?"

"막 도착해서 연락을 받았는데 갑자기 급한 일이 생겨 못 온다고 하더군요."

"아……."

서우가 제 일처럼 얼굴을 흐렸다. 태경은 거짓말에 능숙했고 서우는 역시 잘 속아 넘어갔다. 서우 본인이야 태경이 제게 거짓말을 할 하등의 이유가 없다고 생각해서 의심조차 하지 않는 것이겠지만 거짓말을 하는 사람이 따로 있는 게 아니다. 그럴 상황이면 누구나 거짓말을 한다.

심지어 김서우조차 깜찍하게도 좀 전에 아르바이트 간다는 거짓말을 하지 않았던가. 물론 한다고 다 잘하는 것은 아니지만.

"그럼 저녁은 드셨어요?"

서우가 조심스럽게 물었다. 가느다란 손가락이 쉴 새 없이 담요를 쥐어뜯고 있었는데 가만 보니 본인은 자기가 그러는 줄도 모르고 있는 것 같았다.

"저녁 안 드셨으면, 제가…… 선배님 밥 사 드리기로 한 것도 있고……."

고작 한다는 소리에 실소가 나왔다. 태경이 전방에 시선을 그대로 둔 채로 입을 열었다.

"그 손 좀 가만둘 수 없어요?"

"네? 아……."

서우가 화들짝 놀라며 담요에서 손을 뗐다.

"저녁은 집에 가서 먹을 겁니다."

"……."

"지금 서우 씨가 내 배 속 사정까지 신경 쓸 필요는 없는 것 같은데."

"네……."

본인 일이나 신경 쓰라는 매정한 어조에 서우가 고개를 숙였다. 그 뒤로 누구도 입을 열지 않았다. 주눅이 들어 이쪽을 쳐다보지도 못하고 서우는 제 손을 괴롭히며 손등에 손톱자국을 내고 있었다. 차라리 담요를 뜯게 두는 게 나을 뻔했다.

차는 곧 아파트에 도착했다. 대리 기사는 먼저 도착해 있었다. 자연스럽게 태경을 향해 다가오는 그에게 태경도 자연스럽게 지갑을 꺼내 대리비를 지불했다. 뒤에 있던 서우가 불편한 기색으로 기웃거리는 게 느껴졌지만 모르는 체했다.

"그만 들어가 봐요."

태경이 서우에게 차 키를 건네며 선수를 쳤다.

"대리비는 내가 불렀으니까 내가 내는 게 맞아요."

"……."

"내일 연락할게요. 그만 들어가요."

죄인처럼 구는 꼴이 보기 싫어 태경이 휙 등을 돌렸다. 주머니에서 담뱃갑을 꺼내 정자 쪽으로 걸었다. 저번에 만난 꼬마가 가르쳐 줬던 흡연 구역이었다. 조용하던 뒤쪽에서 잠시 후 발소리가 점점 멀어지는 게 들렸다.

"후."

태경이 불을 붙인 담배를 가볍게 한 모금 빨아들이며 그때까지 끼고 있던 장갑 한쪽을 벗었다. 세 번째와 네 번째 손등뼈 위 피부가 살짝 까져 붉은 속살이 드러나 보였다.

확인하듯 주먹을 가볍게 몇 번 쥐었다 폈다 한 태경이 약간 씁쓸한 표정으로 도로 장갑을 꼈다. 저 자신에게까지 상처를 입힐 필요는 없었는데. 그럴 상대도 아니었고. 이걸로 벌써 두 번째, 감정 조절, 힘 조절 실패다.

태경이 강박적인 몸짓으로 양 볼이 홀쭉해질 만큼 담배를 깊숙이 빨아들였다. 그럴 리가 없는데 담배 연기에서 물비린내가 나는 듯했다. 젖은 흙냄새와 짓이겨진 풀냄새도.

'…….'

영문도 모르게 뇌리에 완전히 박혀 버린 그 단합 대회는 이제 눈을 감지 않고도 티끌만큼의 손상도 없이 고스란히 불러올 수 있었다.

등 뒤에서 절박하게 팔딱거리던 심장의 고동과 척추를 녹여 버릴 것 같은 체온과 청각을 압박하던 숨소리가 지금도 손에 잡힌 듯 생생했다.

불편했는지 온몸에 힘이 들어간 서우의 관절이 딱딱하게 굳어 있었지만 태경은 아무렇지도 않았다. 오히려 근육마다 힘이 넘쳤다. 아침마다 하는 운동 대신, 서우를 업고 뛰라고 해도 할 수 있을 것 같았다.

원래대로라면 거북하기 그지없었을, 서우의 얼굴과 머리에서 흘러내린 땀인지 비인지 모를 물기가 제 목덜미를 타고 흐르는 것조차 전혀 불쾌하지 않았다. 오히려.

'흥분됐다.'

태경이 덜컥 동작을 멈췄다. 동시에 뒤에서 저를 부르는 작은 음성이 들렸다.

"저, 선배님."

서우가 하얀 비닐봉지 하나를 들고 저를 향해 서 있었다. 찰랑이다 넘치는 컵의 잔상이 또다시 태경의 머릿속에 떠올랐다.

"이거 호박죽이랑 전복죽, 샌드위치랑…… 그런 건데, 저녁 대신 드세요."

태경은 서우가 내미는 봉지를 받아 들지 않고 빤히 내려다보고만 있었다. 서우가 짐짓 가벼워 보이려는 척 살짝 입술 끝을 올리며 말했다.

"빈속에 담배 피우시는 거 안 좋아요."

한계였다.

태경이 손을 뻗었다. 그 끝이 닿은 곳은 호박죽인지 뭔지가 들어 있는 봉지가 아니라 서우의 손목이었다.

"아."

그대로 서우를 끌어당긴 태경이 고개를 숙였다. 입술이 닿은 시간은 짧았다. 키스가 아니라 이 정도면 착각이었다고, 대충 어쩌다 서로 엇갈려 우연히 스친 것뿐이라고 눙치고 넘어갈 수 있을 만큼의 접촉이었다.

　"……서, 선배님?"

　하지만 태경은 그럴 생각이 없었다. 서우의 손목을 잡고 있던 손에 힘이 꽉 들어갔다. 목 줄기에 팽팽하게 핏대가 섰다. 검고 뾰족하게 가라앉은 눈동자는 무언가를 확인받으려는 듯 동그랗게 열린 서우의 연한 색 동공 안쪽을 집요하게 후벼 팠다.

　"……싫으면 밀어 내요."

　말끝이 떨어짐과 동시에 태경의 입술이 다시 서우의 입술을 내리덮었다. 입술 끝에서부터 끝까지 확인하듯, 혹은 확인받듯 천천히 혀로 훑고 들어가는 이번은 틀림없는 키스였다.

**05**

다음 날, 서우는 요란하게 울리는 전화벨 소리에 잠을 깼다. 분명
좀 전까지 꿈도 없는 깊은 잠을 자고 있었는데 벨 소리가 울리자마
자 거짓말처럼 정신이 번쩍 들었다.

'아.'

반사적으로 확인한 휴대폰의 액정엔 민재의 이름이 떠 있었다. 왠
지 모르게 맥이 빠졌다. 순간이지만 그런 생각을 한 게 미안해서 서
우는 몇 번 목소리를 가다듬은 다음, 최대한 다정한 음성으로 민재
야, 하고 동생의 이름을 불렀다.

―누나?

"어."

─누나 일어났어?

"그럼."

말하면서 잠깐 귀에서 휴대폰을 떼어 시간을 확인했다. 거의 정오가 다 된 시각에 놀란 서우의 입이 소리 없이 스륵 벌어졌다. 아무리 밤새 뒤척이다 새벽녘에야 겨우 잠이 들었다지만.

"아, 민재야, 미안. 누나가 오늘 늦잠을 잤네."

어제 분명 눈뜨자마자 데리러 간다고 했는데. 그 말만 믿고 민재는 오전 내내 저를 기다렸을 게 틀림없다. 서우가 서둘러 바닥에서 몸을 일으켰다. 갑자기 움직여서인지 핑 하고 어지럼증이 밀려왔다. 잠을 잘못 잤는지 어깨와 등 부근도 두들겨 맞은 사람처럼 뻐근했다.

"누나가 지금 바로 갈게."

─아냐, 누나. 우리가 데리러 갈 거야.

"응?"

우리가?

─지금 집에 큰매형 와 있어. 같이 점심 먹자고 준비하고 있으래. 매형이 데리러 간다고.

"형부가 왔어?"

윤성이 이 아침부터?

─응.

"언제 왔는데?"

─좀 전에. 엄마랑 나랑 누나한테 맛있는 거 사 주러 왔대.

민재는 그리 즐겁거나 들뜬 기색은 아니었다. 작게 소곤대는 민재의 목소리 뒤로 영혜와 윤성인 듯한 나직한 남자의 음성이 어렴풋이 들렸다.

"그래, 알겠어. 누나 준비할게."

―응, 매형이 12시 반까지 아파트 앞으로 간대.

"그래. 알았어. 이따 보자."

전화를 끊은 서우가 바닥에 펼쳐진 이부자리를 대충 걷고 창가로 갔다. 커튼을 젖히고 바깥을 보자 구름 한 점 없는 하늘에 햇살이 눈부시게 화창했다.

"……."

어젯밤 그들은 정말 거기에 있었을까. 그 감정은, 그 숨이 막혀 죽을 것 같고 가슴이 터져 버릴 것 같은 느낌은 진짜 실재했었던 걸까. 혹시 꿈이거나 서우의 머릿속에서 일어난 일은 아닐까.

그런 의심이 들 정도로 대낮의 풍경은 너무 평소 그대로였다. 그렇게나 강렬하고 당장이라도 휩쓸려 버릴 것처럼 격렬했는데. 가차 없이 쏟아지는 무심한 햇살이 그 모든 감정을, 기억을 죄다 표백하고 말려 버린 것처럼 너무 태연해서 왠지 모르게 서운하고 억울한 기분마저 들었다.

"후."

서우가 한숨을 내쉬며 투명한 유리창에 툭 이마를 기댔다. 예상 밖의 차가운 냉기가 찌릿하게 피부로 전해졌다. 코와 입 주위부터 금세 하얗게 서리가 맺히고 시야가 뿌옇게 흐려졌다.

'어째서.'

이번엔 술에 취하지도 않았고, 잠결도 아니었다.

'그런데 어째서.'

다 끝난 뒤 기억을 못 하지도, 욕설을 내뱉지도 않았다.

'왜?'

키스는 너무도 다정하고 열정적이어서 꼭 서로 사랑하는 사람끼리 나누는 것 같았다. 하지만 서우는 착각하지 않았다. 않으려고 노력했다. 이전에도 그랬으니까.

딱 10년 전 그때도 태경은 서우에게 키스를 하며 세상 둘도 없이 소중한 사람을 대하듯 부드럽게 볼을 어루만지고 달뜬 숨을 귓속에 불어 넣었다. 짧은 입맞춤을 얼굴 곳곳에 비처럼 내리고 불면 날아갈까 쥐면 꺼질까 정성껏 입 안을 더듬었다.

하지만 그건 애정 표현이 아니다. 적어도 서우를 향한 건 아니었다.

사람은 애정 없이도 한때의 위안이나 쾌락만을 위해 타인과 접촉을 할 수 있고, 그 모든 접촉이 꼭 그렇게 삭막하게 이루어지는 것만은 아니다. 욕구 해소만을 위한 부부 관계가 있다면 연인 같은 원나잇도 있는 것이다.

외로움은, 너무 외롭고 화가 나고 슬프고 추운 밤에는 누구든 그럴 수 있다. 곁에 있는 누구라도 붙잡고 끌어안아 온기를 나누고 입을 맞추고 살갗을 맞대고 그렇게 잠시라도 혼자임을 잊고 싶은 충동이 들 때가 있다. 그 상대가 서우였던 까닭은 마침 그때, 그 장소에 서우가 있었기 때문이다. 살다 보면 그냥 그런 일도 일어난다.

'의미 부여 하지 마, 김서우.'

그냥 키스일 뿐이고 이젠 지나간 일이다.

'그냥 그런 거야.'

서우가 몸을 돌려 욕실로 들어갔다.


약속 시간에서 10분을 남겨 놓고 서우는 아파트 단지 앞 도로로 내려갔다. 과연 매사에 철저한 사람답게 윤성은 딱 12시 30분이 되자 서우 앞에 정확히 차를 세웠다.

"안녕하세요, 형부."

뒷자리에 민재와 영혜가 앉아 있는 것을 보고 서우는 조수석에 올라탔다.

"주말인데 일찍 나오셨네요."

서우가 안전벨트를 매며 인사를 건넸지만 윤성은 그저 음, 하고 서우를 한 번 쳐다보고 말 뿐이었다. 서우가 눈을 깜빡였다. 왠지 윤성의 기분이 별로 좋지 않은 것 같은데.

"민재야, 잘 잤어?"

잠시 윤성의 눈치를 보던 서우가 몸을 돌려 민재의 손을 잡았다. 민재는 배시시 웃으며 고개만 끄덕였다.

"아침에 기다렸지? 누나가 늦어서 미안해."

"기다리긴 뭘. 도 사장이 일찍 와서 놀아 줬는데."

영혜가 대신 대답했다. 서우가 아빠는요? 하고 물었다. 주말이라고 일을 쉬지는 않지만 이번 주 원상은 비번이었다. 영혜가 네 아빠는 선약이 있어 다른 데로 갔다고 했다.

"선약이요? 누구랑요?"

"모르지 뭐. 퇴직하기 전에 같이 일하던 사람인지 누군지. 아니, 도 사장이 아침 일찍부터 일부러 와서 몸보신 시켜 준다는데 그깟 약속 좀 미루면 어때서 그러는지."

영혜가 아무튼 융통성도 없는 사람이라고 투덜거렸다. 듣고 있던 윤성이 장인의 편을 들었다.

"그래도 선약이 먼저죠. 갑자기 온 제가 잘못한 겁니다."

"도 사장이 좀 바쁘신가? 어쩌다 시간 내서 오는 건데 우리같이 한가한 사람이 맞추는 게 맞지."

말은 그렇게 해도 영혜는 꽤 기분이 좋아 보였다. 윤성 때문이다. 예고도 없이 주말 아침 윤성이 찾아와서 기쁜 모양이었다. 영혜는 처음부터 큰사위를 유독 아꼈다. 큰딸에게 그랬듯이.

"다 왔습니다."

윤성이 그들을 데리고 간 곳은 특상급 한우만 취급하는 소고깃집이었다. 그가 가는 곳이 다 그렇듯 꽤 비싼 식당인 듯했다. 연두색 개량 한복 스타일의 바지저고리를 입은 직원이 안쪽 방으로 그들을 안내했다. 앞서 걷는 윤성과 영혜의 뒤를 따라 서우와 민재가 손을 잡고 걸었다.

자리에 앉자 50대쯤으로 보이는 직원이 물수건과 물병과 컵을 올린 트레이를 들고 들어왔다. 주문하시겠냐고 묻던 직원이 영혜를 보고는 눈을 크게 떴다.

"어머, 언니!"

영혜도 그녀를 알아보는 눈치였다.

"……어, 너 여기서 일해?"

"응, 언니 오랜만이다. 그동안 잘 지냈어?"

무람없이 친근하게 구는 직원과 달리, 영혜는 약간 껄끄러운 눈치였다.

"어, 나야 뭐……."

"이게 진짜 얼마 만이야. 언닌 하나도 안 늙었네. 그대로야. 애들하고 밥 먹으러 왔어?"

직원이 영혜의 옆에 앉은 윤성과 맞은편에 앉은 서우와 민재를 번갈아 보았다. 윤성과 서우도 가볍게 인사를 했다.

"아들, 딸?"

직원이 물으며 은근히 윤성의 차림새를 살폈다. 머리부터 발끝까지, 윤성은 명품엔 문외한인 사람이 봐도 비싸다는 정도는 알 법한 입성을 하고 있었다.

"아니, 우리 사위하고 딸."

순간 영혜의 허리가 꼿꼿이 서고 음성에 자부심이 서렸다. 서우는 고개를 숙여 테이블 위를 쳐다보았다. 영혜가 남들에게 허영을 드러내는 이런 순간이 서우는 늘 불편했다. 이제 진짜 사위도 아닌데. 남이나 마찬가지인데.

"아이고, 사위가 훤칠하니 미남이네. 딸도 예쁘고. 어쩜 이렇게 보기가 좋아. 선남선녀가 따로 없네."

서우가 그 오해를 바로잡으려고 막 입을 여는데 윤성이 먼저 물 좀 더 줄까? 하고 물었다. 서우가 어리둥절한 표정으로 제 컵을 내려다보았다. 물은 충분했다. 그 광경을 본 직원이 어쩜 다정하기도 하다며 칭찬을 했다.

"이렇게 잘 사는 줄도 모르고 내가 그때 언니 소식 듣고 얼마나 걱정했는지 몰라. 한번 연락해 보려고 해도 언니도 알지? 내 코가 석 자라."

영혜가 다시 불편한 표정을 지었다.

"이제 보니 괜한 걱정을 했네. 내 걱정이나 할 것을. 아유, 내가 너무 오래 떠들었지? 주문 뭐로 할래?"

윤성이 가장 비싼 고기를 푸짐하게 주문함으로써 영혜는 다시 체면을 세운 것 같았다.

"아시는 분인가 봐요."

서빙된 고기를 구우며 윤성이 묻자 영혜는 대충 전에 근처에 살던 사람이라고 얼버무렸다. 서우는 별말 없이 민재의 앞접시에 고기를 올려 주었다.

"그러지 말고 네 형부도 하나 싸 줘라."

내내 고기 굽느라 못 먹고 있지 않냐고 영혜가 서우를 타박했는데 그건 사실이 아니었다. 서우가 민재를 챙기듯 영혜가 그를 챙기고 있었으니까.

"형부 드세요. 이제 제가 구울게요."

"아니, 됐어. 신경 쓰지 말고 먹어."

"얘, 그러지 말고 하나 싸서 입에 넣어 주라니까."

서우는 입을 다물고 쌈을 하나 싸서 윤성에게 건냈다. 상황을 빠르게 종료시키려면 그편이 나았다. 윤성이나 민재 앞에서 영혜와 승강이를 벌이고 싶진 않았다.

"고마워."

윤성이 마치 이 비싼 한우를 얻어먹는 게 자신인 것처럼 서우를 보고 웃었다. 왠지 마음 한편이 불편해졌다.

"소고기도 이제 도 사장 아니면 못 먹지."

영혜가 넋두리를 시작했다.

"요즘 물가가 얼마나 비싼지 정말 살 수가 없어. 12월은 안 그래도 가외로 돈 드는 데도 많은데 네 아빠는 딱 코딱지만 한 생활비만 내놓고 돈 더 줄 생각은 절대 안 하고……."

"이번 달 월급 타면 제가 좀 더 드릴게요."

서우가 얼른 영혜의 말을 잘랐다. 돈 없다는 건 영혜가 잊을 만하면 돌림 노래처럼 하는 소리고, 또 그게 사실이기도 했지만 윤성 앞에서 자꾸 저런 소리를 하는 건 싫었다.

"네 회사 그것도 언제 목 달아날지 모르는 거잖아."

"엄마……."

윤성과 민재의 눈치를 살피며 서우가 그만하라는 듯 소심하게 중얼거렸다. 윤성이 그러고 보니 생각났다는 듯 대화를 이었다.

"처제 회사, 내년 초인가? 계약직 상대로 정직원 채용 시험 있는 걸로 아는데."

"……네."

"준비는 하고 있어?"

"하긴 하는데……."

억지로 덮어놓고 모른 체하고 있던 배 팀장의 모습이 아른거렸다. 정직원은커녕 사직서를 내야 할지도 모른다. 그때 영혜가 끼어들었다.

"그것도 될지 안 될지 알아?"

"처제는 잘할 거예요."

윤성이 힘주어 말했다.

"처제만큼 책임감 있고 성실한 직원도 없을걸요."

"퍽이나."

영혜가 한탄을 늘어놓았다.

"일머리가 없으면 융통성이라도 있어야 될 텐데. 도 사장도 아시다시피 쟤가 주변머리라곤 없잖은가. 윗사람들한테도 사근사근하게 잘 보이고 그래야 승진도 하고 그럴 텐데."

속이 울렁거렸다. 고기를 집는 젓가락이 파르르 떨리는 게 제 눈으로 보일 정도였다. 그때 휴대폰이 울렸다. 무심코 액정을 눌러 메시지를 확인하던 서우가 들고 있던 젓가락을 상 위에 떨어트리고 말았다.

"누군데 그래?"

윤성이 물었다.

"무슨 일 있어?"

"아, 아뇨. 별거 아니에요."

서우의 대답에도 윤성은 한참이나 서우에게서 눈길을 거두지 않았다.

하지만 서우는 그에 신경 쓸 겨를이 없었다.

메시지를 보낸 이는 태경이었다.

[지금 통화 가능해요?]

휴대폰을 쥔 손이 떨렸다. 망설이는 사이 그 잠깐을 못 기다리고 휴대폰이 연속으로 길게 진동했다. 이번엔 전화였다. 액정에 뜬 서태경 이름 석 자를 본 순간 서우는 심장이 튀어나오는 것 같았다.

"왜 그래, 처제?"

맞은편에 앉아 있던 윤성이 물었다. 의아한 표정으로 찬찬히 서우의 안색을 살피는 그의 눈가에 걱정스러운 빛이 떠올랐다.

"무슨 일 있어?"

"……네?"

"전화, 계속 오는 것 같은데."

아무 일도 아니라고 고개를 젓는 사이 전화가 끊어졌다. 그럼에도 서우는 휴대폰을 움켜쥔 손에 힘을 풀지 않았다. 마디가 희게 불거진 손과 반쯤 정신이 딴 데 있는 것 같은 서우의 얼굴로 윤성의 시선이 날카롭게 오갔다. 옆에 있던 영혜도 흘깃 서우를 보더니 문득 눈살을 찌푸렸다.

"너 왜 그래? 갑자기 얼굴이 허옇게 질려 가지고."

"네?"

"너 또 무슨 사고 쳤니?"

서우는 입을 꾹 다문 채 도리질만 쳤다. 사고, 사고라. 가슴이 쿵쿵 뛰고 식은땀이 났다. 잠시 후, 짧은 진동이 두 차례 더 울렸다.

[메시지 보면 연락 주세요.]
[할 얘기가 있습니다.]

필요 이상으로 길게 액정을 내려다보던 서우가 고개를 들어 제 근처에 앉아 있는 윤성과 영혜, 민재를 차례로 돌아보았다. 그들이 나누는 대화가, 웃음이, 고소한 냄새를 풍기며 구워지는 고기와 정갈하게 차려진 식기가 왠지 멀게 느껴졌다. 손 한번 휙 휘두르면 사라질 허상 같았다.

"집이 외풍이 너무 심해. 벌써부터 이런데 한겨울 되면 어떻게 살지 몰라."

코앞에 있는 영혜의 음성이 물속에서 듣는 것처럼 웅웅 울렸다.

"좀 나은 데로 이사를 가고 싶어도 엄두가 나야 말이지. 민재 클수록 돈 들어가는 데는 더 많아지고."

서우는 어젯밤 직장 상사와 단둘이 식사를 했고, 그를 따라 호텔방 문 앞까지 갔으며, 그 모든 광경을 목격한 직장 동료와 키스를 했다.

그게 현실이다.

"너 정직원 되면 월급은 지금보다 훨씬 더 오르는 거니?"

불쑥 크게 확장된 영혜의 눈동자가 서우의 코앞까지 밀고 들어왔다. 대답 대신 서우는 손으로 입을 틀어막은 채 치밀어 오르는 구토를 참고 화장실로 달려갔다.

* * *

결국 단단히 체하고 말았다. 식사가 끝나자마자 서우는 좋지 않은 몸 상태를 핑계로 집으로 돌아왔다. 윤성은 서우가 차에서 내리기 직전까지 걱정스러운 표정으로 정말 병원에 안 가 봐도 되겠냐고 몇 번이나 물었다.

집에 들어서자마자 약을 먹고 눕는 대신, 서우는 다이어리와 서랍에 넣어 둔 통장들을 꺼내 들고 거실 테이블 앞에 앉았다.

굳이 그렇게 열심히 살펴볼 필요도 없었다. 급여 통장의 잔액은 딱 한 달 월급만큼의 금액이 찍혀 있었고 그 외엔 만기를 1년 앞둔 소액의 적금이 다였다. 더 뒤져 봐야 서우가 깜빡하고 돈을 넣어 둔 채 잊고 있던 휴면 계좌 따위가 나올 리 없다. 이걸로는 당장 사택에서 나가게 된다 해도 방 하나 구하지도 못할 것이다.

이 초라한 내역이 서우가 스물하나에 대학을 자퇴하고 미래와 젊음을 다 버려 가며 지금껏 한시도 쉬지 않고 일했던 세월의 대가였다. 9년 동안 온갖 아르바이트를 전전하고 KG에 입사한 뒤에도 주말에 투잡까지 뛰어 가면서 모은 돈의 전부였다.

다이어리를 펼친 서우가 찬찬히 지출 내역을 정리해 적어 내려가기 시작했다. 매달 고정적으로 갚아 나가야 하는 대출 이자와 민재와 저와 부모님의 보험, 공과금과 생활비.

다시 또 이만한 직장을 구할 수 있을까. 아르바이트만으로 충당하기엔 어림도 없을 텐데. 이제 부모님 연세도 적지 않은데 또 누군가 덜컥 아프기라도 하면.

"하……."

서우가 그대로 테이블 위에 가만히 상체를 엎드렸다. 술 생각이 간절했다. 하지만 지금은 안 된다. 속이 안 좋거나 아직 훤한 대낮이라는 것 따위가 문제가 아니라 오늘 저녁엔 승준의 가게에 일을 하러 가야 했다.

이런 기분으로 한 모금이라도 마셨다간 적당한 데서 멈추지 못할 게 뻔했고 그랬다간 그나마 있던 괜찮은 부업 자리마저 위태로워질지도 모른다.

그때 코앞에 있던 휴대폰이 덜그럭거리는 소리를 내며 움직였다. 순간 가슴이 철렁했으나 발신자는 윤성이었다.


[몸은 좀 어때? 정말 병원에 안 가 봐도 괜찮겠어? 약이라도 사다 줄까?]


서우가 엎드린 채로 손만 움직여 메시지를 찍었다. 다행히 글자엔 마음대로 표정을 붙일 수 있다.


[괜찮아요^^ 많이 나아졌어요. 모처럼 점심 사 주셨는데 걱정 끼쳐 죄송해요^^]

[죄송하긴. 그보다 별일 없는 거 맞지? 아까 안색이 너무 안 좋던데.]

서우가 멀거니 액정을 들여다보는 사이, 메시지가 연이어 날아들었다.

[무슨 일이 있으면 언제든 말해. 내가 도와줄 일이 있을지도 모르잖아.]

"무슨 일 있으면 언니한테 말해. 언니가 다 도와줄게."

불현듯 그 위로 서희의 음성이 겹쳐 들리는 것 같았다.

"우리 서우는 항상 물가에 내놓은 어린애 같아서 말이지."

서희는 외모만 뛰어난 게 아니라 공부도 잘하고 다방면에 다재다능해서 어릴 때부터 주위의 관심과 찬사, 기대와 사랑을 독차지했다. 그렇게 떠받들어 커 온 탓인지 성격은 다소 오만하고 쌀쌀맞은 데가 있었지만 그래도 하나뿐인 동생인 서우에게만은 나름 각별했다.

서우가 자잘한 실수를 저질러 혼날 때마다 서우의 편을 들어 주었고, 본인에게 피해를 끼쳐도 조용히 한숨 섞인 웃음으로 넘어가 주었다. 부모님에게 그랬던 것처럼 서우에게도 서희는 더없이 소중한, 누구보다 자랑스러운 언니였다.

사사건건 비교당하고 자랐지만 비교해 주는 것조차 과분하다고 여길 정도로.

"우리 서우는 항상 물가에 내놓은 어린애 같아서 말이지."

서희는 종종 그렇게 말하며 서우를 보며 묘하게 웃곤 했다.

그렇게 가지 말라는 물가 근처를 항상 서성대는 동생을 보며 서희는 늘 걱정만 했을까.

가끔은, 한 번쯤은 그 등을 밀어 버리고 싶다는 생각을 한 적도 있었을까.


[아무 일도 없어요.]

[걱정해 주셔서 고맙습니다, 형부.]


재빨리 답장을 보내고 휴대폰을 엎어 놓은 뒤, 양팔 사이로 얼굴을 묻었다. 답장을 기다리고 있을 또 한 사람이 계속 가슴 한쪽을 긁어 댔지만 아직은 아니었다. 아직은 그와 무슨 얘기든 할 준비가, 스스로의 나약함과 비겁함을 마주할 준비가 되지 않았다.


\* \* \*


"안녕하세요."

검게 칠한 철문을 밀고 안으로 들어서자 바 안쪽에 서서 휴대폰을 쳐다보고 있던 승준이 바로 보였다. 서우가 고개를 꾸벅 숙이며 인사를 건네자 승준도 손을 들어 알은척을 하고는 몇 번 더 액정을 두드린 다음, 휴대폰을 주머니에 집어넣었다.

"일찍 왔네."

"네. 저 옷 갈아입고 나올게요."

"그래."

서우가 주방으로 통하는 안쪽 복도 옆에 붙어 있는 작은 스태프 룸으로 들어갔다. 미리 집에서부터 유니폼인 검은 블라우스, 검은 바지를 입고 왔기에 딱히 갈아입을 옷은 없었다. 코트를 벗어 옷걸이에 걸자 한기가 느껴졌다. 벽장만 한 스태프 룸은 따로 난방이 되지 않았다.

거울을 보며 흘러내린 머리를 새로 바짝 올려 묶고 있는데 문이 열리고 지은이 들어왔다.

"어, 언니 왔어요?"

"응, 잘 지냈어?"

"네. 언니도요?"

서우보다 다섯 살 어린 지은은 서우와 달리 가게의 정직원이었다. 승준이 운영하는 바 '퍼플캣'은 평상시엔 승준을 포함해 네 명의 직원이 상주하고 있었고, 서우는 말하자면 일당제 알바생으로 일손이 달리는 주말이나 어쩌다 결원이 생기면 나와서 거드는 식이었다.

"이제 점점 바빠질 테니 김서우 얼굴 자주 보겠네."

홀로 나와 오픈 준비를 하고 있는데 승준이 말했다. 연말 연초만큼 술집이 바쁠 때가 없기 때문에 아마도 내년 초까지는 거의 매주 나와 줘야 할 것 같다며 승준이 미리 양해를 구했다. 서우야 바라는 바였다.

"이렇게 주말마다 부려 먹어서 우리 서우 연애도 못 하고 어떡하지."

"무슨, 아니에요."

농담조가 분명한 말에 서우가 진지하게 손사래를 치자 승준이 활짝 웃으며 서우의 어깨를 두어 번 토닥인 뒤, 바 안쪽으로 들어갔다. 그 머리 위 선반에 작은 크리스마스 장식이 걸려 있었다.

'벌써 크리스마스인가.'

서우가 승준을 다시 만난 것도 이맘때였다. 아무 생각 없이 채윤과 술 한잔하러 무작위로 골라 들어간 술집에서 우연히 매니저로 일하고 있던 승준을 만났다. 단번에 서우를 알아본 승준은 매우 반가워하며 제 연락처를 주었고 얼마 뒤 자신의 가게를 오픈했다며 놀러 오라고 했다.

서우는 개업 선물로 화분을 사서 채윤과 함께 퍼플캣에 처음 발을 들여놓았다. 그게 벌써 2년 전의 일이었다.

"언니, 방금 룸에 들어간 손님 못 봤죠?"

역시나 토요일 밤이라 그런지 손님이 많았다. 정신없이 주문을 받고 안주를 만들고 서빙을 하다 보니 금세 몇 시간이 훌쩍 갔다. 주방에서 가지고 나온 안주를 서빙하고 한숨 돌리는데 지은이 서우를 붙잡고 속삭였다.

"좀 전에 언니 주방 간 사이에 들어왔는데 완전 초미남. 키도 크고 진짜 잘생겼어요. 연예인인 줄 알았다니까."

"그래?"

"사장님이랑 아는 분 같던데."

종종 일을 하다 보면 눈이 화들짝 뜨일 만큼 잘생기고 예쁜 손님들을 보곤 한다. 그래도 지은이 이 정도의 반응을 보이는 건 몇 달에 한 번 있을까 말까 한 일이었다.

"이따 1번 룸 호출 오면 제가 주문받으러 갈게요."

"그래."

서우가 빙긋 웃으며 그러라고 고개를 끄덕였다. 벌써 시계가 자정을 가리키고 있었다. 낮에 토한 뒤 아무것도 안 먹었더니 빈속이 뜨끔뜨끔 쓰렸다. 새벽이 되어 슬슬 마감 준비를 할 때쯤 되자 식은땀이 나고 눈앞이 어지러웠다.

쌓인 설거지를 하고 행주를 빨았다. 주방 정리를 마치고 홀 정리를 도우려는데 승준이 와서 먼저 퇴근하라고 했다. 괜찮다고 마저 돕고 가겠다는데도 막무가내였다. 서우는 코트만 겨우 입고 쫓겨나다시피 가게 밖으로 밀려났다.

"그, 그럼 내일 뵙겠습니다……."

닫히는 문틈 사이로 인사도 듣는 둥 마는 둥 하고 승준이 서우를 보지도 않은 채 손을 휘휘 저었다. 웃음인지 한숨인지 모를 것을 뱉으며 서우가 몸을 돌려 문처럼 까맣게 방수 페인트를 칠한 계단을 올라갔다.

퍼플캣은 지하에 위치해 있었다. 계단을 하나씩 오를 때마다 그만큼 지상의 풍경이 당겨 내려왔다. 새벽 공기가 쌀쌀해 숨을 내쉴 때마다 입김이 희게 번졌다. 코트 깃을 움켜쥔 서우가 잔뜩 목을 움츠리며 한 계단 더 올라섰을 때였다.

"어."

계단 끝에 갸름한 구두코가 보였다. 차례로 깔끔하게 떨어진 바짓단과 코트 깃, 장갑을 낀 손끝이 보였다. 서우의 고개가 하염없이 위로 올라갔다. 먹을 칠한 듯 검은 하늘을 등지고 태경이 서 있었다.

"선배님……."

서우는 태경이 화를 낼 거라 생각했다. 메시지를 몇 번이나 무시하고 전화도 받지 않았다. 당연하다고 생각하면서도 와락 겁이 났다.

무심코 눈을 크게 뜨고 그를 올려다보던 서우가 얼른 고개를 떨어뜨렸다. 차라리 표정이 보이지 않는 게 더 나을 것 같았다. 구겨진 미간과 싸늘하게 식은 눈동자를 보게 될 것 같았다. 당장이라도 그입술에서 저를 비난하는 말이 쏟아져 나올 것 같았다.

서우는 양손을 꼭 모은 채 죄인처럼 고개를 푹 숙이고 그 자리에 얼어붙었다.

"뭐 해요, 안 올라오고."

그때 예상 밖의 담담한 음성과 함께 서우의 팔을 붙드는 손길이 느껴졌다. 화들짝 놀란 서우가 몸을 움찔했다. 언제 내려왔는지 태경이 바로 앞에 서 있었다. 훅 가까워진 몸에서 은근한 체온이 느껴졌다. 새벽의 차가운 공기를 타고 익숙한 향수 냄새가 풍겼다.

"가요, 집에 데려다줄게요."

팔목 부근을 둘러싼 온기에 시선을 내리니 어느새 장갑을 벗어 버린 맨손이 여유 있게 서우의 손목을 감아쥐고 있었다.

"가요."

서우는 멍하니 태경의 손에 이끌려 그의 차 뒷좌석에 앉았다. 저기 주차장에 제 차가 멀쩡히 있는데 그 말을 할 수가 없었다. 그대로 문이 닫힐 줄 알았는데 대뜸 태경이 몸을 들이밀고 안으로 들어왔다.

혼란스러운 와중에도 당황한 서우가 눈을 깜빡이며 제 옆에 앉은 태경을 보았다.

태경은 대수롭지 않게 그 시선을 받아넘기며 이마로 흘러내린 머리칼을 쓸어 올렸다. 가만히 서우를 마주 보던 태경이 불쑥 손을 뻗었다. 흠칫 놀란 서우가 무색하게 그 손이 닿은 곳은 앞좌석 사이에 있는 콘솔 박스였다.

딸깍 소리가 들리고 불투명한 유리병 하나가 서우의 코앞에 내밀어졌다. 얼떨결에 받아 들고 보니 꿀이 들어간 견과류 음료였다. 언제 샀는지 아직 뜨끈했다.

"알레르기 있는 건 아니죠?"

"네?"

"그거 마시면서 잠깐만 있어 봐요."

그렇게만 말하고 태경이 입을 다물었다. 길쭉한 몸에서 조금씩 힘이 빠져나가며 시트 위에 축 늘어지는 기색이 느껴졌다. 유리병을 양손에 꼭 쥔 서우는 가능한 한 바짝 차 문에 몸을 붙여 최대한 그와 거리를 벌렸다.

거의 필사적일 정도로 태경 쪽으로 시선을 주지 않았지만 그 정도로 무시할 수 있는 존재감이 아니었다. 전혀 좁지 않은 차가 어쩐지 답답하게 느껴졌다.

"고맙습니다……."

서우가 뒤늦게 더듬거리며 인사를 했다. 힐끔 굴린 시야 한구석에 쭉 뻗은 긴 다리와 두툼한 허벅지 위에 얹힌 큰 손이 보였다. 난방을 미리 틀어 두었는지 차 안은 후끈할 정도였지만 서우는 여전히 뻣뻣하게 굳은 채 움직일 줄을 몰랐다.

"편하게 있어요. 누가 잡아먹기라도 하나."

그 기색을 느꼈는지 태경이 중얼거리듯 말했다. 담담한 말투라고 생각했는데 이제 보니 평소보다 약간씩 더 말끝이 나른하게 늘어졌다. 그제야 서우는 태경이 취했나 하는 생각이 들었다.

"술 드셨어요?"

흐트러짐 하나 없는 태도에 술 냄새도 전혀 나지 않아 몰랐다. 서우가 저도 모르게 묻자 태경이 천천히 고개를 돌렸다. 눈썹 아래까지 흘러내린 머리칼 사이로 저를 뚫어지게 응시하는 까만 눈동자가 보였다. 그 시선과 마주치자 서우는 자신이 바보 같은 질문을 했다는 걸 알았다.

"이 시간까지 어디서 그렇게 술을……."

서우가 두서없이 중얼거렸다. 무슨 말이라도 해야 될 것 같다는 위기감이 불러온 실수였다.

"서우 씨야말로 이 시간까지 뭐 했어요?"

태경이 느리게 반문했다.

"보니까 7시부터 영업 시작이던데."

"네?"

"뭐가 그렇게 바빠서 메시지 한 통도 못 보냈어요?"

서우가 마른침을 꿀꺽 삼켰다.

"승준이가 일하는 동안엔 휴대폰도 못 보게 해요?"

"……."

"오늘 아예 가게를 통째로 빌렸으면 답장을 받았으려나."

서우가 크게 벌어진 눈으로 태경을 보았다. 태경은 웃고 있었다. 그런데 그 웃음이 웃음 같지 않았다. 심장 박동이 빨라지고 숨 쉬는 게 어려워지기 시작했다.

"화, 나셨어요?"

"그래 보여요?"

안 났다는 소리가 아니다. 덜컥 불안해진 서우가 저도 모르게 등을 반대편 문에 바짝 붙이고 다 기어들어 가는 음성으로 사과를 했다.

"죄, 죄송해요……."

어린애도 아니고, 누군가 저에게 화를 내는 일이 드문 것도 아니고, 이제 어느 정도 흘려 넘길 내공이 생겼다고 여겼건만 태경은 아직 언성 한번 높이지도 않는데 손끝이 덜덜 떨릴 만큼 겁이 났다.

"전화 왜 안 받았어요?"

태경이 낮게 물었다.

"내가 무슨 말을 할지 궁금하지도 않았어요?"

서우가 더듬더듬 입을 열었다.

"그게 너무 죄송해서…… 드릴 말씀이 없고, 선배님 뵐 낯이 없어서……."

서우는 금요일 밤 직장 상사와 단둘이 식사를 했고 그를 따라 호텔방 문 앞까지 갔으며, 그 모든 광경을 목격한 태경과 키스를 했다.

"서우 씨가 왜 나를 볼 낯이 없어요?"

"제가 선배님께 실수를 해서……."

"……무슨 소리 하는 거예요, 지금?"

그날 벌어진 일 중 그 어떤 것도 무료한 일상에 사고처럼 일어난 로맨틱한 일탈 같은 게 아니었다. 거기엔 아무런 낭만도 없고 서우가 아침에 일어나 창밖을 보고 그랬던 것처럼 어리석은 감상에 젖어 의미 부여 하지 말자고 다짐할 무엇도 없었다.

"제가 판단을 잘못해서, 그날은 너무 저도 정신이 없었고……."

"……."

"그래도 그랬으면 안 됐는데, 제가 처신을 잘했어야 했는데……."

현실은 당장 월요일에 출근하면 심사가 뒤틀렸을 배 팀장을 견뎌야 하는 것이고, 못 견디면 인사과로 달려가는 것이다. 그 결과, 잘해야 배 팀장은 부서 이동이나 견책 처분을 받을 것이고 서우는 권고사직 따위 고려할 필요도 없이 계약 종료일까지 방치되다가 조용히 회사를 떠나게 될 것이다.

"괜히 선배님만 저랑 팀장님 사이에 휘말리게 만들고……."

그러니까 참는 게 서우가 선택할 수 있는 최선의 시나리오였고, 그럼에도 불구하고 재계약에 실패하는 건 가장 현실적인 시나리오였다.

"나는 지금 김서우 씨가 하는 말이 하나도 이해가 안 가는데."

최악은 따로 있었다.

"배 팀장 얘기를 하는 거라면 그건 서우 씨가 변명할 일이 아니라고 하지 않았어요?"

인사과로 달려가는 게 서우가 아니라 태경이라면. 그렇게 일이

333

커지는 와중에 애꿎은 태경까지 휘말려 피해를 보게 된다면. 모난 돌로 찍혀 반감을 사거나 인사 고과에 영향을 받거나 회사에 안 좋은 소문이라도 돌게 된다면.

"아니에요. 제 잘못이에요."

"······."

"팀장님 일도, 그, 그 뒤에 있었던 일도······."

차 안엔 숨소리조차 들리지 않았다.

"그러니까······."

"그러니까 지금 김서우 씨 말은."

가볍게 서우의 말허리를 뚝 자른 태경이 시트에 깊숙이 묻고 있던 상체를 세웠다.

"나도 배 팀장이랑 똑같은 개새끼라는 거네?"

서우가 번쩍 고개를 들었다.

"네?"

"지금 하는 말이 그 말 아닌가?"

"그런, 그런 뜻이 아니라······."

서우가 더 말을 잇지 못하고 입술만 달싹였다. 갑자기 목구멍이 확 조여들어 아무 소리도 나오지 않았다.

"아니면 뭔데요?"

태경의 얼굴이 불쑥 가까워졌다. 서우는 숨도 쉴 수 없었다. 찬 불이 이글이글 끓는 듯한 눈동자가 서우를 똑바로 바라보며 낮게 물었다.

"서우 씨는 지금 내가 여기 왜 있다고 생각해요?"

"네?"

"내가 왜 어제부터 하루 종일 아무것도 못 하고 휴대폰만 잡고 있던 것도 모자라 미친놈처럼 여기까지 쫓아와서 이러고 있냐고요."

핏기가 사라진 서우의 입술이 파르르 떨렸다. 태경의 말이 머릿속에 남지 않고 그대로 귀를 통과해 어디론가 흘러가는 듯했다.

"내가 지금 배 팀장이나, 그따위 거 얘기나 하자고……."

추궁하듯 서우를 몰아붙이던 태경이 일순 숨을 참고 몸을 뒤로 물리며 한숨을 쉬었다.

"무슨 생각으로 그런 말을 하는지 알 것 같긴 한데."

"……."

"좀 서운하네요."

끝이 똑 떨어지는, 전혀 서운함이 느껴지지 않는 깔끔한 말투였다. 그럼에도 서우는 이상한 기분이 들었다. 무표정하게 드러난 태경의 옆모습이 나머지 반쪽의 표정을 감추려는 듯 보였다.

'그럴 리가 없잖아.'

순간적으로 든 생각에 서우가 고개를 저었다. 서태경은 김서우가 상처를 줄 수 있는 사람이 아니다. 아무것도 없는 빈 곳엔 흔적을 남길 수 없다. 반대로 서우 역시 태경이 뭐라 하든 겁은 났을지언정 상처받지 않았을 것이다. 애초에 그런 관계가 아닌 것이다.

"죄송합니다."

"고작 그게 답이에요?"

태경이 고개를 돌렸다. 가면을 쓴 것처럼 표정 없는 얼굴로 서우를 굽어보고 있는 태경은 그 어느 때보다 더 냉정한 눈을 하고 있었다.

"뭐가 죄송한데요? 사실을 말해서?"

"아뇨, 그냥……."

"……."

"그냥 다요……."

서우가 기운이 다 빠진 음성으로 중얼거리듯 말했다. 일부러 그런 게 아니라 실제로 기운이 하나도 없었다. 머릿속이 온통 헝클어져 아무 생각도 할 수 없었다. 그저 어서 빨리 이 자리에서 사라지고 싶었다.

"죄송합니다."

"……."

"저, 저 그만 가 볼게요."

비틀비틀 문을 열고 밖으로 나왔다. 태경은 아무 말도 하지 않고 나가는 서우를 잡지도 않았다. 제 차에 올라타 잠시 멍하니 앉아 있던 서우가 차 키를 찾기 위해 주머니를 뒤졌을 때였다.

언제 넣었는지 그 안에 태경이 준 음료수가 있었다. 아직 온기가 남아 있는 유리병을 쥐자 왠지 눈물이 날 것 같았다.

"……."

상황도 복잡했고 감정은 더 복잡했다. 이렇게 뭐가 뭔지 모르겠을 때는 가장 중요한 하나만 붙들면 된다.

서우에겐 그게 현재였다. 더 나아지지도 나빠지지도 않는 딱 지금의 현실. 변하는 건 싫었다. 더 이상 어떤 변수도 서우의 인생에 끼어들지 말아 줬으면 했다. 그게 불가능한 게 인생인 걸 알기 때문에 더 간절했다.

자존이든 자긍이든 그런 건 모두 버릴 수 있었다. 불의에 맞서 싸우고 정의 구현을 하기엔 서우의 코가 석 자였다. 그로 인해 누군가에게 실망을 안기고 경멸을 사게 될지라도.

서우가 떨리는 손으로 병뚜껑을 돌렸다. 무슨 맛인지도 모르고 꿀꺽꿀꺽 넘기던 음료가 갑자기 목에서 턱 걸리더니 이내 역류하기 시작했다.

"욱!"

한 손으로 입을 틀어막으며 다른 손으로 문손잡이를 당겨 열었다. 덜컥 열린 문틈을 비집고 굴러떨어지듯 밖으로 나왔다.

"욱, 우욱!"

든 게 없는 위에서 나오는 건 위액이 섞인 액체뿐이었다. 바퀴 아래 거의 머리를 처박다시피 하고 서우가 괴롭게 몸을 들썩이며 토악질을 했다. 목과 코의 점막이 벗겨질 듯 쓰리고 눈가에 매운 눈물이 핑 돌았다.

덜덜 떨리는 서우의 등 위로 커다란 손 하나가 조용히 내려앉았다. 겁먹은 짐승을 다독이듯 토닥이는 그 손길에 서우는 놀라지 않았다. 어느새 친숙해진 향수 냄새가 목구멍과 콧속에 들러붙어 있던 시큼한 냄새를 지웠다.

"죄송해요……."

서우가 돌아보지도 않고 신음하듯 중얼거렸다. 대답 대신 작은 한숨 소리만 돌아왔다. 그사이에도 등을 쓰다듬는 손길은 멈추지 않았다.

　　　　　*　*　*


　처음엔 불쌍해서 그런 줄 알았다.

　이미 죽어 버린 나무의 잔해들이 썩어 갈 날만을 기다리며 나뒹굴고 있던 그 폐공장에서 처음 그 애를 봤을 때도, 뭣도 아닌 채지훈 같은 쓰레기에게 질질 끌려다니며 동급생들에게 따돌림과 조롱의 대상이 됐을 때도.

　스물다섯, 남들은 겨우 학업에서 벗어나 이제 막 사회로 첫발을 뗴는 시기에 홀쭉 마른 임산부가 되어 병원에 누워 있는 것을 봤을 때나, 남편의 장례식에 상주가 되어 앉아 있기엔 너무도 어린 얼굴이 검은 상복을 입고 넋이 나간 채 빈소를 지키고 있는 것을 봤을 때도.

　그때마다 머리통을 꽉 채우는 알 수 없는 분기와 속을 짓누르는 먹먹함이, 제가 김서우에게 느끼는 연민과 한심함과 가여움인 줄만 알았다.

　"……."

　울리지 않는 휴대폰을 저만치 밀쳐 두고 태경은 소파에 누워 고개를 젖힌 채 이른 해가 저무는 광경을 지켜보았다.


　[메시지 보면 연락 주세요.]

　[할 얘기가 있습니다.]


　그리고 한참을 기다려도 아무 연락도 없었다. 전화를 해도 받지 않았다. 언젠가 겪어 본 패턴이다. 또 이런 식으로 나온단 말이지.

'또 먹튀를 하시겠다?'

어젯밤, 미처 잡을 틈도 없이 놀란 토끼처럼 달아나던 뒷모습이 떠올랐다. 태경의 입가에 희미한 미소가 떠올랐다. 손을 든 태경이 표면의 미소를 누르듯 입술 위를 문질렀다.

'하지만 지금은 그때와 다르지.'

화가 전혀 나지 않았다고 하면 거짓말이지만 태경은 가능한 한 서우 앞에선 제 성질을 드러내지 말자고 다짐한 터였다. 곰처럼 미련하고 무던한 줄 알았는데 김서우는 초식 동물처럼 예민하고 겁이 많았다. 저를 무서워하며 눈을 피하고 벌벌 떠는 꼴이 보기 싫었다.

그 겁먹은 얼굴이, 제게 그런 취향이 있었나 의심스러울 정도로 상당히 흥분된다는 점은 부정할 수 없지만.

해가 완전히 잠기고 어둠이 짙게 깔렸다. 여전히 감감무소식인 휴대폰을 낚아채듯 잡은 태경이 벌떡 몸을 일으켰다. 샤워를 하고 옷을 입고 주차장으로 내려왔다. 어제 주차한 자리에, 아까까지만 해도 보였던 서우의 차가 없었다. 운전석에 올라타자마자 지체 없이 액셀을 밟았다.

김승준. 정말 오랜만에 들은 친구의 이름이었다. 그 이름을 다른 사람도 아닌 김서우의 입에서 듣게 될 줄은 몰랐다.

고등학교를 졸업하고 태경이 대학교 신입 오리엔테이션에 참석하고 있을 때 승준은 아르바이트만 서너 개를 하고 있었다. 제 입으로 늘 말해 왔던 대로 승준은 대학에 진학하는 대신 일찌감치 돈벌이에 뛰어들었다.

대한민국 대학 진학률은 60퍼센트가 넘는다. 공부를 잘한 건 아니지만 그보다 못한 녀석들도 무턱대고 줄줄이 대학 진학을 하는 판국에, 승준이 그렇게 빨리 제 인생에서 대학이란 선택지를 끊어 낸 건 성적보다는 경제적 문제가 더 컸을 것이다.

그래도 20대 초반엔 종종 만나 술도 마시고 어울려 놀기도 했다. 그 간격이 점차 늘어나며 서서히 뜸해지다 각기 다른 시기에 군 입대를 했고, 둘 다 제대를 할 때쯤엔 아예 연락이 끊어졌다.

생활 패턴도, 노는 무리도, 관심사나 경제 관념도 전혀 맞지 않는다. 공통점이라곤 없는 이런 관계가 이어지려면 양방의 무던한 노력이 필요했다. 하지만 태경은 굳이 그런 류의 사교 활동에 시간과 노력을 투자하는 타입이 아니고 승준도 사느라 경황이 없었다.

그래도 고등학교 동창인지라 승준의 근황이나 연락처를 알아내는 건 그리 어렵지 않았다. 요즘처럼 SNS가 활발한 세상에 아무도 모르게 사는 게 더 어렵다.

지하에 위치한 퍼플캣은 근처 몇 개의 상가와 같은 주차장을 쓰고 있었다. 주차를 하는 동안 구석에 얌전히 박혀 있는 서우의 경차가 보였다. 그것에 힐끔 눈길을 주고 태경이 차에서 내렸다. 냉기를 품은 바람이 태경의 머리칼과 코트 자락을 흔들었다.

"어서 오세요."

지하로 내려가는 계단은 시커멓게 칠해져 있고 층층마다 전자 초가 놓여 발밑을 밝히고 있었다. 역시 까맣게 칠한 철문을 열고 들어

가자 20대 초중반쯤 되어 보이는 여자가 인사를 했다.

고개를 돌리는 순간, 정면의 바 안쪽에 서 있던 승준과 눈이 마주쳤다. 승준은 태연한 표정으로 자세를 유지하고 있었지만 태경은 그가 꽤 놀랐다는 것을 알 수 있었다. 그러자 웃음이 나왔다.

"……."

만약 김서우가 이 가게에서 아르바이트를 하지 않았다면 저는 승준을 찾았을까. 모르겠다. 아니, 더 솔직히 말하면 굳이 일부러 찾진 않았을 것 같다. 그에게 나름 애착이 있었던 건 사실이지만 태경은 뒤를 잘 돌아보는 성격이 아니었다. 이미 지난 일에 미련을 가지지도 않았다.

그래도 오랜만에 보는 옛 친구의 얼굴은 반가웠다. 흘러간 세월만큼의 흔적이 새겨진 낯익은 얼굴에 금세 친근감이 들었다. 제 가게를 갖고 싶다는 건 승준이 20대 초반부터 내내 했던 얘기였다. 결국 꿈을 이룬 친구를 보자 애초에 이곳을 찾은 목적과는 별개로, 흐뭇한 감정이 든 것도 부인할 수 없었다.

"지은 씨, 저 손님 1번 룸으로 안내해 드려요."

태경에게서 눈을 떼지 않으며 승준이 말했다. 지은이라 불린 직원의 안내를 받아 태경은 제일 안쪽에 위치한 룸에 앉았다. 다행히 소파도 테이블도 깨끗했다. 찌든 술 얼룩도 없었고 곰팡이나 먼지 냄새도 나지 않았다.

주문을 하지도 않았는데 수입 맥주 몇 병과 과일 안주가 들어왔다. 그리고 잠시 후, 승준이 들어섰다. 서태경. 김승준. 서로의 이름이 차례로 불리고 잠시 침묵이 흘렀다. 다음 순간 누가 먼저랄 것도 없이 동시에 픽 웃음을 터트렸다.

두 사람은 덤덤하게 회포를 풀었다. 근황을 주고받고 그간 있었던 일들을 간단히 나누었다.

승준이 퍼플캣의 오너가 된 지는 2년째고 20대 초반에 일찍 결혼을 했다가 곧 이혼을 했고 아이는 없으며 지금은 일만 하며 지낸다고 했다. 태경 역시 비슷하게 회사에 다니고 있고, 미국에 잠깐 나갔다가 얼마 전 들어왔으며 가게도 아이도 없다고 했다.

승준이 풀썩 웃었다.

"그럼 너도 아직 혼자야? 결혼할 사람도 없고?"

"응."

"왜?"

"왜라니."

"왜 아직 결혼 안 했냐고."

"글쎄."

태경이 술잔을 꺾어 단숨에 넘겼다.

방금 전 화장실에 다녀오는 길에 서우를 보았다. 서우는 홀에서 주문을 받고 있었다. 태경은 잠시 그대로 멈춰 서서 낯선 사람 보듯 서우를 빤히 쳐다보았다.

광택이 흐르는 반짝이는 검은 블라우스는 예전에 아파트 주차장에서도 한 번 본 적이 있는 것이었다. 어쩐지 김서우가 잘 입지 않을 법한 스타일이다 싶었는데 가게 유니폼인 모양이었다.

몸에 착 달라붙는 검은 바지에 검은 구두, 밤색 머리를 한데 모아 꽉 묶은 서우는 묘하게 절제되고 단정해 보이면서도 은근히 음심을 자극했다. 제 눈에만 그럴 리 없으니 다른 사람에게도 그렇게 보일 테지.

딱히 영업용 화장은 하지 않는지 말간 얼굴은 평소와 비슷했다. 주문을 확인하고 몸을 돌리며 손님을 향해 빙긋 웃어 보이는 입술은 자연스러운 분홍색을 띠고 있었다.

그것만으로도 살짝 기분이 좋지 않은데 그 입술이 붉기라도 했으면 더 기분이 나빠졌을 것 같았다. 촌스러운 생각이고 그런 생각을 다른 사람도 아닌 자신이 했다는 것에 놀랐지만.

"생각 있음 서둘러. 안 갈 것도 아니면 좋은 짝 만나서 빨리 자리 잡는 게 낫지."

승준의 말에 태경이 빈 잔을 손안에 굴리며 느른하게 대꾸했다.

"나는 참 이해가 안 가."

"응?"

"결혼해서 행복해 보이는 사람 별로 못 봤는데 왜 다들 결혼을 하라는 거야?"

"그야 나만 망할 순 없으니까."

기다렸다는 듯 돌아오는 말에 태경이 픽 웃었다.

"너도 이혼당하기 딱 좋을 상이거든."

"그게 오랜만에 만난 친구한테 할 말이냐."

"자기 세계가 강하면 어렵더라고. 결혼 생활이란 게."

물론 나는 그런 것 때문이 아니라 경제적인 문제가 더 컸지만, 하고 승준이 가볍게 덧붙였다. 자리를 잡기도 전 일찍 결혼해서 결국 둘 다 된통 고생만 했다는 말엔 더 이상 어떤 회한이나 아쉬움도 묻어 있지 않았다.

"넌 회사 어디 다닌다 그랬지? 대기업이라고 들었던 것 같은데."

"KG."

"아, 그래, 참. KG. 그 정도면 뭐 무능하다고 이혼당할 일은 없을……."

그때 뭔가 생각났다는 듯 승준이 말을 끊었다.

"아니 잠깐, KG면……."

"김서우 일하는 데라고?"

태경이 받아쳤다. 긍정과 동시에 의문을 담은 침묵을 지키며 승준이 태경을 멀뚱히 바라보았다.

"김서우한테 들었어. 너 여기서 가게 하는 거."

"난 네 얘기 못 들었는데."

"그래 보인다."

"왜 아무 말도 안 했지? 나한테 네 얘기 한 적 한 번도 없는데."

태경이 눈썹을 까딱하며 잔을 들어 올렸다.

"뭐 굳이 할 필요 없다고 생각했나 보지."

"아닌데, 분명히 얘기했을 텐데."

의아하다는 듯 몇 번씩 고개를 갸웃하는 꼴이 약간 거슬렸다. 제 얘기를 전혀 하지 않은 서우에게인지, 그게 뭐 별스러운 일이라도 되는 듯 구는 승준에게인지.

"김서우가 원래 말이 좀 없잖아."

"그거야 안 친해서 그런 거고."

"뭐?"

태경이 미간을 구겼다.

"너는 친하고?"

"당연하지. 사장이고 직원인데."

그 말에 태경이 반론을 제기하기도 전, 승준이 연이어 떠들어 댔다.

"네가 몰라서 그런데 서우 은근히 수다쟁이야. 농담도 곧잘 하고 웃기도 잘 웃고, 특히 술 취하면 얼마나 웃긴데."

뭔가가 떠오른 듯 승준이 옅게 웃었다.

"걔가 천성은 안 그런데 너무 눌려 살아서 그래. 사람들 눈치를 너무 많이 보고 살아서."

"……."

"정도 많고 순해서 사람들한테 베푸는 것도 좋아하고 그걸로 남이 좋아하면 저도 좋아하고 그런 애야."

"여전히 호구란 소리네."

태경은 슬슬 진심으로 기분이 나빠지기 시작했다. 자기가 더 잘 안다는 양, 아련한 표정으로 서우 얘기를 하는 게 심기를 건드렸다.

"말을 해도 새끼가."

승준이 눈을 흘겼다.

"암튼 같은 회사 다니면 네가 잘 좀 챙겨 줘라."

승준이 손을 뻗어 태경의 어깨를 짚으며 진중하게 말했다.

"너도 알겠지만 서우, 안됐잖아."

"……."

"내가 부탁 좀 할게."

태경이 탁 소리 나게 술잔을 내려놓았다. 표정은 담담했지만 가만히 친구를 응시하는 눈빛은 피복이 벗겨진 전선처럼 날것의 감정이 고스란히 드러나 있었다.

"넌 아직도 우리가 고등학생인 줄 알아?"

"응?"

"김서우가 뭐가 안됐어?"

처음엔 태경도 불쌍해서 그런 줄 알았다. 이미 죽어 버린 나무의 잔해들이 썩어 갈 날만을 기다리며 나뒹굴고 있던 그 폐공장에서 처음 그 애를 봤을 때도, 뭣도 아닌 채지훈 같은 쓰레기에게 질질 끌려다니며 동급생들에게 따돌림과 조롱의 대상이 됐을 때도.

"세상에 불쌍한 인간들이 얼마나 많은데."

스물다섯, 남들은 겨우 학업에서 벗어나 이제 막 사회로 첫발을 떼는 시기에 홀쭉 마른 임산부가 되어 병원에 누워 있는 것을 봤을 때나, 남편의 장례식에 상주가 되어 앉아 있기엔 너무도 어린 얼굴이 검은 상복을 입고 넋이 나간 채 빈소를 지키고 있는 것을 봤을 때도.

"그거야 그렇지마는……."

"내 눈엔 거지 같은 부모 만나 어릴 때부터 동생들 건사하고 살다 돈 없어 이혼당한 네가 더 불쌍한데."

승준이 눈살을 찌푸렸다.

"뭐가 또 빈정이 상해서 옛날 얘기를 꺼내냐. 암튼 새끼 말하는 것 하곤."

여하튼 못돼 처먹은 건 여전하다고 승준이 혀를 찼다.

"그렇지, 내가."

"……."

"내가 그렇게 착한 놈이 아니지."

오로지 김서우뿐이었다. 태경의 눈에 불쌍해 보인 사람은. 살면서 김서우보다 더 불우하고 운 나쁘고 인생 꼬인 사람도 많이 봤지만 태경에게 이런 감정이 들게 만든 사람은 김서우밖에 없었다.

불쌍해서 좋아진 게 아니다.

좋아서 불쌍해 보였던 거다.

처음부터.

\* \* \*

나오는 것도 없는데 서우는 눈물 콧물을 흘려 가며 한참을 토악질을 해 댔다. 격렬한 토기에 연약한 몸뚱이가 태풍에 휩쓸리는 낙엽처럼 이리저리 흔들렸다. 저러다 내장까지 쏟아 내지 않을까 걱정이 될 정도였다.

"죄송해요……."

다 꺼져 가는 음성으로 중얼거리며 서우가 태경의 손에서 벗어나려는 듯 앞쪽으로 꾸물꾸물 움직였다. 아주 타이어에 코를 박을 형국이라 태경이 그 틈으로 손을 집어넣었다. 널찍한 손바닥에 제 이마와 코가 닿자 서우는 불에라도 덴 사람처럼 화들짝 튀듯이 몸을 뒤로 물렸다.

"아⋯⋯!"

그래 봐야 뒤에도 태경이 있다. 오히려 태경의 품으로 몸을 던진 꼴이 된 서우가 놀라 덜컥 굳었다. 그 틈을 놓치지 않고 태경이 양팔로 서우를 결박하다시피 끌어안고 차에서 약간 떨어트려 놓았다.

"선, 서, 선배님⋯⋯."

서우가 말까지 더듬으며 태경의 품에서 빠져나오려 했다. 태경은 모른 척 그대로 서우를 안고 있었다. 그럴 생각은 아니었는데 한번 잡으니 놓아줄 마음이 들지 않았다. 작은 몸이 꼭 맞춘 듯 품속에 쏙 들어오자 알 수 없는 만족감과 안정감이 쾌감처럼 끓어올랐다.

"선배님, 저 이 팔 좀⋯⋯."

"⋯⋯."

"저 이제 괜찮으니까⋯⋯."

"잠깐만 있어 봐요."

태경이 낮게 말했다. 옷깃 사이로 드러난 목덜미에서 은은한 살 내음이 났다. 양팔에 절로 힘이 꽉 들어갔다. 달리 향수 따위를 뿌리지도 않는 것 같은데 어떻게 이런 냄새가 나는지, 태경은 당장이라도 그 복숭아 속살처럼 흰 살에 코를 박고 마구 숨을 들이쉬고 싶은 충동과 싸워야 했다.

"선배님⋯⋯."

"김서우."

태경이 약간 쉰 목소리로 이름을 부르자 서우의 몸이 움찔 튀었다. 그러더니 아까보다 좀 더 강하게 태경의 팔에서 벗어나려는 듯 몸에 힘을 주었다. 그래 봐야 태경에겐 토끼가 앞발로 밀어 내는 것만 못했지만 어쨌거나 저항은 저항이었다.

다시금 울컥 화가 치밀었다. 김서우가 자꾸 저에게서 도망치려는 것 같아 짜증이 났다. 알코올로 무뎌진 머릿속에 낯선 초조함과 불온한 소유욕이 연기처럼 퍼져 나갔다.

왜 자꾸 도망가? 왜 자꾸 딴 사람을 보고 웃어? 왜 자꾸 내 시선이 미치지 않는 곳으로 가려고 해? 어차피 거기엔 배 팀장 같은 새끼들밖에 없는데. 아무것도 모르면서. 속 시커먼 것들이 저를 보고 무슨 생각을 하는지 하나도 모르면서.

"……미안해요."

목구멍까지 치솟은 말을 삼키고 태경이 한숨처럼 내뱉었다. 그러면서 서우를 안고 있던 팔에 약간 힘을 풀었다. 여전히 놓아주진 않았지만 이 정도가 지금 태경이 할 수 있는 최선이었다.

"아까 내가 했던 말, 진심 아니었어요."

서우가 우뚝 동작을 멈췄다.

"내가 잘못했어요."

"……."

"내가 잘못했어, 그러니까 나 피하지 말아요."

손등에 뭔가 툭 떨어졌다. 그게 눈물이라는 걸 깨달은 순간 태경은

349

가슴에 뜨끈한 무언가가 힘주어 문질러지는 듯했다. 시커멓게 그을음이 남아 지워지지 않을 듯했다.

"울지 마."

태경이 중얼거리며 서우의 턱을 잡아 고개를 돌려 제 쪽을 보게 했다. 서우는 저항하지 않았다. 뭐가 그리 서러운지 소리도 없는 눈물이 그치지 않을 것처럼 끊임없이 흘러내렸다.

그 눈동자를, 축축하게 젖은 긴 속눈썹을, 코와 눈가만 칠한 듯 빨갛게 물든 창백한 얼굴을 뚫어지게 내려다보던 태경이 손을 들어 흐르는 물기를 훔쳐 냈다. 가슴이 뻐근할 정도로 아팠다. 이 눈물을 멈추게 할 수 있다면 무슨 짓이든 할 수 있을 것 같았다.

미안해, 미안해, 내가 잘못했으니까 울지 마.

반복해서 사과의 말을 기도처럼, 주문처럼, 상처에 약을 덧바르는 것처럼 읊조렸다. 말이 지나간 곳에 손길이 스치고 그 위를 다시 입술이 겹겹이 덮었다. 양손으로 넉넉히 쥐어지는 얼굴을 감싸고 닿는 곳마다 빠짐없이 입을 맞췄다.

마침내 희게 드러난 양 볼에 흐르는 차가운 눈물 길이 보이지 않을 때까지. 새파랗게 질린 입술에 혈색이 돌아올 때까지.

\* \* \*

고등학교 1학년 때, 태경은 처음으로 연애라는 것을 했다. 상대는 같은 학교 3학년 선배였다. 태경이 입학하자마자 하루가 멀다 하고 그의 교실이며 사물함 앞을 찾아와 수줍게 음료수며 집에서 직접 구운 쿠키 따위를 내밀던 선배는 얼마 지나지 않아 뻔한 수순처럼 고백을 했다.

태경은 별 고민 없이 받아들였다. 이유는 선배가 제게 음료수 캔을 건네기 전, 매번 그 입구를 물티슈로 닦았기 때문이었다. 그게 마음에 들었고, 그뿐이었다.

동복을 입고 시작했던 선배와의 연애는 춘추복을 입자마자 끝났다. 지금은 기억도 잘 나지 않는 그 얼굴처럼 헤어짐의 이유도 희미하다. 어쩌면 처음부터 몰랐는지도 모르겠다.

다만 그쪽에서 먼저 헤어지자고 했고, 태경은 고 3인데 잘 생각했다고 답했다는 건 확실했다. 그 말에 본인이 헤어지자고 한 건 생각도 안 하고 울면서 제게 욕을 한 것도 기억난다. 기껏 한 충고가 무색하게 결국 그녀가 재수를 하고 말았다는 것도.

그 후로 고등학교 때는 더 연애를 하지 않았다. 첫 연애가 준 교훈은 학창 시절 연애란 득보단 실이 더 많다는 것이었다. 여러모로 성가시고 귀찮은 데다 무엇보다 공부에 방해가 된다. 물론 태경은 연애에 미쳐 재수를 하지 않을 자신 정도는 있었지만.

성인이 된 후에도 이렇다 하게 기억에 남는 상대는 없다. 다들 그쪽에서 먼저 대시를 했고 태경도 나름 기준에 부합하는 여자들과만 만났다. 그럼에도 끝은 다 똑같았고 지금은 얼굴도 잘 기억나지 않는 것도 비슷했다.

태경은 일찌감치 자신이 굳이 연애가 필요 없는 인간이라는 것을 알았다. 일반적인 사교의 범주에서 벗어난 타인의 특별하고도 유일한 관심이나 애정, 체온이 아쉽고 그리운 적도 없었고 정서적 만족감 따위도 필요 없었다. 오히려 그 같은 종류의 격한 감정이 부담스럽고 불편했다.

그럼에도 태경은 종종 바닷물을 마시는 꿈을 꾸다 깨곤 했다. 꿈속의 갈증은 꿈이 깬 뒤에도 남아 태경의 마음을 헛헛하게 했다.

그게 무엇인지는 태경도 모르지 않았다. 아마 이런 감정 때문에 사람들은 연애를 하고 결혼을 하는 것일 터였다. 영원히 변치 않을 사랑을 맹세하고 태어나기도 전부터 정해져 있다는 운명 같은 상대를 갈구하는 거겠지.

안다고 해서 달라질 건 없었다. 무엇보다 태경은 스스로가 꽤 까다로운 인간이라는 것도 알았다. 누구 말마따나 이런 인간은 혼자 사는 게 낫다. 제 아버지처럼, 결혼을 해선 안 될 인간이라는 것도 있다. 내키지도 않을뿐더러 잘 해낼 자신도 없는 결혼을 굳이 해야 할 까닭이 있을까.

월요일 점심시간, 구내식당에 들어서자마자 총무2팀원들을 발견했지만 그 속에 서우는 보이지 않았다.

이유가 짐작이 가 태경도 대충 밥을 먹는 둥 마는 둥 하고 식판을 반납한 후, 식당을 나왔다. 옥상 흡연실로 가는 엘리베이터를 타려다 관두고 비상구 문을 열고 계단을 올랐다. 숨소리 하나 흐트러지지 않고 태경이 계단을 반 넘게 올라갔을 때 층계참에 혼자 앉아 있던 서우와 눈이 마주쳤다.

"……여기서 뭐 해요?"

태경의 시선이 서우의 손에 들려 있는 삼각 김밥에 머물렀다. 터져 나오는 한숨을 가까스로 눌러 참고 부드러운 표정을 유지했다.

"……선, 과장님."

서우가 엉거주춤 자리에서 일어났다. 벌 받는 아이처럼 고개를 푹 숙이고 등 뒤로 손을 돌려 들고 있던 삼각 김밥을 감추는 쓸데없는 짓도 잊지 않았다.

"그게 점심이에요?"

태경이 서우와 저 사이에 남아 있던 계단을 마저 오르며 물었다. 빨대가 꽂힌 채 바닥에 덩그러니 놓여 있는 딸기 우유가 묘하게 가엾기도 하고 귀엽기도 했다.

"바로 밑에 식당 놔두고 왜."

태경이 가볍게 물었다. 괜히 추궁하는 것처럼 들리고 싶지 않았다. 서우는 눈을 내리깐 채 입술을 꾹 물었다. 그 눈가에서부터 붉게 번진 열기가 관자놀이를 타고 볼 아래까지 내려가는 게 보였다.

"오늘……."

서우가 입을 열었다.

"팀장님이 출근을 안 하셨어요."

태경은 말없이 서우를 쳐다보았다.

"병가를 내셨대요. 5주간."

서우의 말끝이 파르르 떨렸다.

"무릎뼈가 부러지셨다는데……."

"저런, 어디서 넘어지기라도 했나 보죠."

태경이 여상하게 대꾸했다.

"나이도 있으신 분이 조심하지 않고."

"……."

"나중에 병문안이라도 가 봐야겠네요."

서우가 입을 다물고 태경을 물끄러미 올려다보았다. 태경 역시 태연하게 시선을 마주쳤다. 그 물기 어린 갈색 눈동자를 보고 있자니, 막 점심을 먹고 왔음에도 허기가 지는 것 같았다.

"오늘 저녁에 시간 있어요?"

"네?"

별다른 질문도 아닌데 서우는 어깨까지 펄쩍 튀며 당황해했다. 태경이 친절하게 한 번 더 앞선 질문을 토씨 하나 다르지 않게 반복했다.

"오늘이요……? 어, 그게 오늘은 제가 일이 있어서……."

저렇게 쩔쩔매면서 눈까지 피하고 말하면 속아 주고 싶어도 그럴 수가 없는데. 태경이 입꼬리를 끌어 올려 피식 웃으며 혼잣말처럼 중얼거렸다.

"서우 씨랑 데이트 한번 하기 되게 어렵네요. 번호표라도 뽑아야 되나."

"네?"

"그럼 언제면 되겠어요?"

서우가 멍하니 태경을 쳐다봤다. 태경이 재촉하듯 턱을 까딱하며 재차 물었다.

"시간, 언제 되냐고요."

"어, 그게, 어, 제가 보고 나중에……."

"나중에 연락 안 할 거잖아요."

"……."

"지금 정하죠. 얘기 길어질 것 같으면 1층 카페로 자리 옮겨도 괜찮고."

"아뇨! 아니요. 그냥 여기서 얘기하시죠……."

"그래요, 그럼. 서우 씨 편한 대로."

태경이 길게 눈을 접어 웃었다. 분명 더할 나위 없이 친절한 미소였을 텐데 서우는 전혀 편해지지 않은 기색이었다.

"저 그럼, 다음 주쯤……."

"다음 주 약속은 다음 주에 잡고."

태경이 한 번 더 매끄럽게 웃었다.

"이번 주 약속은 이번 주에 잡아야죠."

"그, 그럼……."

저는 아무 때나 괜찮은 것 같다고 말하는 서우의 목소리는 자포자기한 것처럼 힘이 다 빠져 있었다.

"그래요? 그럼 내일 퇴근하고 어때요?"

"네, 네……."

"시간은 내가 정했으니까 장소는 서우 씨가 정해요. 공평하게."

서우가 대답할 기력도 없는 듯 고개만 몇 번 주억거렸다. 그 넋

나간 얼굴을 가만 보고 있던 태경이 고개를 갸웃하며 입을 열었다.

"얼굴에 뭐 묻었는데."

"네?"

태경이 슥 손을 뻗어 서우의 아랫입술을 훔쳤다. 놀란 서우가 눈을 크게 뜨며 뒤늦게 입가를 가렸다.

"여기."

그 눈을 똑바로 마주 보며 태경이 제 손끝을 입으로 가져가 스치 듯 핥았다. 서우의 얼굴이 순식간에 확 달아올랐다. 누가 점화 스위 치라도 켠 게 아닌가 싶을 정도였다.

"이제 없네요."

태경이 짙게 미소 띤 얼굴로 안심하라는 듯 말했다.

뻔뻔한 소리였다. 애초에 아무것도 묻어 있지 않았으니까.

오후 업무가 시작된 후에도 태경은 방금 전 서우의 표정이 아른거 려 계속 웃음이 나왔다. 조심하자고 다짐했지만 무력하게 기운 빠진 얼굴을 하고 있는 걸 보면 어쩔 수 없이 심술 같은 장난기가 솟았다. 자신에게 이런 면이 있는 줄은 스스로도 몰랐다.

참으려 해도 실없이 풀리는 입가를 어쩔 수 없어 태경이 손바닥을 펼쳐 얼굴을 반쯤 가렸다. 무슨 일이 있는지 파티션 저쪽에서 큰소리 가 나고 있었지만 귀에 들리지도 않았다.

"아니, 내가 분명히 세금 계산서랑 검수 보고서 금요일까지 총무팀 에 제출하라고 했잖아요. 오늘 5시까지 자금 집행 들어가야 된다고."

"……죄송합니다, 대리님."

"이게 나한테 죄송하다고 될 일이야? 또 늦었다고 지랄지랄 할 텐데. 김현정 과장 이런 거 얼마나 싫어하는데."

민기가 제 사수인 박 대리에게 혼이 나고 있었다.

"가뜩이나 오늘 총무2팀 분위기 심각하던데, 한두 번도 아니고 어떻게 아직도 이런 실수를 해요? 어쩔 거야, 이걸."

"죄송합니다⋯⋯."

"죄송이고 뭐고 난 모르겠으니까 이민기 씨가 총무팀 가서 싹싹 빌든지 어쩌든지 해요."

"대리님⋯⋯."

"뭘 그렇게 불러요? 사고 친 당사자가 수습해야지. 그러게 내가 금요일 퇴근 전까지 마무리하라고 몇 번을 말했어."

울상이 된 막내가 안돼 보였는지 김현태 과장이 끼어들었다.

"그러지 말고 김서우 씨한테 가서 말해 봐."

"네?"

이민기와 박 대리뿐만 아니고 모니터만 줄곧 향하고 있던 태경의 고개까지 동시에 돌아갔다.

"김 과장 말고 김서우 씨한테 사정 설명하고 자료 슬쩍 찔러 주라고. 그럼 서우 씨가 알아서 할 거야."

"그래도 될까요?"

"괜찮아. 나도 몇 번 그런 적 있었어. 일단 급한 불부터 끄고 김 과장한테는 나중에⋯⋯."

"박 대리님."

작당 모의라도 하듯 소곤대던 세 사람의 머리 위로 서릿발 같은 음성이 떨어졌다. 목소리만큼이나 싸늘한 태경의 시선이 비수처럼 꽂혔다.

　"지금 바로 이민기 씨 데리고 총무팀 다녀와요."

　"네?"

　"사수 아닙니까? 사수가 뭐 하는 사람이에요?"

　"아……."

　"그런 식으로 일 처리 하는 거 타 부서에 대한 예의 아닙니다. 지금 바로 총무팀 내려가서 상황 설명하고 수습하세요."

　알겠다고 고개를 끄덕이는 민기와 박 대리의 시선이 힐끔 김현태 과장에게로 돌아갔다. 직급은 태경과 현태 모두 과장이었고, 호봉은 오히려 김현태가 앞섰지만 근시일 내에 둘의 위치가 역전되리라는 걸 모르는 사람이 없었다.

　벌써부터 내년 2월에 있을 인사철에 승진이 가장 유력하다고 회자되는 인사 중 하나가 태경이었다. 그럴 능력도, 성과도 충분히 보여 줬다.

　"다녀오겠습니다."

　그런 이유가 아니라도 태경이 정색하고 하는 말에 반발할 수 있는 사람은 별로 없었다. 얼른 서류 챙기라고 민기를 재촉한 박 대리가 파일의 겉장이 덮이자마자 그를 데리고 도망치듯 자리를 피했다. 두 사람이 떠난 자리에 부자연스러운 정적이 흘렀다. 물론 그 침묵을 어색하게 느낀 사람은 김현태뿐이었다.

*　*　*

퇴근 후 저녁을 먹고 거실 테이블 앞에 앉아 습관처럼 다이어리를 펼치던 서우는 호텔에서 배 팀장과의 일이 있었던 게 불과 사흘 전이라는 것에 새삼 놀라고 말았다. 체감으론 한 달도 더 된 것 같은 기분인데.

그도 그럴 것이 상당히 스펙터클한 주말이었다. 지금도 당장 어디든 머리를 대면 금세 잠들어 버릴 것처럼 피곤했지만 아직 할 일이 남아 있었다. 딸깍 볼펜을 누른 서우가 내일 날짜에 동그라미를 쳤다. 한 번에 그치지 않고 계속해서 뱅글뱅글 원을 그렸다.

내일 저녁. 태경과 만남. 장소는 서우가 정한다. 공평하게.

'공평하게.'

도통 일이 어떻게 돌아가는지 모르겠다.

오늘 아침, 꼬박 밤을 새우고 출근하면서 서우는 진심으로 회사를 그만둘 각오를 했다. 평소보다 신경 써서 각 잡힌 정장을 입고 혈색 없는 입술에 립밤을 몇 번이나 덧바르면서 배 팀장을 만나면 어떻게 행동할지, 어떤 표정을 짓고 무슨 말을 해야 할지 몇 번을 곱씹어 생각하고 또 생각했다.

그런데.

"팀장님 오늘부터 출근 못 하십니다. 5주간 병가예요."

평소보다 정신없는 모습으로 출근한 현진우가 흐트러진 머리카락을 위로 쓸어 올리며 말했다. 깃이 살짝 구겨진 셔츠의 단추가 두어 개

풀린 채였고 넥타이도 비뚤어져 있었다.

"당분간 제가 팀장 대리를 맡습니다. 결재 라인 그렇게 정리해 주세요."

갑작스러운 소식에 팀원 모두 놀랐겠지만 서우만큼 놀란 사람은 없을 것이다. 염려와 성가심이 반쯤 섞인 눈으로 주은이 무슨 일인데 이렇게 예고도 없이 5주씩이나 병가를 내냐고 물었다.

"금요일에 계단에서 실수로 구르셨다는데 무릎뼈가 깨져서 수술받으셨대요."

사실은 도망치고 싶었다. 학창 시절에도 그랬던 것처럼 서우는 오늘도, 출근하는 내내 시퍼런 긴장이 날카롭게 위장을 쑤셔 대는 감각을 느끼며 그냥 이대로 아무도 모르는 곳으로, 어디든 상관없으니 여기가 아닌 곳으로 달아나고 싶었다.

욕실에서 쓰러져 머리가 깨지거나 가스 불에 화상을 입거나 하다 못해 도로가 푹 꺼져 땅속 깊은 곳으로 잠기는 상상까지 했다.

하지만 그러기엔 서우가 너무 운이 좋은 모양이었다. 내던져도 되돌아오는 부메랑처럼 서우는 결국 사무실 제 자리에 앉아 있어야 했다. 파티션 너머, 배 팀장이 고개를 들면 제 모습이 고스란히 보이는 곳에.

그랬는데.

서우가 자포자기한 채 마구잡이로 중얼대던 소원이 이루어졌다. 물론 방향이 완전히 다르긴 했지만 어쨌든 당분간 숨 쉴 틈은 번 셈이었다. 어쩌다 뼈가 부러졌는지는 몰라도 서우가 걱정할 일은 아닐…….

'잠깐.'

그 순간, 그날 주차장으로 내려온 태경의 말이 스친 것은 자신도 전혀 예상치 못한 일이었다.

"방금 살해당할 뻔한 사람치고는 아주 멀쩡하게 걸어 나갔으니까."

설마. 서우가 제 생각이 스스로도 어이없다는 듯 고개를 저었다. 피식 새어 나오려던 웃음이 목구멍과 입술 사이에서 어중간하게 굳었다.

서태경. 배 팀장과는 다른 의미로, 그 역시 어젯밤 서우의 잠을 설치게 만들고 출근을 두렵게 만든 장본인이었다. 다행히도 이쪽은 불가피하게 겹치는 구역이 없어 어디가 부러지지 않아도 마음만 먹으면 충분히 피할 수 있었다.

그런 안이한 생각으로 점심때 구내식당 대신 비상구 계단을 택했다가 낭패를 보았다. 외나무다리 위에서 호랑이를 만난 셈이었다.

"……."

덜컥 볼펜 끝이 무언가에 걸리는 느낌에 서우가 문득 정신을 차렸다. 무의식적으로 놀리던 펜 끝이 결국 다이어리에 구멍을 냈다. 낭패스러운 눈으로 볼펜을 내려놓은 서우가 냉장고로 가 소주병을 꺼내 들었다. 식기 건조대에서 컵도 하나 챙겨 들고 다시 테이블 앞에 앉았다.

내일 저녁. 태경 만남. 장소는 서우가. 공평하게.

예전 채윤의 추천으로 적어 두었던 식당의 목록을 재검토하며 서우가 고뇌에 찬 한숨을 내쉬었다.

"장소……."

이 와중에 별것 아닌 것 같으면서도 결코 가볍게 여길 수 없는 문제였다. 대체 장소를 어디로 잡아야 좋단 말인가. 어떻게 해도 태경의 마음에 들 자신이 없었고 그렇다고 그의 취향을 무시할 배짱도 없었다.

혹시 모르니까 회사와 가깝지 않으면서 사람들이 많이 찾을 만큼 유명하지 않은 데다 맛도 있고 분위기도 괜찮고 평일 저녁에 부담되지 않도록 집에서도 그다지 멀지 않은 곳.

"그게 어딘데, 대체……."

구구절절 조건들이 붙어 있지 않아도 이런 쪽으로는 무능에 가까운 서우였다. 친구도 별로 없고 사교 활동이랄 게 거의 없다 보니 경험치가 극단적으로 부족했다. 한참이나 인터넷을 뒤져 온갖 블로그와 카페의 식당 후기와 추천 등을 살펴보던 서우는 어느새 소주 한 병을 다 비우고 있었다.

"뭔가 좀 힌트라도 있으면……."

한탄하며 서우가 리스트를 작성하고 있던 볼펜을 다소 거칠게 움직였다. 서태경은 복잡하고 시끄러운 곳을 싫어하고 깔끔한 것을 좋아한다. 입은 짧은데 딱히 가리는 음식은 없는 듯하다. 해산물이나 육류, 채소도 다 잘 먹는다.

이런 건 힌트라고 할 수도 없다. 이 정도 정보로는 거를 수 있는 게 아무것도 없다. 오히려 선택에 혼선만 미칠 뿐이다. 조용하다면 어느 정도로? 깔끔한 정도면 얼마나 깔끔해야? 육류, 해산물, 채소가 다 좋으면 대체 그중에 뭘?

"어려워……."

모르겠어. 중얼거린 서우가 그대로 테이블 위에 얼굴을 묻었다. 술 기운이 오른 탓인지 뺨에 닿은 나무 표면이 생각보다 차가웠다. 눈을 깜빡이며 정면의 창을 바라보니 거울처럼 반사된 거실 풍경이 희미하게 보인다.

그곳에 비치는 사람이 제가 맞는지 확인이라도 하듯 서우가 손을 몇 번 흔들어 보다 피식 웃고는 그대로 뒤로 벌렁 드러누워 옆에 있던 담요를 끌어당겼다.

"맛있는 거 먹고 싶다……."

천장으로 향한 눈을 깜빡이며 서우가 졸리는 사람처럼 중얼거렸다. 어디든 좋으니까 맛있는 음식을 먹고 싶었다. 나중에 생각해도 그 집 참 맛있었지 하고 기억에 남을 만한 맛있는 것을 태경에게 사주고 싶었다. 그럴 수 있다면 그 한 끼에 남아 있는 통장 잔고를 다 털어도 좋을 것 같았다.

\* \* \*

[오늘은 내 차 타고 출근하죠]

아침에 일어나자마자 본 메시지에 서우는 잠기운이 덜 가신 눈을 끔뻑였다.

[어차피 저녁에 같이 움직일 거니까.]

[7시 50분까지 아파트 밑에 있을게요.]

벌써 한 시간도 더 전에 태경이 보낸 메시지였다. 길지도 않은 그 세 줄을 몇 번이고 반복해 읽어 내리던 서우의 눈에 액정 상단의 시계가 들어왔다. a.m. 7:30. 그것을 보자마자 어떻게 좋게 돌려 거절할까 고민하던 것도 잊고 벌떡 일어나 욕실로 뛰어 들어갔다.

10분 만에 샤워를 마치고 옷을 주워 입고 가방을 챙기며 팩트와 립밤만으로 화장을 마쳤다. 현관문이 채 닫히기도 전에 몸을 날려 엘리베이터 버튼을 연타하는데 운 나쁘게도 막 제 층수를 지나쳐 내려가는 참이었다.

출근하는 직장인과 등교하는 학생들로 엘리베이터가 쉴 틈 없이 바쁜 시간대였다. 미련 없이 몸을 돌린 서우는 그대로 계단을 뛰어 내려갔다.

"하아, 하……."

아침부터 공복에 격한 유산소 운동을 했더니 머리가 어질어질했다. 공동 현관을 빠져나와 쏟아지는 햇살에 얼핏 눈살을 찌푸리는데 몇 걸음 떨어진 곳에 서 있는 태경의 차가 보였다. 태경도 서우를 봤는지 차창이 스륵 내려갔다. 아직 채 진정되지 않은 심장이 쿵쾅쿵쾅 뛰었다.

"안녕하세요, 선배님."

가까스로 숨을 고른 서우가 얼른 그 앞으로 가 인사를 했다. 태경도 덤덤하게 네, 하고 인사를 받았다. 그러고는 얼른 타라는 듯 고개를 옆으로 까딱했다.

"저기, 그런데요. 선배님."

말이 떨어지자마자 태경이 설핏 미간을 구겼다. 또 시작이냐는 눈빛이다. 서우는 마치 자신이 구제 불능 말썽꾼이라도 된 듯한 기분을 느끼며 일단 사과부터 했다.

"죄송한데 저는 그냥 제 차 타고 갈게요."

"……."

"아무래도 같이 가는 건 좀……."

"일단 타요. 타고 나서 얘기해요."

서우가 난처한 얼굴로 눈만 깜빡였다. 일단 타면 그대로 끝 아닌가. 더 얘기할 게 없는데.

"그게……."

"타요."

태경이 그대로 차창을 올려 버렸다. 그리고 한술 더 떠 조수석 문을 확 열어젖혔다. 어쩔 수 없이 서우가 일단 차에 탔다. 숨을 몰아쉬며 습관처럼 안전벨트를 더듬는데 태경의 손이 불쑥 어깨를 스쳤다.

"머리에 고드름 맺혔어요."

깜짝 놀란 서우가 반사적으로 어깨를 움츠리는 것에도 아랑곳하지 않고 태경은 서우의 머리카락 끝을 손가락으로 짓누르듯 문질렀다. 내리깐 눈을 들어 서우와 시선을 맞췄다.

"겨울에 이러고 다니면 감기 걸려요."

서우가 뭘 하기도 전에 태경이 먼저 손을 떼고 난방을 더 높였다.

얼굴이 또 달아오르는 것 같았다. 어색하기도 하고 민망하기도 한 기분을 감추려 서우는 늦잠을 자서 그렇다며 변명처럼 중얼거렸다.

"그럼 아침은 당연히 못 먹었겠고."

말과 동시에 뒷좌석으로 길게 팔을 뻗은 태경이 부스럭거리는 종이봉투 하나를 서우의 품에 안겼다. 엉겁결에 받아 든 서우가 입구를 열어 안을 보니 네모난 플라스틱 상자에 포장된 샌드위치와 커피가 들어 있었다.

"가면서 먹어요."

"네?"

더 말할 새도 없이 태경이 차를 출발시켰다. 서우가 저기, 선배님, 하고 다급하게 목소리를 냈지만 태경은 돌아보지도 않고 왜요, 하고 태평하게 대답했다.

"저 같이 간다고 말 안 했는데……."

"안전벨트 맸잖아요."

"……."

"뭘 그렇게 신경 쓰는지 모르겠네. 아니 땐 굴뚝에 연기라도 날까 봐 그래요?"

"네?"

"우리 회사에도 출퇴근 때 카풀하는 사람 많아요. 아니, 애초에 사람들은 그렇게까지 남들 일에 관심 없어요."

그 말에 동의할 순 없지만 서우는 더 이상 아무 말도 하지 않았다. 말로든 고집으로든 태경을 이길 자신이 없었다.

"먹어요. 식기 전에."

태경이 앞쪽에 시선을 둔 채 무심한 어조로 말했다. 핸들을 잡은 긴 손가락이 햇살 때문인지 유난히 하얗게 빛났다. 복잡한 출근길 도로를 달리면서도 그의 표정은 여유가 넘쳤고 어딘가 나른해 보이기까지 했다. 동시에 흔들림 없이 정면을 응시하는 또렷한 눈동자와 굳게 다물린 입술은 누구의 방해나 간섭도 용납하지 않을 만큼 견고해 보였다.

"······감사합니다."

먹을 기분은 아니었지만 이거라도 먹고 있으면 다른 무언가를 하지 않아도 될 것 같았다. 서우는 고개를 숙인 채 최대한 천천히 조금씩 샌드위치를 베어 물고 커피를 삼켰다. 회사에 도착할 때까지 아무 말도 할 필요가 없도록.

태경 역시 서우의 식사를 방해하지 않으려는지 한동안 말이 없다가 회사 빌딩 꼭대기가 보일 때쯤 입을 열었다.

"오늘 어디 갈지 정했어요?"

서우가 머금고 있던 커피를 꿀꺽 삼키며 고개를 끄덕였다.

"네, 어, 근데 마음에 드실지 모르겠어요."

"거래처 접대하는 것도 아닌데 뭐 그렇게 비장해요."

태경이 피식 웃었다.

"그래서 어딘데요?"

"그냥 이탈리안 레스토랑인데······."

장고 끝에 서우가 고른 곳은 윤성이 민재와 함께 데려가 주었던 그 레스토랑이었다. 태경도 처음 점심을 먹을 때 파스타집을 골랐으니 적어도 싫어하진 않을 것 같았다.

"그래요. 그럼 이따 같이 가 보죠."

태경이 깔끔하게 말을 맺었다. 지하 주차장에 도착해 엘리베이터 로비로 향하자 얼굴도 모르는 회사 사람들이 몇 서서 엘리베이터를 기다리고 있었다.

서우가 무의식적으로 걸음을 늦추자 태경도 따라 늦췄다. 거리를 띄우려는 의도였는데 전혀 뜻대로 되지 않았다. 그 바람에 오히려 막 도착한 엘리베이터만 놓칠 뻔했다. 놀란 서우가 후다닥 달려가 엘리베이터 버튼을 꽉 눌러 잡고 태경을 돌아보았다.

"고맙습니다."

전혀 서두르지 않고 걸어온 태경이 엘리베이터에 오르며 서우에게 인사를 했다. 가벼운 웃음기를 담고 바라보는 눈빛이 너무 따스해서 서우는 저도 모르게 눈을 피하고 말았다.

1층에서 문이 열리자 기다리고 있던 사람들이 와르르 쏟아져 들어왔다. 이미 타고 있던 사람들은 안쪽에 다닥다닥 붙어 서야 했다. 마지막까지 못 탈 것 같다고 망설이는 직원 하나를 다른 직원이 괜찮다며 끌어당겼고, 그 말대로 용케도 제한 하중에 걸리지 않고 문이 닫혔다.

"……."

모서리 쪽에 있던 태경이 벽에 바짝 붙어 서는 게 느껴졌다. 서우가 눈을 굴려 힐끔 태경을 보았다. 무표정한 얼굴이지만 서우는 태경이 불편해한다는 걸 알았다. 그와 어깨를 겹치고 서 있던 서우가 앞쪽으로 꾸물꾸물 몸을 움직였다. 최대한 그의 면적을 확보해 주려는 의도였다.

층수가 올라갈수록 인구 밀도도 낮아졌다. 그런데도 자꾸 따라붙는 체온이 느껴져 의아했다. 총무팀은 7층이고 개발팀은 9층이었다. 서우가 먼저 내리며 조그맣게 수고하세요, 하고 인사를 하자 태경도 화답하듯 눈을 가볍게 감았다 떴다.

[근무 잘하고 이따 저녁에 봐요.]

복도를 걷는데 태경의 메시지가 도착했다. 한참을 물끄러미 그것을 바라보다가 사무실로 들어가 컴퓨터를 켰다. 부팅이 되기를 기다리며 자리에 앉아 휴대폰 액정을 내려다보는데 메시지가 하나 더 들어왔다.

[서우 씨는 은근히 나쁜 습관이 많네요.]
[읽고 씹는 것도 그렇고.]

보내려고 했다. 다만 생각이 길어져서 그랬을 뿐.

[죄송해요. 지금 쓰는 중이었어요.]
[타자가 많이 느린가 봐요.]

[괜찮아요. 내가 적응하면 되니까.]
[서우 씨 속도에.]

놀림인가.

[다른 사람들한텐 계속 그렇게 해요.]
[거북이처럼.]

놀리는 게 확실했다.
근데 왜 갑자기 신난 것 같은 느낌이지.

* * *

아침에만 해도 햇살이 제법 밝았는데 점점 날이 흐려지기 시작하더니 오후가 되자 사나운 바람이 불며 일몰이 오기도 전에 하늘이 컴컴해졌다. 늘 그렇듯 안녕하세요, 선배님, 하고 정직하기 그지없는 인사를 한 서우가 조수석 문을 열자 시린 냉기가 침범하듯 안쪽을 파고들었다.

"많이 기다리셨어요?"

자리에 앉자마자 제 손으로 야무지게 안전벨트를 매며 그렇게 묻는 서우의 양 볼과 코끝이 빨갛게 얼어 있었다. 시종 딱딱한 눈빛으로 서우를 보고 있던 태경이 못마땅하다는 듯, 혹은 어쩔 수 없다는 듯 작게 혀를 한 번 찼다.

퇴근 무렵, 회사 지하 주차장이 아닌 걸어서 10분이나 떨어진 길 위에서 굳이 차를 타겠다는 메시지를 받았을 땐 은근 열이 받아서 김서우 씨는 내가 그렇게 부끄럽냐고 한마디 해 주려 했다. 그런데 막상 찬 바람이 불어오는 거리를 걸어오느라 얼어붙은 얼굴을 보자 심술을 부릴 수가 없었다.

"……출발하게 내비 찍어요."

태경이 자리를 내주듯 슬쩍 등받이에 몸을 기대며 말했다. 네, 잠깐만요, 하고 중얼거린 서우가 내비게이션의 검색창에 상호명을 입력하기 시작했다.

세상 진지한 표정으로 자음과 모음을 하나하나 두드리는 얼굴이 제법 귀여워서 태경은 앙금처럼 남아 있던 심술이 완전히 사라졌다. 엷게 쌍꺼풀이 진 순한 눈매와 작은 코, 집중하느라 살짝 벌어진 입술을 빤히 쳐다보던 태경이 이내 뭔가를 발견하고 뜻밖이라는 듯 눈을 가늘게 떴다.

"다 했어요."

서우가 개운한 표정으로 손을 떼고 몸을 바로 세웠다. 다음 차례를 기다리듯 말똥말똥한 눈동자를 물끄러미 보며 태경은 꼼짝도 하지 않았다. 그러자 또 무슨 일인가 싶었는지 투명한 갈색 눈동자가 의문과 불안으로 슬쩍 흔들렸다.

"아침이랑 다른데."

"네?"

"화장, 다시 했어요?"

이런 건 그냥 모른 척 넘어가 주는 게 매너 좋은 남자라는 건 안다. 지금까지는 태경도 대체로 그래 왔다. 사실 일부러 언급하지 않는다기보다는 그냥 몰랐거나 딱히 관심이 없어 화제 삼지 않은 경우가 더 많았지만.

"어, 그게……."

아니라고도, 맞는다고도 하지 못하고 서우가 우물쭈물했다. 한결 누그러진 얼굴이 된 태경이 입가에 미소를 띤 채 난처해하는 작은 얼굴을 바라보았다.

저를 만나겠다고 퇴근 후 새로 화장을 했을 걸 떠올리니 가슴 한편이 간질간질했다. 이까짓 게 뭐라고 이러나 싶다가도 흐뭇한 건 어쩔 수 없었다.

"예쁘네요."

그럴 리가 없는데 화르르 불이 번지는 소리가 들리는 것 같았다. 순식간에 빨갛게 물드는 얼굴을 태경은 눈도 깜빡하지 않고 쳐다봤다. 서우가 얼른 시선을 피하며 고개를 제 무릎 위로 처박았다. 밤색 머리카락이 길게 흘러내리며 삼각주처럼 드러난 하얀 목덜미가 태경의 시선을 잡아끌었다.

"뒤에 담요 있으니까 추우면 덮어요."

말은 그렇게 하면서 태경이 손을 뻗어 담요를 집어 서우의 무릎 위에 올렸다. 내비게이션에 표시된 예상 소요 시간은 20분이었다. 정확히 그보다 5분이 단축된 시간이 지난 뒤, 태경은 서우와 함께 외벽이 반짝이는 검은 대리석으로 마감된 이탈리안 레스토랑에 들어서고 있었다.

"김서우 님. 자리 안내해 드리겠습니다."

꼿꼿하게 걷는 서버의 뒤만 똑바로 따라가는 서우와 다르게 태경은 무심한 시선으로 주위를 둘러보며 슬렁슬렁 걸었다. 안내받은 곳은 아담한 정원이 내다보이는 창가 쪽이었다. 내부 인테리어도, 창밖 풍경도 그리 나쁘지 않았지만 어차피 오늘 저녁 태경의 시선이 머물 곳은 한곳밖에 없었다.

태경은 메뉴 선택도 서우에게 맡겼다. 미리 생각해 둔 바가 있었는지 서우는 태경에게 몇 가지만 물은 후 빠르게 주문을 마쳤다. 요리를 내놓고 평가를 기다리는 초보 셰프처럼 긴장과 설렘이 담긴 표정으로 저를 힐끗거리는 서우를 알면서도 잠시 품평하듯 내부를 탐색하며 시간을 끌던 태경이 마침내 입을 열었다.

"자주 오는 곳이에요?"

"아뇨, 두 번째예요."

"첫 번째는 누구랑 왔어요?"

서우가 조금 머뭇거렸다.

"가족들이요."

"아, 가족."

태경의 표정이 느슨해졌다. 서우가 한 번밖에 안 왔지만 음식이 참 맛있었다며 아마 선배님도 드셔 보면 나쁘지는 않을 거라고 했다. 태경은 벌써 마음에 들었으니 괜한 걱정이었다.

"가족 관계는 어떻게 돼요?"

첫 번째로 나온 가리비 관자를 먹으며 태경이 가벼운 투로 물었다. 김서희야 익히 알고 있던 존재고, 산행 때의 일로 어린 동생 하나가 있는 것도 알게 됐지만 정확한 가족 관계는 모른다. 서우가 씹고 있던 것을 꿀꺽 삼키고 부모님과 동생 하나가 있다고 했다.

"그때 그 초등학생?"

"네."

"나이 차이가 꽤 나네요."

"네. 제가 스물두 살 때 태어났으니까……."

"부모님이 금슬이 참 좋으셨나 봐요."

뻔뻔하게 하는 말에 서우는 아무 말도 하지 않았다.

"그럼 그때까지 서우 씨는 막내였어요?"

"네……."

"나는 외동이에요."

"아."

"뭐예요, 그 표정은."

"네?"

"딱 외동 같다, 그런 얼굴인데."

"아니, 아닌데요."

아니긴, 하는 표정으로 태경이 눈을 가늘게 뜨며 서우를 쳐다보았다.

"안타깝게도 우리 부모님은 그렇게 금슬이 좋지 않아서요. 내가 고등학교 졸업할 무렵에 두 분도 이혼했고 그 뒤로 아버지와는 거의 왕래가 끊겼어요. 어머니하고 둘이 살았는데 뭐, 그것도 대학 때 독립을 해서 따로 사는 거나 마찬가지지만."

우뚝 굳어 버린 서우를 향해 계속 먹으라고 손으로 재촉하며 태경이 말을 이었다.

"기억이 나는지 모르겠는데, 예전에 서우 씨가 나한테 군대 잘 다녀오라고 인사하러 왔던 그 집이요. 어머니는 아직도 거기 살아요."

"……"

"그러고 보니 그런 시절도 있었죠. 김서우 씨가 먼저 나를 찾아오기도 하던."

서우는 아무 말도 없었다. 갑자기 입맛이 뚝 사라진 사람처럼 난처한 얼굴로 내리깐 눈을 접시에만 두고 있었다.

"말이 나와서 말인데."

태경이 의미심장하게 말끝을 늘이자 서우가 얼른 물컵을 더듬어 잡고 살짝 목을 축였다.

"그때 동아리 왜 그만뒀어요?"

대충 정재호와 싸웠다는 얘기는 들었지만 아무것도 모르는 척 태경이 물었다.

"아, 동아리요?"

무슨 얘기가 나올지 몰라 불안한 기색이 역력하던 서우는 약간 안심한 표정을 지었다.

"그게 잘 기억은 안 나는데, 두 번째로 MT를 갔을 때인가? 암튼 처음부터 저를 좀 싫어하던 남자 선배가 한 명 있었거든요."

"……."

"선배는 기억 못 하시겠지만 그때 제 머리가 핑크색이었어요. 귀에 피어스도 많이 박고…… 근데 그 선배가 그런 걸 유난히 싫어하시더라고요. 사실 싫어한 건 스타일뿐만이 아니었던 것 같긴 한데."

계속해서 트집을 잡을 때마다 서우는 못 들은 척하거나 어설프게 웃어넘기곤 했는데 그는 그런 서우의 태도에 더 화가 나는 듯했다. 결국 여름에 계곡으로 간 MT에서 갈등이 폭발했고 대판 싸운 후 서우는 그 길로 곧장 이탈하여 서울로 돌아갔다. 자연히 그날이 서우가 마지막으로 동아리 활동을 한 날이 되었다.

"그게 다예요?"

"네?"

"단순히 말싸움을 한 게 전부냐고요."

태경이 미미하게 미간을 구기며 물었다. 그는 정재호를 잘 알고 있었다. 의식 없는 인간들 중에서도 질이 나쁜 축이었다. 심심하면 염불처럼 외던 군대 얘기 중에도 성매매 얘기가 빠지지 않았고, 전 여자 친구도 술을 먹고 정신이 없는 틈에 사고를 쳐 사귀게 됐다고 했다. 그게 뭐가 문제인지도 모르는 인간이었다.

"어, 네……."

거짓말이다.

"단순히 말다툼 좀 했다고 그 시골에서 오밤중에 혼자 나와요?"

"……좀 흥분했었나 봐요. 이젠 기억도 잘 안 나요. 내가 왜 그랬는지."

서우가 억지웃음 비슷한 것을 지었다.

"그 선배 얼굴도, 이름도 잘 기억 안 나는데……."

뭐였더라? 하면서 서우가 미간을 찌푸리며 기억을 떠올리려 애를 썼다. 태경이 대신 말했다.

"정재호."

"아, 맞다. 정재호."

서우가 박수를 짝 치며 태경을 쳐다보았다.

"어떻게 아세요? 선배는 그때 있지도 않았는데."

"그럴 만한 사람은 정재호뿐이니까."

개새끼. 눈에 띄면 가만 안 둔다.

"생각해 보면 좀 참을 걸 싶기도 했어요."

서우가 포크로 접시 위에 놓인 파스타를 둘둘 감으며 시선을 내리 깐 채 혼잣말처럼 중얼거렸다.

"그렇게 짧게 대학 생활 할 줄 알았다면, 그냥 참을 걸 그랬어요."

담담한 말투 속에 아쉬움이 잔잔히 깔려 있었다. 태경이 슬쩍 미간을 구겼다. 무슨 일인지는 모르지만 그 이듬해에 뭔가 심상치 않은 일이 서우의 신상에 일어난 게 분명했다. 한창 재기 넘치는 미대생이 자퇴를 하고 파견직 노동자가 되어 돈을 벌지 않으면 안 되었던 무슨 일인가.

묻지 않는 게 예의겠지. 사실 안 들어도 뻔한 내용이다. 경제적 파탄. 원인이야 여러 가지겠지만 남에게 얘기할 만한 것도 아닐 테고 들어 봐야 즐겁지도 않겠지만.

"대학은 왜 그만뒀는데요?"

태경이 물었다.

"어…… 그냥 집안 사정 때문에요."

조금 망설이다 서우가 내놓은 답은 간편하고 형식적인 것이었다. 그래 놓고 태경을 똑바로 보지 못하고 포크를 내려놓은 채 슬그머니 시선을 내리깔았다. 자신은 남의 부모님 이혼 얘기까지 들은 마당에 막상 제 일은 그런 식으로 두루뭉술하게 회피하는 게 비겁하다 느끼는 게 틀림없었다.

참 김서우다운, 쓸데없는 생각이다. 제 가정사에 대한 과도한 정보를 일방적으로 털어놓은 건 태경 본인이었다. 서우는 피할 새도 없이 폭격을 당한 거나 마찬가지였다. 게다가 지금은 제 집안 사생활까지 털릴 참인데.

"무슨 사정인데요? 집이 망하기라도 했어요?"

그것도 이렇게 끈질기고 무례하게.

"어…… 잘은 모르지만."

서우가 만사 포기한 얼굴로 입을 열었다.

"망했다고 하는 건 그러니까, 뭐 대단한 부잣집이나 기업이나 그런 데 쓸 말 같아서."

"뭐 크든 작든 망한 건 망한 거죠."

"그렇다면 망했다는 말이 맞네요."

그러면서 설핏 웃었다. 그 속없는 얼굴을 보며 태경은 얼굴도 보지 못한 그의 부모님을 향해 소리 없는 비난을 퍼부었다.

다 큰 자식 하나도 건사 못 해 하던 학업도 중단시키고 부려 먹을 정도로 폭삭 망한 주제에 또 무슨 애를 낳아. 가만 보니까 그 애 뒤치다꺼리도 김서우가 다 하는 것 같은데.

'안팎으로 호구 취급이네.'

슬그머니 성질이 올라왔다.

"그래서, 주중엔 회사에서 알뜰하게 혹사당하는 직장인이 주말까지 뼈 빠지게 아르바이트하면서 망한 집안 일으키는 중이에요?"

"아뇨. 일으키는 중은 아니고."

서우가 고개를 갸웃하며 신중하게 말을 골랐다.

"그냥 유지하고 사는 거죠."

일으키는 건 불가능하단 소리다. 유지라는 것도 그냥 버틴다는 소리였다. 태경의 낯빛이 더 굳어진 줄도 모르고 할 말을 마친 서우가 다시 제 스테이크를 써는 데 몰두했다.

칼이 잘 안 드는지, 손에 힘이 없는지 제대로 못 썰고 버벅대기에 태경이 말도 없이 접시를 끌어다 단숨에 고기를 먹기 좋은 한 입 크기로 깔끔하게 자른 후 도로 서우 쪽으로 밀어 주었다.

"근데 왜 하필 술집이에요?"

감사합니다, 하고 중얼거리는 서우의 말을 끊으며 태경이 물었다.

"주말 밤에 그렇게 일하면 일주일 내내 피곤하지 않아요?"

"그렇긴 한데, 할 만해요. 매주 하는 것도 아니고 승준 오빠가 많이 배려해 주셔서."

"배려? 알바비를 많이 주기라도 해요?"

서우는 고개를 끄덕였지만 태경은 믿지 않았다. 사적으로 좋은 사람인 것과 금전적으로 엮이는 건 별개 문제다. 어릴 때부터 경제적으로 그리 넉넉한 환경에 있지 못했던 승준은 돈에 악착같은 데가 있었다.

주말이나 야간 추가 수당은 꼬박꼬박 챙겨 줄까? 분명 최저 시급이나 주면 다행일 거다.

"역시 고등학교 친분이 대학보다 훨씬 좋긴 한가 봐요."

"네?"

"왜 그런 말 있잖아요. 고등학교 때 친구가 평생 친구라고."

맥락을 잘 모르겠다는 눈빛을 하고서 서우가 기계적으로 고개를 끄덕였다.

"근데 나도 따지고 보면 고등학교 친분인데."

다 아는 사실을 굳이 왜 또 말로 하는지 모르겠다는 듯 멀뚱히 저를 바라보는 얼굴을 보자 태경은 그만 허탈해졌다. 그만두자. 어차피 이런 식으로 에둘러 질투해 봤자 애는 알지도 못할 텐데. 이쪽만 구차해지지.

질투. 그랬다. 저와는 그렇게 야멸차게 연락을 끊어 놓고 승준과는 계속 연락을 했다는 게 질투가 났다. 고등학교 때도 그렇고 지금도, 승준에게만 오빠 호칭을 붙이는 것도 거슬렸다. 생각 같아선 주말 아르바이트고 뭐고 다 그만두었으면 싶었다.

문득, 태경은 저도 부업으로 가게나 하나 차려 볼까 하는 생각이 들었다. 밝은 대낮에 영업을 하고 몸도 그다지 힘들지 않으면서 사람 상대는 최소한으로 하는 그런 가게면.

'나쁘지 않을 것 같은데.'

태경이 급작스레 떠오른 사업 계획을 검토해 보는 동안 디저트까지 다 먹고 식사가 끝났다.

단것을 좋아하는지 서우는 식전 빵을 포함해 코스로 나온 여섯 개의 메뉴 중 디저트로 나온 티라미수를 제일 맛있게 먹었다. 배가 작은지 스테이크 즈음에 가서는 음식에 대한 의욕이 현저하게 떨어지는 게 눈에 보였는데 티라미수만큼은 싹싹 긁어 야무지게 다 먹었다.

'애들 입맛이네.'

안 봐도 식습관 역시 엉망일 게 뻔하다. 아침은 아예 안 먹고 점심 때도 식판을 보면 편식하는 게 훤히 보였다. 그 와중에 많이 먹지도 않는다. 어린애 입맛인데 입도 짧다.

'그러니까 저렇게 다 작지.'

손도 팔도 어깨도 얼굴도 다 작다. 작고 가늘고 아슬아슬해 보여서 조심스러운데 한편으론 오밀조밀 신기하고 예뻐서 자꾸 만지고 건드리고 싶다.

"이런 법이 어디 있어요."

계산대 앞에서 태경이 또다시 먼저 계산을 마쳤다는 소리를 들은 서우가 당혹감을 표출하며 딴엔 제법 강하게 항의를 했다.

"제가 사 드리기로 했잖아요. 그런데 또 이러시면 어떡해요."

이번에야말로 그냥 넘어가지 않겠다는 듯 미간에 결의가 단단히 서렸다. 밥 사 주고도 좋은 소리는커녕 반발만 샀지만 태경은 제 뒤에 따라붙어 종알종알 투덜대는 소리가 듣기 싫지 않았다.

"이럴 순 없어요. 오늘은 정말 안 돼요. 선배님 계좌 번호 불러 주시면……."

"누가 데이트 비용을 계좌 이체로 받아요?"

"네?"

서우가 한순간 목소리를 빼앗긴 인어 공주처럼 태경을 보았다.

"데이트는 원래 먼저 신청한 사람이 계산하는 거예요."

"……."

"서우 씨가 계산하고 싶으면 서우 씨가 먼저 신청하면 되겠네요."

태경이 서우에게 눈을 맞추며 태연하게 웃었다. 서우가 얼이 나간 사이 태경이 먼저 몸을 돌려 걸어갔다. 입구에 멈춰 서서 문을 잡고 안 와요? 하고 부르자 서우가 눈도 깜빡하지 않고 처음 보는 사람처럼 태경을 봤다.

"……."

서우는 지금 제 표정이 어떤지 모를 것이다. 기쁨도 슬픔도, 거부감도 반가움도 아니었다. 단순히 난처하다거나 곤란한 것도 아니었다.

아, 이건 안 좋은데.

촉이 왔다. 저도 모르게 태경이 한 발 내딛는 순간, 서우가 느리게 태경의 옆으로 걸어왔다. 거의 중력이 느껴지지 않는 걸음걸이였다.

"잘 먹었습니다."

살짝 메마른 목소리였다. 조바심에 입술이 마르는 것을 느끼며 태경이 서우를 조수석에 태우고 저도 운전석에 올라탔다.

"갈까요?"

"네."

서우가 얌전히 고개를 끄덕였다. 묘하게 가라앉은 태도였다. 침묵이 쌓일수록 긴장도 고조되었다. 태경은 최대한 평연한 자세로 운전을 하며 곧 닥쳐올 무언가를 기다렸다.

"계좌 번호 주세요."

왔다.

"오늘 저녁 식사값 이체해 드릴게요."

태경은 못 들은 사람처럼 앞만 보고 있었다.

"저는 데이트 안 해요."

서우가 자조도, 비관도 없는 담담한 어조로 말했다.

"연애도 안 해요. 그런 거 저는 못 해요. 저는 지금 연애를 할 때가 아니에요. 먹고사는 것만 해도 빠듯해서 누군가, 다른 사람을 담을 공간이, 그럴 마음의 여력이 없어요."

가능하다면 태경은 눈을 감고 싶었다. 망설이지도 더듬거리지도 않고 평온하게 자신의 의견을 개진하는 서우의 음성은 단 한 마디도 놓치고 싶지 않을 정도로 좋아서, 이런 상황만 아니라면 잠깐만 멈추라고 하고 녹음을 하고 싶을 정도였다.

"실은 저도 한때 선배님 좋아한 적 있었어요."

"알아요."

서우가 설핏 웃었다.

"선배님 너무 좋은 사람이죠. 잘생기고 다정하고 멋있고 사내에서 평판도 좋고."

"칭찬인데 별로 달갑진 않네요."

태경이 덤덤하게 말했다.

"그 뒤에 진짜 본론이 나올 것 같아서."

"저한테도 너무 잘해 주셨어요."

"……."

"근데 그러면 안 되잖아요."

"……."

"오다 가다 만난 모르는 사람도 아니고 선배님이잖아요."

목이 멘 듯 살짝 쉰 목소리가 나왔다.

"더는 안 될 것 같아요. 더는 이렇게……."

"……."

"선배님 같은 사람이 계속 이렇게 잘해 주면 저는 분명히 또, 기대고 싶어질 텐데……."

더 기다려도 다음 말이 나오지 않았다. 충분한 시간을 주었다고 판단한 태경이 이윽고 입을 열었다.

"그러면 왜 안 돼요?"

"네?"

"왜 안 되냐고요?"

"……방금 다 얘기한 것 같은데."

태경이 여전히 서우에게 시선을 두지 않고 말했다.

"오다 가다 만난 사람도 괜찮은데 왜 나는 안 돼요?"

"……괜찮다고 말한 적은 없는데요."

"그 말이 그 뜻 아닌가? 내 귀엔 그렇게 들리는데."

서우가 숨을 훅 들이켜는 소리가 들렸다. 내내 무릎으로 두고 있던 시선을 들고 태경을 똑바로 쳐다보더니 또박또박 말을 뱉었다.

"맞아요. 오다 가다 만난 사람은 괜찮아도 선배는 안 돼요."

"어째서?"

서우는 대답하지 않았다.

"왜 나는, 나만 안 되는데요?"

"진짜 몰라서 물으세요?"

"내가 의식돼서?"

"선배님."

"서우 씨도 흔들릴 것 같아서 그런 거 맞잖아요."

"……."

"사실은 벌써 흔들린 거 아니에요?"

말문이 막힌 듯 눈을 깜빡이던 서우가 이내 미간을 찌푸리며 피식 웃었다.

"그럴지도 몰라요. 근데 그건 중요하지 않아요."

"중요하지 않다고?"

"네, 중요하지 않아요."

이젠, 그게 그렇게 큰 의미가 없다는 걸 아니까. 죽을 것 같던 감정도, 죽어도 좋을 것 같던 설렘도 그저 작은 찻잔 속 태풍처럼 제 마음속에서만 시작되고 끝나는 일일 뿐 누구에게도, 어떤 것에도 아무런 가치도, 영향력도 가지지 못한다는 걸 안다.

"그럼 더 잘됐네."

태경이 핸들을 꺾어 갓길에 차를 세웠다. 갑작스러운 동작에도 흔들림은 거의 없었다.

"아무 의미도 없는데 연애 좀 하면 어때요?"

"……."

"김서우 씨 말대로라면 별것도 아니잖아요?"

"선배님."

"아니면 혹시."

태경이 아슬아슬한 표정으로 입을 뗐다. 서우의 눈을 파고들 듯 응시하며 그 변화를 일순간도 놓치지 않으려 했다.

"박수영 선배를 아직 못 잊은 겁니까."

서우가 살짝 커진 눈으로 잠깐 태경을 응시하다 고개를 저었다. 그의 입에서 수영의 이름이 나온 자체가 순수하게 놀라웠을 뿐 다른 이유는 없었다.

"그런 건 아니고요……."

서우는 잠시 어떻게 말을 해야 태경이 제 뜻을 알아들을지 고민했다. 할 수 있는 말은 다 한 것 같은데 하나도 먹혀들고 있지 않다는 건 태경의 표정만 봐도 알 수 있었다.

"그냥……."

예상 밖의 전개였다. 이 정도만 말해도 태경이라면 그러냐고, 알겠다고 깔끔하게 물러날 줄 알았다. 데이트라는 말이, 그가 보인 미소가 더 이상은 이런 애매한 상황을 방치해선 안 된다는 벽력 같은 깨달음을 주었지만 간단히 말 몇 마디로 끝날 줄 알았다. 어차피 태경이 제게 어떤 감정을 품고 있든 그렇게 심각한 건 아닐 테니까.

"제 문제예요. 그냥 제가 연애할 생각이 없는 거예요."

언제나 이런 식으로 단호하게 말하는 건 서우에게 늘 힘들었다.

"그러기엔, 제가…… 제가 너무 나이 든 것 같아요."

하물며 태경이다. 아무런 여과도 거치지 않은 생각이 그대로 흘러나왔다. 어처구니가 없다는 듯한 태경의 시선이 옆얼굴에 와 닿는 게 느껴졌지만 서우는 돌아보지 않았다.

"내가 김서우 씨보다 나이가 많은 건 알죠?"

서우가 아랫입술을 깨물며 설핏 웃었다. 그래도 자신의 말을 철회하진 않았다.

밤하늘을 보며 잠을 청할 때마다, 아침에 일어나 눈을 뜰 때마다 자신이 이제 고작 서른 해밖에 살지 않았다는 것에, 아직도 산 날보다 살 날이 더 많이 남았다는 것에 순간순간 놀란다고 말하면 그는 뭐라고 할까.

"저와 선배님은 달라요."

태경에게 끌린 건 사실이었다. 그의 키스에 설렜고 그의 체온이 사무치게 따뜻했다. 태어나 처음으로 맹목적으로 동경하던 사람이었다. 신자처럼 숭배했다. 그런 사람과 데이트를 하고 연애란 걸 할 수 있다니. 너무 행복해서 심장이 터져 버릴지도 모른다. 그대로 죽어도 여한이 없으리라 생각할지도 모른다.

이 모든 일이 불과 10년 전에만 일어났어도.

"죄송합니다."

하지만 이제 서우는 스무 살이 아니다. 소심한 겁쟁이긴 해도 그만을 바라보고 그의 애정만을 갈구하던 순진한 미대 신입생이 아니었다.

서른의 서우는 이미 누군가를 평생 사랑하고 믿고 함께하겠다고 맹세를 했고, 또 그 맹세가 갈가리 찢겨 나가는 것도 목격했다. 이제 더는 타인을 제 인생에 들이고 싶지 않았고 저 역시 누군가의 인생에 어떤 의미 있는 존재가 되고 싶은 마음도 없었다.

제 마음은 낡고 해졌다. 군데군데 구멍이 나 이전으로 돌아갈 수 없다. 태경은 적어도 이보다는 더 온전한 마음을 받을 자격이 있었다.

"죄송해요."

태경은 한참이나 말이 없었다. 무슨 생각을 하는지 깊게 가라앉은 눈으로 서우를 빤히 보고만 있었다. 마치 그 속에 있다는, 늙고 힘이 다 빠져 버린 서우의 영혼을 뚫어 보려 애쓰는 듯한 눈빛이었다.

"그럼 연애는 하지 말죠."

마침내 태경이 결론을 내린 듯 깔끔하게 말했다.

"연애 말고 다른 거, 뭐든 하면 되겠네요."

"……선배님."

"아침에 일어나면 제일 먼저 연락하고 별일 없어도 만나서 같이 밥 먹고 영화 보고 스킨십도 하고 주말을 같이 보내고 가끔 여행도 가고 기념일도 챙기고."

"……."

"그래도 연애는 하지 맙시다."

염치도 없는 가슴이 술렁였다. 무릎 위에 아무렇게나 올려져 있던 서우의 손이 덜덜 떨렸다. 태연하려고 안간힘을 썼지만 얼굴 근육이 제멋대로 움직이는 것을 막을 수가 없었다.

"좋아합니다."

심장이 터질 것 같았다. 아무리 긁어모아 붙여도 영원히 복구할 수 없을 것처럼 수백, 수천 갈래로 폭발하는 것 같았다.

"내가 김서우 씨를 좋아해요."

태경이 서우를 똑바로 응시하며 또렷하게 말했다.

"나한테 기대고 나한테 어리광 부리면 안 됩니까?"

"……."

"다행히 나는 에너지가 많아서, 늙고 힘없는 김서우 씨라도 얼마든지 감당할 수 있을 것 같은데."

태경이 손을 뻗어 서우의 뺨에 가져다 댔다. 만지면 바스러질 것처럼 조심스러운 동작으로 움푹 꺼진 볼을 쓸고 엄지로 입술을 더듬고 다른 손가락으로 동그란 귓불과 살짝 들어간 관자놀이, 불룩 솟은 눈썹뼈를 덧그렸다.

"오히려 그쪽이 더 좋은데, 난."

서우가 입을 벌렸다. 무슨 말이든 하려 했지만 아무 말도 나오지 않았다. 대신 고개를 저었다. 바람 앞의 촛불처럼 희미한 동작이었지만 태경은 곧바로 알아듣고 단호하게 말했다.

"노력할게요, 내가."

확신에 찬 태경의 눈동자가 혼란스럽게 흔들리는 서우의 갈색 눈동자를 꽉 붙들어 매었다. 말로 다 하지 못한 감정들이 어지럽게 오갔다. 저 단호한 눈에 담긴 열기가, 안타까움이, 차마 못 본 척할 수 없는 애정이 자신을 향한 것이라 믿기지가 않았다. 도무지 현실감이 없었다.

"내가 잘할게요."

숨이 턱 막혔다. 푹신한 가죽 시트에 편안히 앉은 채로 서우는 어느새 단숨에 18층 계단을 뛰어오른 사람처럼 가쁜 숨을 몰아쉬고 있었다. 너무도 빠르게 뛰는 심장 때문에 머리가 어지러웠다.

서우는 눈을 꼭 감고 태경을 외면했다. 그럼에도 끈질기게 달라붙는 태경의 목소리가 귓가에, 뇌리에, 심장에 박혔다.

"……선배님."

억지로 소리를 쥐어짜는 입을 태경이 막았다. 듣지 않아도 안다는, 들을 필요 없다는 태도였다.

"나 지금 서우 씨한테 키스할 거예요."

"……."

"싫으면 뺨이라도 때려요."

친절한 예고만큼 그의 입술은 부드럽지 않았다.

결국 먼저 눈을 감은 건 서우였다. 몽롱하게 젖어 들던 갈색 눈동자가 눈꺼풀 뒤로 숨어 버리자 태경의 눈빛이 와락 사나워졌다. 반듯한 이목구비 위로 사냥감을 좇는 추격자의 얼굴이 덧씌워졌다. 손을 뻗은 태경이 조수석의 시트를 뒤로 젖혔다. 갑자기 덜컹하고 몸이 뒤로 넘어가자 놀란 서우가 반사적으로 눈을 떴다.

"아……!"

서우의 입에서 튀어나온 비명은 미처 완성되지 못하고 태경의 입 속으로 모조리 빨려 들어갔다. 서우는 급히 상체를 일으키려 했지만 곧 그 위를 덮쳐 온 태경 때문에 수포로 돌아갔다. 온전히 체중을 싣지 않았는데도 그 무게와 압박감 때문에 서우는 숨이 막혔다. 그의 몸과 닿고만 있는 갈비뼈가 욱신거릴 정도였다.

걸신들린 사람처럼 허겁지겁 입을 맞추면서 태경이 손을 바쁘게 움직였다. 조수석 위에 늘어진 서우의 머리칼을 쓸고 이마를 훑고 눈꺼풀을 어루만지고 목울대를 둥글렸다.

그 모든 곳을 물고 핥고 싶은데 입술이 하나라서 그러지 못한다는 듯, 그게 안타까워 미치겠다는 듯 목구멍으로 분한 짐승처럼 낮게 울리는 소리를 내며 태경이 서우의 턱을 물고 슬쩍 빨아들였다. 두툼하고 긴 손가락이 얼얼한 아랫입술을 짓뭉개듯 누르며 안쪽의 혀를 건드렸다.

"아, 의! 서, 선배!"

익숙지 않은, 너무도 과하고 급작스러워 거의 두려울 정도의 자극이 몰아쳤다. 서우는 정신을 차릴 수가 없었다. 눈을 떠도, 감아도 보이는 건 온통 태경밖에 없었다. 예보도 없던 뜨거운 태풍에 휩싸인 기분이었다. 바람이, 폭우가, 격랑이 제 온몸을 둘둘 휩싸고 영영 돌아올 수 없는 어딘가로 쓸어가 버릴 것 같았다.

"하, 아, 하으……."

태경의 머리가 점점 아래로 내려갔다. 머리가 어지러웠다. 숨이 한계에 다다른 것 같았다. 서우가 반쯤 정신이 나간 채로 두 손을 들어 제 입을 틀어막았다. 그곳에서 새어 나오는 거친 숨소리를 견디기 힘들었다. 아예 숨통을 틀어막아 버리려는 듯 얼굴을 꽉 누르고 있는 손을 태경이 잡아 떼어 내려 했다. 서우는 필사적으로 도리질을 쳤다. 눈을 꼭 감고 그를 보지 않으려 했다.

"서우야."

"으……."

"괜찮아. 이제 괜찮으니까."

"흡, 흐읍……."

"숨 쉬어. 천천히."

태경이 서우와 눈을 맞췄다. 서우의 눈동자에 투명한 눈물막이 그렁그렁 맺혀 있었다. 시범이라도 보이듯 크게 숨을 들이쉬었다 내쉬기를 반복하자 서우도 본능적으로 그를 따라 했다. 몇 번 그러고 나니 가까스로 호흡이 돌아왔다. 그러는 동안 태경은 눈도 깜박이지 않고 서우를 보고 있었다.

"괜찮아?"

다정하게 묻는 말에 답하지 못했다. 서우는 눈물이 날 것 같았다. 연애 안 하겠다고, 그렇게 거창하게 헛소리까지 해 대며 거절해 놓고 키스는 거절하지 못했다. 뺨을 때리기는커녕 갈급하며 숨도 못 쉴 정도로 그의 목에 매달리기 바빴다.

"비, 비켜 주세요……."

서우가 고개를 돌리며 쉰 목소리로 중얼거렸다. 부끄러움인지 절망인지 아니면 쾌감인지 스스로도 모르겠다. 태경이 낮게 소리 내어 웃었다. 그 웃음소리에 또 속이 간질거렸다.

"부끄러워?"

그게 전부는 아닌데 태경은 서우가 창피해서 그런다고 생각하는지 약간 짓궂은 웃음소리를 냈다.

"이 정도로 뭘 부끄러워하고 그래."

"……."

"아직 뭐 제대로 한 것도 없는데."

"……선배님."

애걸하듯 태경을 부른 서우가 차마 못 견디겠다는 듯 두 손으로 얼굴을 가려 버렸다. 알겠다며 달래듯 서우의 손을 살며시 그러쥔 태경이 그것으로 제 볼을 살짝 내리쳤다.

"선배님!"

놀란 서우가 얼른 손가락을 오므렸지만 태경의 손을 맞잡은 셈만 되었다.

"괜찮아."

"……."

"얼굴 보여 줘."

어차피 김서우는 너무 착해서 어떻게 해도 나 같은 놈 못 이겨. 태경이 서우의 손가락 하나하나에 입을 맞추며 속삭였다. 그러니까 부끄러워하지도 말고 얼굴 가리지도 말라고.

"좋아해."

뜨거운 울음이 목구멍까지 치밀었다. 서우가 입을 꾹 다문 채 고개를 저었다. 무슨 의미인지 묻지도 않고 태경은 서우를 꼭 끌어안았다. 양팔에 힘을 주어 아주 서우를 제 몸과 함께 녹여 버리고 싶다는 듯 거세게 부둥켜안았다.

"좋아해."

**06**

　태경과 연애라 부르지 않기로 한 연애를 시작한 지도 일주일이 지났다. 그사이 서우가 깨달은 것은 태경이 연애 상대로 매우 섬세하고 다정한 사람이라는 것이었다.

　아침에 눈을 뜨자마자 잘 잤느냐는 메시지를 확인하고, 출근 전 생색 하나 없이 살뜰히 챙겨 주는 샌드위치며 선식 따위를 받아먹고, 묻지도 않은 자신의 스케줄을 알아서 일일이 보고하는 걸 들으면서, 서우는 자연스레 그가 어떤 식으로 그동안 연애를 해 왔는지 알 것 같았다.

　출근은 절대 같이 할 수 없고, 퇴근은 같이 해도 회사와 10분 이상

떨어진 거리에서 접선하듯 만나고, 당연히 둘의 관계가 사내엔 알려져선 안 되며, 따라서 어쩌다 회사에서 마주치더라도 예전처럼 인사하는 것 이상의 언행은 해선 안 된다는 서우의 요청에 적잖은 불만과 섭섭함을 드러내면서도 결국엔 그러마 하고 고개를 끄덕인 것을 보면 연인의 의사를 존중하고 충돌 시 기꺼이 제 뜻을 굽히고 양보하는 관대함도 있었다.

그 모든 것이 새롭긴 해도 태경이 연애에 능숙하다는 건 너무도 당연한 사실 같아서 크게 놀랍진 않았다. 그런 것보다 더 의외이고 서우를 당혹스럽게 하는 것은 그의 다정함이 기계적이지 않다는 것이었다.

항상 침착하고 어른스럽게만 보였던 사람이었는데. 그건 서우의 착각이었다는 듯, 태경은 늘 끓어 넘치기 직전의 아슬아슬한 눈빛으로 서우를 보았다.

만날 때마다 조금이라도 떨어져 있었던 시간이 억울하다는 듯 성급하게 붙어 오는 몸짓과 그러면서도 세상에 둘도 없이 소중한 것을 대하듯 조심스러운 손길을 느낄 때면 서우도 정말로 자신이 그런 중요하고 귀중한 존재가 된 것처럼 느껴졌다.

그게 참 희한하고도 의문스러웠다. 자신이 뭘 했는지, 혹은 뭘 하지 않아서 이렇게 됐는지 알 수가 없어서 더 혼란스러웠다. 애정의 농도라는 게 이렇게 갑자기, 하루아침에, 그저 사귀자는 말 한마디에 확 오를 수 있는 걸까.

"서우 씨, 일찍 출근했네요."

휘청휘청 사무실로 들어오던 현진우가 인사를 건넸다. 먼저 출근해 화분에 물을 주고 있던 서우도 마주 인사를 했다. 전날 총무1팀장과 술자리가 있었다더니 그 여파인지 현진우는 안색이 좋지 않았다. 붉게 충혈된 눈이며 퉁퉁 부은 얼굴이 아직도 술이 덜 깬 것 같았다.

"무슨 좋은 일이라도 있어요?"

"네?"

"아니, 방금 서우 씨, 웃고 있었던 것 같아서."

"아."

아니라고 말하기엔 너무도 확연하게 제 입꼬리가 올라가 있었단 것을 서우는 뒤늦게야 깨달았다. 얼굴을 붉히는 서우를 보고 진우는 그저 가볍게 웃으며 어젯밤 좋은 꿈이라도 꿨나 봐요, 하고 대신 핑계를 대 주었다.

"아, 참. 그리고 오늘 공고 뜨는 날인 거 알고 있죠?"

제 자리에 가방을 내려놓고 선 채로 컴퓨터의 전원부터 넣던 진우가 서우를 보며 물었다. 서우가 고개를 끄덕이며 네, 하고 짧게 대답했다. 계약직 사원을 대상으로 한 정규직 채용 공고를 말하는 거다.

"오전 내로 인트라넷에 올라올 것 같은데, 있다가 시험 자료 관련해서 메일 하나 보내 줄게요. 큰 도움은 안 되더라도 없는 것보단 나을 거예요."

"감사합니다, 과장님."

"감사하긴요. 열심히 해서 꼭 합격해야죠."

응원하듯 웃어 보이는 진우의 얼굴을 마주 보지 못하고 서우가 시선을 내리깐 채 씁쓸한 미소를 지었다. 영문 모르게 부풀어 있던 마음이 서서히 가라앉는 것 같았다.

1년을 기다려 온 시험이었다. 필기시험은 늘 합격이었지만 최종에서 번번이 떨어졌다. 작년엔 총무1팀의 다른 남자 직원이 합격했고, 그 전에도 비슷한 상황들이 있었다.

"그 친구가 곧 결혼을 앞두고 있어서 말이야. 김서우 씨는 딱 한 해만 더 기다려."

그렇게 말하며 총무1팀장은 다음은 김서우 씨 차례라고 몇 번이고 장담하듯 말했다. 같이 있던 배 팀장은 마치 자기가 큰 선심이라도 쓴 양 유세를 떨며 그럼 이번엔 1팀한테 양보하겠노라고 했다. 아무래도 여자보단 남자가 더 급한 거 아니겠냐고 하면서.

먹고사는 거 간절한 것에 남자 여자가 어디 있을까. 그래도 두 팀장이 한 말이 있었기에 서우도 이번엔 제 차례일지도 모른다고 내심 기대를 했다. 바로 몇 주 전, 배 팀장과의 일이 있기 전까진.

일차적으로 필기시험을 통과하고 난 뒤의 얘기긴 하지만 다음의 2차 면접에선 소속 부서장의 평가가 가장 큰 비중을 차지했다. 내부적으로 T/O에 따른 팀들 간 물밑 조정이 있지만 일단 형식적으론 그랬다.

배 팀장의 병가는 5주. 채용 계획서에 따르면 면접은 2월이다. 그때가 되면 배 팀장이 복귀하고도 남을 시간이다. 과연 배 팀장이 제게 사감 없이 객관적인 평가를 내려 줄까 기대하는 건 둘째 치고 면접이나 제대로 볼 수 있을까.

서우는 회의적이었다.

"안녕하세요……."

그때 주은이 출근을 했다. 화장기 없이 피곤에 찌든 얼굴로 들어서던 주은이 나란히 서 있는 서우와 진우를 힐끔 쳐다보고는 무성의한 어조로 인사를 건넸다. 툭 가방을 내려놓는 소리나 털썩 의자에 주저앉는 동작 하나하나에 짜증이 잔뜩 배어 있었다.

비록 사랑받는 팀장은 아니었지만 그래도 배 팀장이 없으니 업무 부담이 커졌다. 업무량 자체도 늘었지만 타 부서와의 협업에도 자잘하게 문제가 발생했다. 그 때문인지 대체로 현재 총무2팀원들은 기분이 저조한 편이었는데 그중에서도 주은이 특히 그랬다.

"아, 그리고 이제부터 사무실 화분 물은 차례를 정해 돌아가면서 주죠."

오전 팀 회의를 마치고 다들 의자에서 일어나는데 진우가 갑자기 제안했다.

"일주일에 한 번, 월요일 아침마다 순번대로 주기로 하죠. 저부터 할게요. 자리순으로 오른쪽으로 돌아가면서 하면 되겠네요."

"화분 물 주기요?"

주은이 화분 같은 게 있긴 했었냐는 듯 주위를 둘러보았다. 각자 책상 위에 개인적으로 갖다 놓은 조그만 화분을 제외하고도, 사무실 입구에 있는 사람 키만 한 벵갈고무나무부터 중간 크기의 산세베리아까지 다섯 개는 됐다.

"매번 김서우 씨 혼자 주던데 돌아가면서 같이 하면 좋잖아요."

"별것도 아닌데 그냥 하던 대로 하면 되지……."

주은이 작게 중얼거렸다. 진우가 좋게 타이르듯 말했다.

"별것도 아니니까 같이 해요."

원래 화분에 물 주기라든가 탕비실에 커피나 간식을 채워 넣는 일은 사무실 막내가 하는 게 관례였다. 입사한 걸로 따지면 서우가 주은보다 빨랐지만 서우는 계약직이다. 매년 새로 취직을 하는 거나 다름없기 때문에 언제까지고 막내일 수밖에 없었다.

"김서우 씨, 방금 내일 있을 업무 보고 메일 보냈으니까 수정하고 자료 첨부해서 오후까지 다시 보내 줘요."

주은이 제 자리에 앉아 서우를 쳐다보지도 않고 딱딱하게 말했다. 불쾌감을 숨기려는 의지조차 없는 음성이었다. 저와는 관계없이 그저 업무상의 스트레스를 표출하는 것뿐이라면 서우도 그냥 그런가 보다 하고 넘겼겠지만 그것만이 아니라 눈치가 보였다.

이유야 뻔했다. 얼마 전, 그제야 겨우 정식으로 서우가 태경과의 소개팅을 주선하는 것을 거절했기 때문이다. 그럴싸한 핑계라도 댔으면 좋을 텐데, 딱히 떠오르는 게 없어 그저 안 되겠다는 말로만 일관했더니 혼자 무슨 오해를 한 것 같았다.

"서우 씨는 내가 서우 씨 선배에 비해 훨씬 떨어진다고 생각하나 봐요."

그런 게 아니라고 말했지만 주은은 단단히 마음이 상한 모양이었다. 오래 같이 일을 하다 보면 본의 아니게 트러블이 생길 때도 있고,

주은은 제 감정에 솔직한 사람이라 이런 경우가 처음은 아니었다. 그래도 얼마 못 가 금세 풀리곤 했는데 이번만큼은 꽤 오래 갔다.

서우가 조심스럽게 주은을 불렀다.

"대리님."

"왜요?"

"커피 한잔하실래요?"

그 말에 모니터만 주시하던 주은이 힐끔 서우를 쳐다보았다. 서우가 고분고분한 시선으로 저를 보고 있자 잠시 눈매를 구기더니 웬일이냐는 듯 입술을 삐죽였다. 나름 서우가 먼저 화해를 시도하는 걸 알아챈 듯했다.

그도 그럴 게 서우는 갈등 상황에도 약하지만 그 상황을 타개하는 데도 약해서 이런 경우엔 주로 아무런 행동도 취하지 않고 상대의 악감정이 자연 소멸 되기를 묵묵히 기다리는 편이었다.

주은은 언젠가 술자리에서 그런 서우의 태도에 불만을 표시하며 차라리 대놓고 말을 하라며, 괜히 약한 사람 괴롭히는 나쁜 사람 된 것 같은 기분을 들게 만든다고 한 적이 있었다.

"탕비실 믹스 커피 말고요. 1층 커피숍에서 파는 카페모카 마시고 싶은데."

새침한 표정이었지만 말투에 가시는 많이 빠져 있었다. 서우가 활짝 웃었다.

"사 올게요."

그 정도 심술은 얼마든지 받아 줄 수 있다. 서우가 자리에서 일어나자 현정이 그럼 내 것도 좀 부탁한다고 했고, 진우의 것과 마침 방문한 거래처 직원들의 것까지 모두 일곱 잔의 커피 심부름을 하게 됐다.

"안녕하세요."

한차례 출근 시간이 지난 커피숍 내부는 한산했다. 매장 안쪽에서 아르바이트생에게 뭔가를 지시하고 있던 사장이 인사를 하며 들어오는 서우를 보고 반색을 했다. 서우가 종류별로 일곱 잔의 커피를 주문하자 무슨 회의라도 있냐고 물었다.

"팀에 손님이 와서요."

"자, 내가 쿠폰 도장 하나 더 찍어 줬다."

감사하다고 웃으며 되돌려 주는 쿠폰을 받았다. 계산대 앞에 서서 사장과 짧게 한담을 나누며 아르바이트생이 커피 머신을 조작하는 것을 보았다. 한때 서우가 하던 일이었다.

"어, 저기 김서우 씨 선배란 사람 아냐?"

사장의 말에 서우가 무심코 고개를 돌렸다. 통유리창 너머로 안쪽에서 걸어 나오는 태경이 보였다. 태경은 서우를 똑바로 보고 있었다. 서우보다 먼저 저를 본 듯했다. 시선을 떼지 않은 채로 함께 있던 다른 개발팀 직원들에게 뭐라 짧게 한마디 하더니 곧장 이쪽으로 성큼성큼 걸어온다.

'아.'

반사적으로 번지는 반가움과는 별개로 살짝 불안한 마음이 들었다. 회사에선 티 내지 말라고 부탁했지만 요즘 저를 보는 태경의 눈을 보면 왠지 조마조마한 심정이 되었다. 바보 같은 생각이라는 걸 알면서도 그랬다.

저야 의식하니까 그런 거지만 남들은 모른다. 어쩌면 아무것도 없는데 서우 혼자만 그렇게 보고 있는 것일 수도 있다. 그래서인지 서우는 가끔 누구든 붙잡고 묻고 싶은 충동이 들 때가 있었다. 저 눈빛이 당신 눈에도 보이냐고. 나만 그렇게 착각하며 보고 있는 게 아니냐고.

"주문하신 음료 나왔습니다."

마침 커피가 나왔다. 두 개의 캐리어에 각각 담긴 커피를 양손에 들고 서우가 서둘러 인사를 하고 커피숍을 빠져나왔다. 사장은 눈치가 빨라서, 그 앞까지 태경이 오게 두고 싶지 않았다.

"안녕하세요, 김서우 씨."

"네, 안녕하세요. 서 과장님."

서우가 로비로 나오자 태경이 태연하게 인사를 건넸다. 다른 직원들에게 하는 것과 다를 게 없는 인사였다. 서우가 슬쩍 그 얼굴을 훔쳐보고 이내 고개를 숙인 채 엘리베이터로 향했다. 저절로 달아오르는 얼굴을 누가 볼까 무서웠다.

"무슨 커피를 그렇게 많이 샀어요?"

"팀에 손님이 와서. 과장님은 어디 나가세요?"

"외근입니다."

아, 하고 고개를 끄덕이며 서우가 그럼 가 보시라는 듯 눈짓을 했다. 하지만 태경은 그대로 계속 서우를 따라왔다.

"들어 줄까요?"

"네? 아뇨! 괜찮아요!"

서우가 소스라치며 곧바로 거절했다. 태경이 들어 주겠다는 게 커피가 아니라 자기 자신이라도 되는 것 같은 반응이었다. 태경이 어이없다는 듯 웃었다. 저도 모르게 주위를 돌아본 서우가 좀 더 빨라진 걸음으로 엘리베이터 로비로 향했다.

"외근 가신다면서요."

"네."

근데 왜 따라오냐고 눈빛으로 물었지만 태경은 딴소리를 했다.

"아까 커피숍에서 뭐 받았어요?"

"네?"

"아까 사장이 서우 씨한테 뭐 주던데."

영문을 모르겠다는 눈으로 서우가 태경을 올려다봤다. 커피밖에 받은 게 없는데 설마 그걸 말하는 건 아닐 테고.

"명함같이 생긴 거."

아. 그제야 태경이 무슨 말을 하는지 알아채고 서우가 도장 쿠폰이라고 했다. 쿠폰? 하고 가늘게 뜬 눈으로 서우를 보던 태경이 고개를 갸웃하자 서우가 굳이 캐리어를 든 손으로 주머니에서 삐죽 튀어나와 있던 쿠폰을 꺼내 보란 듯이 내밀었다.

"많이도 마셨네요."

"사장님이 매번 더 찍어 주셔서요."

"그것참 고마운 분이네요."

"네, 정말 그렇죠."

천진하게 대꾸하는 서우의 말에 가뜩이나 못마땅하던 태경의 눈이
더 가늘어졌다.

"이거 나 줘요."

"네?"

"내가 가져간다고."

좀 의외였지만 서우는 선뜻 고개를 끄덕였다. 자신은 또 모으면 된다.

"근데 외근 나가신다면서."

말하면서 서우가 엘리베이터 버튼을 누르려 캐리어를 든 손을 움
직였다. 그때 태경이 손을 뻗어 먼저 버튼을 누르며 우연인 듯 서우
의 손을 스쳤다. 지레 놀란 서우가 화들짝 한 걸음 뒤로 물러났다.

"엘리베이터 버튼 누를 손이 모자란 것 같아서요."

"……."

"매번 그렇게 놀라면 어떡해요? 이래서야 언제까지 비밀로 할 수
있을지 걱정인데."

하나도 걱정되지 않는 표정으로 태경이 말했다. 서우가 눈짓으로만
하지 말라는 표를 하고 엘리베이터 표시등에 시선을 고정했다. 가슴
이 두근거렸다. 옆얼굴로 쏟아지는 시선이 따가울 정도로 느껴졌다.

"이따 점심때 나가서 맛있는 거 먹을까요?"

막 열린 엘리베이터 문 안으로 들어서는 서우를 향해 태경이 물었
다. 상체만 넣어 총무팀 층수를 누른 태경이 그대로 몸을 물리는가
싶더니 대답하려 입을 여는 서우의 볼에 쪽 하고 빠르게 입을 맞췄다.

"점심때 봐요."

닫히는 문 사이로 장난스럽게 웃고 있는 얼굴이 몸에 해로울 정도로 빛나서 서우는 항의할 틈도 잊었다.

* * *

금요일 저녁에는 민재와 부모님을 모시고 근처 고깃집에서 밥을 먹었다. 왠지 오랜만에 함께하는 식사인 것 같아 서우는 먹는 내내 가족들 얼굴을 보기가 민망했다.

특히 원상이 못 본 사이 살이 많이 내린 것 같아 더 죄책감이 느껴졌다. 겨울인데도 그는 한여름처럼 얼굴이 까맸다. 조심스럽게 혹시 어디 불편하신 데라도 있냐고 물었지만 원상은 아무 일도 없다는 듯 고개만 저었다.

기분파인 영혜와 달리 원상은 말이 없는 편이라 비슷하게 말주변이 없는 서우와는 어릴 때부터도 부녀 사이 같지 않은 거리감이 있었다. 서희처럼 예쁘고 애교가 많은 딸도 아니고, 민재처럼 귀엽고 똘똘한 막내아들도 아니니 그럴 만도 하다고 서우 본인도 생각했다.

식사가 끝난 뒤엔 민재를 데리고 집으로 왔다. 간만에 주말을 누나 집에서 보내게 된 민재는 신이 난 것 같았다. 간식을 나눠 먹고 민재의 숙제를 봐주며 서우는 빨래를 갰다. 공책에 코를 거의 박다시피하고 뭔가를 쓰고 있던 민재가 고개를 들지도 않고 물었다.

"근데 누나, 우리 트리는 언제 만들어?"

"어? 아, 그렇지. 트리."

서우가 손으로 민재의 이마를 들어 올려 자세를 바로잡아 주며 반사적으로 테이블 위에 놓인 탁상 달력에 눈길을 주었다.

어느새 크리스마스가 보름 남짓밖에 남지 않았다. 집안의 하나뿐인 어린이의 동심을 위해, 서우는 매년 트리를 장식하고 그 아래 놓을 선물을 준비했다. 민재가 고개를 들고 연필 끝을 씹으며 물었다.

"만약에 트리가 없으면 산타 할아버지는 선물 어디다 놓고 가?"

"글쎄, 아마 못 주고 그냥 가시지 않을까?"

서우의 농담을 진지하게 받아들인 민재의 눈이 커졌다.

"그럼 빨리 만들어야 되는 거 아냐?"

"그래, 그래야겠다. 내일 마트 가서 나무 사 오자."

"나무 있잖아."

민재가 제대로 걷지도 못하던 시절부터 쓰던 플라스틱 나무가 있긴 했다. 하지만 하도 오래되어 바늘잎이 듬성듬성해 영 볼품이 없어졌다.

"그건 너무 낡아서."

"그럼 버릴 거야?"

불쌍한데, 하고 민재가 중얼거렸다. 민재는 애착이 많은 성격이라 새것보다 오래된 것들을 더 좋아했다. 작아진 바지를 아직 맞으니 입을 수 있다고 우기는 건 예사였고 작년에 제가 어릴 때부터 쓰던 다 떨어진 아기 소파를 버렸을 땐 한참이나 쓰레기 수거함 앞을 떠나지 못하고 울었다.

"그만 자러 갈까?"

10시가 되자 서우가 자리에서 일어났다. 소파에 누워 있던 민재가 고개를 끄덕이자 서우가 그 앞에 등을 돌리고 팔을 벌리고 섰다. 민재가 함박웃음을 지으며 서우의 등에 업혀 찰싹 달라붙었다.

아기 때부터 누워서 잠을 잘 못 자던 민재를 업어 키운 게 서우였다. 영혜는 애 버릇 참 잘 들인다며 혀를 끌끌 찼지만 버릇은 오히려 서우가 들고 말았다. 나중에 진짜로 민재가 다 커서 업지도 못하게 되고 업히지도 않으려 하면 민재보다 서우 자신이 더 아쉬울 것 같았다.

침대에 누워 잠깐 더 조잘대던 민재는 금세 잠이 들었다. 한동안 더 누워 있던 서우가 조심스럽게 몸을 일으켜 문을 닫고 나왔다.

[동생이랑 잘 놀고 있어요?]

태경이었다. 반가운 마음에 얼른 손가락을 놀려 동생은 잔다고 답장을 보냈다. 오늘 저녁에도, 내일 낮에도 동생이 집에 와 있어 아마 못 만날 것 같다는 서우의 말에 태경은 급격히 기분이 나빠졌었다.

"밤에는 또 아르바이트 할 거고, 그럼 나는 김서우 씨 언제 볼 수 있는데? 다음 주? 다다음 주? 한 달 뒤엔 볼 수 있나?"

일요일이면 볼 수 있는데 무슨 과장을 저렇게 하는지 모르겠다. 어쨌든 저 때문에 기분이 상한 건 맞으니까 미안하다고 사과를 했다. 그럼에도 못마땅하다는 듯 말이 없어서 오늘은 연락이 안 올 줄 알았는데.

[벌써 잔다고요?]

[네. 아직 초등학생이니까 10시면 자요.]

[그렇군요.]

[네.]


그리고 한참이나 더 휴대폰을 쥐고 있었지만 돌아오는 답이 없었다. 이제 쉬려나 보다 하고 서우도 휴대폰을 내려놓고 부엌 청소를 했다. 냉장고 정리를 하다 새삼 지난주에서부터 거의 줄어들지 않은 술병을 보고 놀랐다.

그러고 보니 최근엔 자기 전에 거의 술을 마시지 않았다. 늘 태경과 늦게까지 함께 있거나 통화를 하다 잠들기 일쑤니 그럴 겨를이 없었다.

오늘은 가볍게 맥주 한 캔만 할까 하는 생각에 캔 하나를 꺼내 거실로 왔다. 불을 끄고 테이블을 한쪽으로 밀어 놓고 카펫 위에 담요를 깔고 앉았다. 무심코 창밖을 보며 늘 보이던 별을 찾았는데 날이 흐려서 그런지 보이지 않았다.

그때 전화벨이 울렸다. 서우의 고개가 번쩍 들렸다. 잽싸게 몸을 던져 휴대폰을 움켜쥐는 모습이 하루 종일 혼자 있다 주인 발소리를 들은 강아지 같았다.

"여보세요."

ㅡ아직 안 잤어요?

스피커를 거쳐 울리는 목소리만 들어도 심장 박동이 빨라졌다.

"네, 선배님도 아직 안 주무셨어요?"

—네.

"답장이 없어서, 주무시는 줄 알았어요."

태경은 잠깐 말이 없었다. 서우는 수화기 속 침묵을 더듬으며 태경이 있을 풍경 속을 상상해 보려 했다. 같은 아파트에 사니 집 구조도 거기서 거기일 텐데, 잘 상상이 되지 않았다. 저와 비슷한 배경 속에 그가 있을 것 같지 않았다.

그때 태경이 서우 씨, 하고 불렀다.

—연인끼리 가까운 데 살면 좋은 점이 뭔지 알아요?

"좋은 점이요?"

—보고 싶을 때 참지 않아도 된다는 거죠.

"……."

—밤늦게, 이를테면 동생이 잠든 뒤라든가 하는 때에도 말이죠.

"아…… 그래도, 자는 애 혼자 두고 집을 비우기가……."

—누가 아주 같이 밤을 새우자고 한 것도 아닌데 왜 오버하고 그래요?

태경이 핀잔을 주었다.

—잠깐만 있다 들여보내 줄 테니까 나와요.

"네, 네……."

—놀이터에 있을게요.

그리고 전화가 끊어졌다. 급하게 몸을 일으키다 하마터면 맥주 캔을 쓰러트릴 뻔한 서우가 얼른 옷방으로 뛰어갔다. 점퍼를 찾아 걸치고 혹시나 해서 지갑을 챙기다 말고 문득 거울 앞에 멈춰 서서 잠시 제 모습을 훑었다.

"……."

서우는 입고 있던 점퍼를 벗고 코트를 찾아 입었다. 바지와 티셔츠도 갈아입고 머리도 빗고 입술에 틴트도 발랐다. 욕실 선반에서 리스테린을 찾아 가글을 하다 거울에 비친 자신과 눈이 마주쳤다.

붉게 상기된 볼을 보면 분명 태경은 놀릴 거다. 억지로 눈을 못 피하게 하고 끌어당겨 입을 맞추고 민트 향이 난다고, 내가 이럴 줄 알고 미리 입 헹구고 온 거냐며 한 번 더 놀리겠지.

얼른 그 목소리가 듣고 싶었다. 놀려도 좋았다. 그 표정이, 눈빛이 보고 싶어 견딜 수가 없었다. 서우가 신고 있던 슬리퍼를 내팽개치듯 벗어놓고 현관으로 뛰었다. 가까운 곳에 연인이 산다는 건 그의 말대로 정말 좋은 거였다.

"선배님."

태경이 서 있던 곳은 일전의 그 정자에서 조금 떨어진 곳이었다. 가로등 빛이 직접적으로 닿는 곳이 아니라 어두침침했다. 긴 그림자를 드리우고 선 태경이 저를 향해 걸어오는 서우를 빤히 쳐다보고 있었다.

"나왔네요."

"……나오라고 하셨잖아요."

왠지 어색한 기분이 들어 서우가 작게 중얼거렸다. 그 요령 없는 말에 태경이 피식 웃었다. 나른한 웃음에 나른한 눈빛이다. 회사에서와는 다르게 앞머리도 슬쩍 흘러 내려와 있고 차림새도 편해 보였는데 서우는 여지없이 그 앞에서 긴장이 되는 것 같았다.

"늦었는데 아직 안 자고 뭐 하고 계셨어요?"

말도 없이 쳐다만 보는 게 멋쩍어서 서우가 먼저 입을 열었다. 묻는 말에 대답도 하지 않고 태경은 서우를 가만히 보기만 했다. 그 시선에 담긴 의미를 알 수 없어 서우는 점점 몸이 움츠러드는 것 같았다.

"잠이 안 와서요."

"왜요?"

"글쎄."

"……."

"김서우를 못 봐서 그랬나."

서우는 태경만큼 능숙하거나 노련하지 못했다. 얼마 전, 이변처럼 돌연 생겨 버린 연인의 낯선 애정 표현을 아무렇지도 않게 받아넘길 만큼 낯이 두껍지 못했다. 서우가 말없이 얼굴을 붉히자 태경이 손을 뻗었다. 태경의 긴 손가락이 제 볼 앞으로 흘러내린 머리카락을 귀 뒤로 넘겨 주고 귓불을 주무르고 이마와 볼을 한참이나 쓰다듬는 동 안 서우는 멍하니 서 있었다.

"저, 저 선배님, 목마르지 않으세요?"

"목?"

"뭐 마실 거라도 사다 드릴까요?"

"그보다."

키스하고 싶은데. 태경이 말끝을 흐리며 서우를 쳐다보았다. 허락을 구하는 말투와 달리 짙은 속눈썹 사이로 서우를 똑바로 쏘아보는 눈빛 은 불온했다. 축축하고 따끔따끔했다. 서우는 혀가 굳는 기분이었다.

"키스하고 싶어."

좀 전보다 약간 더 힘주어 태경이 말했다. 그 말 한마디가, 미동도 없이 저를 응시하고 있는 눈빛이 이미 수십 번도 더 넘게 그와 키스를 한 기분이 들게 만들었다.

"하, 하시면 되잖아요……."

다 기어들어 가는 음성으로 중얼거리며 서우가 슬그머니 시선을 피했다. 시야가 어두워지며 태경의 얼굴이 바짝 다가왔다. 저도 모르게 눈을 감은 서우의 입술이 절로 슬쩍 벌어졌다. 그렇게 있기를 얼마간, 피식 바람 새는 소리에 서우가 눈을 떴다.

"아."

짓궂은 웃음기를 담뿍 담은 눈동자가 코앞에서 저를 빤히 쳐다보고 있었다. 순식간에 얼굴이 달아오른 서우가 고개를 확 돌리자 태경이 어림도 없다는 듯 덥석 끌어안았다. 빠져나가려 버둥거려 봤지만 태경은 오히려 더 바짝 몸을 붙였다. 차갑고 부드러운 볼에 제 볼을 비비고 뻣뻣하게 굳어진 목덜미에 코를 처박고 대놓고 킁킁 냄새를 맡으며 숨을 깊게 들이마셨다.

"어딜 가려고. 아직 키스 안 했잖아."

"선배님이……."

"그래그래, 우리 서우는 기다리고 있는데 내가 한발 늦었지."

어김없이 들려온 놀림에 서우가 발끈하며 고개를 들었다. 뭐라 할 새도 없이 태경이 알겠다고 고개를 끄덕이더니 달래듯 무차별적인 입맞춤을 서우의 얼굴 여기저기에 뿌렸다. 이마, 코, 눈두덩을 지나온 입술이 이윽고 서우의 입술 위에 내려앉더니 깊고 부드럽게 입을 맞췄다.

맞닿은 가슴 사이로 누구의 것인지 모를 심장이 거세게 뛰었다. 눈을 감고 그 고동을 느끼며 서우도 등 뒤로 팔을 둘러 태경의 몸을 꽉 껴안았다. 뜨거운 난로를 보듬은 것처럼 몸속이 따뜻해졌다.

다음 날 아침 일찍 서우는 약속한 대로 민재를 데리고 마트를 찾았다. 주말 마트는 정오쯤 되면 북새통을 이루기 마련이기에 일찍부터 가서 느긋하게 쇼핑을 한 후 점심은 밖에서 먹고 들어올 예정이었다.

"민재야, 장갑 끼고 목도리 하고. 혹시 모르니까 휴대폰도 챙기고."

"응, 다 챙겼어."

민재가 긴 줄이 달려 목에 걸 수 있도록 된 휴대폰을 착용하며 씩씩하게 대답했다.

"가자."

아파트에서 차로 15분 거리에 대형 마트가 있었다. 막 영업을 시작한 시간이라 아직 주차장은 한산했다. 서우는 주차를 하고 민재와 함께 2층에 있는 크리스마스 특설 매장으로 곧장 갔다.

"누나, 큰 거 사자. 나는 나보다 더 키가 큰 트리가 좋아."

종류와 크기별로 줄지어 있는 트리를 보면서 고심하는 서우를 향해 진열된 스노볼을 흔들어 보고 있던 민재가 말했다.

"그리고 흰색보다 초록색이 좋아."

"그렇지? 트리는 역시 초록이지?"

마음을 정한 서우가 저만치 있던 직원에게로 가 재고를 물어보는 동안 민재의 목에 걸린 휴대폰이 울렸다. 민재가 전화를 받았다.

"그럼 이제 1층 갈까?"

돌아온 서우가 트리가 포장된 박스를 카트에 실었다. 둘이서 각자 하나씩 마음에 드는 장식도 골라 담았다. 에스컬레이터를 타고 1층으로 내려가 이것저것 장을 보고 주차장으로 이동하니 거의 점심시간이 다 된 시각이었다.

"배고프지? 우리 점심 뭐 먹을까?"

"어, 누나. 근데 아까 큰매형한테 전화 왔었는데……."

민재의 말이 떨어지는 순간 막 주차장으로 들어오는 검은색 포르쉐가 보였다. 낯익은 번호판을 보다 서우가 고개를 돌려 민재를 보았다.

"매형이라고?"

"응, 매형이 어디냐고 물어서 내가 마트에 있다고 했는데……."

민재가 다급하게 덧붙였다. 빨리 말하지 못해 낭패스럽다는 듯한 민재의 표정을 보고 서우가 그를 안심시키듯 웃어 보였다.

"그래? 잘했어, 잘했어."

서우와 민재가 비켜서 있는 동안 윤성이 차에서 내려 그들 쪽으로 걸어왔다. 주말이라 늘 보던 슈트 차림이 아닌, 활동적인 면바지에 터틀넥 니트, 울 체크 코트를 입고 있었다.

"형부, 오셨어요?"

"음."

윤성이 알은체를 하는 서우에게 짧게 고개를 끄덕인 뒤 저를 향해 인사를 하는 민재의 머리를 쓰다듬었다.

"민재 잘 있었어?"

연락도 없이 여기까지 어쩐 일이냐고 서우가 묻자 윤성은 곧 크리스마스라 민재에게 선물도 주고 맛있는 것도 사 주러 왔다고 했다.

"바쁜데 일부러 안 그러셔도 되는데……."

"괜찮아. 어차피 이번 주밖에 시간이 안 날 것 같아서."

"아, 어디 가세요?"

크리스마스라고 어디 따뜻한 나라에 휴가라도 가나 싶어 묻는 서우에게 윤성이 짧게 대답했다.

"부모님 뵈러."

서우의 눈이 살짝 커졌다.

"미국 가세요?"

윤성의 부모, 그러니까 서우에게 사돈어른이 되는 분들은 미국에 살고 계셨다. 처음 서희가 윤성을 만날 때부터 그랬고, 서우도 결혼식 때 외엔 그들을 본 적이 없었다.

심지어 그들은 서희의 장례식 때도 오지 않았다. 무심한 건 아들도 마찬가지라 윤성도 부모를 잘 찾지 않는 듯했다.

"사돈어른들께서 좋아하시겠네요. 굉장히 오랜만에 뵈러 가시는 거 아니에요?"

윤성은 서우의 그 말에는 별 대답을 하지 않고 장은 다 본 거냐며 물었다.

"네."

"그럼 점심 먹으러 가지."

뭐 먹고 싶은 거 없냐고 윤성이 민재를 향해 묻는데 서우가 얼른 끼어들었다.

"어, 근데 형부, 지금 장 본 것 중에 빨리 냉동실에 넣어야 되는 것들이 있어서요."

"그래? 그럼 집에 들렀다 가. 따라갈게."

윤성이 가볍게 대답하고 먼저 가라는 시늉을 했다. 왠지 찜찜한 기분이 된 서우가 마지못해 차에 올라 집으로 향했다. 백미러에 뒤에서 저를 따라오고 있는 윤성이 비쳤다.

아파트 지하 주차장에 도착해 나란히 주차를 하고 내렸다. 윤성과 서우는 장 본 물건들을 반씩 나누어 들고 집으로 올라갔다. 제 것만 아니라 부모님 장도 함께 봤기 때문에 서우 혼자였으면 두 번은 더 왔다 갔다 했을 것이다.

"이것만 냉동실에 넣고 올게요."

서우가 장바구니에서 아이스크림과 냉동식품을 꺼내며 말하자 윤성이 그냥 집까지 온 김에 마저 정리를 다 하라고 했다.

"몇 분 걸리지도 않을 텐데."

"그럼 거실에서 잠깐만 기다리실래요?"

서우가 빠르게 손을 놀려 식료품들을 냉장고와 찬장에 정리했다. 그러는 동안 거실에 있던 민재와 윤성이 나누는 대화 소리가 들렸다.

"민재 배고프지?"

"어, 네. 조금……."

"뭐 먹고 싶어?"

"저는 아무거나 괜찮아요."

"피자 먹을래? 아니면 고기 구워 먹으러 갈까? 사실 내가 어제부터 밥을 한 끼도 못 먹었거든."

그 말을 들은 서우의 손이 멈칫했다. 민재가 왜 밥을 못 먹었냐며 묻는 소리가 들렸다.

"일하느라고 밥 먹는 걸 깜빡했어."

"아."

민재가 그럴 수도 있구나 하는 투로 짧게 감탄사를 뱉었다.

"나도 놀다가 밥 먹는 시간 깜빡할 때 있는데……."

"그래?"

"아침에도 까먹고 텔레비전 보고 있는데 누나가 밥 먹으라고 해 줬어요."

"좋겠네, 민재는. 나도 그런 누나가 있으면 좋을 텐데."

대답하는 윤성의 음성에 웃음기가 묻어 있었다.

"그럼 매형 지금 배 안 고파요?"

"고프지."

"집에 과자 있는데……."

주고 싶은데 밥 먹기 전이라 서우가 안 된다고 할 것 같다며 민재가 우물쭈물 주방 쪽의 눈치를 살폈다. 윤성이 옅게 미소 지으며 민재의 머리를 쓰다듬었다.

"누나가 안 된다면 안 되는 거지."

대화를 들으며 잠깐 뭔가를 생각하던 서우가 고개를 내밀고 거실을 향해 말했다.

"형부, 그냥 집에서 밥 드실래요?"

"어?"

"반찬은 별로 없지만 간단하게 국에 고기 구워서 먹으면 될 것 같은데."

"귀찮지 않겠어?"

"그 정도는 금방 해요. 냉장고에 불고기 양념해 둔 것도 있고……."

윤성이 그림으로 그린 것 같은 미소를 지었다.

"그럼 그럴까."

서우가 윤성에게 민재와 텔레비전이라도 보면서 기다리라고 이르고는 손을 씻고 분주하게 식사 준비를 시작했다. 외식을 하면 아무리 서우가 내겠다고 우겨도 결국은 윤성이 사게 될 것이고, 서우가 어찌어찌 계산에 성공을 한다 해도 그만큼 민재 용돈이나 다른 명목으로 돌려줄 게 뻔하다. 그럴 바엔 차라리 좀 초라하더라도 집에서 대접하는 게 낫다.

육수를 내어 전골을 끓이고 무채를 썰어 미나리, 삶은 오징어와 버무려 초무침을 하고 있자니 서희가 결혼을 하고 집에 윤성을 데리고 올 때마다 명절을 맞은 것처럼 음식을 하던 게 떠올랐다. 그때나 지금이나 서우에게 윤성은 가족이 아니라 손님이었다.

점심을 먹고 나서도 윤성은 금방 일어나지 않았다. 어쩌다 보니 함께 크리스마스트리를 만들게 됐다. 셋이서 나무를 세울 위치를 잡고 장식을 하고 꼬마전구를 두르며 한참 동안 수선을 떨었다.

트리가 완성되자 두 손을 모아 쥐고 어깨를 들썩이며 좋아하던 민재는 아침부터 돌아다니느라 곤했는지 소파 위에서 까무룩 잠이 들었다. 서우가 민재를 안아 들어 방에 눕히고 나오자 윤성이 조용히 입을 열었다.

"민재가 피곤했나 봐."

"마트 가느라 일찍 일어나서 그런가 봐요. 형부, 커피 한잔 드실래요?"

"그래."

서우가 커피 두 잔을 만들어 하나는 윤성이 앉아 있는 소파 테이블 위에 놓고 하나는 그대로 들고 바닥에 앉았다. 3인용 일자형 소파라 옆에 나란히 앉기가 좀 그랬다.

윤성은 말없이 커피만 마셨다. 민재를 상대할 땐 잘 웃기도 하고 제법 자상해 보였지만 그는 원래부터 말수가 그리 많은 편이 아니었다.

처음 서희가 결혼한다고 그를 소개할 당시에 가족들과 친척들이 평했던 대로 그에겐 확실히 사람들을 다 제 아래로 내려다보는 것처럼 냉담하고 오만한 데가 있었다. 본인도 자신이 그런 분위기를 풍기는 걸 잘 알고 있었지만 그럼에도 자신을 어려워하는 사람들을 위해 어떤 노력도 하지 않았다.

서우는 반대로 처음엔 그가 전혀 불편하지 않았다. 그저 언니가 자신과 비슷한 사람을 찾았구나 생각했다. 서우가 윤성을 껄끄럽게 여기게 된 건 서희가 사망한 뒤부터였다.

"출국은 언제 하세요?"

"22일 밤 비행기야."

"미국 어디에 계신다고 하셨죠? 부모님들께서?"

그리 궁금하지는 않았지만 침묵이 부담스러워 서우는 계속 질문을 던졌다.

"들었던 것 같긴 한데 기억이 안 나서."

"들은 적 없을걸."

윤성이 희미하게 웃으며 캘리포니아라고 대답했다.

"아, 캘리포니아."

서우가 이름만으로도 찬란한 오렌지빛 햇살을 연상케 하는 미국의 지명을 부럽다는 듯 발음했다. 현재 겨울의 한복판에 있는지라 상상만 해도 낙원처럼 느껴졌다.

"캘리포니아는 1년 내내 여름이라면서요."

"그렇진 않아. 겨울도 있어. 물론 기온은 한국보다 훨씬 높지만."

"폭염도 없고 한파도 없고 미세 먼지도 없고, 진짜 살기 좋을 것 같아요."

서우의 말에 윤성이 부드러운 눈빛으로 서우를 보며 아무렇지도 않게 말했다.

"다음에 같이 갈까."

"……."

"민재도 같이."

서우는 대답을 하지 않고 어색하게 웃으며 시선을 내려 손에 들린 머그 컵만 매만졌다.

이런 부분들이 불편하다는 거다. 서희가 없는데도 전혀 달라진 게 없다는 듯, 앞으로도 그들은 언제까지나 쭉 계속 함께할 것처럼 구는 게. 처음부터 그랬다면 차라리 그러려니 했을 텐데, 서우가 기억하기로 그 전에는 전혀 그렇지 않았다.

"점심은 얻어먹었으니까 저녁은 내가 살게."

"아, 오늘은 아르바이트가 있어서요."

윤성이 눈썹을 모으고 그 주말 아르바이트를 아직도 하냐고 물었다.

"그 사장이 고등학교 선배라고 했던가."

"네."

저도 언제 한번 가 봐야겠다는 말을 하고 윤성이 다 마신 커피 잔을 내려놓고 자리에서 일어났다. 서우도 따라 일어나 현관까지 배웅을 나갔다.

"아, 차에 민재 선물이 있는데."

깜빡했다며 금방 다시 올라와 가져다주고 가겠다는 말에 서우가 그냥 자신이 내려가겠다고 했다. 윤성은 사양하지 않았고 두 사람은 주차장까지 함께 내려갔다.

"매번 고맙습니다, 형부……."

윤성의 포르쉐 앞에서 그가 트렁크에서 꺼내 준 커다란 선물 상자를 받아 들고 서우가 작게 중얼거렸다. 엄마도, 자신도, 염치없다는 생각이 안 들 수가 없었다. 차라리 아주 남이었다면 딱 잘라 더는 이러지 않으셔도 된다고 했을 텐데.

"처제가 뭐가 고마워. 처남한테 주는 건데."

그래서 거절하기가 힘들다. 애매하게 가족이라는 게 서우를 이도 저도 못 하게 만들었다. 서우 역시 그의 생일 따위를 챙기고 작은 거라도 계산하려 하고 나름 받기만 하는 입장에만 있지 않으려 애를 쓰지만 애초부터 스케일이 다르다.

"처제가 그렇게 나오니까 이건 더 못 주겠는데."

그러면서 윤성이 작은 종이 가방 하나를 더 내밀었다.

"이건 처제 거."

"아뇨! 저는, 민재만으로도 충분한데……."

"별거 아냐. 저번에 잠깐 일본 다녀오면서 면세점에서 산 거야."

면세점이란 말이 그에겐 어떨지 몰라도 서우에겐 충분히 부담스럽게 들렸다.

"안 받으면 내 손이 부끄러워지는데."

"아니, 그, 제가 죄송해서 그러죠……."

"서운하네. 우리가 남도 아닌데."

윤성과 서우의 눈이 마주쳤다. 내내 묘하게 거슬렸던 뭔가가 툭 도드라지려는 순간, 뒤에서 서우의 이름을 부르는 소리가 들렸다.

"김서우 씨."

윤성과 서우의 시선이 동시에 그쪽으로 향했다. 저만치에서 태경이 이쪽으로 걸어오고 있었다.

"누구지……?"

윤성이 혼잣말인지 질문인지 모를 애매한 어조로 중얼거렸다. 서우가 얼른 같은 회사 직원이라고 설명했다. 거짓말을 한 건 아니지만 일부 사실을 숨겼기 때문인지 죄지은 사람처럼 가슴이 쿵쿵 뛰었다.

"여기서 뭐 해요? 전화도 안 받고."

서우 앞에 멈춰 선 태경이 물었다. 시선은 옆에 있는 윤성에게 둔 채였다.

"이분은?"

"형부예요. 형부, 이쪽은, 어, 저희 회사 서태경 과장님이세요."

서우가 얼른 양쪽을 소개했다. 태경과 윤성이 악수와 함께 가벼운 목례를 주고받았다. 마주 선 둘은 거의 비슷한 곳에 시선이 있었다. 태경이 약간 더 큰 것 같긴 했지만 비교가 무색하게 둘 모두 보기 드문 장신에 균형 잡힌 체격을 하고 있었다.

"도윤성이라고 합니다."

"서태경입니다."

그뿐, 두 사람은 딱히 특별한 말 없이 약속한 듯이 금방 상대에게 눈길을 뗐다. 서로에게 별 관심 없다는 태도와 표정을 하고 있었지만 실은 짧은 사이, 서로에 대한 판단을 마친 뒤였다.

"그럼 그만 갈게."

윤성이 서우를 쳐다보며 인사를 했다. 기분 탓인지 갑자기 목소리가 더 부드럽고 친밀해진 듯했다.

"다음에 볼 땐 새해겠네."

"네, 형부. 잘 다녀오세요."

"갔다 와서 연락할게."

윤성이 다정하게 서우를 일별한 뒤 태경에게도 살짝 눈인사를 하고 차를 타고 사라졌다. 태경이 의혹이 서린 눈으로 포르쉐의 뒤꽁무니를 쳐다봤다.

'형부라고?'

태경이 알기로 박수영은 처형과 함께 사고를 당했다. 그리고 서우에게 언니는 하나뿐이었다.

'그렇다면 저 사람이⋯⋯.'

서우와 한날한시에 함께 배우자를 잃은 남자였다.

"전화하셨어요?"

그때 서우가 태경을 보며 물었다. 태경이 시선을 서우에게로 돌렸다.

"뭐?"

"휴대폰을 집에 두고 와서 전화 못 받았어요. 형부가⋯⋯."

"그건 뭐예요?"

태경이 서우의 말을 끊고 눈으로 서우가 들고 있던 종이 가방을 가리키며 물었다. 저도 모르게 신경이 날카로워져 있었다.

"아, 이거요? 이건 형부가 저희 동생한테 주는 선물인데⋯⋯."

"그 작은 건, 서우 씨 거예요?"

서우는 말없이 긍정의 뜻으로 눈만 몇 번 깜빡였다.

"내가 처제가 없어서 그런가?"

"네?"

태경이 비스듬히 턱을 치켜들고 혼잣말처럼 중얼거렸다.

"보통 형부가 처제에게 보석 같은 걸 선물하는가요?"

서우가 눈썹을 찌푸리며 들고 있던 종이 가방을 보았다. 푸른색

리본이 묶여 있고 깔끔한 고딕체 알파벳으로 브랜드 로고가 찍혀 있긴 했지만 서우는 그게 뭘 의미하는지 몰랐다.

'보석이라고?'

태경이 나타나는 바람에 엉겁결에 받아 버리긴 했는데 이게 진짜 보석이라면 더 부담스럽다. 윤성의 성격에 다른 브랜드의 종이 백으로 일부러 포장을 할 리도 없고.

어리둥절한 표정으로 손에 든 가방을 보고 선 서우를 향해 태경이 한숨을 내쉬었다.

"동생은 아직 안 갔을 테고."

서우가 고개를 들어 태경을 보았다.

"이따 가게 출근할 때 같이 가요. 데려다줄게요."

서우가 순순히 고개를 끄덕였다. 왠지 그래야 될 것 같았다.

\* \* \*

민재를 깨워 이른 저녁을 먹이고 집에 데려다준 뒤, 서우는 출근 준비를 했다. 그래 봐야 마스카라 정도만 추가될 뿐이지만 그래도 분위기는 맞춰야 하기 때문에 가게로 출근할 때는 평소보다 좀 더 신경 써서 화장을 하는 편이었다.

출근용 검은 블라우스와 블랙진을 입고 거울 앞에 섰다. 옷 색깔 탓인지 화장을 했는데도 얼굴만 허옇게 동동 뜬 것이 꼭 병자 같았다. 코트라도 좀 산뜻한 색을 입으면 좋으련만 이 역시 죄다 검은색 아니면 회색뿐이다.

하는 수 없이 서우는 파우치를 뒤져 짙은 주홍빛이 도는 틴트를 찾아 입술 위에 덧발랐다. 가게 분위기는 둘째 치고 잠시 후 만날 태경에게 조금이나마 더 생기 있게 보이고 싶었다.

공동 현관을 나서자마자 보이는 차에 반사적으로 입꼬리가 올라갔다. 한달음에 달려가 잘 보이지도 않는 안쪽의 얼굴에 대고 꾸벅 인사를 한 뒤 조수석 문을 열었다. 히터의 온기가 기다렸다는 듯 서우의 몸을 새털 이불처럼 감쌌다. 앉자마자 벨트부터 매고 양손을 무릎 위에 가지런히 올려놓은 서우가 고개를 돌려 태경을 보았다.

"선배님."

불렀는데 돌아오는 답이 없었다. 태경은 그저 입을 다문 채 물끄러미 저를 바라보기만 했다. 저렇게 핥듯이 저를 보는 게 한두 번도 아닌데 저 시선만큼은 영 익숙해지지가 않아 절로 얼굴이 붉어졌다.

그럼에도 서우는 눈을 돌리거나 피하지 않고 꿋꿋이 그와 눈을 마주한 채 어설픈 미소를 띠었다. 아까 주차장에서 태경의 기분이 썩 좋지 않았던 것 같아서 웬만하면 더 나쁘게 만들고 싶지 않았다.

"왜 웃어요."

"네?"

태경이 손가락을 들어 살짝 올라간 서우의 한쪽 입꼬리를 탓하듯 눌렀다. 뭔가 불만스러운 듯 약간의 힘이 실린 손길이었다. 반사적으로 눈을 든 서우가 재빨리 그의 표정을 살폈다. 은은하게 웃음기가 도는 다정한 눈동자를 보자 조마조마하던 마음이 툭 풀어지는 것 같았다.

427

"동생은 잘 놀다 갔어요?"

"네. 아, 그리고 선배님. 이거요."

입꼬리에서 시작해 볼과 귀 언저리까지 쓸기 시작한 손을 내버려 두고 서우가 가방 속에 넣어온 손수건을 꺼내 태경에게 내밀었다. 지난번 놀이터에서 만났을 때 태경이 춥다고 목에 둘러 주었던 건데 깨끗하게 손빨래해서 다림질까지 했다.

"잘 썼어요."

남의 것처럼 멀거니 손수건을 내다보던 태경이 한숨을 쉬듯 풀썩 웃었다.

"나도 서우 씨한테 줄 게 있는데."

떨어져 나간 손이 뒤로 향했다. 반쯤 몸을 비튼 채로 태경이 뒷좌석으로 손을 뻗어 뭔가를 찾듯이 뒤적였다. 서우는 그가 주겠다는 게 뭔지 궁금해하지도 않고 그저 길게 드러난 목과 자로 잰 듯 반듯한 턱선을 멀거니 보고만 있었다.

"이게 뭐예요?"

되돌아온 커다란 손에 들려 있는 것은 제 손바닥만 한 비닐 파우치였다. 서우가 어리둥절한 눈으로 코앞에 들이밀어진 팩을 보았다. 이게 뭐냐고 묻는 서우를 향해 태경이 태연한 목소리로 홍삼이라고 했다.

"홍, 삼이요?"

의아한 듯 되묻는 서우의 말에 무성의하게 고개를 끄덕이며 태경이 곧바로 팩 모서리를 뜯어 서우에게 건넸다. 엉겁결에 받아 든 서우는 혹시나 잘못 힘이 들어가 속에 든 액체가 넘칠세라 조심조심

손끝으로 포장지 끄트머리를 감쌌다.

"마셔요."

"저요?"

"그럼 누구."

서우가 어색하게 눈을 깜빡이며 태경을 보다 이내 제 손에 든 팩을 내려다봤다. 뜯어진 틈 사이로 어두운 빛깔의 액체가 미세하게 출렁이는 게 보였다. 코를 찌르는 낯선 한약 냄새보다 누군가 이런 걸 제 손에 쥐여 줬다는 게 더 낯설었다.

"따뜻하게 먹는 게 더 좋다는데 일단 그냥 한번 먹어 봐요."

"······."

"뭐 해요. 얼른 안 먹고. 그래야 출발하지."

태경의 재촉에도 머뭇거리던 서우가 이내 더듬더듬 입가에 팩 모서리를 댔다. 한 모금 입 속에 머금자마자 확 번지는 맛이 생각보다 더 역해서 하마터면 도로 게워 낼 뻔했다. 올라오는 욕지기를 간신히 참고 숨도 쉬지 않고 단숨에 한 팩을 다 비웠다.

"잘했어요."

서우가 하는 양을 한순간도 빠짐없이 보고 있던 태경이 칭찬하듯 말했다. 입가에 희미한 미소가 어려 있었다. 절로 일그러지는 얼굴을 미처 펴지 못하고 서우가 손등으로 입을 가렸다.

"이거 진짜 홍삼이에요?"

서우의 손에 들린 빈 팩을 가져가며 무심히 그 빈자리에 생수병을 쥐여 주던 태경이 힐끗 서우를 보았다. 내 말을 못 믿냐는 시선이었다.

"아니, 그게 맛이 너무……."

서우가 중간에 말을 끊었다. 물론 홍삼에서 커피 맛이나 초콜릿 맛이 나길 기대한 건 아니지만 이건 서우가 아는 홍삼의 맛이 아니었다. 좀 더 비리고 식감도 이상한, 물컹거리는 덩어리 같은 게 느껴졌다.

"홍삼 맞아요."

태경은 서우의 표정만 봐도 하다 만 말이 뭔지 알겠다는 듯 눈썹을 슬쩍 들어 올리며 말했다.

"물론 다른 것도 이것저것 좀 섞여 있긴 하지만."

"……."

"시험 삼아 한 달분만 샀어요. 일단 먹어 보고 효과가 괜찮으면 더 주문하면 되니까."

"어, 네. 확실히 효과는 있을 것 같아요."

생수를 연거푸 들이마셔 입 속의 쓴맛을 지워 낸 서우가 손등으로 입가를 훔치며 말했다. 몸에 좋은 약이 입에도 쓰다는데, 이 정도 맛이면 확실히 몸에 좋지 않고는 배길 수 없을 것 같았다.

"다행이네요."

"그래도 드시기 전에 사탕 하나쯤 옆에 두시는 게 좋을 것 같아요."

웅얼거리는 서우의 얼굴 앞으로 태경의 손이 불쑥 다가왔다. 부드러운 손수건의 면이 서우의 입술 선을 꾹꾹 따라 눌렸다. 어두운 남색의 천에 붉은 틴트 자국은 잘 표가 나지 않았다. 확인이라도 하듯 제가 닦아 낸 자리를 바라보던 태경의 눈빛에 뭔지 모를 만족감이 묻어났다.

"아, 그리고 모르는 것 같아서 하는 말인데."

핸들을 돌리며 차를 출발시키며 태경이 입을 열었다.

"이거 먹을 사람, 나 아니고 서우 씨예요."

"네?"

"그러니까 사탕은 서우 씨가 준비해야 될 것 같네요."

"저, 제가 먹을 거라고요?"

놀라서 휘둥그레진 눈을 보고 태경이 어이없다는 투로 말했다.

"그럼 설마 방금 내가 그걸 맛이나 한번 보라고 줬겠어요?"

"제가 이걸 왜……."

"왜가 어디 있어요. 그냥 몸에 좋으니까 먹으라는 거지."

"저 이런 거 안 먹어도 돼요. 건강한데……."

"건강은 무슨. 서우 씨 입으로 늙었다면서."

서우가 할 말을 잃고 입술만 달싹였다. 그 표정을 본 태경이 재미있다는 듯 소리 내어 웃었다. 그 말이 이런 식으로 돌아와 이렇게 발목을 잡을 줄이야.

"회사도 다니고 아르바이트도 하고 연애도 해야 되는데 서우 씨 기운 달리면 내가 곤란해요."

"……선배님이 왜요?"

"몰라서 물어요?"

되묻는 음성에 장난기가 완연했다. 안 듣는 게 나을 것 같아 서우가 도리질을 쳤다. 태경이 또다시 짧게 소리 내 웃었다.

"하루 두 번, 아침저녁으로 먹는 거예요. 공복에 먹어도 상관은 없는데 밥 먹고 먹는 게 더 낫대요."

"······얼만데요?"

말하자마자 싸늘하게 변하는 표정에 서우는 그만 제 혀를 깨물 뻔했다.

"얼마면 왜요?"

"······."

"나한테 돈이라도 주게?"

온도가 뚝 떨어진 음성에 서우가 불안한 눈으로 태경을 보았다. 가슴이 쿵쿵 뛰었다. 반사적으로 입술을 열었지만 아무 말도 나오지 않았다. 태경의 마음에 들 말은 할 자신이 없고 다른 말은 무엇이든 그의 기분을 잡치게 할 것 같았다.

"선물은 가족한테만 받는 거예요? 나는 서우 씨한테 선물 줄 자격도 없나?"

"······."

"고맙다고 끌어안고 뽀뽀해 주는 것까진 기대 안 했지만 이럴 줄은 몰랐는데."

고맙다고 할 타이밍이라는 건 알겠는데 차마 그 말이 입 밖으로 나가지 않았다. 일이 이렇게 되니 더 말문이 막혔다. 결국 서우는 아무 말도 하지 못했고 태경 역시 그 뒤로 입을 다물었다. 싸늘한 침묵이 전운처럼 감돌았다. 뭐라도 해야 한다는 생각이 조바심처럼 차올랐지만 어떻게 해야 할지 뾰족한 수가 떠오르지 않았다.

하릴없이 입술만 질근질근 씹는 사이, 아무것도 못 한 채로 차가 가게 앞에 도착했다.

"저, 고맙습니다."

"……."

"조심해서 가세요."

태경은 서우를 보지도 않고 고개만 끄덕였다. 그 냉랭한 옆얼굴을 망연히 보던 서우가 더듬거리는 손으로 손잡이를 잡아 문을 열고 차에서 내렸다. 곧바로 쌩하니 출발해 버리는 차의 미등이 보이지 않을 때까지 서 있다 천천히 계단을 내려갔다.

한 발 한 발 걸을 때마다 바닥이 푹푹 꺼지는 것 같았다. 갑작스럽게 덮친 피로감이 서우의 전신을 압박하듯 꾹꾹 눌렀다. 억지로 먹은 보람도 없이 홍삼은 아무 효과도 발휘하지 못한 듯했다. 아니, 홍삼이 문제가 아니다. 언제나 제가 문제다.

"……."

울컥 자책이 밀려들었다. 차라리 아무 말도 하지 말고 가만히 있을걸.

받는 것 하나 제대로 못 하는 제가 너무 바보 같았다. 부담스럽고 염치가 없어 미안하면 더 센스 있게 돌려 표현하는 법도 있었을 텐데. 나중에 다른 식으로 보답을 했어도 좋았을 텐데. 왜 이 나이 먹도록 그런 주변머리조차 없을까.

'기분 나쁘게 만들고 싶지 않았는데.'

엄마 말이 맞는다. 자신은 멀쩡한 기분 망치게 하는 데만 재주가 있었다. 이런 제가 저도 질리는데 태경은 어떨까.

연말이 얼마 남지 않아서인지 오늘따라 송년회 비슷한 단체 손님이 많았다. 덕분에 정신없이 바쁜 게 오히려 다행이었다. 서우는 내내 쉬지 않고 일을 찾아서 했다. 속이 안 좋다는 핑계를 대고 저녁도 걸렀다.

근무 시간이 끝날 무렵엔 거의 녹초가 되었다. 그럼에도 수고했다고 얼른 들어가 보라고 어깨를 두드리는 승준의 말을 듣자 서우는 가슴이 철렁 내려앉는 것 같았다.

퇴근하고 싶지 않았다. 문을 열고 계단 위를 올라갔는데도 아무도 없으면, 흰 차도, 코트를 입은 키 큰 남자도 보이지 않으면 실망할 것 같았다. 제 잘못도 모르고 서러움에 마음이 아플 것 같았다. 아무래도 그동안 버릇이 단단히 나쁘게 든 모양이었다.

한참을 탈의실에 가만히 앉아 있던 서우가 겨우 코트를 걸치고 밖으로 나갔다.

"……"

아무도 없었다. 열린 문 너머로 보이는 검은 계단 꼭대기엔 똑같이 검게 가라앉은 공허한 하늘만 있었다. 위장이 긁듯이 아려 왔다. 택시를 타야 하는데 발이 움직이지 않았다. 습관처럼 손등으로 얼굴을 문지르며 서우가 걸음을 옮길 때였다.

"어딜 가요."

태경이 서우의 손목을 낚아챘다. 급하게 뛰어왔는지 목소리에 가쁜 숨이 섞여 있었다.

"사람이 없으면 전화를 해야지. 왜 그냥 가."

태경의 얼굴을 확인한 순간 가슴에서 뜨끈한 뭔가가 확 번지는 듯했다. 속절없이 눈시울이 뜨거워졌다. 차마 그를 보지 못하고 고개를 떨구는 서우를 본 태경이 가볍게 혀를 찼다.

"미안해요. 내가 좀 늦었죠."

잠깐 일을 하다 시간을 지나쳤다는 말에도 서우는 아무 말도 하지 못했다. 태경은 개의치 않고 웃음기를 섞어 약간 응석을 부리는 어조로 나 배고픈데, 하고 말했다.

"우리 뭐 좀 먹고 갈까요."

서우는 어디로 가는지도 모르고 태경이 끄는 대로 따라갔다. 도착하고 보니 집 근처 설렁탕집이었다. 환하게 불이 들어온 설렁탕집 입구 앞에 주차를 하고 안으로 들어가니 새벽 시간임에도 제법 손님이 있었다.

"꼬리곰탕 두 개 주세요."

주문을 하고 태경은 곧장 화장실로 갔다. 서우는 먼저 나온 물수건으로 손을 닦고 테이블도 닦았다. 티슈를 뽑아내 물기까지 싹 훔쳐내고 스텐 컵에 물을 따라 몇 번이나 연거푸 마셨다. 다른 곳엔 시선도 주지 않고 화장실 쪽만 하염없이 바라보다가 막상 태경이 나오자 곧장 테이블 위로 고개를 처박았다.

태경이 자리에 앉자 기다렸다는 듯이 펄펄 끓는 뚝배기에 담긴 꼬리곰탕이 나왔다. 태경의 차에서 마신 홍삼을 제외하면 서우는 거의 열 시간 가까이 공복 상태였다. 분명 배가 고파야 하는데 이상하게 입맛이 없었다. 뽀얗게 잘 우려낸 사골 국물에선 누린내 하나 나지 않았는데 왠지 목구멍이 꽉 막힌 것처럼 잘 넘어가지 않았다.

"왜, 맛이 별로예요?"

숟가락질이 영 시원찮은 서우를 보고 태경이 물었다. 서우가 아니라고 고개를 저었다.

"근데 왜 그렇게 못 먹어요."

태경은 정말 아무렇지도 않은 것처럼 보였다. 차에서의 냉전은 아주 없었던 일인 것처럼 평소와 똑같은, 아니, 평소보다 더 다정한 눈을 하고 있었다.

"제가, 뜨거운 걸 잘 못 먹어서요."

서우가 시선을 내린 채로 중얼거리듯 말했다. 변명처럼 들리겠지만 사실이기도 했다. 서우는 뜨거운 음식을 잘 못 먹었다. 혼자일 땐 상관없지만 다른 사람들과 식사를 할 땐 보조를 맞추느라 억지로 급하게 먹느라 혀나 입천장을 데는 일도 많았다.

그 탓에 일부러 찬물을 타 먹기도 했는데 영혜는 그런 서우를 보고 밥도 참 복 없게도 먹는다고 핀잔을 주곤 했다.

"아, 그런 걸 고양이 혀라고 하던가요."

태경이 흥미롭다는 투로 들고 있던 수저를 기울였다.

"고양이들이 뜨거운 걸 못 먹는다잖아요. 혀가 민감해서 그렇다는데."

"……"

"그러고 보니 서우 씨도 혀가 민감했던 것 같긴 한데."

급작스러운 말에 서우의 고개가 획 들렸다. 저도 모르게 주위를 둘러보다가 태경과 눈이 마주쳤다. 그런 소릴 하고도 눈 하나 깜빡하지 않고 태연하게 서우를 보고 있던 태경은 눈이 마주치자 뻔뻔스레 웃어 보였다.

"선배님……."

"왜 내가 틀린 말 한 것도 아닌데."

"……."

"이제야 나 쳐다보네요."

가슴이 뜨끔했다. 얼굴이 붉어지는 것 같아 서우가 얼른 고개를 뚝배기에 처박고 국물을 한 술 떴다. 그제야 온몸의 맥이 탁 풀렸다. 내게 실망한 건 아니구나. 나한테 정떨어지진 않았구나. 아직 그 정도는 아닌가 보다.

'다행이다.'

조금만 방심하면 눈물이 나올 것 같아 안간힘을 다해 참았다. 잘못한 건 자신인데 울기까지 하면 태경은 한 것도 없이 또 제게 미안하다고 할 터였다. 그러긴 싫었다. 잘못도 없는 그를 사과하게 만들고 싶지 않았다.

"천천히 먹어요. 나도 천천히 먹고 있으니까."

그 말대로 느리게 곰탕 한 그릇을 다 비우고 아파트 지하 주차장에 도착했다. 배가 부르고 긴장이 풀려서인지 취한 것처럼 머리가 몽롱했다. 느릿느릿한 동작으로 벨트를 풀어내는 서우의 멍한 얼굴을 보다 태경이 먼저 차에서 내렸다.

"가요."

앞서 엘리베이터 로비로 걷는 태경을 따라 서우도 걸었다. 새벽이라 엘리베이터는 금세 내려왔다. 서우가 고개를 돌려 인사를 하려는데 태경이 먼저 성큼 엘리베이터에 올라탔다.

"……."

늘 서우가 엘리베이터를 타는 것을 보고 돌아서던 태경이었다. 함께 엘리베이터를 탄 적은 없었다. 서우가 멀뚱히 보고만 있자 태경이 열림 버튼을 눌렀다.

"뭐 해요. 문 닫히는데."

서우가 들어서자 태경이 자연스럽게 18층을 눌렀다. 나직한 기계음과 함께 엘리베이터가 상승을 시작했다.

"그렇게 굳지 않아도 돼요. 집에 들여보내 달라고 안 할 테니까."

그런 생각은 하지도 않았다.

"이거 들어 주려고."

태경의 눈짓을 따라가 보니 손에 들린 박스가 보였다. 그 안에 든 게 뭔지는 뻔해서 물어보지도 않았다.

"저 안 굳었는데……."

"아, 그랬어요?"

"선배님은 몇 동에 사세요?"

참 빨리도 묻는다며 태경이 웃었다.

"바로 옆 동에 살아요. 1901호."

"아."

알림음이 울리고 엘리베이터 문이 열렸다. 태경은 내리지 않고 그대로 박스만 서우의 손에 건네주었다. 괴이한 맛이 나는 홍삼 예순 팩이 들었을 박스는 생각만큼 그리 무겁지 않았다.

"푹 쉬어요. 일어나면 연락하고."

그대로 닫히려는 문을 서우가 충동적으로 붙잡았다. 왜? 하고 묻는 듯한 시선으로 태경이 서우를 보았다.

"뭐 할 말 있어요?"

"……잠깐, 들어오실래요?"

이번에도 말하자마자 후회했다. 왜 이런 말을 했는지 스스로도 모를 일이었다. 그저 오늘 너무 한 게 없는 것 같다는 조바심이었다. 그대로 엘리베이터 문이 닫히고 나면 다신 그를 못 볼 것 같다는 비이성적인 두려움이었다.

태경은 말없이 서우를 내려다보기만 했다. 무슨 생각을 하는지 알 수 없는 얼굴이었다. 결국 힘이 빠진 서우의 손가락이 버튼에서 떨어지자 문이 도로 닫히기 시작했다. 완전히 닫히기 전, 틈새로 손을 비집고 연 태경이 엘리베이터에서 내렸다.

"오늘 말고 다음에 초대해 줘요."

태경이 서우의 손을 잡고 제집처럼 문 앞까지 이끌며 말했다.

"들어가요. 잘 자고."

친절하게 키패드 위까지 서우의 손을 올려놓고 태경이 한 걸음 물러섰다. 서우가 돌아보자 얼른 들어가라며 턱짓을 했다. 더 망설였다간 또 무슨 후회할 소리를 하게 될지 몰라 서우가 비밀번호를 누르고 퍼뜩 안으로 들어갔다.

쿵 하고 문이 닫힌 뒤에야 자신이 그에게 잘 들어가라는 인사조차 하지 않았다는 게 떠올랐다. 청하지도 않은 초대를 먼저 한 게 누군데, 도망치듯 몸을 숨기는 꼴이 되어 버렸다.

서우는 그대로 현관문에 이마를 붙인 채 바깥의 기척에 귀를 기울

439

였다. 새벽이라 소리가 멀리까지 퍼졌다. 뚜벅뚜벅 묵직한 발소리와 엘리베이터 문이 열렸다 도로 닫히는 소리, 우웅 하는 기계음까지 고스란히 들렸다.

완전히 조용해져 아무 소리도 들리지 않게 된 뒤에야 서우도 몸을 돌렸다. 박스를 거실 테이블 위에 올려놓고 그대로 쓰러지듯 바닥에 누웠다. 동지에 가까운 해는 여전히 뜰 기미도 보이지 않아 아직 한밤중처럼 어둡기만 했다. 서우는 깜박깜박 눈꺼풀을 움직이며 어둠 속에 하얗게 뜬 박스를 하염없이 올려다보았다.

피로가 해일처럼 밀려왔다. 몇 박 며칠 국토 대장정이라도 다녀온 기분이었다.

* * *

눈을 감은 기억도 없는데 뜨고 보니 한낮이었다. 빛이 흐릿하기에 아직 새벽인가 했는데 날씨가 흐린 탓일 뿐 해는 중천에 다다른 지 오래였다.

"으으……."

앓는 소리를 내며 서우가 몸을 일으켰다. 언제인지도 모르게 잠이 들어 난방은커녕 이불조차 덮지 않았다. 몸이 으스스하고 몸살이 올 것처럼 관절이 아렸다. 그러고도 이렇게나 오래 잔 걸 보면 피곤하긴 꽤 피곤했나 보다.

[일어나면 연락 줘요.]

어김없이 휴대폰엔 태경의 메시지가 와 있었다. 같은 시각에 귀가한 게 무색하게 메시지가 도착한 시간은 이른 아침이었다. 분명히 그때 운동까지 다녀왔을 게 틀림없다. 그런 그의 기준에선 저는 너무 게으른 인간처럼 보일 것 같았다.

통화 버튼을 누르면서 이미 틀린 걸 알면서도 서우는 막 깨어난 티를 내지 않으려고 몇 번이나 음음, 하고 목소리를 가다듬었다.

─잘 잤어요?

"선배님."

─일어났으면 내려와요. 점심 먹으러 가게.

"어, 지금요?"

─왜요?

"저, 그게 빨래를 좀 해야 될 것 같아서⋯⋯."

하늘을 보니 지금 세탁기를 돌리고 널어 놓지 않으면 안 될 것 같았다. 오후에는 분명히 빗방울이 떨어질 기세였다.

─이젠 세탁기한테도 밀리네.

태경이 툴툴거렸다. 서우가 미안하다는 말을 할 새도 없이 시원스레 알겠다며 그럼 한 시간 뒤에 보자고 했다. 서우가 대답 없이 망설이자 한 시간 반으로 딱 끊었다.

─정확하게 한 시간 반 뒤 놀이터에서 보죠.

전화를 끊자마자 벌떡 자리에서 일어난 서우가 세탁기부터 돌렸다.

방문과 창문을 모두 열어 환기를 시키고 덜덜 떨면서 청소를 대강 마친 후엔 샤워를 했다. 머리를 말리고 옷을 갈아입고 그사이 다 돌아간 세탁기에서 빨래를 꺼내 널었다. 화장까지 다 마치니 정확히 1시간 10분이 흘러 있었다.

서우는 곧장 놀이터로 내려갔다. 정신없이 움직여서인지 배가 고팠다. 아직 시간이 좀 남아서 그런지 태경은 보이지 않았다. 이번만큼은 제가 먼저 왔다는 생각에 괜스레 흐뭇해졌다.

춥고 흐린 날씨에도 노느라 정신없는 아이들로 가득 찬 놀이터를 둘러보고 있는데 철봉 아래에 혼자 서 있는 꼬마가 눈길을 끌었다.

대여섯 살쯤 됐을까. 아직 키가 작은 아이는 다른 큰 언니들과 마찬가지로 철봉에 매달리고 싶은지 하늘을 올려다보며 양팔을 위로 쭉 뻗고 있었다. 그래 봐야 턱도 없는 높이였다. 울상이 된 채 하릴없이 주위를 두리번거리던 아이의 눈이 서우와 마주쳤다.

"안녕."

서우가 살짝 손을 들며 다정하게 웃었다.

"이모가 들어 줄까?"

인사를 해도 뚱하던 아이는 들어 줄까란 물음에 기다렸다는 듯이 고개를 끄덕였다. 서우가 다가가 아이의 몸을 안아 올렸다. 아이는 철봉을 잡은 채로 원숭이처럼 팔을 쭉 뻗고 대롱대롱 매달렸다. 까르르 터지는 웃음소리에 서우도 따라 웃었다.

잠시 매달려 그네를 타듯 앞뒤로 몸을 흔들던 아이가 고양이처럼 폴짝 뛰어내렸다. 올라가지는 못해도 내려오는 건 혼자 힘으로도 가뿐한 듯했다.

"또 해 줘?"

상기된 얼굴로 저를 돌아보는 아이에게 묻자 아이가 대번에 고개를 끄덕였다. 그러는 사이 몇 명의 꼬마들이 더 주위로 모여들었다. 몇 명의 아이를 몇 번이나 들었다 올렸다를 반복했는지 몰랐다. 이마에 땀이 맺히고 숨이 찼다.

"서우 씨."

부르는 소리에 화들짝 놀라 뒤를 돌았다. 언제 왔는지 태경이 바로 옆에 서 있었다. 무심한 얼굴이긴 했지만 서우를 둘러싼 아이들을 보는 눈에 얼핏 짜증이 서려 있었다.

"아, 선배."

그새 20분이 흘렀나. 서우가 얼른 안고 있던 아이를 내려놓고 그만 갈게, 하고 인사를 하고는 태경에게로 뛰어갔다.

"언제 오셨어요?"

"서우 씨가 저 파란 옷 입은 애 백 번째 들었을 때요."

퉁명스러운 대답에 서우가 웃었지만 태경은 따라 웃지 않았다.

"가뜩이나 운동 부족인 사람이 저렇게 큰 애들을 그렇게 번쩍번쩍 들면 어떡해요."

"네?"

"한둘도 아니고, 그러다 다치면 어쩌려고."

그러면서 서우의 손목을 덥석 잡았다.

"이것 봐. 벌써 덜덜 떨리네."

창피해진 서우가 괜찮다고 팔을 빼려 했지만 단단한 손이 놓아주지 않았다.

"운동 겸 놀아 준 건데요. 선배님도 저한테 맨날 운동하라고 그러셨잖아요."

"이건 운동이 아니라 골병드는 거예요."

"운동 되는 것 같은데. 땀도 났어요. 아깐 추웠는데."

서우의 대꾸에 한 마디도 안 진다며 태경이 못마땅한 표정을 지었다. 말만 그렇지 걱정하는 눈빛이 따뜻해서 서우는 그냥 웃고 말았다. 발개진 볼로 가쁜 숨을 내쉬며 웃는 얼굴을 보고 태경도 어쩔 수 없다는 듯 한숨 같은 웃음을 뱉었다.

\* \* \*

살면서 그랬던 적이 몇 되지 않은 사람답지 않게 최근 태경은 늘 기다리는 쪽이었다.

그게 누구든, 어떤 상황이든, 태경은 갑자기 전화해서 기다리고 있으니 잠깐 나오라는 식으로 이루어지는 만남을 좋아하지 않았다. 물론 태경이라고 깜짝 이벤트가 주는 의외로움과 즐거움을 모르는 바는 아니었다. 그래서 그나마 어릴 때는 내키지 않아도 대충 맞춰 주기도 했다.

하지만 시간과 체력과 마음의 여유가 남아도는 그때와 지금은 분명 다르다.

나이가 들수록, 하루의 대부분을 회사에 헌납하고 개인 시간이 극도로 줄어든 직장인이 되면서부터는 미리 정하지 않은 자리에 응한 경우는 거의 없었다. 제 시간이 소중한 걸 아는 만큼 남의 시간의 소중함도 알기에 반대로, 드물지만, 먼저 누군가에게 만남을 청할 때도 그렇게 했다.

서로의 한정된 자원과 에너지가 쓸데없이 낭비되는 일이 없게끔 상황과 사정을 고려해 정확한 날짜와 시간을 정해서 만남을 가진다. 그게 어느 모로 보나 부담도 없고 효율적이다.

그렇게 했음에도 불구하고 간혹 시간을 어기는 사람도 있다. 천재지변에 준하는 피치 못할 사정을 제외하고 두 번까지는 봐준다. 태경도 그렇게까지 융통성 없는 사람은 아니었다.

하지만 세 번째부터는 상습이라 생각해서 다시는 개인적인 만남을 잡지 않는다. 그건 연인이라도 예외는 아니었다. 선을 넘기 쉬운 가까운 사이일수록 더 예의를 지켜야 하는 법이다.

"기다리고 있으니까 나와요."

요 며칠 새 이 말을 몇 번이나 했는지 모르겠다. 이런 날이 올 줄은 정말 몰랐다. 입사 전 마지막으로 사귀었던 여자 친구가 며칠간이나 이어지던 냉전 끝에 집 앞이라고 찾아왔을 때도 돌아가라고, 시간 정해 다시 연락 준다고 했던 태경이었다.

그런 태경이 언제부터 이렇게 됐는지 정확히 알고 있다. 김서우를 만나면서부터다.

김서우와의 만남은 대부분이 말 그대로 번개식이었다. 그도 그럴

게, 김서우는 너무 바쁜 사람이었다. 그것도 태경이 본 사람 중에 제일 무가치하고 비효율적으로 바빴다.

주중엔 직장에 야근에, 주말엔 새벽까지 아르바이트를 한다. 제 몸 하나 건사하기도 바쁜데 가족들까지 챙긴다. 특히 코흘리개 동생은 부모가 키우는지 누나가 키우는지 알 수가 없다. 만성 피로에 수면 부족이 오지 않을 수 없는 상황이다.

그제야 태경은 나름 신경 써서 잘 먹인다고 먹여도 살이 오르기는 커녕 왜 점점 김서우의 볼이 더 말라만 가는지 알 것 같았다.

'가뜩이나 건드리면 툭 부러질 것 같은 사람한테 뭐 저렇게 바라는 것들이 많아?'

얼굴도 모르는 동생을 포함해 그의 가족도 직장 동료들도, 김승준조차도 다 마음에 들지 않았다. 누구든 김서우 옆에 붙어 있는 것들은 다 김서우의 피를 빨아먹는 거머리들처럼 보였다.

그 와중에 틈만 나면 불러내는 애인까지 있으니.

가까이 산다는 핑계로 밤늦게 불러낼 때마다 있는지도 몰랐던 양심이 쿡쿡 찔렸다. 해쓱하게 질린 얼굴로 가물거리는 눈꺼풀을 연신 깜빡이는 것을 보면 가슴이 생경한 불안으로 울렁거렸다.

무리하는 건 아닐까. 버거워하면 어쩌지.

"한 시간 반 뒤 놀이터에서 보죠."

그렇다고 안 부를 수도 없었다. 김서우는 제가 먼저 연락을 하는 법이라곤 없었다. 먼저 말을 걸지 않으면 대답을 할 수 없는 인공 지능 같았다. 한가해지면, 일 끝나면, 이라고 사족을 달면 언제 연락을 줄지 기약이 없었다.

그사이 애가 닳는 건 태경뿐이다. 어쩔 도리가 없다. 목마른 사람이 우물 판다고 보약이라도 먹여 가면서 만날 수밖에.

김서우는 버거워도 내색 없이 웃기만 하는 사람이니 제가 알아서 잘해야 했다. 남의 기분이나 컨디션 따위, 헤아리는 데 재능도 없고 그럴 필요성도 느끼지 못해 다소 시행착오를 겪었지만 태경은 무조건 제가 잘해야 한다고 몇 번이고 다짐했다.

놀리지도 말고 거슬리고 답답한 게 있어도 화내지 말고 티 내지 말자고. 더러운 제 성질대로 했다간 언제 겁먹고 달아날지 모르니 좀 마음에 안 드는 게 있어도 짜증 내지 말고 도 닦는 마음으로 참자고.

형부인지 뭔지가 줬다는 보석은 잘도 받으면서 그깟 보약 하나에 부담스럽다는 티를 팍팍 내며 얼마냐고 물었을 때 또 살짝 삐끗하긴 했지만 그래도 태경은 제 다짐을 스스로도 놀랄 정도로 잘 지키고 있었다. 그렇게 결심을 해서 그런지 이상하게 화가 나다가도 서우의 얼굴을 보면 그럴 의지가 사그라들었다.

'저건 또 무슨.'

그럼에도 정말 가끔은 어쩔 수 없이 미간이 찌푸려질 때가 있는데 지금도 그랬다. 약속한 시간보다 좀 이르게 놀이터로 내려갔다. 먼저 와 있는 서우를 보고 멈칫한 건 잠깐이었다.

제 몸이 무슨 툭 치면 휙 들리는 놀이 기구라도 되는 양 몇이나 되는 아이들을 쉴 새 없이 들었다 내렸다 하고 있는 걸 보니 또 울화가 치밀었다. 척 봐도 말만 아이지 저와 몸무게도 별반 차이도 안 날 것 같은데.

'저러다 허리라도 다치면 어쩌려고.'

놔뒀다간 밤새도록 할 기세다. 절로 걸음이 빨라졌다. 벌써 팔이 덜덜 떨리는 게 보이는데 제 몸 상태도 모르는지 깔깔대는 아이들을 따라 미련스럽게 웃는 얼굴이 예쁘면서도 짜증이 난다.

'애 같은 걸 좋아하나.'

김서우를 놀이터에서 끄집어내 차에 집어넣고 운전을 하며 태경은 생각에 잠겼다. 하나 마나 한 질문이다. 방금 본 광경도 그렇고 어린 동생에게 하는 것만 봐도 지극정성이다. 태경으로선 이해할 수 없지만 가끔 동생 얘기를 할 때면 떠오르는 표정이 단순히 핏줄에 대한 책임감 정도가 아니었다.

'아이라…….'

자연히 생각이 5년 전으로 거슬러 올라갔다.

미국으로 가기 전, 탁상 위 달력이 6월로 넘어가고 얼마 되지 않은 날이었다. 점심을 먹고 오후 근무를 하고 있는데 박수영이 갑자기 어딘가에서 온 전화를 받고 급하게 뛰쳐나갔다.

"박 대리 와이프가 유산을 했다네."

초기부터 아슬아슬하더니 결국 그렇게 됐다고 혀를 찬 게 팀장인지 누군지 모르겠다. 다음 날 평소보다 약간 늦게 출근을 한 수영은 하루 사이에 얼굴이 몰라보게 수척해져 있었다. 조심스럽게 위로의 말을 건네는 사람들 틈에서 태경도 유감이라고 한마디 했었던가.

봄에 온 아기는 여름이 되기도 전에 젊은 부부의 곁을 떠났다. 인지만 했을 뿐, 실감조차 하지 못한 아이를 잃은 부모의 마음이 어떨지 태경은 감히 짐작할 수 없었다.

다만, 그저 마음고생만으로 박수영이 저 정도가 됐다면 몸 고생도 같이했을 사람의 얼굴은 어떨지 생각하고 싶지도 않았다.

"저, 근데 선배님. 저희 어디 가요?"

저도 모르게 너무 오래 침묵하고 있었던 것 같다. 한참을 인내심 있게 조용히 앉아 있던 서우가 먼저 말을 붙였다. 마침 신호가 걸려 태경은 꽤나 오랫동안 그 얼굴을 물끄러미 바라보았다.

"신호 바뀌었어요."

말도 없이 저를 보기만 하는 시선이 난처했는지 어쩔 줄 몰라 하던 서우가 신호가 바뀌자마자 냉큼 일렀다. 태경은 언제 그랬냐는 듯 자연스럽게 시선을 돌렸다.

오른손으로 기어를 바꾸고 그 손을 그대로 서우의 손으로 가져갔다. 닿을 때 살짝 움찔했지만 서우는 순순히 손이 잡힌 채로 얌전히 있었다.

"어디 갈지 나도 몰라요."

"네?"

"이번엔 서우 씨가 한번 정해 봐요."

왜 매번 내가 정해야 되냐는 말은 하지도 않았는데 서우는 아차 싶은 얼굴로 작게 탄식을 흘리더니 빠르게 눈을 굴리기 시작했다. 미안하다는 생각과 함께 어디로 가지 고민을 하는 게 빤히 보였다.

"저는 별로 아는 데가 없는데……."

한참을 고민하다 내놓은 말이 그랬다.

"왜 아는 데가 없어요? 친구들 만나면 가는 데 있을 거 아니에요."

"……."

"보통 약속 있으면 어디 가요?"

"……."

"왜 말이 없어요?"

"친구 만난 지 좀 돼서 잘 모르겠어요……."

원하던 대답이었다. 태경은 희미한 미소를 띠며 너그러운 어조로 그럼 가까운 데로 가죠, 하고 처음부터 가려고 했던 삼계탕집으로 차를 몰았다.

묻지도 않고 전복삼계탕 두 개를 주문하는 태경을 보고 서우가 좀 떨떠름한 표정을 지었다. 뭔가 해명이라도 하고 싶은 얼굴을 보면 어제의 홍삼과 오늘의 삼계탕을 연관 지어 제 체력과 그에 대한 태경의 판단을 짐작한 게 틀림없다. 태경은 모른 척, 반주로 나온 인삼주 병을 들고 한잔하겠냐고 물었다.

"선배님은."

"나는 운전해야 되니까 안 되고."

"그럼 저도 안 마실래요."

"서우 씨는 한 잔만 해요."

이따가 아르바이트를 가야 하지만 한 잔 정도는 괜찮을 것 같았다. 서우가 군말 없이 조그만 도자기 잔을 들자 태경은 반도 안 차게 술을 따르며 지금 마시지 말고 이따 삼계탕 나오면 먹고 마시라고 했다.

"허채윤은 알아요?"

급작스레 튀어나온 말에 서우가 젓가락으로 닭고기의 살을 발라내다 고개를 들었다. 제 몫의 삼계탕을 식히듯 느릿느릿 휘젓고 있던 태경이 평연한 어조로 이어 말했다.

"우리 사귀는 거, 허채윤도 아냐고."

아. 달각하고 젓가락을 내려놓은 서우가 몸을 바짝 세워 앉았다. 질문하면서도 기대도 안 했지만 저 태도를 보니 답을 알 만했다.

"아직 그, 말을 꺼낼 기회가 없어서……."

"김서우 씨네 사장님도 모르는 것 같던데."

만나지 못해 말을 못 했다는 건 핑계가 안 된단 소리였다.

"왜 그렇게 나를 꽁꽁 못 숨겨 안달이에요? 회사는 내가 이해했고 넘겼는데."

"알바도 제 직장인데……."

"내가 거기서 일하는 것도 아닌데 무슨 상관이에요."

할 말이 없는지 서우가 입을 다물었다.

"점점 더 수상하네. 왜 그렇게 솔로 행세를 하지."

"아니, 그런 게 아니고."

"아니면?"

"승준 오빠나 채윤이한테는 진짜 그냥 말할 기회가 없어서요. 딱히 궁금해하지도 않을 것 같고……."

굳이 궁금해하지 않아도 들을 필요 없는 얘기라도 하는 게 친구 아닌가. 그리고 태경이 생각하기에 그 둘은 김서우의 사생활에 무척이나 관심이 많을 것 같은데.

"내 친구들은 되게 궁금해하던데."

태경이 대수롭지 않게 말했다. 서우의 눈이 동그래졌다.

"한번 만나 볼래요?"

"……선배님, 친구분들을요?"

조금 늦게 서우가 되물었다. 표정만 봐도 부담감에 질식할 것 같은 게 뻔히 보인다. 그러면서도 차마 거절은 하지 못하겠는지 머뭇거리며 입술만 달싹였다. 그 입술 사이로 방금 발라낸 닭고기를 소금 후추에 톡톡 찍어 쏙 집어넣으며 태경이 여상하게 말했다.

"싫으면 싫다고 해도 돼요. 내가 뭐 김서우 씨 상사도 아니고."

반사적으로 입 안에 들어온 고기를 씹던 서우가 뒤늦게 얼굴이 붉어졌다.

"아님 반대로 나라도 김서우 씨 지인들 소개해 주든가."

"……제 지인들이요?"

급하게 고기를 꿀꺽 삼키며 서우가 되물었다. 테이블을 더듬는 손이 술잔으로 가기에 태경이 그 앞으로 물 잔을 밀었다. 천천히 먹어요, 한마디 하자 두 손으로 잔을 움켜쥔 서우가 시간을 끌듯이 몇 번에 나눠 미지근한 물 한 잔을 다 마셨다.

"그럼…… 승준 오빠라도……."

"승준이? 나한테 소개할 사람이 고작 승준이밖에 없어요? 아니, 그리고."

말이 나와서 말인데, 하면서 태경이 살짝 미간을 찌푸렸다.

"승준이는 왜 오빠예요?"

"네?"

"나는 선배님인데 승준이는 왜 오빠냐고."

고등학교 때부터 은근히 거슬렸다. 그때 김서우에게 자신은 '이름이 없는 사람'이었다. 멀리서는 저를 부르지도 못해 늘 가까이 있을 때만 겨우 말을 붙이곤 했다. 심지어 그 빌어먹을 채지훈 같은 놈한테도 꼬박꼬박 오빠 소리를 붙여 놓고서.

"나한테는 오빠라고 한 적이 한 번도 없는 것 같은데."

채지훈을 생각하니 새삼 열이 받았다. 아무튼 그 새끼도 참 대단한 놈이었다. 10년이 넘게 지난 지금까지도 마치 어제처럼 또 새롭게 저를 열받게 할 수 있다니.

아니, 대단한 건 그 새끼가 아니라 자신인가. 원래 은혜보단 원수를, 애정보단 분노를 더 오래 가져가는 지랄맞은 성격이긴 해도 채지훈이 실제 태경에게 직접적으로 피해를 준 것은 없다는 점을 떠올려 보면 이렇게까지 끈질기게 싫을 수 있다는 게 의외이긴 했다.

성에 차진 않아도 나름 갚아 준 부분도 있는데.

"어, 그, 제가 오빠라고 불렀으면 좋겠어요?"

서우는 왜 제게만 오빠라고 하지 않았냐는 태경의 질문을 은근슬쩍 질문으로 받았다. 최근 들어 제법 회피 기술이 늘었다.

"그런 건 아니고."

애도 아니고, 이제 와 굳이 오빠라는 말을 듣고 싶은 건 아니었다. 연인을 가리키는 호칭엔 더 좋은 것들도 얼마든지 있다. 저를 오빠라고 부르지 않는 게 불만이라기보단 다른 남자들에게 오빠라고 하는 소리를 듣기 싫다는 게 더 컸다.

"사장님."

"네?"

"김승준 사장님, 김 사장님, 그냥 사장이든 사장 놈이라고 하든, 암튼 김승준한테 오빠라고 안 했으면 좋겠는데."

우리 사장님은 안 된다고 뒤이어 덧붙이는 말에 멍하니 태경을 보고 있던 서우의 눈이 슬며시 가늘어졌다. 겨우 입꼬리만 살짝 올라갔을 뿐, 환하게 웃는 것도 아닌데 태경은 그 뽀얀 얼굴에서 눈을 뗄 수가 없었다.

'원래도 이렇게까지 예뻤나.'

예쁘장한 얼굴이라고는 처음 볼 때부터 생각했고, 어딜 가도 최소한 외모 때문에 손해 볼 일은 없을 거라 일찌감치 평하기도 했지만 최근엔 이상하리만치 예뻐 보이는 게 스스로가 생각해도 신기했다.

이 정도 얼굴이면 그냥 연예인을 했어도 성공했을 것 같은데. 텔레비전에 내로라하고 나오는 연예인들 틈에 끼워 놓아도 한눈에 들어올 것 같은데.

그 대단한 미모라던 김서희가 어느 정도인지는 모르고 궁금하지도 않았지만 태경은 보지 않아도 확신할 수 있었다. 언니만 못하다는 건 단순히 금방 보이는 화려함에 현혹된 눈 낮은 어린애들이나 하는 소리였을 거다. 김서우가 그보다 못할 리 없다. 절대.

뚫어지라 저를 보는 태경의 눈빛에서 뭘 읽었는지 서우가 불편한 듯 이리저리 눈을 굴리다 고개를 푹 숙였다. 그릇에 머리카락 빠져요, 태경이 괜한 핑계를 대며 서우의 턱을 가볍게 밀어 올렸다.

"아, 그리고 승준이 알아요."

"네?"

"우리 만나는 거요."

서우가 놀란 얼굴로 태경을 보았다.

"어떻게……?"

"내가 말했으니까요."

"근데 승준 오빠는, 아니, 김, 승준 사장님은……."

혼란이 온 듯한 서우의 얼굴을 보고 태경이 피식 웃었다.

"저한테 그런 말 안 했는데."

"그러게, 왜 안 했을까요."

"……."

"서우 씨가 먼저 하길 기다리는 거 아닐까요?"

"……."

"내 얼굴 그만 보고 얼른 밥이나 먹어요. 이제 다 식었겠네."

오늘 밥 먹고 할 일 많다는 말에 서우가 기계적으로 수저를 들었다. 정신은 딴 데 가 있는데 일단 시키니 한다는 태도였다. 마저 삼계탕을 다 먹는 동안 태경은 별다른 말을 하지 않았다. 그의 말대로 적당히 식은 삼계탕이라 서우는 태경과 비슷한 속도로 식사를 마칠 수 있었다.

밥을 먹은 뒤엔 영화를 보러 갔다. 일요일 오후라는 시간대를 감안

하더라도 흐린 바깥 날씨 탓인지 쇼핑몰 맨 위층에 자리한 영화관엔 유난히 사람들이 많았다. 태경은 서우에게 영화를 고르게 했다. 영화관 특유의 어두운 조명과 고소하고 달달한 팝콘 냄새에 둘러싸여 서우는 잔뜩 난감한 표정으로 고민에 잠겼다.

영화 또한 식당과 비슷하게 취향을 많이 타는 종목이다. 민재를 데리고 애니메이션을 보러 오는 일은 종종 있었지만 연인과 볼, 그것도 대학교 때 영화 연구 동아리씩이나 했던 연인과 함께 볼 영화를 고르는 건 서우에게 너무 난이도가 높은 일이었다.

결국 오랜만이라 뭐가 재미있고 없는지 모르겠다며 서우는 태경에게 선택을 떠넘겼다. 태경이 마땅치 않다는 표정으로 제 눈치를 보고 있는 얼굴을 내려다보았다.

뭐를 골라도 다 재미있게 볼 자신이 있는데, 서우는 태경이 무슨 선택을 하라고 할 때마다 그에게 평가라도 받는 사람처럼 과하게 긴장을 하며 우물쭈물하다 끝내는 미루기만 했다.

"내가 고르면 뭘 고를지 모르는데."

태경의 말에 서우의 눈이 대번에 벽에 줄줄이 늘어선 영화 포스터 쪽으로 돌아가는 게 보였다.

연말 극장가답게 면면이 다채로웠다. 전 연령을 타깃으로 한 가족 영화나 애절한 로맨스, 어마어마한 제작비를 쏟아부은 블록버스터가 주였지만 그 틈에도 전작에 이어 더욱 강력한 공포로 무장하여 돌아왔다는 호러 영화와 주연 배우의 파격 노출이 화제가 된 19금 스릴러 영화가 있었다.

서우의 시선이 그 두 개에서 멈칫한 것을 보고 태경이 몸을 돌리며 산뜻하게 말했다.

"그럼 내가 표 뽑아 올게요."

"아니, 잠깐, 선배님."

"왜."

"뭐, 보실 건데요?"

"왜, 뭐든 상관없다면서요."

뭐라 더 할 말이 있는 듯한 얼굴을 모른 척하고 괜히 돌아다니다 길 잃어버리지 말고 가만히 여기 앉아 있으라고 이른 뒤에 표를 샀다. 줄이 길어 시간이 제법 걸렸다. 있던 자리에 사람이 보이지 않아 잠깐 당황했는데 뒤에서 어깨를 툭툭 쳐 돌아보니 서우가 음료수와 팝콘을 안고 서 있었다.

"그 자리에 가만히 있으라니까."

괜한 핀잔에도 서우는 마시라며 음료수를 내밀 뿐이었다. 곧 시작 시간이 되어 태경이 앞장서 상영관으로 향했다. 종종걸음을 치듯 저를 따라오며 서우가 몇 번이나 무슨 영화냐고 물었지만 대답해 주지 않았다.

직원에게 표를 보여 줄 때도 슬쩍 가려 끝까지 무슨 영화인지도 모르고 자리에 앉은 서우는 몹시 초조해 보였다. 막 입장을 시작한 관객들에게라도 힌트를 찾으려는 듯 계속 주위를 둘러보았지만 태경이 턱을 잡고 고개를 제 쪽으로 돌렸다.

"어딜 자꾸 딴 데를 봐요. 남자 친구 옆에 있는데."

"아니, 그게 아니고."

태경이 들고 있던 팝콘 상자에 손을 넣어 서우의 입에 넣었다. 아무 말도 못 하고 받아먹는 걸 보니 이상하게 흐뭇한 기분이 들었다.

"선배님도 드세요."

먹여 줄 생각은 못 하고 권하기만 하는 순한 눈을 바라보다 태경이 반쯤 서우의 입에 가져갔던 팝콘을 제 입 속에 넣었다.

"캐러멜이네."

"싫어하세요?"

"아니, 좋아해요."

불이 꺼졌다. 서우가 저를 물끄러미 보는 게 느껴졌다. 영화 시작했으니까 이제 앞을 봐요, 하고 태경이 서우의 턱을 쥐고 앞으로 돌렸다.

\* \* \*

"어땠어요?"

영화의 소감을 묻는 태경에게 서우는 아무 말이 없었다. 굳이 대답을 듣지 않아도 태경은 서우가 한 시간 반 남짓 되는 상영 시간 동안 몇 번이고 몰래 눈가를 훔치는 걸 보았다.

별 내용도 없는데, 솔직히 유치한 신파일 뿐인데 죽네 사네 하는 주인공들보다 더 빨리 눈물이 고이는 게 신기해서 태경은 내내 서우의 얼굴만 봤다.

"이런 걸 보면 본다고 미리 말씀을 하셨어야죠……."

제가 우는 걸 태경이 눈치챘다는 걸 아는지 서우가 약간 억울한 투로 중얼거리며 태경의 시선을 피했다.

"나 정석적인 사람인데. 첫 데이트 때 파스타 먹으러 간 거 보면 몰라요?"

"네?"

"처음 애인하고 영화 보는데 호러나 19금 영화 고르는 사람이 어디 있어요."

물론 그것도 재미있을 것 같긴 했지만. 서우가 뭔가 말하려다 말고 입술을 삐죽이는 게 보였다. 그러지 말고 그냥 불만 있으면 말로 하지 싶었지만 뾰로통해진 입술이 귀여워서 손끝으로 그 가운데를 슬쩍 눌렀다.

"그건 왜 끌어안고 있어요? 안 버리고."

먹다 남은 팝콘 통과 음료수병을 그대로 품 안에 안고 있는 서우를 보고 태경이 쑥 뽑아 쓰레기통에 버렸다. 서우의 시선이 다급하게 그 궤적을 따라가다 이내 허망하게 가라앉았다.

"가요."

"저, 선배님."

"왜요."

"아까 영화표 말인데요. 그거 저 주시면 안 될까요?"

안 될 거야 없는데, 하고 태경이 지갑 속에 끼워 두었던 표 두 장을 꺼내 서우에게 건네주었다. 서우는 미미하게 희색을 띤 얼굴로 고맙습니다, 하고 받아 든 표를 가방 안쪽에 구겨지지 않게 조심스럽게 넣었다.

그 모습 위로 오랫동안 잊고 지냈던 장면이 겹쳤다. 3월인데 함박눈이 내리던 날, 저를 알아보지 못한 척, 동아리 가입 신청을 받은 태경이 건네준 음료와 과자를 대단한 보물이라도 되는 양 주섬주섬 가방 속에 집어넣던 뒷모습.

"……그러지 말 걸 그랬어요."

"네?"

무슨 소린지 몰라 되묻는 서우를 향해 태경이 그냥 고개만 저었다.

"리뷰라도 써요? 아님 영화표 수집 같은 걸 하나?"

"네? 아, 네, 수집 같은 거……."

"보니까 매번 메모 같은 것도 자주 하던데, 다이어리도 쓰고 그래요?"

"네, 습관이 돼서. 적어 둬야 실수를 덜 하니까……."

엘리베이터 앞에 서서 태경이 잠깐 아래층에 있는 서점에 들러도 괜찮겠냐고 물었다. 서우가 고개를 끄덕이자 둘은 다른 관람객들 틈에 끼어 서점이 있는 층으로 내려갔다.

"저 서점 정말 오랜만에 와 봐요."

둥그렇게 뜬 눈으로 주위를 두리번거리는 서우를 태경이 물끄러미 보는데 서우의 가방 속에 있던 휴대폰이 울렸다. 얼핏 꺼내 드는 화면엔 엄마라는 발신자가 떠 있었다.

서우가 눈짓으로 전화 좀 받겠다는 시늉을 하고 자리를 떴다. 태경이 심기 불편한 눈으로 그쪽을 보던 것도 잠시, 서우는 금세 돌아왔다.

"무슨 전화예요?"

"엄마가 지금 잠깐 집에 오셨는데 내가 없어서 전화 거신 것 같아요."

"가 봐야 되는 거예요?"

"아니, 딱히 나한테 용건이 있는 건 아니라서…… 현관 비밀번호 아시니까 계시다 가실 거예요."

"부모님이 비밀번호도 알아요?"

시도 때도 없이 막 그렇게 연락도 없이 불쑥불쑥 들이닥친단 말인가. 노골적으로 이해가 안 간다는 눈을 하고 묻는 태경을 피하듯 서우가 슬쩍 시선을 돌리며 저도 부모님 집 비밀번호 안다고 변명처럼 중얼거렸다.

"근데 선배님은 책 많이 읽으세요?"

화제를 바꾸고 싶어 하는 기색이 역력해 태경은 그냥 따라 주기로 했다.

"많이 읽기보단 많이 사는 편인데, 최근엔 좀 줄었어요."

"왜요?"

"요새는 이북도 많이 나오니까요. 종이책은 부동산 문제도 있고."

"부동산이요?"

보관 문제라고 하자 서우가 아, 하는 소리를 냈다. 태경이 필요한 책 몇 권을 골랐다. 저를 졸졸 따라다니기만 하는 서우를 따로 구경할 거 있으면 해도 된다고 떼어 놓고 애초에 사려고 했던 것까지 계산을 한 다음 서우를 찾았다.

몇 번 고개를 휘휘 돌려도 얼른 눈에 띄지 않자 더럭 조바심이 났다. 태경이 성급하게 휴대폰을 꺼내 드는데 저만치 구석에서 뭔가에 푹 빠진 듯 하염없이 책을 들여다보고 있는 조그만 얼굴이 보였다.

슬쩍 위쪽 안내판을 확인하니 예술 섹션이었다. 그중에서도 서우는 어떤 화가의 도록 같은 걸 보고 있었다. 잠깐 그 모습을 보고 있던 태경이 낮은 음성으로 서우를 불렀다.

"서우 씨."

작은 목소리에도 화들짝 놀란 것처럼 어깨를 움찔한 서우가 태경을 보고는 들고 있던 책을 얼른 제자리에 내려놓고 그쪽으로 왔다. 다 보셨어요? 하고 묻는 서우에게 태경이 고개를 끄덕였다.

"피곤하지 않아요? 잠깐 어디 앉아서 쉴까요?"

네, 하고 순순하게 대답하는 서우를 데리고 서점 구석에 있는 카페로 갈까 아니면 층을 옮길까 고민을 했다. 의견을 물어보려 막 고개를 돌리는데 서우가 저만치 어딘가를 주시하고 있는 게 보였다.

드물게 집중한 눈빛이었다. 태경의 시선도 절로 그쪽으로 향했다. 서점 가장자리에 있는 디자인 문구 숍이었다. 무슨 행사가 있는지 임시로 설치된 듯한 팝업 스토어 앞에 사람들이 모여드는 게 보였다.

"로봇?"

태경이 고개를 갸웃했다. 건프라 같은 것도 아니고 딱 봐도 어린이용 애니메이션으로 제작된 캐릭터 장난감 로봇이었다. 매장 입구엔 아직 입장을 제한하는 줄이 쳐져 있고 오픈 시간과 함께 시즌 특별 200개 한정 판매라는 문구가 붙어 있었다.

"시간 다 됐는데 왜 안 열어요?"

"공지한 시각에서 5분 지났는데 왜 안 열어요? 벌써 몇 시간째 기다리고 있는데."

"저기요, 인당 한 개밖에 구매할 수 없는 거 맞아요?"

"얘, 빨리 아빠한테 전화해서 이리 오라고 해. 줄 서야 된다고."

태경으로선 이해할 수 없지만 그게 뭐라고 벌써부터 길게 줄지어 늘어선 사람들이 조바심을 내며 아우성들이었다. 나름 그쪽 세계에 선 유명한 장난감인가 보다. 그러려니 하고 몸을 돌리려던 태경이 주 춤했다.

"저거 인터넷에서도 품절된 건데. 중고로도 몇 배씩 더 주고도 못 구하는 건데."

"……서우 씨."

줄 선 사람들과 비슷하게 홀린 듯한 표정이었다. 서우 씨, 부르는 소리에 기계적으로 네, 하고 대답을 하면서도 그쪽에서 눈을 떼지 못 한다.

"설마 서우 씨, 저게 갖고 싶은 거예요?"

"아, 아뇨. 내가 아니고 우리 동생이 제일 좋아하는 건데……."

크리스마스 선물로 주고 싶어서 구하려고 백방으로 수소문했는데 못 구했었다며 서우가 아쉬운 표정을 지었다. 아이들 장난감에도 이 런 현상이 있다는 걸 태경은 처음 알았다.

서우는 당장이라도 줄 끝으로 달려가고 싶은 표정이었다. 그럼에 도 차마 태경에겐 말을 못 하고 아쉬운 듯 발길을 돌렸다. 태경이 다 시 팝업 스토어 쪽으로 눈을 돌렸다. 크리스마스 시즌 특별 한정 판 매라. 희소성을 부각시킨 상술이지만 동생 사랑이 지극한 김서우를 자극하긴 충분하다. 혀를 찬 태경이 시계를 한 번 확인했다.

"파란 거랑 빨간 거 중 어느 거?"

"네?"

"파란 거랑 빨간 거 중에 동생이 어느 걸 더 좋아하냐고요."

인당 하나라 했으니 둘 다 살 수는 없었다. 서우는 그걸 왜 묻는지 모르겠다는 표정을 지으면서도 빨간 거라고 순순히 대답했다.

"시간 좀 걸릴 것 같으니까 저기 앉아 있어요."

태경이 지갑을 꺼내 카드 한 장만 빼고 책이 든 쇼핑백과 함께 그대로 서우에게 안기며 서점 구석에 있는 커피숍을 가리켰다. 서우가 로봇을 바라볼 때보다 더 넋이 빠진 얼굴로 태경을 올려다봤다.

"딴 데 가지 말고 저기서 뭐 단 거라도 마시고 있어요."

"……."

"금방 올게요."

선배님, 부르는 소리를 못 들은 척하고 태경이 성큼성큼 걸음을 옮겼다. 줄 끝에 서서 빠르게 눈으로 앞쪽에 늘어선 머리통을 세었다. 운 좋게 자신까지는 차례가 올 것 같다. 이 허접한 장난감을 받을 꼬마의 운인지 저의 운인지는 모르겠지만.

'별일을 다 해 보네.'

속으로 투덜대긴 했어도 그렇게까지 못 참을 기분은 아니었다. 금세 태경의 뒤로도 앞보다 더 긴 줄이 늘어섰다. 대부분 부모들이라 태경 정도 되는 성인 남자가 드문 것도 아닌데 유난히 저를 훑는 시선들이 느껴졌다.

붙어 선다고 줄이 줄어드는 것도 아닌데 자꾸만 뒤에서 밀어 대는

통에 짜증이 났다. 몇 번 하지 말라고 대놓고 눈치를 줘도 그쪽도 더 뒤에서부터 밀어 대니 어쩔 수 없는 듯했다.

한숨이 절로 나왔지만 김서우가 여기 서 있는 것보단 낫다. 영원 같은 대기 시간을 견디고 이름도 모르는 로봇을 빨강이라고 지칭해 주문하고 계산까지 마친 뒤엔 며칠 밤을 새우고 야근을 한 듯한 기분이었다.

서우는 커피숍에 가 있으라는 태경의 말을 듣지 않고 근처에서 서성대고 있었다. 몰려든 인파에 가까이 오지도 못하고 발만 동동 굴렀다. 그래도 그렇게 손에 넣은 로봇 상자를 김서우 품에 안겨 줬을 때, 그 얼굴에 떠오른 표정을 보자 태경은 언제 그랬냐는 듯 금세 개운해졌다.

이런 싸구려 플라스틱 로봇이 뭐라고, 서우는 태경이 세상을 안겨 준 것처럼 감격한 얼굴을 했다. 그 찰나에 떠오른 눈빛 하나로 태경은 모르는 사람들 틈에 부대끼며 낭비했던 시간이 하나도 아쉽지 않았다.

서태경 등신 다 됐네. 태경은 내심 혀를 찼다.

태경의 손에 끌려 주차장으로 향하면서도 서우는 몇 번이나 고맙다는 말을 반복했다. 괜찮다고 한두 번은 꼬박꼬박 대답해 주던 태경이 무시하고 못 들은 척해도 계속 혼자 감사의 말을 중얼거렸다.

"그만해요. 이게 뭐 별거라고."

"……."

"오늘 저녁 맛있는 거 먹으려고 했는데 안 되겠네."

태경이 시계를 확인하며 미간을 찌푸렸다. 곧 서우가 아르바이트를

갈 시간이었다. 저 조악한 장난감을 사느라 낭비한 시간이 아깝지 않
아도 밥은 먹여야 했다.

쇼핑몰을 나온 태경이 차를 몰고 승준의 가게 근처로 향했다. 시간
을 절약하기 위함이었지만 이 부근엔 태경이 잘 아는 가게가 없었다.

몇 번을 빙빙 돌다 그나마 개중 깔끔해 보이는 베트남 식당에 갔
다. 점심을 많이 먹어서 아직 배가 안 고프다는 말도 안 되는 소리를
하는 서우를 억지로 앉혀 그릇을 다 비우게 했다.

"밤새도록 일할 사람이 든든하게 먹어야죠."

"도중에 밥 먹을 시간 줘요."

"다행이네요. 그때도 빼먹지 말고 꼭 먹어요."

헤어질 시간이 가까워지자 태경은 자기도 모르게 신경이 곤두섰
다. 가게를 나서던 걸음이 느려졌다. 옆에 있던 서우의 입에서 비다,
하는 중얼거림이 새어 나왔다. 뜻밖이라기보단 올 것이 왔다는 어조
는 아침부터 내내 흐렸던 하늘 탓일 터였다.

"여기 잠깐 있어요. 차 가지고 올게요."

빗줄기가 제법 거셌다. 처마 밑에 서우를 세워 두고 태경이 그대로
뛰어가 차를 가지고 왔다. 밥을 먹고 짧게 드라이브라도 하면서 소화
시킬 틈이라도 주고 싶었는데 식당을 고르느라 날린 시간 때문에 그
럴 여유가 없었다.

"차에 우산이 없는데."

퍼플캣 앞에 도착해서 태경이 가게 계단 앞에 바짝 차를 세웠다. 문
을 열자 눌렀던 음소거 버튼을 다시 해제한 것처럼 온 세상을 두드리는

빗소리가 귀를 때렸다. 순식간에 눈앞으로 빗줄기가 뚝뚝 떨어지기 시작했다. 잠깐 기다리라고 서우에게 이르고 빙 돌아 조수석 문을 연 태경이 입고 있던 코트 자락 한쪽을 펼쳐 들어 올렸다.

"들어오라고."

멍한 얼굴을 향해 턱짓으로 들고 있던 팔 안쪽을 가리켰다. 망설이는 서우를 기다려 줄 틈도 없이 잡아끌어 제 품속으로 넣었다. 반사적으로 작게 움츠러드는 몸이 아니더라도 한 품에 쏙 들어온다.

그대로 싸매 안고 집이든 어디든 가고 싶은 충동을 누르고 순순히 계단 아래까지 데려다주었다. 태경이 무슨 생각을 하고 있는지도 모르고 서우는 문을 잡고 서서 비 걱정이나 했다.

"잠깐만 기다리실래요? 제가 들어가서 우산 있는지 보고……."

"됐어요."

"……."

"얼른 들어가요. 이따 데리러 올게요."

보내기 싫다는 생각은 저만 하는 것 같다. 고개를 끄덕이는지 젓는지 모를 태도로 애매하게 흔들던 서우가 미련 없이 가게 안으로 들어갔다. 잠깐 그 닫힌 문을 보고 있던 태경이 계단을 끝까지 다 올라갔을 때였다.

"선배님."

부르는 음성에 고개를 돌렸다. 속눈썹을 타고 흐르는 물기를 훔쳐내는 것과 동시에 서우가 비에 젖은 계단을 찰박찰박 소리를 내며 뛰어 올라오는 게 보였다.

하얗게 뜬 얼굴이 어두운 물에 잠긴 거리를 밝히는 유일한 빛인 것만 같다. 그 속에서 유난히 크게 반짝이는 갈색 눈동자에 어린 빛에 눈이 시렸다. 한순간 태경은 그대로 김서우가 제 품속으로 풍덩 뛰어들 것만 같다는 상상을 했다.

"이거 우산, 우산 쓰고 가세요."

바로 코앞에 차가 있었다. 집에 갈 때도 지하 주차장에 주차를 하면 비 한 방울 맞지 않는다는 걸 같은 아파트에 사는 김서우가 모를 리도 없는데.

"고마워요."

기어코 내민 우산을 태경은 군말 없이 받아 들었다. 한 손엔 우산을 들고 다른 손으론 서우의 볼이며 뒷덜미를 쓸었다. 비에 젖어 축축한 손이 건드리는 게 꽤 찜찜할 텐데 서우는 얌전히 서서 그 손길을 받았다.

"너무 열심히 하지 말고 쉬엄쉬엄해요."

"네."

"저녁에 남들 밥 먹을 땐 자기도 밥 먹고."

"네."

"김승준이 갑질하면 나한테 말하고."

"네. ……네?"

얼떨결에 대답하다 되묻는 서우의 얼굴을 쓰다듬으며 태경이 웃었다. 서우가 물끄러미 태경을 올려다보았다. 같이 웃을 줄 알았는데 약간 멍한 표정이다. 그 얼굴을 자세히 볼 새도 없이 서우는 금방 고개를 떨어트렸다.

태경이 그만 들어가라고 말하려는 참이었다. 문득 가냘픈 온기가 등 뒤에서부터 제 몸을 감싸는 게 느껴졌다. 슬쩍 당기는 힘과 함께 꼭 붙어 온 동그란 이마가 제 어깨 위에 비벼졌다.

우산을 들고, 다른 한 손은 서우의 머리 위에 올려 둔 채로 태경이 얼어붙었다. 발치를 두드리는 빗줄기만도 못한 힘에 그대로 갇힌 사람처럼 꼼짝도 할 수 없었다.

"……조심해서 가세요."

그게 다였다. 느껴지지도 않을 만큼의 팔 힘과 자발적인지 아닌지 헷갈릴 정도로 미약한 포옹. 그게 뭐라고, 태경은 서우가 사라진 뒤에도 한참을 우두커니 서 있었다.

\* \* \*

비가 새벽엔 눈이 되었다. 사람들 발길이 닿지 않는 구석은 벌써 얼어붙기 시작했지만 가게 입구로 통하는 계단은 수시로 손님들이 드나들고 또 혹시 몰라 중간에 나가 쓸기도 했던지라 좀 젖어 있는 정도였다.

그걸 모를 리도 없을 텐데, 태경은 발밑이 미끄러우니 조심하라고 서우의 팔을 단단히 붙잡았다. 무슨 일이 일어나도 절대 놓지 않을 것처럼 저를 붙들고 있는 태경의 커다란 손을 서우는 눈으로 더듬듯 한참을 바라보았다.

일요일 근무라 다른 날보단 일찍 퇴근을 했지만 그래도 새벽 1시가 넘은 시간이었다. 저야 돈을 벌다 그런 거니 상관없지만 월요일 출근을 겨우 몇 시간 앞두고 따뜻한 침대 속이 아닌, 얼음 조각 같은 눈발 속에 갇혀 있는 듯한 태경을 보자 서우는 죄책감과 함께 속이 찌르르 울렸다.

조수석에 편히 앉아 태경이 미리 준비한 꿀물까지 마시고 집까지 가는 동안, 서우는 앞으론 안 데리러 오셔도 된다고, 적어도 월요일 새벽엔 오시지 말라고 제법 단호하게 말을 꺼내 봤지만 역시나 씨알도 먹히지 않았다.

"그런 쓸데없는 소리 할 거면 가는 동안 눈이나 붙여요."

"선배님……."

"계속 그러면 나도 거기 알바로 취직하는 수가 있어요."

농담만은 아닌 것 같아 웃을 수가 없었다. 취직까진 안 하더라도 손님으로 와서 서우가 일을 마칠 때까지 바든 테이블이든 죽치고 앉아 있을지도 모른다는 상상은 너무도 현실감이 있었다.

그건 싫어서 서우는 얌전히 입을 다물 수밖에 없었다. 비교적 담백한 분위기의 퍼플캣이었지만 그래도 어쨌든 술이 오가고 성인 남녀가 드나드는 곳이니 합석이나 헌팅 따위도 심심찮게 일어났다.

드물지만 아주 그런 의도로 오는 손님들도 있었고 서우나 지은 같은 직원들에게도 퇴근 시간이나 폰 번호 따위를 물어보며 짓궂게 구는 경우도 있었다.

태경이 바 앞에 혼자 앉아 있다면.

그다음 벌어질 일이 너무 쉽게 상상이 됐다. 그 순간 느릿하게 번져 가는 감정이 불쾌감임을 깨닫고 서우는 약간 놀랐다.

'내가…….'

충분히 받았다. 서우가 이 관계에 응하고자 마음먹었을 때 기대했던 것, 그 이상으로 태경은 넘칠 만큼 저에게 잘해 주었다. 당장 내일 그가 끝을 고하더라도 미련이나 서운함 같은 건 발붙일 수도 없을 만큼.

만족할 줄 알아야 되는데 사람 마음이라는 게 그렇지가 않다. 태경이 저에게 하듯 다른 사람을 대하고 저를 보는 눈으로 그렇게 누군가를 바라볼 생각을 하면 갑자기 숨쉬기가 힘들고 가슴이 저렸다.

저도 모를 소유욕이 언제 이렇게나 자랐을까.

눈을 뿌리는 밤하늘은 평소보다 어둠이 옅었다. 거실에 웅크리고 누워 하늘을 보던 서우가 슬쩍 눈을 돌려 테이블을 보았다. 어제 홍삼 박스가 있던 자리에 오늘은 비슷한 크기의 로봇 상자가 있었다. 그 옆에는 다이어리 하나도 나란히 놓여 있었다.

버건디 색상의 가죽으로 장정이 된 다이어리는 로봇과 함께 태경이 준 것이었다. 언제 샀는지 내년에도 일기 잘 쓰라는 말과 함께 태경이 건넨 그것은 서우가 이제껏 가져 본 다이어리 중 가장 고급스러운 것이었다.

내년, 이제 겨우 보름 정도 남았다.

과연 태경과 만날 동안 저 다이어리가 몇 장이나 넘어갈 수 있을까.

'그래도 조금만.'

밥을 먹고 영화를 보고 쇼핑을 했다. 헤어질 땐 집까지 데려다주고 생각지도 못한 선물까지 받았다. 말 그대로 정석적인, 완벽한 데이트였다.

'이렇게까지 좋지 않아도 되니까 조금만 더.'

서우가 손을 뻗어 다이어리를 끌어왔다. 오늘은 베개 대신 이것을 품에 안고 잘 작정이었다.


홍삼이 없어진 걸 눈치챈 건 서우가 출근 준비를 마쳤을 때였다. 집을 나서기 직전 아침밥 대신 그거라도 마시려고 냉장고 문을 열었는데 예순 개나 되던 홍삼이 한 팩도 보이지 않았다. 분명 어제 제 손으로 냉장고 맨 아래 야채 칸에 차곡차곡 넣어 두었는데.

"……."

누군지는 보지 않아도 뻔했다. 어제 태경과 서점에 있을 때 영혜가 집에 왔다. 원상과 다투고 나왔다며 집에 뭐 먹을 거 없냐고 묻던 영혜는 아마 원상이 저녁 근무를 하러 갈 때까지 서우의 집에 있었을 것이다. 당연히 냉장고도 열어 봤을 것이고.

처음 있는 일도 아니었다. 자잘하게는 냉장고에 있는 과일이나 반찬, 핸드크림 따위에서부터 크게는 옷이나 가방, 액세서리까지 영혜는 눈에 띈다 싶은 건 제 것처럼 가져가곤 했다. 같이 살던 시절부터 같이 쓰는 습관이 든 게 이제는 집에 전기밥솥이 고장 났다고 서우의 집에 있는 것을 말없이 가져가 버릴 정도까지 이르렀다.

상관없었다. 전기밥솥이든 청소기든, 뭐든 마음대로 가져다 써도 괜찮았다. 제 부모, 제 동생이 쓸 건데, 더 좋은 걸로 새로 사 주진 못할망정 쓰던 거나 주는 게 미안할 때도 있었다. 서우에겐 어차피 있으나 마나 한 물건들이다.

하지만 이번엔 달랐다.

휴대폰을 꺼내 영혜의 번호를 눌렀다. 뭘 하는지 한참이나 응답이 없던 전화를 받은 건 민재였다. 민재는 엄마가 아직 잔다고, 자기는 아빠와 밥 먹고 이제 학교 갈 준비를 하고 있다고 했다.

별도리 없이 서우는 잘 다녀오라고 전화를 끊을 수밖에 없었다. 그대로 출근을 해서 오전 근무를 마치고 점심시간이 되자마자 곧바로 부모님 집으로 향했다. 중간에 태경에게서 왜 식당에 안 보이느냐는 메시지가 와서 집에 일이 있다고 둘러댔다.

"너 웬일이니. 이 시간에."

문을 열고 들어오는 서우를 보고 거실에 누워 있던 영혜가 고개만 까딱 들어 보였다. 아침에 자고 있다는 말을 들었을 때부터 알았지만 오늘 영혜는 야간 타임인지 오전 내내 누워 있었던 것 같았다.

"무슨 일 있어?"

그 기운 없는 얼굴을 보니 말문이 막혔다. 어제 원상과 싸웠다더니 안색도 그렇고 목소리까지 한참이나 비를 두들겨 맞은 사람처럼 푹 잠겨 있었다.

"……어디 안 좋으세요?"

서우는 어쩔 수 없이 그렇게 물을 수밖에 없었다. 무슨 일 있냐고 서우가 묻자마자 영혜는 곧바로 일은 무슨 일, 하고 까칠하게 되받더니 몸을 일으키며 머리맡에 있던 담뱃갑과 재떨이를 끌어왔다.

"네 아빠가 나한테 그러는 게 어디 일이나 되니."

담배 연기와 함께 흘러나오는 얘기는 담배 연기보다 더 독하게 서우의 숨통을 옥죄었다. 이 나이에 자식뻘 되는 손님들의 멸시를 받으며 뚝배기나 날라야 되는 자신의 팔자와 그런 자신에게 너무 박하고 독한 남편과 그럼에도 나아질 기미가 없는 경제 사정과 그로 인한 끝도 없고 답도 없는 다툼.

"차라리 그때 내가 죽었어야 했는데."

"엄마……."

간신히 목소리를 쥐어 짜낸 서우를 영혜는 쳐다보지도 않았다. 아예 거기 서우가 없다는 듯 무시한 채 중얼거렸다.

"서희 대신, 내가…… 서희만, 우리 큰딸만 살아 있었어도, 내가 지금 이런 꼴은 아닐 텐데……."

심장이 너무 빠르게 뛰어 눈앞이 어질했다. 간신히 버티고 선 서우가 한 손으로 입을 가리고 손가락 사이로 밭은 숨을 내뱉었다. 손발이 바들바들 떨리고 속이 뒤집힐 것처럼 요동쳤다.

아무도 모른다. 영혜 앞에서 서우가 얼마나 오랫동안 영문도 모를 부채감을 느껴야 했는지.

영혜는 서우에게 아무 기대도 없었다. 그럼에도 불구하고, 아니, 그랬기 때문에 서우는 다른 형제자매들과는 달리 영혜에게 늘 자신의 존재를 증명해야 한다는 압박을 받았다. 서희가 죽고 난 뒤엔 그 부채감에 죄책감까지 더해졌다.

서우는 남편을 잃었지만 영혜는 그가 한 실수로 인해 세상에서 가장 사랑하는 딸을 잃었다.

"일하는 애를 불러다 무슨 쓸데없는 소리를 늘어놓고 있어?"

그때 안방 문이 홱 열리고 쿵쿵 발소리를 내며 나온 원상이 버럭 소리를 질렀다. 그가 집에 있을 줄 몰랐던 서우의 어깨가 움찔 튀었다. 영혜는 그를 보자마자 재떨이에 담배부터 비벼 끄더니 손바닥으로 이마 아래로 내려온 머리카락을 천천히 쓸어 올렸다.

"지금 나가게요?"

아무 일도 없다는 듯한 음성이었다. 주섬주섬 몸을 일으킨 영혜가 석상처럼 굳어 있는 서우의 곁을 지나 냉장고로 갔다. 영혜가 원상에게 이거라도 마시고 가라고 컵에 따라 내민 건 태경이 서우에게 준 홍삼이었다.

"이건 또 어디서 났어?"

원상이 가늘게 뜬 눈으로 영혜를 올려다보며 물었다. 또 쓸데없는데 돈을 썼다는 질타가 역력한 눈길에 애써 먼저 수그리고 들어간보람도 없이 영혜가 인상을 확 구겼다.

"내가 안 샀어! 서우가 줬어."

원상의 시선이 서우에게 가 닿았다. 그렇다고, 제가 드린 게 맞다고 맞장구를 칠 타이밍인데 서우는 아무 말도 하지 못하고 그저 굳어만 있었다.

원상은 그런 서우를 빤히 바라보다 그대로 서우를 스쳐 현관으로 나갔다. 잔은 입도 대지 않은 채 도로 식탁 위에 내려놓은 뒤였다.

"갖고 가라."

* * *

[집에 무슨 일인데요? 큰일은 아니죠?]
[점심은 먹었어요?]

연달아 태경의 메시지가 울렸지만 서우는 답장을 하지 않았다. 그대로 차를 몰고 회사로 돌아오는 서우는 나서기 전과 마찬가지로 빈손이었다.

[진짜 집에 간 거 맞아요?]
[혹시 어디 아픈 건 아니죠?]

겨우 한 시간 연락 두절 되었다고 혼자 무슨 상상을 하는 건지. 내버려 두면 저를 입원까지 시킬 기세라 서우는 마침 신호에 걸린 틈을 타 짤막하게 그런 거 아니고 잠깐 부모님 뵐 일이 있어 다녀왔다고 메시지를 보냈다. 전송을 누르자마자 금방 전화가 왔다.

"……."

잠깐 고민하던 서우는 걸려오는 전화를 보류로 돌렸다. 가뜩이나 눈치 빠른 사람인데 도저히 멀쩡한 목소리를 낼 자신이 없었다. 운전 중이라 전화받기 곤란하다고 메시지를 보내자 밥은 먹었냐는 질문이

도돌이표처럼 또 돌아왔다.

[안 먹었으면 뭐라도 좀 사다 줄까요?]

그럴 필요 없다고, 점심도 잘 먹었고, 아무 일도 없고, 이제 회사에 복귀하는 중이니 걱정하지 말고 근무 열심히 하시라고 답장을 보냈다. 제가 봐도 더 대화를 이을 여지를 주지 않는 사무적인 메시지였다.

태경도 그걸 느꼈는지 더는 말이 없었다. 회사에 도착한 서우가 사무실로 올라가자 팀원들은 벌써 다 제자리에 앉아 있었다. 점심시간을 아슬아슬하게 넘긴 시점이었다. 출입구가 가장 잘 보이는 자리에 위치한 현진우가 제일 먼저 서우를 보았다.

"어, 김서우 씨, 이제 들어와요?"

"죄송합니다, 늦었습니다."

"어머님은, 괜찮으시고요?"

나가기 전, 집에 일이 있다고 둘러댔더니 현진우가 혹 누가 아프냐고 물었다. 딱히 떠오르는 핑계가 없어서 그냥 고개를 끄덕였더니 팀원들은 서우가 감기가 든 어머니를 모시고 병원에 다녀온 줄 알았다.

"날씨가 갑자기 추워져서 감기 환자들이 많더라고."

현정도 한마디 거들었다. 감기 환자는 있지도 않은데 죄책감이 느껴져 서우는 고개를 숙인 채 조용히 제 자리로 돌아갔다.

"김서우 씨 아직 초등학교 다니는 동생 있댔지?"

"네."

"어머님이 연세도 있으신데 애 키우기가 얼마나 힘이 드시겠어. 아직 일도 하신다면서?"

"네……."

"서우 씨가 부모님 잘 챙겨야겠다. 감기가 피곤하고 몸이 약해지면 더 잘 걸리잖아. 나이 드신 분들은 빨리 낫지도 않아요."

그런 부모님 집에 홍삼 내놓으라고 득달같이 달려간 게 저다. 서우가 수긍하는 척 고개를 수그리는데 현진우가 점심은 먹었냐고 물었다.

"네, 대충 먹었어요."

둘러댔지만 진우는 그게 그냥 하는 소리임을 안 것 같았다.

"김서우 씨, 잠깐 나 좀 볼까요?"

오후에 잠깐 외근을 나갔다 돌아온 진우가 손짓을 했다. 서우는 아무 생각 없이 자리에서 일어나 그를 따라 휴게실로 갔다. 휴게실은 텅 비어 있었다. 동그란 테이블 하나에 갈색 종이가방 하나가 덩그러니 놓여 있을 뿐이었다.

"이거 먹고 해요."

진우가 종이 가방을 가리켰다.

"네? 이게 뭔데요?"

"아까 보니까 서우 씨 점심 제대로 못 먹은 것 같아서."

외근 나간 근처에 마침 제과점이 있더라며 주섬주섬 꾸러미에서 꺼내 놓는 것을 보니 샌드위치와 우유였다. 먹기 좋게 한 입 크기로 사등분된 샌드위치가 두 팩에 샐러드에 푸딩까지 있었다. 서우의 입술이 살짝 벌어졌다. 단순히 점심 한 끼 거른 것치곤 과한 대접을 받는 기분이었다.

"천천히 먹고 와요. 나는 먼저 들어가 있을게요."

"저, 과장님……."

머뭇대는 기색을 읽었는지 진우가 짐짓 딱딱한 어조로 말했다.

"얼른 먹고 일 안 하면 오늘 정시 퇴근 못 합니다."

"……고맙습니다, 과장님. 근데 이건 너무 많은 것 같은데……."

그때 휴게실 입구가 소란스러워지더니 너덧 명의 직원이 우르르 안으로 들어왔다. 옆 부서인 마케팅팀과 개발팀 사람들이었다. 공교롭게도 그중엔 태경도 있었다.

"어, 현 과장."

개발팀 김현태 과장이 진우와 서우를 보며 호탕하게 인사를 건넸다.

"오, 이게 다 뭐야? 여기서 둘이 몰래 땡땡이치고 있었구나."

현진우가 부드럽게 웃으며 고개를 저었다.

"아니에요. 근데 과장님은 어쩐 일로 저희 층 휴게실까지 오셨어요?"

"왜, 오면 안 되나?"

마케팅팀에 볼일이 있어 내려왔다가 7층 커피 맛은 어떤지 보려고 잠깐 들렀다고 김 과장이 넉살 좋게 말했다.

"7층 커피 맛을 아직도 모르신다고요?"

그러기엔 우리 여기서 너무 자주 마주치지 않았냐고 진우가 농담을 했다. 김현태가 짐짓 정색을 해 보이며 무슨 소리냐고, 저는 매일 소나무처럼 사무실만 지키는 사람이라고 하자 듣고 있던 사람들이 모두 실소를 흘렸다.

"어쨌든 잘됐네. 덕분에 현 과장 농땡이 부리는 현장도 딱 보고, 나중에 배 팀장 복귀하면 다 일러야지."

"그런 거 아니라니까요."

다들 웃고 있던 와중에 미소조차 짓지 않고 주머니에 손을 넣은 채 가만히 서 있던 태경이 불쑥 걸음을 옮겨 커피 머신 앞으로 갔다. 김현태가 그를 보며 말리듯 손을 저었다.

"어이, 서 과장 뭐 해? 앉아. 모처럼 내려왔는데 7층 사람들한테 대접 좀 받게."

태경은 들은 척도 하지 않았다. 대신 움직인 것은 서우였다.

"아, 제가……."

"서우 씨는 앉아 있어요. 내가 할게요."

현진우가 나섰다. 다들 커피 드실 거죠? 하면서 몸을 돌리는 그의 뒤로 서우가 따라붙었다.

"제가 할게요. 과장님은……."

그때 이민기가 탁자 위에 있던 샌드위치를 가리키며 이건 뭐냐고 물었다.

"김서우 씨 점심때 식당에 안 보이더니 그 대신이에요?"

서우가 망설이다 대답을 피하고 좀 같이 드시라고 누구에게랄 것도 없이 권했다. 그리고 다시 커피 머신 쪽으로 가려는데 이번엔 현진우가 끼어들었다.

"말 그대로 서우 씨 점심 대신 먹는 거예요. 너무 많이 뺏어 드시지들 마세요."

"그래? 서우 씨는 어쩌다 점심도 못 먹고 일을 해요?"

그때 태경의 시선이 분명 제 볼에 와 닿는 것을 서우는 느꼈다.

"그게 어쩌다 보니까……."

"야, 총무2팀 분위기 좋네. 과장이 직원 굶고 일한다고 챙겨 줄 줄도 알고."

김현태가 샌드위치 하나를 집어 입에 넣으며 말했다. 그사이 태경에 의해 조작된 커피 머신이 쉭쉭 김 뿜는 소리를 내고 있었다.

"……저는 먼저 들어가 볼게요. 일이 많이 남아서."

시선에 어떤 물리적인 힘이 있을 리가 없는데 거의 피부가 따끔거리는 느낌이 들 정도였다. 묻지도 않은 변명을 하며 서우가 몸을 돌렸다. 차마 태경 쪽으론 고개도 들 수 없었다.

"그럼 쉬다 가세요."

그대로 빈손으로 나오고 싶었지만 그건 현 과장의 호의를 너무 무시하는 행동인 것 같아 샌드위치 한 조각과 우유를 집어 들었다.

"아니, 그럼 진짜 우리가 서우 씨 점심 다 뺏어 먹는 거 같잖아. 그냥 같이 먹고 들어가요."

"괜찮아요. 저는 할 일이 있어서."

"에이, 이거 한 조각 먹는 데 시간 얼마나 걸린다고."

"그래요. 누가 들으면 회사 일 김서우 씨가 혼자 다 하는 줄 알겠네. 여기 과장, 대리 다 있는데."

그러면서 와르르 웃었다. 서우는 애매하게 입술을 끌어 올렸다.

"자자, 그러지 말고 잠깐 앉아요. 일도 배는 채워 가면서 해야지."

김현태가 서우의 손목을 잡았다. 서우가 멈칫하는데 중간에 끼어든 손이 자연스럽게 김현태의 손을 걷어 냈다.

"할 일이 있으시다잖아요."

태경이 커피를 인원수대로 테이블 위에 얹으며 말했다.

"땡땡이는 한가한 사람들끼리 치죠?"

말투는 부드러운데 눈빛이 싸늘했다. 그런 제 느낌이 오해인지 실제인지 헷갈린 김현태가 어리둥절한 사이 태경이 금방 고개를 돌려 버렸다.

"……저 그럼 먼저 가 보겠습니다."

그 틈을 타 서우가 얼른 인사를 하고 휴게실을 빠져나왔다. 잰걸음을 옮기며 휴대폰을 꺼냈지만 고민 끝에 한숨을 쉬고 도로 넣어 버렸다. 그때 뒤에서 목소리가 들렸다.

"왜 전화를 하려다 말아요."

서우가 휙 뒤로 돌았다. 언제 나왔는지 태경이 뒤따라오고 있었다.

"나한테 하려고 했던 거 아니에요?"

"선배님……."

태경이 천천히 걸어와 서우 앞에 멈춰 섰다. 왠지 몰리는 사냥감이 된 듯한 기분에 서우가 바싹 어깨를 움츠리고 바닥을 내려다보았다. 태경 역시 아무 말 없이 가만히 서우를 내려다보기만 했다. 불편한 침묵을 먼저 깬 건 태경이었다.

"그거."

태경이 서우의 손에 들린 샌드위치와 우유를 가리켰다.

"남기지 말고 다 먹어요."

"……."

"빈속으로 저녁까지 일하려면 힘드니까."

서우의 귓가가 붉어졌다. 변명을 할 낯도 없었다. 죄인처럼 고개만 푹 숙이고 있는데 태경의 손이 스치듯 서우의 볼을 매만졌다. 평소보다 약간 더 힘이 들어간 손길에 불편한 심기가 고스란히 묻어났다.

"선배님……."

한동안 그대로 버티고만 있던 서우가 떨어지기는커녕 점점 더 집요해지는 손길에 어쩔 수 없이 고개를 들었다. 저도 모르게 애걸하는 눈빛으로 시선을 맞추자 순간적으로 태경의 눈동자에 불똥이 확 튀는 듯했다.

와락 힘이 들어간 태경의 손이 서우의 어깨를 바짝 제 쪽으로 당겼다. 슬쩍 기울어진 그의 입술이 서우의 귀 부근에 머물렀다. 회사 복도고 뭐고 태경이 그대로 키스를 할 것 같아 서우가 더럭 몸을 굳혔지만 당연히 그런 일은 일어나지 않았다.

"변명은 나중에 들을게요."

"……."

"마치고 전화할 테니까 받아요."

서우는 정신없이 고개만 끄덕였다. 그런데 하필 공교롭게도 오후 늦게 급한 일이 터져 총무2팀 전원이 야근을 하게 됐다. 졸지에 예정에도 없던 야근을 하게 된 다른 팀원들에게야 불행이겠지만 서우는 차라리 다행이다 싶었다.

태경의 전화가 겁이 난 건 이번이 처음이었다. 저에게 잘해 주는 것과는 별개로 태경은 좀 무서운 데가 있었다. 고등학교 때도 짝사랑하던 마음만큼이나 서우는 태경이 무서웠다.

신기하게도 태경은 화가 났을 때 대놓고 표출하지 않아도 제가 화가 났음을 아무리 눈치 없는 사람이라도 모를 수 없게 만드는 능력이 있었다. 난폭한 언행 하나 없이도, 그 검은 눈동자가 싸늘하게 얼어붙기만 해도, 그 시선이 자기에게 향하는 게 아님에도 가슴속이 서늘해지는 건 비단 서우가 겁이 많아서만은 아니었을 것이다.

하지만 지금은 그가 낼 화가 두려운 게 아니었다.

제가 해야 될 게 변명이 아니라는 생각 때문이었다.

미루고 미뤄 퇴근 시간이 임박했을 무렵, 아마도 태경이 오늘 하루의 작업물을 저장하고 컴퓨터를 끄거나 가방을 챙기고 있을 시간에 서우가 메시지를 보냈다.


[선배님, 죄송한데 저희 팀에 급한 일이 생겨서요.]

[야근인데 언제 마칠지 모르겠어요. 죄송한데 오늘은 먼저 들어가세요.]


회피다. 그래서인지 거짓말을 한 것도 아닌데 가슴이 두근두근 뛰었다. 곧바로 전화가 걸려올 것만 같아 재빨리 휴대폰을 무음으로 돌리고 뒤집은 채로 책상 구석에 밀어 두었다. 자꾸만 시선이 그쪽으로 향하는 걸 몇 번이나 잡아 내리면서 서우는 어떻게든 일에 집중하려

애를 썼다.

"아, 월요일부터 이게 무슨 날벼락이에요."

수고들 했다는 진우의 격려에 주은이 의자에 늘어진 몸을 기대며 투덜거렸다. 어떻게든 조금이라도 더 일찍 퇴근을 해 보겠다고 저녁도 굶어 가며 의지를 불태웠건만 결국 10시를 넘기고 말았다는 한탄이었다.

이렇게 된 이상, 맛있는 거라도 먹고 들어가야겠다며 진우를 보는 주은의 눈빛엔 목표 의식이 뚜렷했다.

"뭐 먹고 싶은데요?"

진우가 선선한 웃음을 지었다. 뭐든 말만 하라는 듯 그가 손가락 사이로 슬쩍 흔들어 보이는 법인 카드에, 주은이 갑자기 기운이 솟아난 듯 벌떡 자리에서 일어나 코트를 걸쳐 입었다.

"자, 갑시다. 다들."

서우도 컴퓨터를 끄고 어지럽게 나와 있던 파일들을 챙겨 캐비닛에 넣고 잠갔다. 몇 시간 만에 확인한 휴대폰엔 아무것도 떠 있지 않았다. 실망인지 안도인지 모를 감정에 머릿속이 어지러웠다.

"셋이서 가요. 나는 남편이 회사 앞에서 기다린다네."

"와, 형부가 데리러 오신 거예요? 과장님 진짜 좋겠다. 형부 너무 자상해."

"부러우면 주은 씨도 빨리 결혼해라."

"결혼은 저 혼자 하나요, 뭐."

속이 좋지 않았다. 갈퀴로 긁는 것처럼 아린 속은 단지 공복이라 그런 것만은 아니었다. 밥이고 뭐고 곧장 집으로 가고 싶었지만 현정에 이어 저까지 빠지겠다 할 수가 없었다.

어영부영하는 사이 서우는 진우와 주은에게 끌려 회사 뒷골목에 있는 양꼬치집 근처에 도착했다. 주은의 의사가 100퍼센트 반영된 식당 선정이었다.

"아, 춥다. 서우 씨, 빨리 와요."

진우가 먼저 가게 안으로 들어가고 막 그 뒤를 따르려던 주은이 뒤쪽에 처져 있는 서우를 향해 손짓을 했다. 서우는 뭘 보는지 걸음을 멈추고 고개를 모로 돌린 채 서 있었다.

"뭐 해요? 거기 뭐 있어요?"

주은이 뒷걸음질을 쳐 서우가 보고 있던 쪽으로 고개를 삐죽 내밀었다. 새치름하던 주은의 눈이 살짝 커졌다.

"어? 저거 서 과장님 아니에요?"

서우는 대답하지 않았지만 주은도 굳이 대답은 필요 없는 것 같았다. 밤이었지만 거리엔 불빛이 충분했고, 서태경은 누군가와 쉬이 헷갈릴 만한 인물이 아니었으니까.

"안녕하세요."

순식간에 그들 앞까지 다가온 태경이 태연하게 인사를 건넸다. 짙은 네이비색 슈트에 롱 코트를 걸쳐 입은 그의 뒤로 네온사인 불빛이 휘황하게 빛났다. 음영이 뚜렷한 얼굴은 밤의 색을 입어 더 현실감이 떨어졌다. 갑자기 그들이 서 있는 곳이 눈에 익은 회사 뒷골목이 아니라 이름 모를 낯선 이국의 밤거리처럼 느껴졌다.

"안녕하세요, 서 과장님!"

주은이 화색이 만면한 얼굴로 반갑게 인사를 건넸다. 서우는 그 뒤에서 살짝 고개만 숙였다가 그대로 내리깐 시선을 들지 않았다.

"총무팀 회식인가요."

그렇게 물으며 태경의 시선이 서우와 주은 뒤의 가게 간판을 훑는 게 보였다. 주은이 지금까지 야근하고 이제야 겨우 저녁을 먹으러 왔다며 묻지도 않은 넋두리를 했다.

"배 팀장이 지금 병가 중이죠? 곤란한 일이 많겠네요."

"네, 맞아요. 힘들어요."

주은이 하소연하듯 다소 어리광이 섞인 말투로 말했다.

"현 과장님이 한다고 하시는데 그래도 어쩔 수 없는 업무 공백이 생겨서 다들 죽을 맛이에요. 가뜩이나 12월은 배로 바쁜데 이러다 크리스마스까지 출근해야 될 판이라니까요."

"그건 정말 큰일이네요."

"뭐, 크리스마스라고 외로운 솔로가 딱히 할 일이 있는 건 아니지만."

은근슬쩍 말끝을 흐리던 주은이 혼자 단출히 서 있는 태경을 기대가 서린 눈으로 훑었다.

"근데 과장님은 여기 어쩐 일이세요? 개발팀분들하고 오셨어요?"

"아뇨. 혼자 왔습니다."

"혼자요?"

"예, 퇴근길에 잠깐 여자 친구 얼굴 보러."

"……."

"이 근처에서 회식을 하는 모양이더라고요."

그 순간 굳어 버린 건 주은만이 아니었다. 서우가 저도 모르게 고개를 번쩍 들고 태경을 쳐다보았다. 순간 눈이 마주친 태경의 입가에 희미한 미소가 스쳤다. 이제야 쳐다보네, 하는 환청이 어디선가 들리는 듯했다.

"여자 친구요? 과장님 여자 친구 있으셨어요?"

"예."

짧고도 단호한 대답에 주은이 아, 하는 침음을 흘렸다. 아까부터 두근거리던 서우의 심장이 더 세게 뛰기 시작했다. 비뚜름하게 휘어진 태경의 입술이 저를 놀릴 때 보이던 것과 비슷하면서도 마냥 즐겁지만은 않은 느낌이다.

태경은 서우에게서 눈을 떼지 않은 채 이마 아래로 슬쩍 흘러내린 까만 머리칼을 다시 걸어 올렸다. 희고 긴 손가락이 지나쳐 간 자리에 선명하게 드러난 눈동자는 평소와 같은 듯하면서도 다르다.

서우가 태경이 무섭다고 할 때는 이런 때였다. 왠지 모르게 불안한, 무슨 짓을 할지 전혀 예측이 안 가는, 상식쯤이야 얼마든지 무시하고 남을 것 같은 그런 눈빛을 할 때.

입술을 짓씹으며 불안 초조한 얼굴로 저를 주시하고 있는 서우를 보면서도 태경은 태연하게 옅은 미소만 짓고 있었다.

"좋으시겠네요. 축하드려요……."

"감사합니다. 그럼 그만 들어가 보세요. 많이 배고프실 텐데."

"아, 네……."

"김서우 씨도 저녁 많이 먹어요."

"······네."

간신히 그 한마디밖에 할 수 없었다. 태경이 고개를 까딱하고 그대로 걸음을 옮겼다. 주은이 물끄러미 그 뒷모습을 쳐다보다 가게 안으로 들어갔다. 서우도 그 뒤를 따랐다. 다리가 후들후들 떨렸다.

"와, 나 진짜 놀랐네."

주은이 진우가 내미는 잔을 받아 꿀꺽꿀꺽 마신 뒤에 내뱉듯 말했다. 둘이 밖에서 시간을 보내는 사이 진우가 알아서 주문을 마쳤는지 테이블 위엔 맥주 한 병과 기본 반찬이 세팅돼 있었고 중앙의 화로에선 쇠꼬치에 꽂힌 양꼬치가 빙글빙글 돌아가는 중이었다.

"뭐 하느라 이제 들어와요. 내 맘대로 양꼬치랑 갈빗살 시켰는데 괜찮죠?"

"지금 그게 문제가 아니고."

주은이 한숨 돌리자마자 자세를 고쳐 잡고 진우를 쳐다보았다.

"우리 방금 누구 봤는지 알아요?"

"누구 봤는데요?"

"서태경 과장이요."

"아아."

"혼자 요 앞을 지나가기에 어디 가시냐고, 개발팀 회식이냐고 물었는데."

"근데요."

진우가 대수롭지 않게 말을 받았다. 시선은 그대로 양꼬치에 둔 채였다. 타기라도 할까 지켜보는 듯했다.

"글쎄, 여자 친구 만나러 간다지 뭐예요."

"여자 친구?"

그제야 흥미를 보인 진우가 그게 정말이냐고 확인하듯 주은의 옆에 있던 서우에게로 시선을 돌렸다. 서우는 잔을 들어 맥주를 마시는 척 얼굴을 가리며 고개만 끄덕였다.

"얼마 전에 생겼나 봐요. 말하는 거 보니까 엄청 빠진 것 같던데."

주은이 눈을 굴렸다. 그렇게 태경에게 열을 올리던 사람치고 그다지 크게 충격받은 모습은 아니었다. 그 부분을 진우가 지적하자 주은은 그런 남자한테 여자가 없다는 게 이상한 거죠, 라며 새삼스러울 것 없다는 듯, 그러면서도 약간 기운 빠진 어조로 대꾸했다.

"크리스마스 시즌이라 생겼을지도 모른다고 생각은 했어요."

주은이 쉬지 않고 맥주 한 잔을 또다시 털어 넣었다. 난감해진 진우가 도움을 청하듯 서우를 보았지만 이쪽 역시 밥은 먹기도 전에 술로 배를 채울 기세였다.

"이맘때가 그렇잖아요? 나만 해도 들어오는 소개팅 모조리 다 받는걸요."

"이맘때 헤어지기도 많이 하는데."

"아, 그러고 보니 과장님 여자 친구분은 잘 있어요? 얼마 전에 취직했다면서, 결혼은 안 해요?"

현진우에겐 대학교 때부터 만나 오래 사귄 여자 친구가 있었다. 서로 집안에서도 다 아는 사이인데 여자 쪽이 자리를 잡지 못해 결혼이

미뤄지고 있었다.

"얘기 중이긴 한데."

진우의 얼굴에 착잡한 기색이 어렸다. 그의 여자 친구는 오랫동안 공부를 하다 최근 로스쿨을 졸업하고 변호사가 되었다. 그 전까진 현진우의 집에서 그녀를 탐탁지 않아 했는데 일이 이렇게 되자 이젠 그쪽 집에서 진우를 맘에 차 하지 않는 상황이었다.

"마음대로 잘 안 되네요. 결혼이란 게."

"어휴, 머리 좀 아프시겠어요. 과장님도."

그래도 두 사람 마음만 굳건하면 괜찮지 않겠냐, 자식 이기는 부모 없다고 줄줄 늘어놓는 주은은 아직 이상적인 데가 있었다. 서우는 입은 웃고 있지만 말없이 잔을 비우는 데 동참한 현진우의 마음을 조금은 알 것 같았다.

"이번 크리스마스 때는 같이 어디 안 가요? 가서 확 프러포즈해 버려요."

"프러포즈는 모르겠고 여행은 얘기 중이긴 한데."

"좋겠다."

주은이 부러운 듯 한숨을 쉬었다. 진우는 무슨 말이든 하고 싶은 눈치였지만 적당한 말을 못 찾았는지 결국 서우에게로 시선을 돌렸다.

"김서우 씨, 천천히 마셔요. 아직 빈속인데 그렇게 마시면 취해요."

그 말에 주은이 힐끔 눈을 돌려 살피듯 서우를 보았다. 어느새 서우는 새로 주문한 맥주 한 병을 혼자 다 마신 참이었다. 주은이 막 다 익은 꼬치 하나를 빼 들어 서우의 접시 위에 놓아 주었다.

"먹으면서 마셔요."

"아, 고마워요."

서우가 인사를 하자 주은이 그를 보다 불쑥 물었다.

"서우 씨 알고 있었죠?"

"네?"

"서 과장님한테 애인 생긴 거요."

서우는 아무 말도 하지 못했다. 그 침묵을 어떻게 해석했는지 주은이 조금 민망한 듯 짧게 혀를 찼다.

"알았는데 말 못 한 거 맞죠?"

남의 사생활은 일절 입에 올리지 않는다는 점에서 김서우는 주은에게 무한한 신뢰를 받고 있었다. 말로 하지 않는 것은 물론, 가십이라면 들으려고 하지도 않아 분위기가 그렇게 흘러가면 아예 자리를 피해 버리곤 했다. 서우가 회사에서 겉도는 건 그런 태도 탓도 있다고 주은은 생각했다.

"함부로 남 얘기 못 해서 나한테 미움받아도 아무 말도 안 한 거잖아."

너무 좋게 해석해 주고 있긴 한데.

"그것도 모르고 심술부려서 미안해요. 내가 유치했어요."

버겁다.

"그런 거 아니에요……."

"아니긴, 내가 서우 씨 하루 이틀 본 것도 아니고."

"……."

"미안했어요."

그런 게 아니라고 말해야 되는데 아무 말도 나오지 않았다. 저는 그렇게 좋은 사람이 아니라고, 그 무성의하고 비겁한 핑계는 태경을 위한 것도, 주은을 위한 건 더더욱 아니라고 말해야 되는데.

"……."

결국 입을 다물어 버린 서우는 역시나 비겁했다. 또다시 날카로운 것에 할퀸 것처럼 속이 아렸다.

버겁다. 주은의 눈빛이, 진우의 미소가. 엄마의 담배 연기와 아버지의 낮은 음성에 숨이 막힌다. 퇴근길에 여자 친구 보러 잠깐 들렀다는 목소리나 그가 건넨, 결국 빼앗겨 버린 홍삼의 맛이 너무 쓰고 버거워서 자꾸 어깨가 무너진다.

"자자, 다 같이 건배 한번 할까요?"

팀원 둘이 애매하게 남아 있던 앙금을 완전히 푼 게 흐뭇했는지 현진우가 밝은 얼굴로 셋 모두의 잔에 술을 채우고 건배를 제의했다. 주은이 활짝 웃으며 속에 든 맥주가 튀어 흐를 정도로 세게 두 사람의 잔에 제 잔을 부딪쳤다. 쨍, 하고 유리가 부딪치는 소리가 몇 번이나 났는지 모르겠다.

"서우 씨 혼자 가도 괜찮겠어요? 주은 씨가 많이 취한 것 같아서."

"아, 네. 괜찮아요. 과장님, 얼른 가 보세요."

막 진우와 대화를 나눴다고 생각했는데 어느새 고개를 드니 아무도 없었다. 심지어 가게 안도 아니고 길 위에서, 혼자 가로등과 벽사이 틈에 몸을 구기듯 앉아 있는 중이었다.

'내가 여기서 뭘 하고 있지?'

누군가를 기다리고 있었던 것도 같은데 기억이 안 났다. 몇 번 눈을 깜박이던 서우는 답이 없는 의문을 털어 버렸다. 다시 고개를 쳐들고 하늘을 보았다. 눈싸움이라도 하듯 한참을 그러고 있자 처음엔 없는 것 같던 별들이 하나씩 보이기 시작했다.

* * *

"하, 참 나."

허탈한 탄식이 태경의 입술 사이로 새어 나왔다. 다소 다급해진 호흡에 맞춰 흘러나온 뿌연 입김이 담배 연기처럼 눈앞을 흐렸다. 미세하게 날이 선 그의 눈이 향한 곳은 갈 곳 없는 길고양이처럼 길바닥에 쪼그리고 앉아 있는 작은 인영이었다.

더 정확히 말하면 지금으로부터 약 2시간 30분 전, 그가 잠깐 스쳐 지나갔던 양꼬치집에서 약 50미터가량 떨어진 어느 상가의 담벼락과 가로등 사이에 누가 구겨 넣은 것처럼 웅크리고 앉아 태평하게 하늘을 쳐다보고 있는 김서우였다.

"진짜 어이가 없어서."

그런 습관은 없었는데 진짜로 어이가 없어지니 속마음이 말이 다 되어 나왔다. 한숨 같은 날숨을 길게 내쉬고 태경이 서우를 향해 걸어갔다.

서우는 태경이 바로 코앞까지 온 줄도 모르고 멍하니 하늘만 보고 있다가 그림자에 가려 시야가 막히자 겨우 고개를 돌렸다. 작은 입술을 살짝 벌리고 물끄러미 저를 올려다보는 얼굴이 발갛게 상기돼 있고 눈동자의 초점도 흐리멍덩했다.

"김서우 씨."

낮게 부르는 이름에 꽉꽉 누른 것처럼 힘이 들어갔다. 길바닥에 찌그러져 있는 걸 발견했을 때부터 예상은 했지만 취기가 역력한 얼굴을 보자 속이 부글부글 끓었다.

분명히 술 많이 마시지 말고, 회식 끝나면 곧바로 연락하라고 메시지를 보냈는데. 대답은 네, 하고 잘하더니 죄다 제멋대로다. 자기가 있는 곳이 안방인지 길바닥인지 구분도 못 할 정도로 마신 것 같다. 그 때문이겠지만 연락하라는 제 말 따위도 기억의 저편 어딘가로 날려 버린 게 틀림없다.

"진짜 은근 말 안 듣는다니까."

잠깐 한눈을 판 사이 양꼬치집에서 사라진 데다 전화도 받지 않아 얼마나 놀랐던지. 김서우가 저한테 말도 없이 이렇게 사라질 리가 없는데.

다행히 얼마 지나지 않아 금세 찾긴 했지만 서우를 찾아 근방을 뒤지던 그 몇 분 동안 태경은 제 상상력이 제가 예상했던 것보다 훨씬 더 다채롭다는 것을 알게 되었다.

제가 놓친 게 멀쩡하게 사회생활 잘하고 휴대폰은 물론 지갑 안에 신용 카드도 든든히 갖추고 있는 다 큰 어른이 아니라, 말도 못하는 어린아이라도 되는 것처럼 오만 가지 비이성적인 생각이 머릿속을 다 스치고 지나갔다.

"내가 속았지."

생긴 건 말썽 한번 안 부릴 것같이 순하게 생겨 가지고 이렇게 사람 속을 태워 먹고. 투덜거리던 태경이 서우의 앞에 한쪽 무릎을 디디고 천천히 내려앉았다.

"김서우 씨, 여기서 뭐 해요."

꿀을 바른 듯 과장되게 다정한 목소리가 흘러나왔다. 서우는 멀뚱히 하늘을 보던 눈 그대로 태경을 바라보았다.

"내가 아까 메시지 보냈잖아요."

"……."

"끝나면 연락하라고. 기다리고 있다고."

"선배님……?"

늘어지는 말끝을 따라 동그랗게 뜨고 있던 눈꼬리도 늘어졌다. 물끄러미 태경을 쳐다보던 서우가 소리 없이 빙그레 웃었다. 무방비하게 풀어진 입술 사이로 혀가 살짝 보였다. 딸기를 짓눌러 뭉갠 것처럼 붉은색이었다.

"참 나."

태경이 헛웃음을 흘렸다. 그 웃음 한 방에 낮부터 지금까지 쌓였던 짜증이 단번에 사라지는 스스로를 향한 자조였다.

"웃기는."

태경이 손을 뻗어 서우의 볼을 감쌌다. 술기운 때문인지 생각보다는 온기가 있었다.

"여기서 뭐 하고 있었어요. 전화도 안 받고."

한결 누그러진 말투였다. 그 차이를 모르는 것 같았음에도 서우는 으음, 하는 소리를 내며 어리광을 부리듯 닿은 손에 제 볼을 문질렀다. 취기에서 나온 무의식적인 행동 같았지만 태경은 순간적으로 가슴이 뭉클해지는 것을 어쩔 수가 없었다.

"선배님."

서태경 진짜로 등신 다 됐네. 부정할 수도, 돌이킬 수도 없는 선고를 스스로에게 내리며 태경이 아직도 살짝 휘어져 있는 서우의 입술 위에 가볍게 입을 맞췄다. 양손에 거뜬히 들어오는 얼굴을 끌어당겨 이마를 맞비볐다.

"김서우."

부르자 네네, 하고 대답은 꼬박꼬박한다.

"이렇게 애교 부리면 내가 그냥 넘어갈 줄 알지."

"……."

"여기서 뭐 하고 있었냐니까."

"으음……."

"내가 얼마나 찾았는지 알아?"

반말을 하며 엄지와 검지로 말랑말랑한 반죽 같은 서우의 귓불을 주물렀다. 반사적으로 서우가 그쪽으로 고개를 기울이며 더듬더듬 입을 열었다. 얼마나 취했는지 혀가 다 꼬였다.

"……기다렸, 기다리셨어요?"

"당연하지. 이렇게 예쁜 애인이 밤늦게 취해서 혼자 돌아다니는데 내가 어떻게 맘 편하게 집에 가겠어."

말하는 도중에 감정이 실려 손끝에 힘이 더 들어갔다. 꾹 잡힌 귓불이 아픈지 서우가 한쪽 눈을 찡그리며 아, 소리를 냈다.

"누가 술 이렇게 취하래."

"아, 아니……."

"내가 아까 술 많이 먹지 말라고 했는데."

"아프, 아파요……."

"점심때도 거짓말하고 지금도 그러고."

"점심, 점심?"

"기억 안 나는 척하지?"

진짜 혼나야겠네. 중얼거리는 말에 서우가 멍하니 눈을 깜빡이며 태경을 올려다봤다. 술기운에 불그스름하던 얼굴이 어느새 창백해져 있었다.

"선배님……."

"그래."

"서태경 선배님?"

일순 흐릿하던 눈에 반짝 초점이 들어온 것 같았다. 그만 일어나야 겠다는 생각에 태경이 서우의 팔을 잡고 몸을 세우던 참이었다.

"어?"

갑작스레 벌어진 일에 퍼뜩 상황 파악이 되지 않았다. 무방비한 상태에서 난데없이 떠밀린 태경이 멈칫한 사이, 가로등과 태경 사이를 도둑고양이처럼 쪼르르 빠져나간 김서우가 냅다 달리기 시작했다.

"뭐야."

물어봐야 대답해 줄 사람은 이미 정신없이 도망치는 중이었다. 김
서우가 저를 밀치고 달아난 것이다.

"허."

어이가 없어서 태경은 금세 따라가지도 못했다. 장난을 치는 건가
했는데 김서우는 진심이었다. 전력을 다해 뒤도 돌아보지 않고 달리
는 꼴이 상당히 필사적이었다.

"저러다 넘어지려고."

기가 막혔지만 그래 봐야 놓칠 것 같다는 생각은 눈곱만큼도 들지
않았다. 생각했던 것보다 인상적인 속도를 보여 주고 있긴 해도 김서
우의 체력은 태경이 더 잘 알고 있었다.

"헉, 헉!"

아니나 다를까 거리가 좁혀지자 가쁜 숨소리가 들려왔다. 고작 20
미터도 못 뛰고 바닥을 드러내 보인 김서우의 폐활량에 실소가 나왔
다. 역시 먹는 걸로 몸을 좀 보한 다음 운동으로 체력을 키워야겠다.
그 전에 과로부터 못 하게 하는 게 먼저겠지만.

"김서우 씨."

놀라지 않도록 조심히 부른다고 했는데 효과가 없었다. 태경의 말
이 떨어지자마자 서우의 무릎이 푹 꺾이더니 그대로 바닥에 나동그
라지고 말았다.

"김서우!"

놀란 태경이 얼른 달려가 서우의 몸을 받쳐 올렸다.

"으으……."

"괜찮아요? 그러게 왜 갑자기 이런 짓을 해."

태경의 눈이 레이저처럼 서우의 몸 곳곳을 훑었다. 다행히 크게 다친 데는 없는 것 같아 안도하던 것도 잠시, 뒤늦게 아래를 향하고 있던 서우의 손바닥을 보았다. 양쪽 모두 긁혀 피가 나고 있었다.

"하."

몸속 깊은 곳에서 절로 한숨이 터져 나왔다. 여전히 부족한 숨을 거칠게 몰아쉬고 아파서 끙끙대면서도 서우는 태경의 눈치를 보며 슬금슬금 몸을 뺐다. 기회만 있으면 금방 또 달아날 기세였지만 태경은 이 소모적이기만 한 한밤의 추격전을 두 번 벌일 생각은 없었다.

태경이 그대로 서우를 훌쩍 들어 어깨에 멨다. 작게 탄성을 지른 서우가 잠시 팔다리를 버둥거렸지만 태경은 아랑곳하지 않고 몸을 일으켰다. 부쩍 높아진 높이에 겁이 났는지 서우는 얼어붙은 듯 꼼짝도 하지 않았다.

"안 떨어트리니까 겁먹지 말고."

언젠가 했던 것 같은 말을 반복하며 태경이 차로 걸음을 옮겼다. 조수석이 아닌 뒷자리에 서우를 내려놓고 자신도 옆에 올라탔다. 웅크린 몸을 반대쪽 문으로 붙이는 서우를 본체만체하며 콘솔 박스를 열어 알코올 스왑을 꺼냈다. 청소용으로 구비해 둔 건데 상처 소독에도 쓸 수 있는 물건이었다.

"손 내밀어 봐요."

말은 그렇게 해 놓고 서우가 손을 내밀기를 기다리지 않고 태경이 덥석 서우의 손을 가져왔다. 조명 아래 자세히 비춰 보니 다행히

심하게 긁히거나 살점이 파이지는 않았다. 그래도 긁힌 면적이 제법 넓어 당분간은 고생 좀 할 것 같았다.

"쯧."

태경이 못마땅하다는 듯 혀를 찼다. 나름 준비성이 철저한 태경이지만 차에까지 상비약을 두진 않았다. 그렇다고 연고 따월 사러 편의점이라도 갔다간 또 도망을 칠지도 모르고. 일단은 아쉬운 대로 알코올 스왑으로 닦아 내고 집에 가서 제대로 치료하는 게 나을 것 같았다.

"아파도 참아요."

제법 쓰라릴 텐데 서우는 입술을 꾹 물고 아무 소리도 내지 않았다. 입술이 상할까 걱정이 되었지만 태경도 좀 심술이 나서 그냥 내버려 두었다.

"다 됐어요."

"……."

"이제 집에 갈 거예요."

"……."

"도착할 때까지 좀 누워 있든가."

태경이 막 뒷자리에서 내리려는데 뒤에서 조그맣게 죄송해요, 라고 웅얼거리는 소리가 들려왔다. 태경은 그대로 힐끔 한 번 시선만 던지고는 뒷좌석 문을 닫고 운전석에 올라탔다.

"사과는 이따가 집에 가서 해요."

취한 데다 다치기까지 한 사람에게 할 소리는 아니었을 거다.

서우는 호송당하는 죄수처럼 양손을 마주 잡고 꼼짝도 하지 않았다.

분명 누워도 된다고 했는데 제가 잘못해서 반대로 말했나 의심이 들 정도로 꼿꼿하게 허리를 세운 불편한 자세를 고수했다. 그 자세로 한눈조차 팔지 않아 태경이 그렇게 백미러를 힐끔거렸음에도 눈 한번 마주치지 않았다.

그게 좀 애처로워서 몇 번이나 편하게 있으라는 말이 나오려 했지만 태경은 그냥 입을 다물고 현재의 긴장감을 유지하는 편을 택했다. 어차피 말해 봐야 듣지도 않을 것 같았다.

"내려요."

아파트에 도착한 태경이 차에서 내리며 말했다. 이번에도 기다리지 않고 제 손으로 뒷좌석 문을 열고 서우의 팔을 잡아 내리게 했다. 제 딴엔 부축하려는 의도였는데 서우가 하도 몸을 사리는 바람에 피의자를 연행하는 형사 같은 꼴이 됐다.

서우가 두 발로 똑바로 선 것을 확인하자 태경이 먼저 성큼성큼 걸음을 옮겼다. 따라오라는 말은 필요 없었다. 서우는 목줄에 묶인 것처럼 순순히 태경의 뒤를 따라와 묵묵히 엘리베이터에 올랐다.

심야의 아파트는 깨어 있는 사람이라곤 태경과 서우밖에 없는 것처럼 고요했다. 낡은 엘리베이터는 한 번의 방해도 없이 심해와도 같은 침묵을 가르고 수직 상승 하다 어둑한 복도에 둘을 토해 놓고 그대로 머물렀다.

이번에도 태경이 앞장섰다. 거침없이 키패드에 손을 대고 비밀번호를 누르고 문을 여는데도 서우는 이상한 것도 모르는지 별 반응이 없었다.

"들어가요."

태경의 말에 조심조심 고개를 든 서우는 열린 문 쪽은 쳐다보지도 않고 태경만 하염없이 올려다봤다. 무슨 천기누설이라도 하는 사람처럼 한참을 비장하게 고민한 끝에 내놓은 말은 예상했던 대로 죄송하다는 소리였다.

"서우 씨 사과 잘하는 거 아니까 일단 들어가서 얘기해요."

"정말 죄송합니다, 선배님…… 제가…….."

"알겠다고. 들어가서 손부터 치료하고 그러고 얘기하자니까."

약간의 강요를 담아 말하자 서우가 더듬더듬 현관 안쪽으로 발을 들였다. 그 뒤를 성큼 따라 들어서 문을 닫은 뒤에야 태경은 좀 안심이 됐다.

"들어와요."

태경이 중문을 열고 안으로 들어갔다. 적당한 온도로 맞춰 둔 난방덕에 종일 비워 두었음에도 집 안엔 훈기가 돌았다. 태경이 불을 켜고 난방의 온도를 높였다. 거실까지 들어선 후에야 서우는 뭔가 이상하다는 걸 느낀 모양이었다.

"모르고 따라온 거 맞죠?"

"……."

"그런 거 보면 술 취한 거 맞긴 맞는 거 같은데."

"……선배님."

"거기 앉아 있어요."

태경이 거실 한쪽의 소파를 가리키고 자신은 주방으로 갔다. 물 한

컵을 가져다 테이블 위에 올려 두고 구급상자를 꺼내 왔다. 그때까지
도 서우는 멀뚱히 선 채였다.

"앉으라니까. 물부터 좀 마시고."

"여기, 지금, 그러니까……."

"맞아요. 우리 집."

아까 집에 가서 얘기하자고 했잖아요, 하고 대수롭지 않게 대답하
며 태경이 서우를 소파에 앉혔다. 어느 집인지 확인하지 않은 건 김
서우 잘못이다. 뻔뻔한 얼굴로 컵을 쥐여 주려던 태경은 뻣뻣하게 굳
어 있는 손가락을 보고 그냥 입에 대 주기로 했다. 정신이 없어서인
지 서우는 저항하지 않고 순순히 아기처럼 물을 받아마셨다.

태경이 제 손바닥을 다시 소독하고 약을 바르고 넓적한 밴드를 붙이
는 동안, 서우는 정신없이 이리저리 고개를 돌리며 집 안을 둘러보았다.

조심스러우면서도 호기심을 숨기지 못하는 얼굴이 마치 난생처음
친구 집에 놀러 온 아이 같았다. 왜 저를 여기 데려다 놓았냐 따질 생
각은 않고 집 구경부터 하는 걸 보자 태경은 조금 웃음이 나오려 했다.

"서우 씨 집도 똑같을 텐데 뭘 그렇게 열심히 봐요."

구급상자를 챙겨 일어나며 태경이 물었다. 서우가 고개를 저으며
퍽 단정적인 어조로 완전히 다르다고 했다. 뭐가 다르냐고 물었더니
훨씬 깨끗하다고 했다.

"역시 청소는 잘 안 하는 편인가."

"네?"

"아니에요."

청소야 자기가 잘하니까 됐다. 둘 중 한 명만 잘하면 됐지. 그렇게 자신이 생각해도 과거의 자신을 부정하는 것 같은 혼잣말을 하며 태경이 옷방으로 들어갔다. 서랍 제일 안쪽을 뒤져 가진 것 중 제일 작은 티셔츠와 허리 사이즈 조절이 가능한 고무줄 반바지를 챙겨 들고 거실로 나갔다.

"씻을래요?"

"네?"

"피곤하면 그냥 자도 되고. 옷은 이걸로 갈아입어요. 씻을 거면 손 조심하고."

내미는 옷을 멍하니 바라보다 서우가 순순히 받아 들고 욕실로 들어갔다. 아파트 구조가 똑같으니 굳이 안내는 필요 없었다. 그 뒷모습을 보던 태경이 약간 눈썹을 구겼다.

"취했다면서 뭐 저렇게 얌전해."

평소 눌려 살던 사람이 술 취하면 난폭해진다던데, 김서우를 보면 그런 것도 아닌 것 같았다. 아까 과감하게 도망치는 꼴을 보고 약간의 실랑이 정도는 예상했는데 그때 기운을 다 썼는지 집에 들어올 때도 그렇고 들어와서도 그렇고 고분고분하기 그지없다.

"더 기분 나쁘네."

차라리 난폭해지거나 진상을 부리는 편이 더 나을 것 같았다. 자기 집도 모르고 따라올 정도로 정신이 없는데, 누가 무슨 말을 하든 그대로 다 수용할 것만 같은 자세는 애써 누르고 있던 불안함과 초조, 화를 불러일으켰다.

'저런 사람이 무슨 바에서 일을 한다고.'

그만두라고 하고 싶은 마음이야 벌써부터 굴뚝 같았지만 아직 거기까진 제가 간섭할 부분이 아닌 것 같아 참았다. 하지만 돌아가는 상황을 보니 선 따위를 지킬 때가 아니었다. 최대한 빨리 그만두게 하고 앞으론 제가 없는 자리에선 취할 때까지 술도 못 마시도록 단단히 단속을 해야겠다.

연인이 그런 거 아닌가. 사적인 영역에 남과는 달리 개입해도 좋다는 허락과 권리가 부여된 사람.

태경이 숙취 해소제를 대신해 꿀물을 만드는 사이, 욕실 문이 달칵 열리고 서우가 밖으로 나왔다. 욕실에서 거실로 이어지는 짧은 복도 한가운데 엉거주춤 서서 태경 쪽을 바라보았다.

뽀얗게 씻긴 얼굴과 물이 뚝뚝 떨어지는 머리칼을 하고 서 있는 서우를 보자 태경은 뿌듯함에 가슴이 뻐근해지는 것 같았다. 늘 보던 제집 풍경 속에 제 옷을 입은 김서우가 있다는 게 이상하리만큼 흐뭇했다.

"옷이 좀 크긴 하지만 괜찮네요."

서우가 민망해하는 것 같아 그렇게 말했지만 사실 좀 많이 컸다. 어깨선이 한참이나 내려온 티셔츠와 다리 하나쯤은 더 들어가고도 남을 만큼 헐렁한 반바지에 마른 팔다리만 삐죽 튀어나온 모습이 어른 옷을 빌려 입은 어린애 같았다.

"이거 마셔요. 숙취 해소제를 먹는 게 내일 훨씬 편하겠지만 나갔다 오면 또 없어질까 봐."

태경이 꿀물을 내밀었다. 서우는 받지 않고 태경을 멍하니 올려다 보았다. 씻어서, 정신이 좀 돌아왔을 거라는 건 태경의 착각이었다. 오히려 더운물에 노곤해진 몸이 불러온 잠기운까지 겹쳐 더 넋이 나 간 것 같았다.

"이리 와요."

아까와 같은 방식으로 꿀물을 다 먹이고 태경이 서우의 손을 잡고 침실로 이끌었다. 서우는 크게 뜬 눈으로 방 안 곳곳을 훑듯이 쳐다 보았다. 침실은 오직 수면을 위한 공간이어야 한다는 게 태경의 생각 이라 침대와 협탁 하나만 달랑 놓인 방은 아마도 서우가 쓰는 동일 한 크기의 방보다 휑해 보일 터였다.

"그만 자요."

벽에 맞닿은 침대 안쪽에 서우를 몰아넣고 태경도 그 옆에 누웠다. 서우는 눕지 않고 가만히 앉아 태경을 쳐다보고 있었다. 모르는 척 눈을 감으며 얼른 자라고 한 번 더 말했다.

"손도 안 잡고 잘 테니까 걱정 말고."

"……왜, 왜……."

"뭐가. 손잡아 줘요?"

농담처럼 그래도 오늘은 안 잡는다고 말했다.

"다친 거 다 나으면 잡아 줄게요. 그때까진 참아요."

"……."

"서운해도 안 되니까 포기하고 오늘은 그만 자요."

태경이 팔을 뻗어 협탁의 스탠드를 끄자 방 안은 금세 푸르스름한 어둠에 잠겼다. 태경은 눈을 감고 최대한 편안한 자세로 몸을 늘어트렸다. 그래 봐야 잠이 올 것 같진 않았지만 어떻게 얻은 애인인데, 스스로를 고문하는 꼴이 되더라도 각방을 쓰고 싶진 않았다.

눈을 감고 한참을 기다려도 서우는 눕는 기색이 없었다. 이쯤 되면 억지로라도 누우라고 해야 되나 고민하는데 묘한 술렁거림이 느껴졌다.

"……김서우 씨 울어요?"

놀란 태경이 벌떡 몸을 일으켰다. 스탠드를 내리치듯 눌러 켜자 아까 앉은 자세 그대로 눈물을 뚝뚝 흘리고 있는 서우가 보였다. 소리도 없이 얼마나 그러고 있었는지 벌써 눈가와 코끝이 붉게 달아올랐고 얼굴은 온통 젖어 있었다.

"아니, 왜 울어."

당황한 태경이 그대로 제 손바닥으로 서우의 얼굴을 훑다가 그걸로는 부족하다는 걸 깨닫고 시트를 당겨 얼굴의 물기를 닦았다. 그럼에도 닦는 것보다 젖는 속도가 더 빨랐다. 바들바들 떨리는 어깨를 웅크린 채 입술을 꾹 다문 서우는 고장 난 수도꼭지처럼 줄줄 눈물을 흘렸다.

"왜 그래요? 어디 아파요? 머리? 손?"

서우는 대답하지 않았다. 태경의 손을 피하려는지 고개를 움찔거렸지만 거의 힘이 들어가지 않았다. 그러면서도 울먹이는 소리 한번 내지 않았다.

"왜 그러는데, 응? 말을 해야 알지, 내가."

한참이나 달래 가며 겨우 얻은 대답은 어이없는 것이었다. 울음을 참느라 신음처럼 새어 나온 흐릿한 말을 놓치지 않으려 잔뜩 집중하고 있던 태경의 언성이 저도 모르게 높아졌다.

"무섭다고? 뭐가? 내가?"

"흑, 흐윽……."

"아니, 내가 뭐가 무서워요. 나 아직 뭐 한 것도 없는데."

기가 막혀 헛웃음이 다 나왔다. 태경은 오늘 제가 거의 성자에 가까워지고 있다고 생각했다. 하루 종일 전화도 안 받고 메시지도 무성의하게 보내고 먹지도 않은 밥을 먹었다고 거짓말을 한 연인은 그래 놓고 다른 남자한테 보란 듯이 챙김을 받고 있었다. 퇴근 후의 일은 더 말하고 싶지도 않았다.

"지금 울고 싶은 사람이 누군데."

더 억울한 건 그에 대한 추궁조차 제대로 하지 않았다는 사실이었다. 그냥 다친 걸 치료하고 씻고 재우려고 했을 뿐인데. 아직 내지도 않은 화 때문에 지레 겁먹고 우는 사람을 되레 이쪽이 빌고 달래야 할 판이다.

"뭐가 그렇게 무서운데. 내가 화낼까 봐?"

"아니, 끅, 흑, 그런 게 아니라……."

참고 있던 숨이 한계에 다다랐는지 울음 반, 말 반인 소리는 제대로 알아들을 수도 없었다.

"선배님이…… 내가…… 이제 나를……."

응, 응, 대답을 해 가며 나름 열심히 서우의 말에 귀를 기울였으나 뭉개진 발음 탓에 뜻이 와 닿는 단어가 몇 되지 않았다. 화, 죄송,

실망, 이런 소릴 하는 걸 보니 대충 의미는 알 것 같았다. 홍삼이니 소개팅이니 기만이니 하는 소리는 무슨 뜻인지 모르겠지만.

"겁도 참 많네."

태경이 서우를 잡아당겨 품속에 안았다. 서우는 끌려오지 않으려는 듯 몸에 힘을 주었지만 태경은 무시하고 서우를 끌어안고 등을 토닥토닥 쓸어 주었다. 어처구니없게도 진심으로 웃음이 나왔다.

"내가 김서우 씨한테 화났다고 누가 그래요."

"흡……."

"화 안 났어요, 나."

한참이나 다정하게 뒷머리와 등을 쓰다듬자 약간 긴장이 풀리는지 울음기가 점차 누그러드는 기색이 느껴졌다. 할 말이 있는지 꼼지락거리며 고개를 들기에 태경이 상체를 조금 떨어트려 서우가 저를 볼 수 있게 했다.

"정, 정말이요……?"

여전히 눈물이 그렁그렁했다. 빨갛게 부어오른 눈가가 안쓰러웠다. 이보다 몇십 배, 몇백 배 더 화가 난다 해도 이렇게 우는 건 당해 낼 수 없을 것 같았다.

"내가 왜 화를 내요."

"저, 제가 잘못해서……."

"김서우 씨 잘못한 거 없어요."

"하, 하지만 내가……."

서우가 더듬거리며 아까와 비슷한 말들을 늘어놓았다. 한 귀로 흘려들으며 태경은 어쩌면 이게 진짜 김서우의 주사인지도 모르겠다는 생각을 했다.

"김서우 씨 잘못한 거 없어요. 내가 잘못했어요."

"……."

"내가 미안해요."

취한 사람 재우려고 그냥 하는 소리만은 아니었다. 낮에도 그렇고, 좀 전에도, 더 현명하게 대처할 수도 있었을 거다. 가뜩이나 예민하고 겁 많은 사람한테 그렇게 불안감을 조성할 필요는 없었는데.

"미안해요."

"……."

"내가 더 잘할게요."

태경이 서우의 정수리에 입을 맞췄다. 한참을 울어서인지 머릿속이 뜨끈뜨끈했다.

"앞으로 서우 씨 안 울게 내가 잘할게요."

응? 그러니까 그만 울어요. 더 울면 내일 얼굴 퉁퉁 부어서 출근도 못 해요. 위로하듯 달래듯 조곤거리는 그 목소리에 서우는 오히려 그쳐 가던 울음을 다시 왈칵 터트렸다.

"……선배."

눈물이 뚝뚝 흐르는 밤색 눈으로 서우가 태경을 올려다봤다.

"응."

"저 좋아하시죠?"

"……."

"진짜 저 좋아하는 거 맞죠?"

뜻밖의 물음에 태경의 팔이 살짝 굳었지만 이내 아무 일도 없었다는 듯 더 꼭 힘주어 서우를 제 몸으로 바짝 붙였다.

"그걸 아직도 몰라?"

"흑……."

"내가 진짜 더 잘해야 되겠네."

손바닥으로 땀에 젖은 이마를 쓸어 올리고 살짝 입을 맞춘 다음 꼭 끌어안았다. 팔 안쪽의 작은 몸이 와르르 떨렸다. 그대로 몸을 기울인 태경이 천천히 서우를 침대에 눕혔다. 모로 웅크리듯 누운 몸에 이불을 턱 끝까지 꽁꽁 덮어 주고 그 위를 토닥거렸다. 간헐적으로 들썩이던 이불의 움직임이 점차 사그라들었다.

"잘 자요."

스탠드의 불을 끄고 태경이 몸을 돌리던 순간이었다. 와락 고개를 든 서우가 덮치듯이 태경에게 입을 맞췄다.

〈다음 권에 계속〉